KB117111

이 책을 훔치는 자는

この本を盗む者は

# 이 책을 훔치는 자는

후카미도리 노와키

최고은 옮김

비채

차례

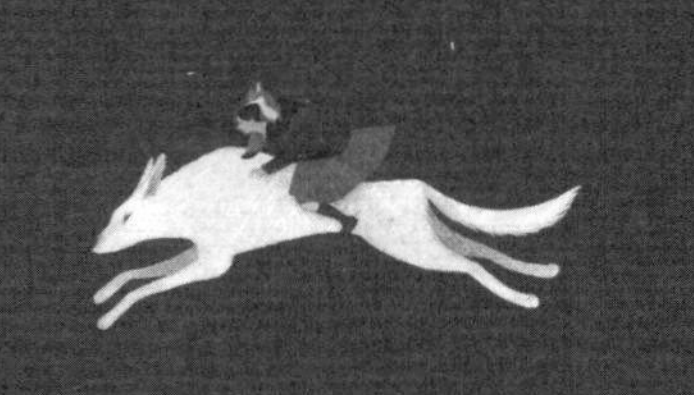

## 주요 등장인물

| | |
|---|---|
| **미쿠라 미후유** | 책의 마을로 유명한 요무나가마을에 사는<br>'책을 싫어하는' 고교 1학년생. |
| **마시로** | '미쿠라관'에 나타난 수수께끼의 소녀로,<br>어깨까지 오는 머리카락이 눈처럼 새하얗다.<br>미후유를 책의 세계로 이끈다. |
| **미쿠라 가이치** | 미후유의 증조할아버지. 책 수집가이자 평론가로,<br>직접 설립한 대형 서고 '미쿠라관'은 마을의 명소로 불린다. |
| **미쿠라 다마키** | 미후유의 할머니. 아버지와 마찬가지로 책 수집가.<br>장서를 지키기 위해 미쿠라관을 폐쇄한다. |
| **미쿠라 아유무** | 미후유의 아버지.<br>미쿠라관의 관리인으로 유도 도장도 함께 운영하고 있다. |
| **미쿠라 히루네** | 미후유의 고모. 미쿠라관의 관리인으로 잠이 무척 많은 것이 특징. |
| **가나메 영감** | 'BOOKS 미스터리'의 점주. |
| **하루타 게이코** | 아유무가 좋아하는 신간서점 '와카바당'의 직원.<br>빡빡머리를 한 화려한 스타일의 여성,<br>미쿠라관의 비밀에 흥미를 가지고 미후유에게 다가온다. |

제1화

# 마술적 사실주의의 깃발에 쫓기다

요무나가마을의 미쿠라 가이치라 하면, 전국적으로 이름을 날린 책 수집가이자 평론가이다. 응애 하고 세상에 태어난 순간부터 툇마루에서 책을 읽던 중에 꼴까닥 저세상으로 갈 때까지 요무나가를 떠나지 않은 마을의 명사였다.

'모르는 게 있으면 미쿠라 씨에게 물어봐라' '찾는 책이 있으면 미쿠라 씨가 바로 찾아줄 거다' '고민이 있으면 의사가 아니라 일단 미쿠라 씨를 찾아가라' 등등, 걸어 다니는 백과사전으로 존경받았던 미쿠라 가이치였지만, 그의 서고에 과연 몇 권의 책이 있었는지 아는 이는 없었다.

요무나가마을은 모서리가 둥근 마름모꼴이었는데, 큰 강이 분기하여 일단 남북으로 나뉜 뒤 다시 만나는 딱 그 사이, 섬처럼 주변과 격리된 지형에 형성된 마을이다.

이 마름모꼴 한가운데 자리한 것이 바로 미쿠라관館이다. 바닥과 기둥의 개수보강공사를 반복하여, 가이치가 타계했을 즈음에는 지하 2층에서 지상 2층까지의 거대한 서고가 된 이 미쿠라관은 과거 '요무나가 주민이라면 유치원생부터 100세 노인까지 한 번은 찾은 적이 있다'고 일컬어질 만큼 마을의 명소였다.

1900년에 태어난 미쿠라 가이치가 다이쇼시대1912~1926부터 조금씩 수집해온 컬렉션은, 아버지처럼 뛰어난 수집가였던 딸 미쿠라 다마키가 물려받아 더욱더 규모가 커졌다. 그리고 책이 있는 곳에는 수집가가 찾아든다. 수집가 중에도 선인과 악인이 있다.

어느 날, 다마키는 미쿠라관이 소장한 희귀본 중에 약 200권이 서가에서 사라진 것을 발견했다. 그전부터 도난 사건은 종종 일어났다. 한번은 아버지의 지기인 고서상을 위협해 고서 거래소를 지켜본 끝에 고가에 팔아치우려는 모리배들을 적발하여 경찰에 신고한 적도 있었다.

하지만 한번에 200권의 희귀본이 사라진 것을 보고 격앙한 다마키는, 끝내 미쿠라관을 폐쇄하기로 결정했다. 인근 주민들은 유명 경비회사에서 파견된 작업자들이 다마키의 감시를 받으며 하루 종일 건물 곳곳에 경보 장치를 설치하는 장면을 목격했다. 그 후로 미쿠라 집안사람 외에는 누구 하나 관내에 들어갈 수도, 책을 대여하지도 못하게 되었다. 설령 아버지의 오랜 지기나 고명한 학자가 요청한다고 해도 모두 완강하게 거부했다.

미쿠라관은 폐쇄되었다. 그 결과 지금까지 도난이 발각될 때마다 울려 퍼지던 다마키의 비명도 다시는 들리지 않았다. 이제 마을이 평화로워지겠군, 미쿠라관의 장서를 읽지 못하게 된 건 유감이지만. 이제 요무나가는 책의 마을로 이름을 날리고 있으니, 어디서나 쉽게 책을 접할 수 있는 환경이지. 마을 사람들은 그렇게 말하며 가슴을 쓸어내렸다.

하지만 다마키가 세상을 떠난 뒤, 믿기 힘든 어떤 소문이 암암리에 퍼지기 시작했다. 그 소문이란 다마키가 설치한 경보 장치는 한 종류가 아니라는 것이었다. 다마키는 사랑하는 책을 지키기 위해, 요무나가마을과 연이 깊은 이나리곡식, 농사, 풍요, 나아가 성공을 관장하는 신으로 여우를 이르기도 한다 신에게 빌어, 책에다 기묘한 마술을 걸어놓았다는 것이다.

이 이야기는 다마키의 자식이자, 현재 미쿠라관의 관리인인 미쿠라 아유무와 히루네 남매 중, 아유무가 입원한 며칠 뒤부터 시작된다. 하지만 주인공은 아유무와 히루네가 아니다. 그 아랫세대, 아유무의 딸 미쿠라 미후유다.

미후유는 흔들리는 전철 안에서 꾸벅꾸벅 졸고 있었다. 학교에서 돌아오는 길, 고등학교에 입학한 지 얼마 되지 않아 아직 익숙하지 않은 교복 차림이었다. 조금만 고개를 왼쪽으로 기울이면 은색 기둥에 머리를 부딪힐 것 같았다. 시각은 오후 4시가 조금 지났을 즈음, 퇴근 시간 직전이라 차내에 드문드문 보이는 승객들은 대부분 미후유와 같은 학교의 학생들이었다.

녹아내린 버터처럼 뭉근한 노란 노을이 창문으로 새어 들어왔다. 이내 교량에 접어든 전철이 강을 건너자 줄무늬 그림자가 바닥과 좌석, 승객들 위로 흘러갔다. 달리던 전철이 브레이크를 밟으며 정차했다. 차체가 크게 흔들리는 바람에 미후유는 잠에서 깼다. 손에 들고 있던 편의점 봉투를 무릎 위에 올려놓았다. 자를 시간도 비용도 아까워서 너무 길어버린 검은 머리를 대충 손으로 빗질하며 입을 떡 벌리고 하품을 한다. 전철은 역 앞에서 멈춰 서 있었다. 검은색과 흰색 줄무늬 가방에서 반 친구들이 '갈라파고스'라 놀리는 폴더형 휴대전화를 꺼내 시간을 확인했다. 서두르지 않으면 병원 저녁 식사 시간에 걸리겠다.

디지털시계의 분이 바뀌었을 즈음 전철은 느릿하게 움직이기 시작했다. 창밖의 풍경도 먹색의 강과 철골 교량에서 돔 형태의 홈으로 서서히 바뀌었다. 여름 세일을 알리는 역 앞 의류 매장의 간판과 대형 서점의 길 안내 표지판을 지나친 뒤, 전철은 줄을 선 양복 차림의 사람들 앞에 멈춰 섰다.

"이번 역은 요무나가, 요무나가역입니다."

하품을 참으며 일어나는데 맞은편에 앉은 같은 학교 여학생과 눈이 맞았다. 안경을 쓴 여학생의 손에는 문고본이 들려 있었다.

'그 책 알아. 요새 잘 팔리더라.' 미후유는 그렇게 생각했다.

그저 생각했을 뿐, 내용은 모르고 알고 싶지도 않았다. 책이 싫었으니까.

서둘러 전철에서 내리려는데 뒤에서 "저기" 하고 누군가가 말을 걸었다. 승강장으로 내린 미후유를 뒤따라 문고본을 든 여학생도 내렸다.

"미쿠라 맞지?"

핑크색과 초록색 안경을 쓴 여학생의 얼굴은 전혀 기억에 없었다. 미후유는 교복 칼라의 교표를 확인했다. 2학년을 나타내는 파란색이다. 일단 존댓말로 대답했다.

"……그런데요."

"역시! 그 집안 사람이 입학했다는 얘기를 듣고 언젠가 한번 마주치지 않을까 생각했어."

미후유는 내심 진절머리를 내며 이름 모를 여학생에게 등을 돌린 채 승객들로 북적거리는 승강장을 성큼성큼 가로질렀다.

"아, 잠깐만! 문예부에 들어오지 않을래? 응?"

안 들리는 척, 모르는 척. 미쿠라 집안 사람이라고 솔직하게 말하지 말걸 그랬다고 후회하며, 미후유는 정기권 케이스를 교복 주머니에서 꺼냈다.

초여름의 해 질 녘, 붉은빛으로 녹아내릴 것 같은 하늘 아래의 개찰구를 지나 오른쪽 길로 나아갔다. 빛과 그림자로 물든 층층나무 가로수길 끝에 지역에서 가장 큰 대학병원이 자리하고 있었다. 미후유는 면회 수속을 하고 안으로 들어갔다. 입원병동 3층에 있는 4인실은 하얀 커튼을 침대 사이에 쳐서 공간을 분리해두었다.

"아빠, 잘 있었어?"

안쪽 커튼을 젖히자 환자복 차림의 아유무가 손을 흔들었다. 머리에는 붕대를 둘둘 감았고, 오른쪽 뺨에는 커다란 멍이 들었으며, 오른쪽 다리는 깁스로 고정시켜두었다. 큰 체격이라 침대가 유독 협소하게 보였다.

"좀 어때?"

"아주 좋아. 머리도 잘 낫고 있대."

"그래도 아직 퇴원은 안 된다지?"

미후유는 들고 온 편의점 봉투를 내밀었다. 봉투에는 아버지가 좋아하는 노란 맥스 커피 두 캔과 가린토 일본의 전통 화과자로, 유탕 처리한 튀김과자의 일종 한 봉지였다.

"얼마나 더 있어야 한대?"

"글쎄다, 재활 훈련도 해야 하고. 도장은 지훈이가 알아서 잘하고 있잖아. 괜찮을 거야, 걱정 마."

"그런 문제가 아니라……."

받자마자 맥스 커피의 마개를 따는 아버지를 보며 미후유는 한숨을 내쉬었다.

지난주, 미쿠라관의 관리인이자 유도 도장을 경영하는 아유무가 사고를 당했다. 밤에 자전거를 타고 기분 좋게 강가의 제방을 달리는데 그늘에서 고양이가 튀어나왔다고 한다. 고양이라면 사족을 못 쓰는 아유무는 황급히 핸들을 꺾었고, 자전거와 함께 제방에서 떨어졌다.

다행히 고양이는 무사했고, 때마침 뒤에서 조깅을 하던 사람이 사고를 목격하고 구급차를 불러줬다. 오랜 유도 경험으로 순간적으로 낙법을 펼쳤지만, 전치 1개월의 중상을 입었다. 도장은 사범 대리인 최지훈에게 맡기면 되고, 집안일도 어느 정도는 알아서 할 수 있었지만 가장 큰 문제가 하나 남아 있었다.

"히루네 고모는 어떻게 할 건데?"

맥스 커피를 마시던 아버지가 움찔하며 동작을 멈췄다.

"……히루네가 또 무슨 일 저질렀어?"

"일을 저질렀다기보다는 잠잠해서 오히려 불안해."

미후유는 다시 한숨을 내쉬었다. 아까보다 더 깊이, 속에서 우러나오는 한숨을. 창밖으로 두부장수의 나팔 소리와 저녁을 알리는 저녁노을 멜로디가 흐르고 있었다.

"아빠가 입원한 뒤로 벌써 세 번이나 클레임이 들어왔어. 처음에는 빈 도시락 통을 그냥 쓰레기통에 버렸다고. 어제는 미쿠라관의 경보가 30분마다 울려대는데 세 시간이나 멈추지 않았대. 한마디로 고모가 그냥 손 놓고 있다는 거지. 시청에서도 연락이 왔고."

과자봉지를 뜯은 미후유는 짙은 갈색의 과자를 입에 집어 넣으며 우걱우걱 씹어 먹었다. 무릎 아래 기장의 치마에 부스러기가 떨어졌다. 미후유는 얼굴을 찌푸리며 하나씩 집어 다시 입에 넣었다.

"……내가 입원한 지 며칠이나 됐지?"

"닷새."

"닷새 만에 세 번이라……." 아유무는 머리를 긁적였다. "나한테는 혼자서도 괜찮다고 하더니."

"괜찮지 않으니까, 지금까지 아빠가 관리인을 겸임하며 고모를 챙겼던 거잖아. 나도 고모가 얼마나 대단한 사람인지는 알아. 하지만 아무리 머리가 좋아도, 미쿠라관의 모든 장서를 읽었다고 해도, 누군가가 돌봐주지 않으면 생활이 불가능한 사람은 어른이라 할 수 없어. 주변 이웃들한테도 민폐고."

마음이 불편하고 죄책감이 느껴졌지만, 미후유는 그간 쌓였던 불만이 터져 나오는 걸 막지 못하고 그대로 아버지에게 쏟아냈다. 미후유는 어렸을 때부터 올해 서른 살인 고모가 영 불편했다. 그건 아유무도 알고 있었다.

"……그럼 어떻게 할까. 히루네 문제를 해결하기 위한 미후유의 방책은 뭐지?"

"어?" 그저 불만을 들어줬으면 했던 미후유는 주저하며 두 손을 꼭 맞잡았다. "딱히 생각나는 게 없는데."

"아빠가 바로 퇴원할 수 있는 것도 아니잖아. 퇴원하더라도 다리가 이 꼴이라 한동안은 미쿠라관 일도 못 할 테고."

"……히루네 고모한테 미쿠라관에서 나가라고 하고, 완전히 폐쇄하는 건 어때?"

"어디로 가라고? 우리 집? 할머니가 돌아가셨을 때 같이 살기 싫다고 한 건 미후유 너잖아. 애초에 히루네가 미쿠라관에서 나갈 리 없어. 걔는 책이 없으면 못 사는 애니까."

아버지의 표정은 부드러웠지만 말투는 더없이 진지했다. 미후유는 살며시 눈을 돌리며 과자를 하나 더 입에 넣었다. 손가락이 끈적거렸다.

"이웃 주민들에게 양해해달라고 부탁할게."

"한동안은 그렇게 하는 게 좋겠지. 맞다, 쓰레기장에 빈 도시락 통을 그대로 버렸던 건, 그 뒤로도 클레임이 들어왔니?"

"아니……."

"저도 깨달은 게 있는 건가."

"그럴 리가."

"하긴. 히루네가 잘 자는 거 알지?"

고개를 들자 아버지와 눈이 맞았다. 미후유는 불길한 예감이 가슴에 번지는 걸 느꼈다.

"미후유는 걱정 안 되니? 고모가 밥도, 물도 안 먹고 계속 자고 있을지도 몰라."

미쿠라 히루네는 그 이름에 부끄럽지 않게 일본어로 히루네는 낮잠이라는 뜻이다 '낮잠을 자기 위해 태어났다'고 비웃음당할 만큼, 내버려두면 열두 시간, 스무 시간씩 계속 잠을 잤다. 어렸을 때는 깨어 있는 시간이 더 길었다고 하지만, 미후유가 태어난 뒤로는 줄곧 저랬다. 그러니까 다마키가 세상을 떠난 뒤로는 아유무가 미쿠라관에 드나들며 동생을 돌봐왔다.

미후유는 다른 사람 손을 좀 빌리지, 하고 생각했지만, 미쿠라관에 출입할 수 있는 건 집안사람뿐이라는 다마키의 규칙을 아유무는 우직하게 지키고 있었다. 미후유의 어머니는 일찍 세상을 떠났고, 다른 친척들과는 소원했다.

책을 읽지 않는 시간에는 밥을 먹거나 잘 뿐인, 제 앞가림도 제대로 못 하는 고모를 매일같이 돌보는 아버지. 그런 모습을 보고 자란 미후유는 예전부터 '만일 아버지가 고모보다 먼저 죽으면, 내가 이 게으름뱅이 고모를 돌봐야 하는 건가?' 하고 제 장래에 불안을 느끼고 있었다.

설마 이렇게 일찍 그 경험을 하게 될 줄이야.

미쿠라 집안에 태어나길 잘했다고 생각한 적은 한 번도 없었다. 아까만 해도, 면식도 없는 선배가 갑자기 문예부에 들어오라고 하지를 않나. 난 책 같은 거 안 좋아한다고, 읽지도 않고. 정말 질색이다.

미후유는 목구멍까지 올라온 불만을, 맥스 커피로 꿀꺽 넘긴 뒤 달달한 트림을 했다.

"어휴, 알았어. 결국 나밖에 할 사람이 없네…… 식사나 물 같은 것만 챙겨주면 되지?"

아버지는 씩 웃으며 고개를 끄덕였다.

병원을 나온 미후유는 미쿠라관으로 전화를 걸었지만, 여느 때처럼 통화 중임을 알리는 삐, 삐, 소리가 들릴 뿐이었다. 하는 수 없이 편의점 ATM으로 아버지와 같이 쓰는 생활비 계좌에서 5000엔을 인출했다.

역 앞에는 퇴근길의 회사원과 학생들이 오갔고, 초록색 게시판 앞에는 모자를 쓴 중년 남성 두 명이 요무나가신사의 미나즈키축제를 알리는 포스터를 붙이고 있었다. '어서 오세요, 책의 마을 요무나가 마을의 명물 신사로!' 요무나가신사는 미쿠라관 바로 뒤쪽에 있어서 이 시기에는 늘 사람들로 북적거렸다. 미후유는 발밑의 빈 캔을 자동판매기를 향해 힘껏 걷어찼지만, 우물쭈물 망설이다가 결국 캔을 주워 쓰레기통에 버렸다.

요무나가마을은 해발이 낮아서 역 앞에서 중심부로 이동하려고 하면 자연스럽게 비탈길을 내려가는 모양새가 된다. 특히 상점가 부근은 분지처럼 되어 있었는데, 상점가 게이트 앞 계단은 마치 절벽 위에 선 것처럼 확 트여 있어서 촬영 장소로도 알려져 있었다. 지금도 마치 달궈놓은 무쇠 같은 태양이 마을 끝으로 저물자, 스마트폰이며 카메라를 든 사람들이 저녁놀을 받아 눈부시게 빛나는 마을을 향해 셔터를 눌러댔다.

상점가는 간장이며 소스를 졸이는 군침 도는 냄새와 연기로 가득했다. 정육점 앞에는 여느 때처럼 줄이 길게 늘어섰고, 하얀 앞치마를 두르고 하얀 고무장화를 신은 점원이 갓 튀겨낸 고로케와 멘치카쓰다진 고기를 사용한 튀김옷 커틀릿를 재빨리 봉투에 담았다. 생선 가게의 오늘 추천 품목은 가다랑어였는데, 가게 앞에서는 둘째 아들이 꼬챙이에 끼운 가다랑어를 들고 겉에만 살짝 구워서 다타키표면만 살짝 불에 그을리고 속은 익히지 않는 요리 방식를 만들고 있었다. 푸른 껍질과 지방이 숯불에 그을리는, 식욕을 자극하는 냄새에 길 가던 사람들이 하나둘 멈춰 섰고, 하얀 고양이까지 야옹 하고 울며 기다리고 있었다. 한 팩에 450엔. 소스는 별도 판매였는데, 다진 쪽파와 차조기, 양하, 간 생강을 넣은 작은 컵이 50엔이었다.

그래도 1인분에 500엔이다. 미후유는 입안에 도는 군침을 꿀꺽 삼키며 떨어지지 않는 발길을 돌려 건너편 청과물 가게를 들여다보았다. 가게 앞에는 빨간 토마토와 초록색 꽈리고추, 윤기가 도는 가지, 이르게 수확된 옥수수 등이 진열되어 있었다.

"어머, 미후유 왔니. 아버지는 좀 어떠셔? 괜찮으시니?"

장바구니에 토마토 한 봉지와 가지 하나, 팩에 든 양하를 넣어 계산대로 향하자, 갈색 앞머리를 핀으로 대충 고정시킨 낯익은 점원이 물었다. 마흔 언저리의 여성이었는데, 언제나 야무지게 일했고, 상대의 반응은 아랑곳하지 않고 요점만 간략하게 말했다. 미후유는 괜찮지 않으면 안색이 더 안 좋겠죠, 하고 생각하며 "네" 하고 대답했다. 점원은 "다행이구나!" 하고 고개를 끄덕이더니 다음 손님 계산을 시작했다.

미후유의 집안일 솜씨는 필요하면 한다는 정도였다. 요리도 된장국 정도는 끓일 줄 알았지만, 육수는 인스턴트 국물을 썼고, 이런저런 아이디어를 낼 정도로 가짓수가 다양하지도 않거니와, 늘리고 싶지도 않았다. 평소에 요리를 하는 아버지가 없는 지금처럼 된장국을 만들어야 할 이유가 있을 경우에는 두부와 미역, 또는 양배추와 당근, 혹은 가지와 양하, 이렇게 세 종류를 번갈아 만들었다. 이제 쌀을 안치고 반찬을 사서 상을 차리면 된다.

미후유는 국수 가게와 중화요릿집 앞을 지나 닭고기 전문점에서 낸, 하나에 90엔 하는 닭꼬치 판매 줄에 섰다. 주방에 선 펀치 펌짧은 모발에 물결 모양으로 곱슬곱슬하게 하는 파마의 덩치 큰 주인이 묵은 때로 거무죽죽해진 불판에 늘어놓은 꼬치를 매끄러운 손놀림으로 뒤집었다.

"파닭꼬치 세 개, 완자 세 개, 살코기 세 개…… 그리고 껍질 네 개 주세요. 간장 양념으로."

기름과 양념으로 번들거리는 창문을 들여다보며 메뉴를 주문했지만, 주변이 시끄러워 들리지 않은 모양이었다. 옆에서 닭튀김을 튀기던 주인의 딸, 유카리가 대신 주문을 받았다.

"미안해, 환기팬이 고장 나서 소리가 시끄러워. 파닭꼬치 세 개, 살코기 세 개, 또 뭐였지?"

"완자 세 개에 껍질 네 개."

닭껍질을 좋아하는 미후유는 한번에 두 개씩은 꼭 먹었다.

"고마워! 미후유는 여전히 껍질 마니아네. 주문이 많아서 그런데 10분 정도만 기다려줘. 아버지한테 가져다드리려고?"

"아니, 지훈 오빠하고 나, 그리고 히루네 고모 거예요……."

그러자 유카리는 살짝 미간을 찌푸렸다.

"어머, 히루네 주려고? 히루네는 소금구이를 더 좋아하는데. 하나씩 소금구이로 바꿔줄까?"

취향까지 소문이 난 건가. 미후유는 왠지 겸연쩍은 마음에 얼굴을 붉히며 "부탁드려요" 하고 기어들어가는 목소리로 말했다. 5분 후에 나온 닭꼬치는 유카리의 배려로 세 팩으로 나뉘어 있었다. 작은 비닐봉지를 받아 들자 화상을 입을 만큼 아래쪽이 뜨거웠다.

교복 주머니에 한 손을 넣고 구부정한 자세로 턱을 살짝 앞으로 내민 채 상점가를 빠져나왔다. 오래된 미용실 하얀 문 앞에 노끈으로 묶은 몇 권의 책과 '봉납'이라 적힌 팻말이 눈에 들어왔다. 역 앞에서 본 미나즈키축제 포스터를 떠올리고 미후유는 한층 더 몸을 움츠렸다.

상점가를 빠져나오면 북적거리는 분위기는 온데간데없이 사라지고, 요무나가마을 본연의 조용한 '책의 마을'로 돌아온다.

미쿠라관이 생기기 전의 요무나가마을은 사찰을 중심으로 강가에 자리한 평범한 마을로, 논과 임야가 많았다. 그런 마을이 '책의 마을'로 불리게 된 건, 역시 미쿠라관의 영향이 컸다. 그렇다고는 해도 이 마을 역시 헤이세이1989~2019 불황의 여파를 피해가진 못했던지라, 쇼와1926~1989의 전성기에 비하면 많이 쇠락한 모습이었다.

상점가를 나오면 눈앞을 가로지르는 큰 도로는 휴일이면 각양각색의 책벌레들로 북적인다. 귀여운 빨간 문과 파란 간판의 가게는 그림책 전문 서점이고, 그 옆은 배리어프리의 북카페, 횡단보도를 건너면 대형 서점에서 퇴직한 서점 직원이 낸 세련된 서점이 있다. 거기에 오래된 고서점, 번역소설을 주로 취급하는 고서점, 이 동네에 살던 소설가의 서재를 리모델링한 카페, 대형 체인 서점 등이 줄줄이 늘어서, 열 걸음 걸으면 책에 관련된 가게와 마주하게 된다.

미후유의 아버지가 자주 찾는 신간서점 '와카바당堂' 앞에는 검은 버섯을 뒤집어쓴 듯한 버섯머리에 안경을 쓴 젊은 남성 직원이 매트 위를 청소하고 있었다. 그 앞을 지나치려던 미후유와 눈이 맞자 꾸벅 인사를 한다.

큰길 모퉁이를 지나 살짝 구부러진 좁은 길로 들어서면 주택 정원과 베란다를 수놓은 울창한 식물들이 선명하게 눈에 들어와 저도 모르게 심호흡을 하고 싶어진다. 덩굴장미 아래 'BOOKS 미스터리'라고 적힌 간판이 흔들렸다. 이웃 잡화점에서는 빨간 반다나강한 햇빛을 가리거나 장식용 등으로 머리나 목에 두르는 얇은 천를 두른 주인이 가게 앞에서 할인 판매하는 북 커버와 독서 램프를 정리하고 있었다.

좁은 길을 지나면 다시 큰길이 나온다. 지나는 차가 많은 이 주변에는 서점은 별로 없고, 맨션이나 아파트, 세탁소나 병원 등 사람들의 일상생활과 관련된 점포들이 늘어서 있었다.

닭꼬치 봉투를 앞뒤로 흔들며 완만한 언덕길을 내려가다 보면, 다다미 위로 낙법을 펼치는 쿵, 쿵 소리가 쉴 새 없이 울려 퍼지며 도장이 근처에 있음을 알린다. 2층 높이에 철근 콘크리트 소재로 지어진 도장의 불투명 유리창에서 하얀빛이 흘러넘쳐 인도 구석에 세워 놓은 아이들의 자전거를 비췄다. 이웃한 오래된 고서점의 셔터 밑 틈새로 낡은 종이 특유의, 코를 찌르는 곰팡내 섞인 바람이 불어왔다.

"안녕하세요!"

육중한 철문을 열자 낙법 소리가 한층 더 크게 울려 퍼졌다. 도장의 조명은 하얗고 환했다. 바닥에 깔린 도장용 다다미 위에서, 초등학생부터 중년까지 다양한 연령층의 수강생들이 저마다 상대와 대련 중이었다.

"오빠, 이거 먹어."

미후유가 말을 걸자, 때마침 수건으로 머리를 털던 최지훈이 이쪽으로 다가왔다. 미후유는 닭꼬치 양념이 조금 묻은 팩을 하나 건넸다. 오래 입어서 부들부들해진 유도복에 검은 띠를 맨 사범 대리 최지훈은 갓 서른이 된 젊은이로, 아유무보다 체격이 늘씬했다. 유도 외길을 걸어온 최지훈의 두 귀는 뭉개져 있었고, 코도 조금 삐뚤어진 상태다. 외동인 미후유에게는 오빠나 나이 차가 얼마 안 나는 삼촌 같은 존재라, 출출한 저녁 시간에 먹을 것을 사다주는 게 일과였다. 하지만 결코 공짜는 아니었다.

“와, 닭꼬치네. 고마워. 얼마야?”

“네 개에 360엔. 60엔 깎아줄게, 300엔만 줘.”

“파격 할인이네. 사범님은 좀 어떠셔?”

“퇴원은 아직 멀었지만 상태는 좋아 보였어. 그보다, 앞으로 내가 매일 히루네 고모를 수발들게 됐어.”

“히루네 씨? 고생이겠네.”

동전지갑에서 닭꼬치 값을 꺼내던 지훈은 불현듯 인상을 찌푸리더니 미후유의 머리 너머의 하늘을 보았다. 미쿠라관이 있는 방향이었다.

“아까 도장에도 미쿠라관 문제로 클레임 전화가 왔어. 또 경보가 울린다고.”

“정말? 내가 미쳐!”

미후유는 짜증스럽게 소리를 꽥 지르더니 도장 벽에 쿵 몸을 기댔다. 이번에야말로 정말 고모를 내쫓아야 하는 거 아냐? 미후유는 고모 몫의 닭꼬치를 사온 게 갑자기 억울해져서, 지훈에게 전부 줘버릴까 생각했다. 지훈이 호감을 품고 있는 사무직원 하라다 씨와 먹으면 되겠네. 하지만 지훈은 더욱 신경 쓰이는 소리를 했다.

"그런데 경보음이 여기까지 들리진 않았어. 어제는 이 주변에 울려 퍼졌는데, 오늘은 아무 소리도 안 나던데. 히루네 씨는 전화를 안 받고."

"흐음…… 별관에 있어서 못 들은 거 아냐? 거긴 구급차 사이렌 소리도 안 들리거든. 오빠가 잠깐 나간 사이에 났던 건 아니고?"

"아니, 난 종일 도장에서 연습했어. 나뿐 아니라 동네 개들도 조용했고, 하라다 씨도 못 들었다는데."

지훈은 하라다에 대한 호감을 숨기고 있다고 생각했지만, 미후유조차 알아챌 수 있을 만큼 태도에 다 드러나서, 공공연한 비밀이 되었다. 미후유는 여느 때처럼 지훈을 놀리고 싶었지만, 그럴 때가 아니었다. 지금 당장 가봐야 한다.

"하지만 클레임이 들어왔다는 건 뭔가가 일어나고 있다는 거잖아. 이쪽에 안 들렸던 것뿐이지, 누군가에게는 엄청 시끄러웠을지도 모르니까 미안한 일이지."

닭꼬치 팩이 봉투 안에서 뒤집어지려 했지만 미후유는 아랑곳하지 않고 분연히 미쿠라관을 향해 걸음을 옮겼다.

요무나가마을에는 모두 50곳의, 책에 관련된 가게들이 자리하고 있었다. 인테리어용으로 장정이 아름다운 책을 찾으러 오는 고객이나, 책갈피나 북 커버 등 액세서리를 찾는 고객, 초판본이나 희귀한 띠지가 달린 책, 희귀본을 찾는 고객까지, 각양각색 책 마니아들의 요구를 만족시킬 수 있었다. 그중에서도 특히 마니악한 책 수집가들에게 '책의 마을'의 심층, 핵심은 역시 미쿠라관 주변의 서점가였다.

도장을 나와 온 길을 따라 완만한 언덕길을 천천히 오르면, 거대한 은행나무와 미쿠라관이 보이기 시작한다. 길은 마치 강줄기가 한가운데의 모래톱을 만나 둘로 갈라지듯 두 길로 나누어졌다. 길을 따라 우중충한 잿빛의 오래된 고서점들이 미쿠라관을 에워싸듯 늘어서 있었다.

둘로 나누어진 길은 미쿠라관의 부지를 완전히 에워싼 지점에서 다시 이어졌고, 그 앞의 언덕에 이르러 다시 나뉘어 T자로가 되었다. 한 갈래는 주택가 안쪽으로, 한 갈래는 역 방면으로 이어진다. 이 푸르른 언덕 위에 요무나가신사가 있다. 다음 달에 열리는 '미나즈키축제'에 대비해 언덕 비탈에 깃발을 세우기 위한 장대가 이미 늘어서 있었다.

서책을 관장하는 이나리 신을 모신 요무나가신사로 향하는 이들은 많았다. 참배객들이 새전신불에 참배하여 올리는 돈을 던져 넣고 딸랑딸랑 방울을 울리며 소원을 비는 그 순간 머릿속에 있는 생각은 저마다 다르겠지만, 바람에 흔들리는 에마일본의 절이나 신사에 소원을 빌 때, 혹은 소원이 이루어졌을 때 봉납하는 목판에 적힌 내용은 대부분 서책이나 독서, 글쓰기에 관한 것이었다. 이를테면,

> 1980년에 나온《정본 수서산서》의 특별 한정판 35부를 10만엔 이하로 구입할 수 있길.
>
> SF작가 도헨 보쿠타로의 창작 의욕에 불을 지펴주세요, 20년

동안 신간을 기다리고 있습니다.

신인문학상을 탄다! 이번에는 무슨 일이 있어도 꼭 탄다! 타게 해주세요!

서점 매출이 오르기를, 가능하다면 인터넷 서점 이마존의 경영이 악화되거나 스캔들이 발각되어 망하길.

등등, 서책에 관련된 각양각색의 기원과 욕망, 저주의 말들이 푸른 하늘 아래에서 바람에 흩날리고 있었다. 이 '책의 신'을 모시는 신사에, 전국 방방곡곡에서 서책에 관련된 고민을 가진 사람들이 찾아들었지만, 요무나가마을 도서관 자료실에 잠들어 있는 책을 읽고, 이곳이 언제부터 서책의 신을 모셨는지 아는 이는 얼마 없었다. 안다고 해도 입을 다물 것이다.

좌우지간 미후유는 이 신사도, 미쿠라관도, 고서점 거리도 모두 질색이었다. 축제로 동네가 북적일 때마다, 할머니의 기분은 한없이 언짢아졌고, 혹시라도 미쿠라관에 침입하는 자가 있을까 봐 여느 때보다 더 신경을 곤두세웠다. 지금도 오래전에 세상을 떠난 할머니가 바로 옆에서 역정을 내는 것 같았다.

날이 저물어 거리를 에워싼 노랗고 빨간빛의 베일이 사라지면, 짙은 남색의 본모습을 드러낸 하늘에 희미하게 별이 반짝인다. 미쿠라관으로 가까이 가면, 대지진과 전쟁을 거치고도 살아남은 거대한 은행나무가 전등 불빛을 받아 복잡한 그림자를 드리우고 있다. 불어오는 바람에서도 왠지 낡은 책 냄새가 났다. 거대한 은행나무 뒤로는 블록 담장에 에워싸인 푸르른 정원이 펼쳐져 있고, 그 너머로 미쿠라관의 지붕이 보인다.

서양식 건물인 미쿠라관 앞을 지날 때마다 가장 사람들의 눈길을 끄는 건, 삼각형 맞배지붕을 얹은 통유리 선룸이었다. 장엄한 인상의 관 중앙은 1층에서 2층까지 일면이 모두 거대한 창으로 이루어져 있었는데, 하얗고 우아한 가냘픈 창틀이 그 사이를 수놓고 있었다. 하지만 관 안에서 햇살이 가장 많이 들어오는 건 이 선룸뿐이었다. 건물 대부분은 극단적이라 해도 좋을 만큼 창문이 없었다. 외양은 거의 광과 비슷했다. 흙벽에 회반죽을 칠했고, 환기를 위한 작은 덧창이 달린 문이 설치되어 있었다. 왜냐하면 책은 햇빛과 습기에 취약하기 때문이다.

인간이 아니라 책을 위해 지어진 미쿠라관에는 선룸을 제외하고는 인간을 위한 공간이 없었다. 아버지의 뒤를 이은 다마키는 더욱 책에 충실해서, 정원을 일부 없애고 증설한 별관에는 환기팬만 설치했을 뿐 창문 하나 없어서 마치 감옥 같았다.

어릴 적, 아버지의 손을 잡고 미쿠라관을 찾을 때마다 미후유는 큰 소리로 엉엉 울며 집에 가자고 보챘다. 회반죽벽을 타고 오르는 넝쿨이 으스스했고, 금방이라도 유령이 나올 것 같아서였다. 커다란 은행나무 줄기의 울퉁불퉁한 혹도 섬뜩하기만 해서, 여기 있어서 좋은 일은 하나도 없을 거라 생각했다.

담장 너머로 들여다보면 선룸 1층의 창문은 어두웠지만, 2층에서 새어나오는 희미한 오렌지색 불빛이 안에 누군가가 있다는 걸 알려주었다.

미후유도 이제 고등학생이라 전처럼 울지는 않았지만, 정원 철문을 열고 안으로 들어설 때면 아직도 종이 울리듯 심장이 쿵쾅거렸다. 히루네의 모습을 확인하면 바로 집에 가자. 집에 가서 예능 프로그램을 보고, 내일은 토요일이니 밤새 만화책을 봐야지. 어차피 휴일에 만날 친구도 없었다.

물들기 시작한 수국, 잎에 흰색 무늬가 있는 무늬산미나리, 붓꽃 등 풀과 나무가 가득한 정원을 지나 푸른 타일을 깔아놓은 현관 앞에 서서 초인종을 눌렀다. 어차피 반응이 돌아오리라 기대하지 않았고, 예상대로 히루네는 나와보지도 않았다.

아버지에게 받은 열쇠를 열쇠 구멍에 넣었다. 가볍게 비트는 게 아니라 한 단계 더 비틀어 뿍, 하는 기계음이 울리는 걸 확인했다. 정말 이걸로 경비가 해제된 걸까? 올려다보니 유명 경비회사 로고가 달린 경보 장치가 태연하게 문 위에 자리하고 있었다.

하지만 미후유는 고개를 갸웃했다. 경보 장치 옆에 판독할 수 없는 기묘한 빨간 문자가 늘어선 금속판이 붙어 있었다. 저런 게 전에도 있었나? 아니, 애초에 미쿠라관에 갈 일을 만들지 않았고, 가끔 올 때도 바닥만 봐서 현관 위를 올려다본 적이 없었다.

불안으로 술렁거리는 가슴을 안고 미후유는 살며시 문을 열었다. 경보음은 울리지 않았다.

"히루네 고모?"

바깥은 여름인데 실내는 어찌나 서늘한지 소름이 돋을 정도였다.

낡은 책 특유의 코를 찌르는 냄새에 콧속에서 위쪽 턱 언저리가 저릿한 느낌이 들며 재채기가 나올 것 같았다.

전기 스위치를 올리자 바로 실내는 오렌지빛으로 밝아졌다. 서양식 건물이라 해도 근본은 일본식이라 갈색과 하얀색 타일을 깔아놓은 현관에는 커다란 신발장이 놓여 있었다. 운동화를 벗고 슬리퍼로 갈아 신으려던 미후유는 "으악!" 하고 비명을 질렀다. 신발장 안에 뒤집힌 바퀴벌레 시체가 들어 있었는데, 하마터면 만질 뻔했다.

"……집에 가고 싶어."

바퀴벌레가 한여름의 매미처럼 죽은 척하는 게 아니기를. 갑자기 일어나 날아가지 않기를. 울고 싶은 마음을 꾹 참고 그렇게 빌며 미후유는 그 옆의 신발장에서 슬리퍼를 조심스레 꺼냈다.

양탄자가 깔린 현관과 연결된 복도는 안쪽 벽 오른쪽으로 꺾였다. 복도 양옆의 크림색 벽에 난 문은 서고로 이어져 있었다.

오른쪽 작은 방은 미쿠라관의 이른바 '창세기'라 할 수 있는 공간이었는데, 가이치가 스무 살 무렵, 창간호부터 사 모은 잡지 〈신청년〉과 다이쇼시대 말기에 발매된 엔폰 1926년부터 각 출판사에서 출판된 한 권에 1엔짜리 전집류의 속칭 전집, 근대명저문고 등 초기 컬렉션을 위한 방이었다. 한편, 왼쪽에 자리한 L자형의 기다란 방은 과거 일반인에게 공개했던 시절의 흔적으로, 쇼와시대의 그림책이며 아동서, 성인들을 위한 대중소설과 문학서 등이 책장에 빼곡하게 꽂혀 있었다. 미쿠라 가이치의 컬렉션은 기본적으로 소설 등 읽을거리 중심이었고, 태평양전쟁 이전부터 전쟁 중반, 그리고 전쟁이 끝나고 나서까지 출간된

서적들을 수집했다. 그리고 많은 수집가와 마찬가지로 판형이 바뀌면 새로 구입했으며, 평론이 나오면 그 역시 수집했다.

좌우지간 미후유의 관심을 끌 만한 것은 전혀 없었다. 혹시나 해서 문을 열고 히루네를 찾았지만 아무도 없었다.

복도를 지나 오른쪽으로 꺾으면 선룸이 나온다. 바닥에 깔린 빨간 양탄자는 여러 번 밟혀서 평평해졌으며, 가구는 모두 고급스러웠지만 너무 옛날 물건이었다. 비취색의 긴 의자에 대충 말아놓은 빨간 담요가 놓여 있었고, 베개는 바닥에 떨어져 있었다. 화장실은 있지만 화재의 우려가 있는 주방은 없다. 방구석에 일문형 냉장고가 덩그러니 놓여 있을 뿐이었다. 인터넷도 연결되지 않은 미쿠라관의 유일한 연락 수단인 검은 전화는 수화기를 내려놓은 채 바닥에 방치되어 있었다. 그래서 전화가 연결되지 않았던 것이다.

1층 어디에도 히루네는 없었다. 남은 건 2층이다.

2층으로 올라가는 계단은 선룸 왼쪽에 있었는데, 그 밑의 납작한 종이상자에 편의점 도시락 용기며 나무젓가락, 코를 푼 듯한 티슈 등을 아무렇게나 넣어두었다. 실내는 어수선했지만 그래도 테이블 위의 고서는 각을 맞추어 꼼꼼하게 쌓아두었다. 펼쳐놓은 책이나 책장이 접힌 책은 한 권도 없었다.

정말 히루네 고모는 책 말고 다른 것에는 관심이 없는 것이다. 미후유는 진저리와 존경심이 섞인 복잡한 심정으로 창밖을 보았다. 어스름 속에서 새카만 그림자가 되어버린 주택가 너머로 짙은 사파이어 빛깔의 하늘이 펼쳐져 있었다.

선룸 2층으로 올라갔다. 선룸은 절반이 복층 구조였는데, 벽은 1층에서 2층까지 전체가 서가였고, 2층의 복도에서 서가를 내려다볼 수 있었다. 복도는 루프 발코니처럼 넓었고, 이곳 벽에도 책장을 짜 넣어 빼곡하게 책을 꽂아놓았다. 책장 말고 이곳에 있는 가구라고는 중앙의 난간 쪽에 덩그러니 놓인 가죽 소파와 낮은 테이블뿐이었다. 그곳에서 겨우 히루네를 찾아냈다.

소파가 아니라 테이블 아래의 바닥, 빨간 양탄자 위에 드러누워 드르렁 코를 골며 잠들어 있었다. 커다란 안경, 색소가 옅은 피부에 주근깨가 도드라진 얼굴은 20대로도, 30대로도, 40대로도 보였다. 한마디로 나이를 알 수 없는 얼굴이란 말이다. 빨간 양탄자에 밝은 갈색 머리가 아무렇게나 흩어져 있었고, 며칠 입었는지도 알 수 없는 줄무늬 상의에 잠옷 같은 낙낙한 바지 차림으로, 마치 입관한 망자처럼 예의 바르게 두 다리를 뻗고, 손을 가슴 위에 올린 자세였다. 그리고 손에는 메모지 같은 게 쥐여 있었다.

"고모, 고모!"

미후유는 진저리를 내면서도 고모의 어깨를 흔들며 깨우려 했다. 하지만 역시 이름값을 하는지, 그 정도로는 눈을 뜨지 않고 태평하게 코를 골 뿐이었다.

테이블 위에는 두툼한 장부가 펼쳐져 있었는데, 작고 꼼꼼한 글씨로 장서의 상태가 기록되어 있었다. 본관과 별관을 합쳐 대략 수십만 권은 되는 책을 한 권씩 책장별로 분류해, 수선할 필요가 있는 책은 수선 기사에게 보낼 목록에 올렸다.

미후유는 장부에 책갈피를 꽂은 뒤 덮으며 한숨을 내쉬었다.

"뭐, 그래…… 닭꼬치만 두고 가면 되겠지."

열다섯 살이나 많은 이 고모가 자기보다 몇 배나 잠도 많고 못 미더운 성격이라는 걸 미후유는 도무지 이해할 수 없었다. 식사를 가져다주는 정도면 몰라도, 그 이상 수발을 드는 건 죽어도 싫었다. 미후유는 빨간 매직으로 '소금'이라 적힌 팩을 봉투에서 꺼내 테이블에 올려놓았지만, 잠시 생각한 끝에 침을 흘리며 바닥에 누워 있는 히루네의 머리 옆에 다시 내려놓았다. 식욕을 자극하는 냄새를 맡으면 잠에서 깰지도 모르지.

이대로 미쿠라관을 나갔으면, 미후유는 30분 뒤 집에 도착해 부엌에서 가지와 양하를 넣은 된장국을 만든 뒤, 씻어나온 쌀에 빠른 취사로 밥을 해서 닭꼬치를 반찬 삼아 저녁을 먹고, 금요일 저녁을 느긋하게 즐겼을 터였다.

하지만 자리에서 일어나려던 미후유는 고모가 손에 쥔 메모를 보고야 말았다. 처음에는 고모가 쓴 메모인 줄 알았다. 하지만 자세히 보니, 그것은 글자라기보다는 기묘한 무늬였고, 흘러넘친 피처럼 빨간 잉크로 적혀 있었다. 미후유는 손을 뻗어 종이 끝을 손가락으로 잡아 천천히 빼냈다.

메모가 아니다. 부적이었다. 아니면 호부護符라 해야 할까.

현관에서 찾은, 경보 장치 옆에 있던 신기한 모양의 금속판을 떠올렸다. 그것과 비슷했다. 얇고 기다란 새하얀 종이에 가로가 묘하게 넓고 세로는 찌부러진 글자. 마치 어릴 적 보았던 강시의 이마에 붙은 부적처럼……. 미후유는 숨을 삼키며 종이를 거꾸로 뒤집었다.

읽을 수 있다. 장식이 과하게 들어가서 무늬인 줄 알았는데, 자세히 보니 일본어로 적힌 말이었다.

"으음…… '이 책을 훔치는 자는 마술적 사실주의의 깃발에 쫓기리라'?"

소리 내서 읽은 순간 서늘한 손가락이 등줄기를 거꾸로 훑고 올라가는 듯한 감각에 온몸에 소름이 돋았다.

"이게 뭐야, 기분 나빠……."

정체 모를 것을 건드렸다고 생각하며 황급히 부적을 놓은 순간, 어디선가 불어온 바람이 미후유의 온몸에 엉겼다. 대체 어디서 불어온 바람이지? 놀라서 돌아봤지만 선룸의 창문은 꼭 닫혀 있었다. 마치 제 의지를 가진 양 미후유에게서 떨어진 바람은 부적을 허공으로 떠오르게 하더니 빙글빙글 돌리며 복도 벽 책장 앞에 떨어뜨렸다.

그곳에는 사람의 다리가 있었다. 새하얀 운동화와 양말, 미후유와 같은 학교 교복 차림으로 똑바로 서 있었다. 앳된 얼굴의 소녀였다.

미후유는 목청이 찢어져라 비명을 지르며 뒷걸음질 치다 엉덩방아를 찧었다. 유령인 줄 알았다. 그도 그럴 게, 소리도, 기척도 없이 홀연히 나타난 데다 어깨까지 오는 머리카락은 눈처럼 새하얬으니까.

"너, 너 대체 누구야?"

소녀는 대답하지 않고 천천히 허리를 굽혀 부적을 줍더니, 소리도 없이 미후유에게 다가와 팔을 쓱 내밀었다.

"……이거, 떨어뜨렸어."

"어, 뭐라고?"

"떨어뜨렸다고. 미후유 거야."

미후유의 얼굴이 구겨진 종이처럼 변했다.

"내, 내 거 아냐. 고모가 갖고 있던 거지."

"그래도 미후유 거야."

울컥했다. 무슨 뜻이야. 대체 뭐냐고? 갑자기 나타나서 아니라는데 맞는다고 우기고. 공포보다 강한 짜증에 미후유는 급속도로 냉정해졌다. 학교에서 돌아오는 길에 말을 걸었던 학생의 얼굴이 기억의 밑바닥에서 되살아났다.

"잠깐, 알았어. 혹시 너 문예부야? 그 선배가 시켜서 나를 쫓아온 거야?"

이 마을에서 미쿠라란 성을 달고 살아간다는 건, 거대한 간판을 짊어지고 다니는 것이나 마찬가지였다. 미후유가 책을 읽지 않는 것도 모르면서, 미쿠라 집안의 일원이라는 사실만으로 동류를 만났다는 듯 애서가들이 접근한다. 그중에는 미쿠라관의 장서를 노리고 연줄을 만들려는 이도 있었다. 오늘 전철역에서 말을 걸어온 그 선배도 그런 거겠지.

그러니 이 소녀도 딱히 이상할 것 없었고, 무서워할 필요도 전혀 없다는 생각이 들었다. 어차피 머리는 탈색했거나, 태생적으로 그런 체질이겠지. 이곳에 있는 것도, 분명 1층 선룸 창문이 잠겨 있지 않았거나, 무슨 수를 써서 현관 잠금장치를 열어 나보다 먼저 잠입한 뒤에 2층 서고에 숨어서 기다리고 있던 게 분명하다. 히루네에 정신이 팔린 사이에 미닫이문을 열고 나온 거겠지. 이 서고와 연결된 미닫이문은 하나밖에 없다. 책장과 책장 사이. 그래, 방금 소녀가 나타난 곳이다.

생각을 정리하자 온몸에 용기가 솟아나고 다리에도 힘이 들어갔다. 바닥에 철퍼덕 주저앉아 있던 미후유는 눈에 힘을 콱 주고 일어나 가슴을 펴며 삿대질을 했다.

"돌아가. 난 문예부에 안 들어갈 거야. 책은 질색이고, 국어 교과서 읽는 것도 싫어, 만화 말고는 1년에 한 권도 안 읽는다고. 내가 가입해도 좋을 거 없어. 만일 나를 가입시켜서 미쿠라관에 출입할 허가를 받고 싶은 거라면, 소용없으니까 관두라고 그 사람한테 전해."

"문예부?"

하얀 머리카락의 소녀는 고개를 갸웃거리며 검은자가 동그란 눈을 깜빡거렸다.

"문예부…… 회문 앞에서부터 읽으나 뒤에서부터 읽으나 같은 말이 되는 어구이 아니네, 아쉬워."

"뭐?"

"문예문이었으면 거꾸로 읽어도……."

"됐으니까 빨리 나가. 네 말장난을 들어줄 시간 없으니까. 안 나가면 경찰 부른다, 불법 침입이야, 이거."

미후유는 소녀의 등을 떠밀었다. 이거 봐, 만질 수 있잖아, 유령이면 만질 수 없겠지. 그렇게 생각하며 미후유는 소녀를 계단 쪽으로 내보내려 했다. 하지만 소녀는 계단 앞에서 난간을 꼭 잡고 꿈쩍도 하지 않으려 했다.

"불법 침입한 거 아냐. 저 사람이 불러서 왔어."

소녀는 그렇게 말하더니 여전히 잠들어 있는 히루네를 가리켰다.

"문예부도 뭔지 몰라. 거짓말 아냐."

"……정말? 히루네 고모 친구야?"

"친구…… 넓은 의미로는 그렇다고 봐야겠지."

"사전처럼 말하지 마. '괴짜'라는 점에서는 분명 히루네 고모랑 비슷하긴 하네."

소녀의 등을 밀던 손에서 힘을 살짝 빼고, 미후유는 머리부터 발끝까지 빤히 관찰했다. 키는 미후유보다 조금 컸다. 콧대가 낮고 입은 다소 큰 얼굴, 새삼 보아도 역시 낯설었다. 교복은 하얀 블라우스에 녹색 넥타이를 느슨하게 맸고, 짙은 남색의 블레이저와 치마는 동복이었다. 치마는 무릎 아래 길이로 미후유처럼 성실하게 교칙을 준수하고 있었다. 하지만 교표가 없어서 몇 학년인지 알 수 없었다.

"이름이 뭐야?"

그저 신원 확인을 위해 던진 질문이었는데, 어째서인지 소녀는 반색하며 얼굴을 빛냈다.

"마시로. 참 진에 흰 백, 마시로."

그때 미후유의 머릿속에서 뭔가가 치지직 하고, 마치 선향에서 튀는 불꽃처럼 번뜩였다. 하지만 그것은 찰나에 불과할 뿐 파악할 틈도 주지 않고 사라졌다. 미후유는 고개를 저은 뒤 소녀의 팔을 붙잡고 자고 있는 히루네 쪽으로 갔다.

"고모, 일어나. 그만 좀 일어나라고. 얘는 대체 누구야?"

하지만 밀고 당기며 흔들어도 고모는 일어나지 않았다.

이제 됐어. 이런 데서 이렇게 시간을 잡아먹을 줄은 몰랐다. 저녁으로 가다랑어 다타키를 샀으면 상했을지도 모르겠군. 닭꼬치는 전자레인지에 데우면 되고, 귀찮으니까 밥은 하지 말고 편의점에서 즉석 밥을 사가자…… 온몸에서 힘이 빠져나가는 걸 느끼며 미후유는 한 손에 든 비닐봉지를 다시 쥐고 계단을 내려가려 했다. 그 순간 자신을 마시로라 소개한 소녀가 그 손을 붙잡았다.

"……뭐야?"

"못 돌아가."

"무슨 뜻이야?"

"그쪽으론 못 돌아간다고. 도둑이 들어서 저주가 발동했으니까."

"도둑? 저주? 대체 무슨 소리야?"

"믿어줘. 미후유는 책을 읽어야만 해."

물끄러미 바라보는 마시로의 커다란 검은 눈동자에 빨려 들어갈 것만 같았다. 이 아이는 히루네 고모보다 더 이상하네. 미후유는 황급히 마시로의 손을 뿌리치려 했지만, 생각보다 악력이 세서 꿈쩍도 하지 않았다.

"이거 놔! 너 무서워."

"미안해. 하지만 미후유는 그 책을 읽어야 해."

말이 끝나기가 무섭게 마시로는 성큼성큼 책장과 책장 사이로 다가가 미닫이문을 힘껏 열어젖혔다.

즉시 낡은 책의 곰팡내를 품은 바람이 불어닥치며 먼지가 일었다. 미후유는 콜록거리며 손으로 얼굴을 가렸다. 왜 서고에서 바람이 불어오지? 환기 중이었나? 그사이에 잠들다니 고모답지 않은데.

고개를 든 순간, 눈앞에 나타난 건 서가였다. 천장에서 바닥까지 이어진 책장들은 사람이 드나드는 통로도 내기 아쉽다는 양 빼곡하게 안쪽까지 수십 열로 늘어서 있었다. 이 서고 하나에만 책장이 200개 이상 있었고, 그 모든 칸에 책이 빽빽하게 꽂혀 있었다. 장관이라기보다는 위압적이었다. 소리 없는 그 광경에서는 엄격한 계율이 지배하는 신전 같은 분위기가 풍겼다.

발바닥에 땀이 흥건했다. 미쿠라관이라면 질색인 미후유에게 이곳은 소름 끼치는 곳이었다. 어릴 적 딱 한 번 이 미닫이문을 연 적이 있는데, 기억에 남아 있는 건 무시무시한 얼굴로 저를 내려다보는 할머니의 얼굴뿐이었다.

"이쪽이야."

어안이 벙벙해서 반응이 늦었던 미후유는 마시로에게 손목을 잡혀 서고로 들어갔다. 책장과 책장의 간격이 50센티미터에 불과해 체구가 작은 사람이 겨우 지날 만한 비좁은 통로를 힘겹게 통과했다. 천장 전등은 불이 하나도 들어오지 않았다. 그럼에도 서고는 마치 촛불을 켜둔 것처럼 은은한 오렌지색 불빛에 휩싸여 그림자를 드리우고 있었다.

"……양초 같은 게 있을 리 없는데."

할머니가 살아 계실 때부터 미쿠라관에 화기는 엄금이었고, 하루네와 아유무도 절대로 불을 반입하지 않았다. 미후유는 몇 번이고 눈을 비볐지만, 정체를 알 수 없는 불빛은 꺼지지 않았다.

미후유의 눈에는 모두 비슷비슷해 보이는 책장 사이를 마시로는 오른쪽으로 왼쪽으로 꺾으며 나아갔다. 그 뒷모습을, 불투명하게 비치는 하얀 머리카락을 미후유는 불안한 시선으로 바라보며 이끄는 대로 걸음을 옮겼다.

"여기야."

한 책장 앞에서 마시로는 걸음을 멈추더니 그제야 미후유의 손목을 놓아주었다. 조금 얼얼한 손목을 문지르며 고개를 든 순간, 미후유는 눈을 부릅떴다. 아무리 책을 싫어하는 미후유라도 이변을 알아챘다. 다른 칸은 모두 빽빽하게 책이 꽂혀 있는데, 그 칸만 텅 비어 있었다. 한마디로 20~30권의 책이 통째로 사라진 것이다.

"……설마."

"이걸 읽어봐."

마시로가 가리키는 쪽을 보니, 끄트머리에 책이 한 권 덩그러니 남겨져 있었다. 책등에는 아까 부적과 비슷한 무늬가 새겨져 있었다. 책을 빼자 약간의 먼지가 허공에 흩날렸고, 표지의 둥그런 각인이 오렌지색 불빛을 받아 반짝거렸다. 책 전체에 서로 얽힌 세밀한 넝쿨무늬가 들어간 아름다운 장정의 책이었는데, '한모마을의 형제'라는 제목이 명조체로 우아하게 인쇄되어 있었다.

"읽어봐, 미후유."

마시로의 재촉에 미후유는 침을 꿀꺽 삼켰다. 여느 때였다면 책을 만지기만 해도 몸이 굳으며 거부반응을 일으키는데, 신기하게도 지금은 마음이 차분하고 혐오감도 들지 않았다. 《한모마을의 형제》라니, 이상한 제목이다. 표지를 펼치자 영문 모를 그리운 향기가 코끝을 간질인 것 같았다.

내용은 상상도 가지 않았지만 이유 없이 끌렸다. 읽고 싶다는 충동에 휩싸였다. 이 책의 안쪽에 감춰진 누군가에게 다정하게 이름을 불린 것 같은 느낌이었다.

"국어 교과서가 아닌 책을 읽는 건, 초등학교 이후로 처음이네."

미후유는 배에 힘을 주고 깊이 숨을 들이마신 뒤 천천히 뱉으며 페이지를 넘겼다.

모든 일에는 시작과 끝이 있다. 한모마을도 원래 베이젤과 케이젤 형제가 검은 투구벌레를 따라 다다랐을 때까지는 메마른 적갈색 황야였다. 아무리 누르스름한 구름이 비를 내리려 해도 빗방울은 작열하는 대지에 닿자마자 증발할 뿐, 인간은커녕 곤충도, 물조차 발붙일 수 없었다.

베이젤은 비를 몰고 다니는 남자였다. 초승달이 뜨는 밤, 첫울음을 터뜨린 그 찰나, 돌연히 먹구름이 나타나 마을을 뒤덮었고, 그칠 줄 모르는 호우가 쏟아졌다. 마을은 달이 다시 차오를 때까지 완전히 수몰되었고, 미처 대피하지 못한 주민들은 코와 귓구멍에 마개를 하고 깊이 잠수해, 바닥에 잠긴 집으로 돌아가 물건을 챙겨오는 수 밖에 없었다.

어머니가 베이젤을 데리고 옆 마을의 부모님을 만나러 가면 비는 그쳤고, 집으로 돌아오면 다시 비가 내렸다. 이내 베이젤은 비 귀신이라 불리게 되었으며, 새로 재건한 마을에는 사흘 낮 사흘 밤만 머물 수 있었다. 젖먹이 베이젤을 업고 어머니는 여행길에 올랐다. 어머니가 올려다보면 두터운 비구름이 뒤따라왔다. 걸음을 멈추면 즉시 비구름이 따라붙어 빗방울을 뚝뚝 떨어뜨리기 시작해 순식간에 살갗이 따가울 정도의 장대비로 변했다. 어머니는 걸음을 멈추지 않고 비가 내리지 않는 땅으로 향하기로 했다.

모자는 메마른 땅에 비를 내린 뒤, 식물 뿌리가 썩기 전에 다시 길을 떠나 다음 마을로 향했다.

둥근 지구를 돌고 돌아, 옷가지가 얇은 것에서 두꺼운 것으로, 두꺼운 것에서 얇은 것으로 다시 바뀌었을 즈음, 어머니는 둘째 케이젤을 낳았다.

케이젤은 해를 몰고 다니는 남자였다. 어린 베이젤을 다른 데 맡기고 산파가 케이젤을 받은 순간부터, 뜨겁게 내리쬐는 태양이 마을을 덮쳤고, 어머니의 젖을 물어볼 틈도 없이 웅덩이가 바닥을 드러냈다. 숨이 끊어진 물고기와 가재의 영혼은 하늘로 올라가 순환한 뒤 분노한 번개가 되어 대지를 뒤흔들었으며 산파는 비명을 내질렀다. 죽은 영혼은 이내 땅속 깊숙이 파고 들어가 씨앗이 되어, 언젠가 싹 틔울 그날을 기다렸다.

타는 듯한 가뭄이 이어지자 밭은 순식간에 쩍쩍 갈라졌다. 그곳에 베이젤이 나타나 산파의 집에서 몸조리하는 어머니를 찾아가자, 즉시 비가 내리기 시작했다. 태양은 중천에서 이글거리며 타오르고 있는데, 구름 사이로 빗방울이 뚝뚝 떨어져 주변을 적셨다. 세상을 원망하며 죽은 물고기와 가재의 영혼도 싹을 틔워, 선연한 파란빛과 붉은빛의 떡잎을 펼쳤다.

이 광경을 본 어머니는 기뻤지만 한편으로 슬펐다. 제 배 속에서 키워서 세상에 내보낸 두 아이 모두가 하늘에게 사랑받지 못했다며 한탄했다.

먹구름은 태양 주변을 에워싸고 구름이 우는가 싶으면 태양이 웃었다. 정반대가 된 날씨에 겁을 먹은 사람들은 토지를 다스리는 수장에게 몰려가, 가마에 태워 어여차 하고 짊어진 뒤 아직 몸을 가누지 못하는 어머니와 어린 형제를 찾아갔다. 위대한 수장은 어머니의 한탄은 들은 척도 하지 않고 형제를 어미에게서 빼앗아 어느 나그네에게 맡겼고, 기후청을 조직해 학자를 고용했으며, 흑요석 판에 형제의 이동 날짜와 체재 기간을 정해놓은 운행표를 기록해 그대로 실행하게 했다.

나그네를 따라 형제는 함께 먹구름과 태양을 이끌고 사랑과 미움을 받으며 자랐다. 홀로 남겨진 어머니의 피부는 날로 주름이 졌고, 머리카락은 하얗게 세었으며 뼈가 물러져서, 어느 날 흑요석의 운행표를 보며 숨을 거뒀고, 그 부고는 검은 꽃잎에 실려 아들들에게 날아갔다. 성장한 형제는 깊은 슬픔에 젖어 서로를 증오했다. 비가 없었다면, 해만 없었다면, 어머니가 쓸쓸하게 세상을 떠나지 않아도 됐을 텐데. 여우비볕이 나 있는 날 잠깐 오다가 그치는 비가 내리는 날, 베이젤이 거대한 바위를 들어 동생을 뭉개버리려 했고, 케이젤이 날카로운 나뭇가지로 형을 찌르려던 순간, 나그네가 주사위 두 개를 던졌다. 하나는 서쪽을, 하나는 동쪽을 가리켰다.

"여기까지다. 베이젤은 서쪽으로, 케이젤은 동쪽으로 가거라. 돌아보지도, 뒤쫓지도, 서로를 생각하지도 말거라. 그냥 앞으로 나아가는 거다. 언젠가 벌레의 인도로 다시 만날 날이 오겠지. 그리고 여우비가 내리면 그곳을 마을로 삼거라."

형제는 나그네의 말대로 서쪽과 동쪽으로 각자 떠났다. 형제가 멀어지면 멀어질수록 태양을 검게 에워싼 먹구름도 멀어져 베이젤을 뒤따라갔다. 사람들은 이제야 평온해지겠다며 안도의 한숨을 내쉬었지만, 제어할 수 없는 변덕스러운 날씨에 적응하기는 쉽지 않았다.

열두 살과 열한 살에 잠시 작별했던 형과 아우가 다시 만나 한모 마을을 세운 건, 성인식을 치른 지 한참 지나서였다. 베이젤은 빗물을 받아놓는 항아리 밑에서, 케이젤은 뙤약볕이 내리쬐는 시장에서 저마다 검은 투구벌레를 발견했다. 투구벌레는 두툼한 배를 내놓고 잠들어 있었다.

"……마시로." 미후유는 고개를 들어 불만스럽게 말했다. "설마 이걸 다 읽으라고?"

그러자 마시로는 의아스레 고개를 갸웃하며 "뒷이야기가 궁금하지 않아?"라고 되물었다. 마시로의 두 귀는 정수리에 쫑긋 나 있었고, 강아지처럼 기다란 코를 킁킁거렸다.

“너무 길잖아. 베이젤하고 케이젤이 누구야? 아니, 이야기가 너무 지리멸렬하고 이상해. 비의 저주나 태양의 저주 같은 게 무슨 의미인지 알 수 없어서 흐름을 못 따라가겠어. 벌레는 불쾌하고…… 어, 너 왜 강아지 귀 달고 코에 마스크를 쓰고 있는 거야? 갑자기 웬 코스프레게임이나 만화 속 등장인물로 분장하는 일?”

청산유수로 말을 쏟아낸 미후유는 마시로의 대답도 듣지 않고 책을 덮은 뒤 텅 빈 책장에 다시 꽂아놓았다. 마시로의 머리에 달린 강아지 귀가 진짜 강아지처럼 힘없이 축 늘어졌지만, 미후유는 책을 노려보고 있느라 알아채지 못했다.

“재미없었어?”

“재미가 있고 없고의 문제가 아니라, 여기 너무 좁아서 앉을 데도 없잖아. 계속 서서 책을 읽는 건 힘들고, 애초에 나처럼 책을 싫어하는 사람은 활자를 눈으로 따라가는 것도 힘들다고. 이렇게 글자를 많이 읽은 건 너무 오랜만이야.”

미후유는 뻑뻑해진 목에 손을 대고 하품을 늘어지게 하며 상하좌우로 머리를 돌렸다. 손목시계를 확인하자 벌써 7시가 되려는 참이었다.

“나 그만 가볼게. 책은 다음에 읽을 테니까. 그보다 그 강아지 코스프레, 나가기 전에 벗고 가.”

말을 마친 미후유는 바닥에 놓아둔 청과물 가게 봉투와 닭꼬치 팩을 집으려고 손을 뻗었다. 하지만 손끝에 닿은 건, 몽실하면서도 매끈거리는 생물의 감촉이었다.

"꼬끼오."

미후유의 발치에서 수탉 한 마리가 이리저리 고개를 돌리며 빨간 볏을 흔들었다. 미후유는 입을 떡 벌리고 손바닥으로 감싸듯 수탉을 만졌다. 진짜다. 수탉은 노란색의 발로 닭꼬치 팩을 밟아버리더니 서고를 어슬렁어슬렁 돌아다니기 시작했다.

"아⋯⋯ 아니, 왜 닭이 이런 데 있지."

닭이 밟은 팩을 보자 분명 있었던 닭꼬치가 없었다. 끈적거리던 간장 양념도 흔적도 없이 사라졌다. 뿐만 아니라 청과물 가게 봉투에서는 세 개의 싹이 터서 위를 향해 쑥쑥 자라고 있었다.

뒷걸음질 치다 책장에 부딪힌 미후유는 비틀거리며 마시로를 쳐다보았다. 마시로는 갑자기 나타난 닭을 보고도 놀라는 기색 없이 뒤쪽의 벽을 보고 있었다. 빗소리가 들렸다. 벽을 때리는 빗줄기 소리, 처마에서 뚝뚝 떨어지는 빗방울 소리.

"일기예보에서는 내일까지 맑을 거라고 했는데."

미후유는 혼잣말처럼 중얼거리더니 그제야 떠올랐다는 듯이 "앗" 하고 외쳤다. 갑자기 나타난 닭도, 정체 모를 싹도 모두 알 바 아니었다. 황급히 발길을 돌려 비좁은 통로를 종종걸음으로 빠져나가려 했다.

"미후유, 기다려. 어디 가려고?"

"빨래! 학교 가기 전에 널어놓은 걸 깜빡했어!"

뒤에서 마시로가 따라오는 기척을 느끼며 미후유는 기분 탓인지 아까보다 더욱 복잡해진 미로를 지나 출구를 향해 달렸다.

간신히 미닫이문을 열고 복도로 나온 미후유의 눈에 들어온 건 여전히 바닥에서 늘어져 자고 있는 히루네의 모습이었다. 하지만 아까의 히루네와 뭔가 달랐다. 수정처럼 투명한 돌이 히루네의 온몸을 뒤덮었고, 넝쿨이 그 주변을 둘러쌌다.

"고…… 고모?"

미후유는 두 손을 꽉 쥐며 조심스레 히루네를 향해 다가갔다. 설마 돌 속에서 질식사한 건 아니겠지? 두려워서 온몸이 부르르 떨렸지만, 배 부분이 느리게 위아래로 움직이는 걸 보니 숨은 쉬고 있는 것 같았다. 눈꺼풀에는 으스스한 진홍색 글자로 '어머니'라고 적혀 있었다.

"이게 뭐야? 대체 무슨 일이야?"

"꼬꼬댁."

"헉!"

다리에 닿은 건 작은 볏의 암탉이었다.

"이, 이번에는 암탉?"

"닭꼬치가 소금 양념이었잖아."

"그런 이유로? 아니, 그 강아지 귀는 대체 뭐야? 엄청 쫑긋거리는데…… 코도 길고!"

밝은 복도로 나와 다시 보니, 마시로의 머리에 달린 하얀 귀는 아무래도 진짜인 듯했고, 삐죽 돌출된 주둥이 위에 달린 축축한 까만 코도 움찔거리고 있었다. 눈가와 머리카락을 제외한 얼굴이 강아지가 된 것 같았다. 범상치 않은 사태였지만, 마시로는 태연자약하게 "미후유를 돕는 데 유리하니까"라고 대답했다.

"……역시 내가 책을 읽다가 졸았나 봐."

미후유는 두 눈을 꼭 감고, 현실 세계에서 책을 읽다가 졸고 있을 터인 자신을 향해 말을 걸었다. 빨리 눈을 떠. 이제 됐어, 꿈은 충분히 꿨어. 일어나, 일어나, 일어나, 일어나, 일어나…….

강하게 외며 조금씩 눈꺼풀을 들었다. 하지만 고모는 여전히 수정 속이었고, 마시로의 강아지 귀와 코도 그대로였다. 오히려 아까보다 더 진짜 같아졌다.

"아아, 제발 그만 좀 해……."

미후유가 무슨 말을 하든 마시로는 고개를 갸웃거렸고, 순식간에 바닥과 벽, 책장에서 식물이 자라났다. 쑥쑥 가지를 뻗으며, 한가득 노란색과 핑크색 꽃을 피우는 덩굴장미, 울창한 양치식물은 가느다란 잎새를 살랑거렸다. 저 구석에 자란 건 고사리일까. 어디선가 물소리가 났다. 빗줄기는 선룸의 커다란 창문을 세차게 두드리고는 폭포처럼 미끄러져 떨어졌다. 그 밑으로 물웅덩이가 고여 있었다. 퐁, 하고 소리를 내며 물고기가 튀어 올랐다.

미후유는 비명을 지르며 반쯤 넋이 나간 채 계단을 뛰어 내려갔고, 바늘이 6시 50분에서 멈춰 있는 괘종시계 옆을 지나쳤을 때 소용돌이가 일었다.

사람 목소리가 들렸다. 그것도 여럿의 이야기 소리가. 목소리는 이내 빗소리조차 덮을 정도로 커졌고, 이윽고 귀를 막고 싶을 만큼 시끄러워졌다. 인기척은 없었다. 그런데도 어느 나라 말인지 모를 무수한 이야기 소리가 몇 겹씩 섞여 미후유의 고막을 뒤흔들었다. 덜컹덜컹 흔들리는 책장과 살짝 열린 1층 서고 문을 보고 목소리가 책에서 나오는 것임을 알아챘다.

말들이 멋대로 들어오고 있어!

미후유는 덜덜 떨리는 다리에 억지로 힘을 주고 현관에서 밖으로 나가려고 냅다 뛰었다. 하지만 이번에는 색색의 신호기信號旗, 기다란 끈에 달린 색색의 깃발이 책이란 책, 서가란 서가, 곳곳에 뚫린 틈새에서 뻗어와 미후유의 팔다리와 얼굴에 감겼다.

"이런 건 말이 안 돼, 이런 건 절대 있을 수 없어! 믿을 수 없다고! 꿈이야, 꿈이라고!"

그런 이상한 책을 읽었기 때문이다. 그런 이상한 이야기를 읽은 탓이다. 비를 몰고 다니는 남자와 태양을 몰고 다니는 남자, 그런 사람이 존재할 리 없는데, 이야기란 정말 거짓말투성이다. 물고기와 가재가 번개가 되어 땅속으로 들어가 씨앗이 되어 싹을 틔우다니, 생물 선생님에게 그런 소리를 하면 최하위의 성적을 주겠지.

읽지 말았어야 했다! 이래서 책을 싫어하는 건데!

몸을 칭칭 휘감은 깃발들을 억지로 뜯어내며 고개를 들었을 때, 미후유는 현관문 위의 채광창 너머로 툭툭 떨어지는 가재들을 보고 온몸에서 힘이 빠졌다.

"미후유."

흠칫하며 돌아봤다. 하얀 강아지 얼굴에 머리카락이 자라난 것 같은 마시로가 등 뒤에 서서, 미후유의 몸에서 깃발을 하나씩 정중하게 떼어내며 말했다.

"이건 꿈이 아니라 '저주'야. 아까 봤지? 부적을. '이 책을 훔치는 자는 마술적 사실주의의 깃발에 쫓기리라'라는 말."

미후유는 숨을 헐떡이며 마시로를 바라보았다.

"그러지 마. 저주라니, 기분 나쁜 소리 말라고."

하지만 마시로는 꿈쩍도 하지 않았다.

"미쿠라관의 책, 현재 23만 9,122권, 그 모든 책에 '책의 저주'가 걸려 있어. 훔치면, 미쿠라 집안사람이 아닌 자가 바깥으로 책을 한 권이라도 가지고 나가면 발동하지. 이야기를 훔친 자는 이야기의 감옥에 갇혀. 이번에 선택된 건 마술적 사실주의의 저주야. 매직 리얼리즘이라고도 불리는, 마술적 사실주의의 세계에 도둑이 갇히는 저주지."

마시로가 설명하는 동안에도 복도에서, 벽에서, 붉은색과 푸른색, 노란색과 녹색, 갈색과 검은색, 뭐라 형언하기 힘든 빛깔의 깃발들이 다가와 미후유의 몸을 감으려 했다.

"이것도 모두 마술적 사실주의의 저주야. 서책에 저주를 거는 행위는 인쇄기가 아직 발명되지 않아서 책이 무척 귀중했던 시대에 책을 지키기 위해 사람들이 고안한 방법이거든. 방어 마술. 수도사들은 아나테마anathema라고도 불렀던 파문의 저주지."

"……어디 머리라도 부딪혔니?"

울고 싶은 마음을 꾹 참으며 신발장에 손을 뻗자, 손끝에 배를 내밀고 뒤집어져 있던 바퀴벌레가 느껴졌다. 까맣게 잊고 있었다. 미후유가 비명을 지르자, 바퀴벌레는 마침 잘 깨웠다는 양 일어나 검게 빛나는 날개를 부르르 떨었다. 활처럼 굽은 기다란 더듬이로 주변을 탐지해 가볍게 날아올랐다.

졸도하기 직전인 미후유를 마시로가 뒤에서 부축하며 앉힌 뒤 문을 열고 바퀴벌레를 내보냈다. 빗줄기가 쏟아지는 가운데, 바퀴벌레는 먹구름이 무시무시한 속도로 흘러가는 하늘을 향해 날아갔다.

미쿠라관 주변을 에워싼 요무나가마을의 고서점 일대에도 화려한 신호기들이 도로를 뒤덮고 있었다. 녹색이었던 은행나무 잎은 황금빛으로 빛났고, 바람이 불자 금가루처럼 흩어져 잿빛 마을을 비췄다. 은행잎이 흩어지자마자 가지에 새로운 싹이 움터서, 잎은 무한정으로 흩날렸다.

"고대의 저주는 한 권에 하나의 저주가 기본이었지만, 지금은 책의 양이 많아서 훔친 권수와 상관없이 하나의 저주가 발동해. 그만큼 저주는 강력해져서 마을 전체가 변화하지. 한마디로 우리도 《한모마을의 형제》 이야기 속에 있는 거야. 저주는 요무나가마을에만 유효하니, 도둑은 이 마을 어딘가에서 이야기의 감옥에 갇혀 있겠지."

문가에 서 있는 마시로는 역광을 받아 하얀 테두리를 두른 것처럼 빛났다.

"미후유, 지금부터 도둑을 찾아야 해. 도둑을 잡으면 책의 저주는 사라지고 마을도 원래대로 돌아올 거야."

밖으로 나오자 어두운 하늘에 번개가 내리치고 있었다. 세찬 빗줄기가 쏟아졌고, 거센 바람이 요란한 소리를 내며 날뛰었다. 하지만 밤하늘을 올려다보니 중천에 보름달이 걸려 있었고, 소용돌이치는 두툼한 비구름을 거느리고 있었다. 요무나가마을을 태연자약하게 내려다보던 보름달은 노란 눈의 검은 고양이가 인사하듯 깜빡, 깜빡하고 두어 번 윙크를 했다.

"……달이 윙크를 하네. 대체 뭐가 어떻게 된 거야."

시선을 내리자, 미쿠라관과 마찬가지로 지면 곳곳에서 식물이 싹을 틔우더니, 흡사 언덕 위에서 녹색 양탄자를 굴려서 펼치는 것처럼 점점 무성하게 퍼져갔다.

마을은 어마어마한 속도로 변화했다. 넝쿨이 만연했고, 민가 지붕의 기와는 빗소리에 맞춰 들썩거렸으며, 개가 노래했고, 고양이가 나니와부시샤미센의 반주로 곡조를 붙여서 부르는 일본 고유의 창를 읊조렸으며, 아스팔트 도로는 진흙탕처럼 질퍽거렸다.

멍하니 서 있는 미후유의 손을 마시로가 살며시 건드렸다. 마시로의 얼굴은 대부분 개로 변하여, 긴 교복 치마 아래로 하얀 꼬리가 언뜻 보였지만, 머리카락과 눈동자, 그리고 손은 아직 인간 소녀였다.

"가자. 빨리 도둑을 붙잡아야 해."

"……책을 훔쳐간 도둑을 찾으면 마을은 원래대로 돌아와?"

새하얗게 질린 얼굴로 묻는 미후유를 향해 마시로는 힘주어 고개를 끄덕였다.

"응! 아마도."

"아마도라니!"

"사실 나도 처음이라 잘 모르거든……. 도둑을 붙잡는다는 규칙 말고는 몰라, 태어난 지 얼마 안 돼서."

"……아무리 봐도 갓난아이로는 안 보이는데."

"하긴, 엄밀히 말하면 갓난아이는 아니야."

"정말!"

미후유는 발을 구르며 공포가 분노로 바뀌는 것을 느꼈다. 이럴 때면 신기하게도 점점 기운이 나고는 했다.

"엄밀히든 뭐든 상관없어! 너, 이 세계의 전문가인 양 아까는 자신만만하게 '원래대로 돌아간다'고 굴어놓고 그 모호한 말투는 뭐야? 애초에 네가 그런 책을 읽히지 않았으면, 이런 이상한 꿈을 꿀 일도 없었을 텐데!"

미후유가 물어뜯듯 쏘아대자, 마시로는 마치 주인에게 혼난 강아지처럼 힘없이 귀를 축 늘어뜨리며 어쩔 줄 몰라 했다. 이러고 있는 동안에도 빗줄기는 더욱더 거세져서, 빗방울 하나가 콩알만 한 크기가 되더니, 우박이 쏟아지듯 후드득 소리를 내기 시작했다. 자세히 보니 비는 물이 아니라 빛나는 하얀 가루로 되어 있었다. 한 톨을 주워보니 진짜 진주였다. 정원이며 도로에 떨어진 진주가 달빛을 받아 하얗게 빛났다.

"정말 이제 못 참겠다."

미후유가 미쿠라관으로 도망치려던 그 순간, 축 늘어져 있던 마시로의 귀가 쫑긋 섰다. 미후유에게는 아무 소리도 들리지 않았지만,

마시로는 강아지 귀를 미세하게 움직이며 윤기 나는 까만 코를 킁킁거렸다.

"……덤불에 누가 있어. 거기 누구예요?"

그러자 정원에 핀 수국이 하늘하늘 흔들리더니, 이내 검은 그림자가 빼꼼 얼굴을 내밀었다. 보름달과 눈부신 진주 비의 빛을 받은 그 생물은 뾰족한 귀가 달린 오렌지색 여우였다. 여우는 굵직하고 거친 목소리로 "으악" 하고 소리쳤다.

그 순간, 마시로는 즉시 사냥개처럼 돌진해 여우에게 달려들었고, 가엾은 여우는 펄쩍 뛰어올라 도망쳤지만 마시로의 민첩함을 이기지 못하고 정원 구석에 몰렸다.

"아니, 뭐하는 거야?"

동물을 좋아하는 미후유는 황급히 쫓아가 여우를 덥석 안아 마시로에게서 떨어뜨려놓았다.

"왜 동물을 괴롭혀. 여우야, 많이 놀랐지?"

품 안의 보드랍고 따스한 몸은 오들오들 떨고 있었다. 미후유가 매섭게 쏘아보자 마시로는 다시 안절부절못했다.

"미, 미안해. 여우를 본 순간 반사적으로 몸이 움직였어."

"설마 너, 속까지 개가 되어버린 건 아니겠지?"

미후유는 여우를 안은 채 진주 비를 뚫고 성큼성큼 걸어갔다.

"미후유, 그 여우를 어쩌려고?"

"이 이상한 세상에 혼자 남겨둘 수도 없잖아."

오렌지색의 고운 털을 쓰다듬자, 마음이 놓였는지 여우는 기분 좋은 듯 눈을 가늘게 떴다. 마시로는 심기가 불편했는지 콧등에 주름이 잡혔지만, 미후유가 그러고 싶으면 그러라며 마지못해 동의했다.

미쿠라관을 나와 진주 비가 내리는 거리를 걸어갔다. 고서점 거리에는 희뿌연 불빛이 빛나고 있었고, 퇴근길의 회사원들은 가게에 들어가 100엔 균일가 코너를 들여다보고 있었다. 마을이 이토록 변해버렸는데 아무도 놀란 기색을 보이지 않았다. 자신이 이세계에 있다고 생각했던 미후유는 사람들 사이에서 아는 얼굴 몇몇을 발견하고 놀랐다. 특히 코너 오른쪽에서 책을 고르는 통통한 남성 회사원은 단골이었다. 미후유를 보면 "아, 미쿠라의!" 하고 활짝 웃으며 손을 흔들고는 했다.

"마시로, 잠깐 거기서 기다려."

미후유는 마시로를 자판기 앞에 세워놓고는 여우를 안은 채 조심스레 다가가, 책장에서 낡은 문고본을 꺼내려는 남자에게 말을 걸었다.

"저기, 안녕하세요."

허옇고 통통한 얼굴의 남자는 작은 눈을 깜빡거리며 미후유를 쳐다보았다.

"무슨 일이죠?"

여느 때였다면 살갑게 손을 흔들며 인사했을 사람의 차가운 반응에 순간 목이 막혔지만, 용기를 내서 말을 이었다.

"혹시 이 비를 어떻게 생각하세요?"

"비?" 중년 남자는 머리숱이 줄어들고 있는 정수리를 긁적이며 하늘을 올려다보더니, 의아스레 고개를 갸웃거렸다. "어떻다니……
평소랑 마찬가지지. 내일은 베이젤 씨 혼례날이니 하늘도 축하하는
거겠지."

"……베이젤 씨?"

"그래. 모두 진주를 줍고 있잖아."

바닥에 쌓인 진주 빗방울로 길은 반짝반짝 빛났고, 어린아이들이
모여들어 여전히 하늘에서 쏟아지는 진주 빗방울을 정신없이 모으
고 있었다. 둥글게 둘러앉은 아이들의 한가운데에 놓인 등나무 바구
니에는 아이들이 모은 진주 빗방울이 한가득 쌓여 있었다.

이 세상은 이런 거라고 받아들이고 각오하는 수밖에 없나.

미후유는 주먹을 꼭 쥐며 허리를 펴고 다시 남자를 향해 말했다.
"저기, 하나 더 물어봐도 될까요?"

"네? 또 뭐요?"

"수상한 사람 못 보셨나요? 우리 서고의 책을 도둑맞았거든요. 책
장 하나에 꽂힌 책이 통째로 사라져서 범인을 찾는 중이에요."

"모르겠는데. 그보다 학생, 소중한 책에 그 짐승이 접근하지 못하
도록 해."

쌀쌀맞게 말하더니 남자는 책장에서 세 권의 책을 꺼내, 육중한
유리문을 열고 안으로 들어갔다.

옛 모습을 간직한 고서점 거리에는 원래 세계에서처럼 희귀한 책
이 없을까 하고 가게 앞과 안의 책장을 물색하는 애서가들로 가득했
다. 그렇기 때문에 모두가 미쿠라관을 등지고 있었다. 사냥감을 앞

에 두고 멍하니 뒤돌아선 사냥꾼이 있겠는가.

"잠깐, 그럼 여기 섞이면 되는 거 아닌가? 아니, 오히려 이 사람들 중에 있을지도 몰라."

도둑은 왜 책을 훔치는가? 책을 훔치는 이유는 희귀본을 원하는 사람에게 비싼 값에 팔아 한몫 챙기거나, 자신이 소장하고 싶어서거나, 그 둘 중 하나라고 생각한 미후유는 이 애서가들 중에 도둑이 있을 가능성이 크다고 생각했다.

하지만 그렇다면 여기 있는 모든 사람들에게 말을 걸어야 하는 건가. 그렇지 않아도 많았던 애서가들은, 미후유가 우물쭈물하는 사이에 수가 더욱더 늘어난 것 같았다. 100명이 200명으로, 200명이 400명으로, 400명이 800명으로…… 대체 어디에서 쏟아지는 건가 했더니, 아무래도 도로 옆 도랑의 구멍에서 쑥 사람이 나타나 증식하는 모양이었다.

"머리가 이상해질 것 같아."

항복이다. 어찌할 방도가 없다. 미후유가 품 안의 여우를 꼭 끌어안자, 여우는 의아한 듯 올려다보았다.

"내가 도둑을 잡을 수 있을 리도 없고, 더 뛰어난 사람한테 맡기면 돼. 그래, 마시로한테 그렇게 말하자."

그때였다. 검은 벌레, 아마도 바퀴벌레로 추정되는 무언가가 부웅 날개를 떨며 날아와 눈앞의 책장에 앉았다. 미후유는 얼빠진 소리를 냈고, 여우는 벌레를 향해 "하악" 하고 위협했다.

"잘했어, 여우야. 저 바퀴벌레를 먹어치워!"

그러자 마시로가 미후유의 소매를 잡아당겼다.

"미후유, 저 벌레를 따라가자."

"으악, 죽어도 싫어!"

"그러지 말고. 《한모마을의 형제》에서는 투구벌레처럼 까만 벌레를 '등딱지가 있는 벌레'라고 부르며 신의 심부름꾼으로 숭배해. 동서로 각자의 길을 간 형제를 다시 만나게 해준 벌레니까. 그리고 지금 요무나가마을은 한모마을과 같은 상황이야. 어쩌면 우리를 도둑에게 데려다줄지도 몰라."

마시로의 말대로 바퀴벌레는 평소 주방이나 쓰레기장에서 미후유를 놀라게 했던 모습보다 날개가 둥글게 부풀어 있어 마치 등딱지가 달린 것처럼 보였다. 손님이 다가와 가게 문을 열자, 바퀴벌레는 몸을 부르르 떨었다. 그리고 윤기 흐르는 등딱지를 바로 들어서는 숨겨뒀던 비단처럼 얇은 뒷날개를 꺼내 진주 비를 뚫고 보름달을 향해 날아올랐다.

"……정말 요무나가마을이 그 책 속 세상으로 바뀌어버린 거야? 그 아저씨가 베이젤이 어쩌고 하던데."

"맞아, 그러니까 빨리 도둑을 찾아야 해."

마시로는 미후유의 손을 잡고 치맛자락을 펄럭이며 바람처럼 가볍게 달려갔다. 바퀴벌레를 쫓아, 마시로와 손을 잡고 있으니 자신 역시 날개가 달린 것처럼 몸이 가벼워진 걸 느꼈다. 발이 바닥에 닿았는지 아닌지도 모를 정도였다.

밤이지만 생물이 숨어서 잠들만 한 어둠은 이미 도심에 없었다.

주택가의 집집마다 켜진 불빛과 마트의 하얀 조명에 묻혀버릴 것 같은 술집의 연보랏빛 간판, 하나둘 켜진 가로등이 순식간에 지나간 뒤 미후유는 이내 도장 앞을 지나쳤다. 마침 사범 대리인 최지훈이 길가에 서서 사무직원 하라다에게 말을 걸고 있었다. 갈색으로 염색한 긴 생머리에 이목구비가 뚜렷한 하라다는 가느다란 담배를 피우며 지훈의 말에 고개를 끄덕이고 있었다. 한편, 그녀에게 푹 빠진 지훈의 귀와 뒤통수에는 귀여운 빨간색과 핑크색 꽃이 피어 있었다.

"입에 파리 들어가겠다."

둘 다 미후유와 마시로를 알아채지 못했다. 그저 회오리바람이 곁을 지나친 것처럼 휘날리는 머리카락을 한 손으로 붙잡을 뿐이었다.

마시로는 걸음이 빨랐다. 너무 빨라서 미후유의 어깨를 붙잡은 여우가 비명을 내질렀을 정도였다. 어느샌가 마시로의 팔다리는 개처럼 변해 있었고, 앞으로 몸을 숙인 채 네 다리를 땅에 붙이고 있었다. 그러다 결국 교복을 입은 커다란 개로 변신한 마시로는 등에 미후유를 태우고 진주와 색색의 식물과 깃발로 뒤덮인 길을 힘차게 달렸다. 투구를 쓴 바퀴벌레는 한 사람과 두 마리 짐승이 뒤를 쫓든 말든 아랑곳하지 않고 느긋하게 하늘을 날았다.

미후유는 마시로의 목을 꽉 잡고 큰 소리로 물었다. "마시로, 그 《한모마을의 형제》는 어떤 이야기야? 어떻게 끝나?"

원체 독서를 싫어하는 미후유였지만, 이제 와서 그 책을 끝까지 읽어두는 게 좋았을지도 모르겠다는 생각을 하고 있었다. 책에 관심이 생긴 게 아니라, 이 기묘한 세상에서 탈출하기 위해서는 내용을 알아뒀어야 한다는 마음이 된 것이다. 마시로는 힐끗 뒤를 보더니 조용히 말을 꺼냈다.

“비를 몰고 다니는 베이젤과 태양에게 사랑받는 케이젤은 저마다 투구벌레의 인도를 받아 황무지에 도착해. 그곳은 형제의 운명의 땅이었지. 어른으로 성장한 두 사람은 어느 정도는 날씨를 제어할 수 있게 되어서, 대지는 태양과 비를 한껏 흡수했어. 강이 흐르고, 호수가 생기고, 꽃들은 화사하게 피어났고, 풀과 나무는 사계절이 늘 봄인 양 자라나 번성했지. 풍부한 물과 무성한 식물은 토지를 풍요롭게 했고, 가축을 살찌웠으며, 메말랐던 땅은 순식간에 비옥해졌어. 그러자 차츰 사람이 모여들어 집을 세웠고, 이내 마을이 되었지.

베이젤과 케이젤은 힘을 합쳐 마을을 다스렸고, 형인 베이젤이 정치를 관장하는 촌장이, 동생인 케이젤이 마을의 농작물을 관리하는 식물국장이 되었어. 하지만 어느 날 베이젤은 마을 주민 하우리에게 반하고 말아. 그러자 빗방울이 진주로 바뀌어버렸지.

아름다운 진주 비는 비싼 값으로 팔려 나갔고 마을은 부유해졌어. 하지만 한모마을의 특산품이었던 식물에게는 해악일 뿐이었지. 마을 사람들은 둘로 분단됐어. 진주로 이익을 얻으려는 진주파와 지금까지처럼 농산물로 이익을 얻으려는 식물파. 식물국장인 케이젤은 마을을 지키기 위해 형에게 하우리와의 관계를 정리하라고 호소했어. 하지만 베이젤은 케이젤을 내쫓고, 식물국장 자리를 폐지한 뒤에 진주만으로 마을을 꾸려나가겠다고 선언했지.

길길이 날뛰던 케이젤은 보름달을 검은 고양이에 봉인해 하늘로 던져버린 뒤 어딘가로 사라졌어. 달이 저물지 않아서 그 후로 밤이 이어졌고, 태양도 뜨지 않았지. 영원토록 밝지 않는 밤, 그치지 않는 진주 비 속에서 결국 베이젤과 하우리의 혼례가 거행하게 된 거야."

"설마 그게 내일이야?"

"그래."

어느샌가 마시로는 하늘을 날고 있었고, 미후유는 어깨를 붙잡은 여우가 떨어지지 않겠다는 양 발톱을 세우고 있는 걸 느꼈다. 아래로 요무나가마을이 펼쳐져 있었다.

구름 위로 올라가자 진주 비는 그쳤고, 한 사람과 두 마리는 칠흑 같은 밤하늘로 나왔다. 바퀴벌레는 여전히 날아가고 있었지만, 구름 위로 올라갔을 즈음부터 갑자기 그토록 휘영청 빛나던 보름달이 보이지 않았다. 꿋꿋하게 바퀴벌레를 뒤따라가자, 구름이 빙빙 소용돌이치는 지점에서 은빛으로 빛나는 노를 발견했다. 노는 지상에서 뻗어 있었는데, 길이는 대략 수천 미터쯤 됐고, 바늘처럼 가늘었지만 흔들리지 않고 늠름하게 솟아 있었다.

바퀴벌레가 그 노에 내려앉았다. 가까이 다가가자 꼭대기에 몸을 둥글게 말고 있는 검은 고양이가 보였다.

"이번에는 고양이야." 마시로는 진저리난다는 듯 코웃음을 쳤다. "길고양이인가."

다른 생물, 특히 고양이나 여우에게 적의를 드러내는 건 완전히 개가 된 증거일 것이라 생각하며, 미후유는 마시로의 몸을 다정하게 두드려주었다.

"그건 아니겠지. 고양이가 어떻게 책을 훔쳐."

"……그렇겠지? 벌레가 범인을 가르쳐줄 것 같아서."

마시로는 낙심한 기색을 숨기지 않고 귀를 힘없이 떨궜다.

"저 고양이는 아마 케이젤이 보름달을 봉인해서 던져버린 '밤의 검은 고양이'일걸. 지상으로 내려주면 분명 아침이 올 거야. 미후유, 그러면 이야기가 조금 움직일지도 몰라."

마시로는 그렇게 말하며 노 바로 옆으로 몸을 붙였다. 검은 고양이의 눈은 금귤처럼 짙은 노란색이었다. 미후유는 아까 보았던 보름달을 떠올렸다. 그리고 고양이를 안아주기 위해 일어나려 했다.

하지만 여기는 구름 위, 그것도 개의 등이다. 곡예사라면 몰라도 지극히 평범한 소녀가 동물의 등을 딛고 일어나는 건 결코 쉬운 일이 아니라서 다리가 덜덜 떨렸다. 미후유는 고민 끝에 운동화를 벗은 뒤 어깨에 앉아 있던 여우와 함께 마시로의 등에 내려놓고, 조심스레 마시로의 등을 밟았다.

쭈그린 자세로 엉덩이를 들고 천천히 일어섰다. 그러곤 발바닥에 땀이 배는 걸 느끼며 마시로의 등에서 두 손을 뗐다. 천천히, 괜찮아, 밑을 보지 마, 천천히……. 그때 동쪽에서 싸늘한 밤바람이 휘잉 불어왔다. 균형을 잃은 미후유는 숨을 삼키고 두 손을 허둥지둥 돌렸다. 앞으로 기운 순간 은제 노에 손끝이 닿아서, 필사적으로 노를 잡았다. 미후유의 기다란 검은색 머리카락과 넥타이가 바람에 휘날렸다.

"아래를 보면 안 돼, 아래를 보면 안 돼."

다짐하듯 스스로에게 그렇게 말하며 미후유는 왼손으로 노를 잡고 오른손을 뻗어 검은 고양이를 만지려고 했다. 하지만 검은 고양이는 겁에 질렸는지 빨간 입을 벌리며 위협했다.

"이리 와, 착하지?"

한 손으로는 무리다. 미후유는 이를 꽉 악물고 노를 잡고 있던 왼손도 뗐다. 즉시 몸이 다시 불안정해지며 다리가 떨렸고, 발바닥에 식은땀이 배어났다. 아주 미세한 바람에도 균형을 잃을 것 같아서, 밤의 나락으로 추락하는 자신의 모습이 절로 머릿속에 떠올랐다. 그렇지만 미후유는 두 손을 검은 고양이를 향해 뻗었다.

손끝이 부드럽고 따스한 몸에 닿았다. 검은 고양이도 이번에는 위협하지 않고 가만히 미후유의 손길을 받아들였다. 미후유는 손바닥을 고양이의 옆구리로 밀어 넣어 다정하게 안았다.

"좋았어, 붙잡았다!"

다음 순간, 밤이 움직였다.

새카만 하늘 그 자체가 쓱 움직이더니 갑작스레 미후유의 눈앞에서 빛이 둥그렇게 부풀었다.

보름달이었다. 어찌나 환한지 눈이 부셔서 순간 다리가 비틀거린 미후유는 균형을 잃고, 검은 고양이를 품에 안은 채 거꾸로 허공에 내던져졌다.

"왕!"

순식간에 마시로가 방향을 돌려 두 손은 접고, 두 다리는 똑바로 뻗은 자세로 총알처럼 빠르게 추락하는 미후유의 뒤를 쫓았다. 구름을 뚫기 전에 마시로의 송곳니가 미후유의 펄럭거리는 긴 치맛자락을 물고 힘차게 위로 쳐올렸다. 미후유는 붕 떠서 마시로의 등에 착지했다.

"무, 무서웠어……."

미후유는 눈물 콧물로 엉망이 된 얼굴을 소매로 닦았다. 검은 고양이는 미후유의 품에서 스르륵 빠져나와 마시로의 등 한가운데에 오도카니 앉아 있었다. 그 뒤로 부루퉁한 표정의 여우가 신참을 수상쩍다는 듯 쏘아보았다.

"검은 고양이는 여기 있는데 보름달이 어떻게 존재하는 거지? 밤도 계속되고 있고."

미후유가 중얼거리자 땅울림 같은 소리가 울려 퍼졌다. 거인이 산더미만 한 맷돌을 돌리는 소리였다. 그러자 보름달 옆에 또 하나의 보름달이 나타났고, 그 아래로 핑크색 구멍이 뻥 뚫리더니 "야오옹" 하고 굵직한 울음소리가 흘러나왔다.

밤하늘인 줄 알았던 건 거대한 검은 고양이의 몸이었다. 검은 고양이는 다시 가르릉거리는 소리를 내더니 기지개를 폈다. 밤이 이리저리 흔들리며 귀와 귀 사이에 연보라색으로 물든 새벽녘 하늘이 모습을 드러냈다.

그러자 미후유가 도운 보통 크기의 검은 고양이가 기쁜 듯 "냐!" 하고 울며 뻥 뛰어올라 허공으로 도약했다. 그리고 달라붙었다. 밤의 검은 고양이의 털가죽에, 검은 고양이가 찰싹 달라붙었다. 동료가 무사히 은제 노에서 내려와 제 곁으로 돌아온 것에 만족했는지,

밤의 검은 고양이는 보름달로 된 두 눈을 가늘게 뜨며 인사를 건넸다. 그러곤 동료를 등에 태우더니 거대한 몸을 가볍게 틀어 맹렬한 바람을 일으키며 어딘가로 날아갔다.

밤의 검은 고양이는 모습을 감추었고 대신 아침이 왔다.

하얀 태양이 반짝였고, 어렴풋이 물빛이 도는 연보랏빛 하늘에 황금 띠가 여러 줄기 쏟아지며 투명한 바람이 불어왔다. 화창하고 아름다운 아침이었다. 미후유도, 마시로도, 홀로 남은 여우조차도 멍하니 하늘을 올려다보았다. 안내자인 마시로도 '갓 태어나서'인지 대체 무슨 일이 일어났는지 모르겠다는 양 고개를 갸웃거리고 있었다.

"원래대로 돌아갈 거야."

그렇게 말하며 다시 지상으로 돌아가자, 아침 바람이 구름을 멀리 날려버렸는데도 여전히 진주 비가 내리고 있었다. 마을 분위기는 아까 전과 조금 달랐다. 책의 저주가 발동한 직후에는 무럭무럭 자랐던 식물은 누렇게 변해 약해져 있었고, 그 대신 건물은 모두 새하얀 진주로 장식되어 반짝반짝 반질반질 빛나고 있었다.

"마시로, 네 말대로야. 진주 비가 식물을 고사시켜서 '마을'의 살림살이는 윤택해졌어."

마을의 모습을 멍하니 바라보고 있는데 사람들이 모여들어 박수로 미후유 일행을 맞이했다.

"훌륭하십니다!"

"그 검은 고양이를 물리치다니!"

미후유 일행이 다시 착지한 곳은 상점가 앞이었는데, 모여든 사람들은 모두 아는 얼굴이었다. 지금까지 살면서 박수를 받은 적이 거의 없던 미후유는 간질간질한 기분으로 머리를 긁적이며 "가, 감사합니다" 하고 쑥스럽게 웃었다.

하지만 여기에서도, 구면인 사람들은 아직도 미후유가 누구인지 알아보지 못했다. 닭고기 전문점에서 닭꼬치 주문을 받았던 유카리도, 갈색 앞머리를 핀으로 고정한 헤어스타일과 대범한 분위기가 여전한 청과물 가게 점원도, 미후유에게 존댓말을 쓰며 마치 유명인처럼 대했다.

"어머, 대단하네요. 이렇게 젊은 아가씨가."

"용감하네요."

미후유는 가슴속 온도가 내려가는 걸 느꼈다.

"……다들 어떻게 된 거예요?"

미쿠라 집안 사람이라는 말을 듣는 게 그토록 싫었는데, 지금은 미쿠라라는 성을 내세우고 싶은 충동에 휩싸였다. 하지만 입을 꾹 다물고 침묵을 지켰다. 이야기 때문이다. 그 이상한 이야기 때문에 다들 이상해진 게 틀림없다. 그렇다면 이 세상을 원래대로 돌려놓고 히루네 고모에게 사정을 설명하라고 해야지.

하지만 도둑에 관한 단서는 하나도 얻지 못했다. 이 중에 범인이 숨어 있을지도 모르지만, 누구인지는 전혀 짐작이 가지 않았다.

상점가 사람들과 파란색과 빨간색, 녹색 앞치마를 두른 서점 종업원들이 미후유를 반색하며, "사례를 하게 해주세요, 차 한잔하고 가세요"라며 손을 붙잡고 상점가 안으로 데려갔다. 그중에는 와카바당의 버섯머리 청년도 있었다. 모두 얼굴에 싱글벙글 웃음꽃이 피었다. 그 모습에 싸늘해졌던 마음이 다시 따뜻해지는 걸 느끼며, 미후유도 덩달아 웃음을 지었다. 머리에 안개가 낀 것처럼 정신이 멍해지기 시작했다. 뭐야, 의외로 이런 것도 즐겁네, 하고 입가가 슬금슬금 풀어졌다. 유일하게 웃지 않는 건, 개에서 인간으로 돌아온 강아지 귀의 소녀 마시로뿐이었다. 마시로는 사람들에 에워싸여 걸어가는 미후유의 옆모습을 가만히 주시하고 있었다. 주인의 안전을 지키려는 충견처럼.

여전히 그치지 않는 진주 비 속에서 미후유는 상점가 사람들에게 들려 미코시축제 때 짊어지는 가마처럼 운반되었다. 진주 비가 머리를 톡톡 때렸지만 신기하게도 하나도 아프지 않았다. 영차영차 셋이 달라붙어 미후유의 다리를 들었고, 어느샌가 멍하니 '운동회의 기마전 같네' 하고 생각하던 미후유는 퍼뜩 제정신을 차렸다. 내가 무엇 때문에 여기 있었지?

"아, 저기, 혹시 도둑 못 봤어요? 우리 집에서 책을 훔쳐간 사람이 있는데."

그러자 뒤쪽에 있던 서점 직원들이 비명을 질렀다.

"책 도둑이라고요?"

"책을 훔치다니 절대로 용서 못 해!"

"대체 무슨 책을 훔쳐간 거죠? 저희는 저번에 만화책을 잔뜩 도둑맞았어요, 도둑을 붙잡으면 우리 책도 찾아줘요."

"우리는 도둑맞은 책값을 급료에서 제했어요! 정말 열 뻗쳐! 도둑도 도둑이지만 우리 상사도 혼쭐을 내줘요!"

서점 직원들은 신간서점, 고서점, 그림책 전문 서점, 북카페 가릴 것 없이 모두 하나가 되어 분노하며 미후유의 손실을 제 일인 양 안타까워했다. 그렇게 이야기하는 동안 분노가 정점에 달해, 파란 앞치마를 두른 서점 직원의 귀에서 연기가 피어오르며 로켓처럼 하늘 높이 날아올랐다. 이어서 빨간 앞치마, 녹색 앞치마를 두른 직원들도 하늘을 향해 앞치마를 망토처럼 펄럭이며 날아갔다.

"잠깐, 도둑은? 알아요, 몰라요? ……가버렸네."

서점 직원들이 사라진 뒤로도 미후유는 사람들에게 들려 상점가로 들어갔다. 늘어선 가게들도, 하늘색과 빨간색을 기조로 한 입구의 아치도 원래 세계의 모습 그대로였다. 하지만 달라진 점도 한두 가지가 아니었다.

스피커에서 흘러나오는 상점가 방송의 멘트는 '금일 특가, 일거양득 청과점에서 방울토마토 한 봉지 마음대로 담기 진주 100그램' '활어 추천' '말라붙은 호수 바닥에서 잡은 우렁이, 메뚜기와 함께 조림으로 만들어보세요' 같은 내용이었고, 빨간 텐트 로고의 주전부리 가게에서는 진주를 한 움큼씩 쥔 어린애들이 항아리에 손을 넣어 미끌미끌한 무지갯빛 사탕을 꺼내고 있었다. 밤송이머리의 소년이 주인 노파에게 진주를 건네자, 노파는 거북이처럼 주름진 목을 쑥 뻗어 계산한 뒤에 비닐로 싼 새빨간 과자를 무뚝뚝하게 건넸다.

청과물 가게 앞에는 호박만 한 토마토가 진열되어 있었고, 그 옆에서는 가지와 양하를 팔고 있었다. 아직 저녁을 먹지 못했다는 사실을 떠올리자 배에서 꼬르륵 소리가 났다. 생선 가게에서는 이름 모를 기다란 생선을 불로 그을리고 있었다.

원래 세계와 다른 점은 있지만, 대부분 늘 보던 광경이었다. 학교에서 돌아오는 길에 이곳에서 물건을 산 게 불과 몇 시간 전의 일인데 어제 일처럼 느껴졌다. 아니, 어쩌면 일주일 전이었던가? 아니면 한 달? 1년 전?

대체 지금이 '언제'지? 어느샌가 미후유는 닭고기 전문점에서 수많은 닭들이 탈출해 눈앞에서 한바탕 소동이 일어난 것도, 생선 가게의 스티로폼 상자 안에서 꼬물거리는 거대한 우렁이도, 진주가 화폐로 통용되는 것도 더는 이상하게 여겨지지 않았다.

미후유는 이 세계에 적응하기 시작한 것이다.

하지만 무리의 뒤에서 바싹 쫓아오던 마시로는 킁킁 냄새를 맡으며 끊임없이 주변을 경계하고 있었다.

"미후유, 미후유, 저거 봐."

마시로는 들어 올려져 사람들 무리에서 비쭉 튀어나온 미후유를 큰 소리로 부르며, 상점가 사람들 엉덩이에 발생한 이변을 알리려 했다. 엉덩이마다 굵은 꼬리가 달려 있었다. 모두 똑같이, 굵직한 오렌지색 털에 끄트머리만 하얀 꼬리였다. 미후유의 어깨에 앉은 여우와 흡사했다. 하지만 아무리 마시로가 미후유의 관심을 끌며 알려주려 해도 미후유는 넋이 나간 것처럼 아무것도 듣지 못했고, 이변도 알아채지 못했다.

직진해서 상점가를 지나 역에 가까워졌을 무렵, 미후유를 들쳐 올린 집단이 불현듯 걸음을 멈췄다. 역 쪽에서 신나는 음악이 들리는가 싶더니 조금씩 가까워지고 있었다. 해발이 낮은 상점가에서 언덕 위의 역에 가려면 계단을 올라가야 한다. 계단은 건물의 3층 높이쯤 됐는데, 아래에서는 위쪽의 상황을 파악하기 힘들었다. 소리는 들려도 무슨 일이 일어나는지 알 수 없었다. 이내 소리는 점점 가까워져, 눈앞에 우뚝 서 있던 회색 계단 꼭대기에 투명한 오로라빛의 깃발이 보였다.

"베이젤 씨의 혼례 행렬이다!"

미후유를 에워싸고 있던 상점가의 사람들이 일제히 환호성을 지르며 박수를 쳤다. 닭고기 전문점의 유카리도, 단골 청과물 가게 직원도, 하얀 조리복 차림의 중화요릿집 주방장도 박수로 맞이하는 걸 보고 미후유도 얼떨결에 같이 박수를 쳤다.

졸린 빛깔의 하늘이 부드럽게 펼쳐져 있었다. 예전에 메추리알 껍질을 까다, 안쪽은 이런 색이었구나 하고 놀랐던 그 빛깔처럼 부드러운 노란빛이 도는 하늘이었다. 구름 한 점 없는 화창한 날씨였지만 진주 비는 계속 내리고 있었다.

혼례를 올리기에는 더할 나위 없이 좋은 날씨였다. 행렬은 깃발, 관악기대, 현악기대에 이어 합창대가 나타나 낭랑하게 노래하며 계단을 내려와 상점가로 들어왔다. 그리고 종이 꽃가루를 뿌리는 아이들 뒤에서 신랑 신부가 모습을 드러냈다.

처음에는 따라서 박수를 치던 미후유였지만, 손이 점점 느려지더니 두 사람의 얼굴을 똑똑히 알아본 순간 멈췄다.

"말도 안 돼, 지훈 오빠하고 하라다 씨잖아!"

도장 사범 대리인 최지훈과 사무직원 하라다가 서로를 마주 보고 미소 지으며 천천히 걸어왔다. 최지훈은 하얀 턱시도, 하라다는 웨딩드레스 차림이었지만 둘 다 가슴에 네모난 천을 이름표처럼 달고 있었다. 최지훈의 이름표에는 짙은 빨간 글자로 '베이젤', 하라다에는 '하우리'라고 적혀 있었다.

"잠깐…… 잠깐 기다려!"

미후유는 몸을 비틀어 발버둥 치며, 자신을 들고 있는 세 사람에게 "내려줘요!"라고 외쳤다. 놀란 세 사람의 팔에서 힘이 빠진 틈에 바닥으로 뛰어내렸고, 구경꾼들에게서 벗어났다. 하지만 혼례 행렬에 다가가려 해도, 상점가의 가게란 가게, 부근의 집이란 집의 문을 모두 열고 주민들이 줄줄이 나와, 한바탕 소란을 피워대서 가까이 갈 수 없었다.

어깨에 매달린 여우가 항의하듯 낑낑거렸지만 미후유는 아랑곳하지 않고 자유형을 하는 것처럼 인파에 휘말리면서도 어떻게든 사람들 사이의 틈을 비집고 선두로 나와 "푸하" 하고 숨을 내뱉었다.

혼례 행렬 선두에 선 기수가 오로라빛 깃발을 들자, 마치 바다가 갈라지듯이 사람들이 뒤로 물러서며 길을 텄다. 지훈과 하라다는 생긋 웃으며 구경꾼들에게 손을 흔들었다. 두 사람이 미후유 앞을 지나가기까지 얼마 남지 않았다.

"지훈 오빠! 하라다 씨! 나야, 미후유! 여기 좀 봐!"

그러자 행렬이 멈추고 음악도 멎었다. 지훈과 하라다가 천천히 이

쪽을 돌아봤다.

"저건 누구지?"

역시 날 잊어버린 거야. 충격을 감추지 못하고 부들부들 떠는 미후유의 손을, 어느새 인간의 모습으로 돌아와 뒤쫓아온 마시로가 꼭 잡았다. 미후유처럼 작고 가냘팠지만 따스한 손이었다.

"괜찮아. 지금만 저러는 거야. 도둑을 붙잡아서 세상이 원래대로 돌아오면 다들 정신 차릴 거야."

마시로의 올곧은 까만 눈동자를 보니 거짓말을 하는 것 같지는 않았다. 미후유는 고개를 끄덕인 뒤 마시로의 손을 마주 잡았다.

"할아범, 저자는 누구지?"

지훈의 물음에 옆에서 대기하고 있던 호리호리한 노인이 정중하게 고개를 숙이더니, 주름진 얼굴을 더욱 찡그리며 미후유 일행에게 다가왔다. 허리와 목이 굽어서 마치 열빙어 같은 체형의 대머리 노인은 머리와 옷에 빨간 리본을 묶어 장식했고, '시종'이란 글자가 적힌 이름표를 달고 있었지만, 현실 세계에서는 'BOOKS 미스터리'의 주인 가나메였다. 어릴 적, 공원에서 과자를 먹으며 그림책을 읽던 미후유는 이 가나메 영감에게 "책 보면서 먹지 마!"라고 혼쭐이 난 데다 "미쿠라 집안에도 책을 사랑하지 않는 사람이 있나 보군"이라며 비아냥을 들었다. 그 후로 미후유는 이 노인이라면 질색이었다.

"혼례식을 방해하는 수상한 녀석, 이름을 밝혀라!"

책의 세계에서도 가나메 영감은 똑같구나 하는 생각에 미후유는 피식 웃었다. 영감이 더욱더 성을 내자, 홋토코 입이 뾰족이 나오고 짝짝이 눈을 한 익살스러운 가면와 닮은 얼굴이 삶은 문어처럼 시뻘겋게 변했다. 귀와 콧구멍에서는 김까지 났다. 그러자 청과물 가게의 친한 점원이 앞머리 핀을 다시 꽂으며 앞으로 나섰다.

"이봐요, 어디다 대고 소리를 지르는 거야? 이분은 밤의 검은 고양이를 물리쳐주신 영웅이라고!"

그녀의 말이 끝나자마자 혼례 행렬에서 웅성거림이 터져 나왔고 가나메 영감의 얼굴은 핏기가 가신 듯 새하얗게 질렸다.

"제, 제가 몰라뵙고 실례를 저질렀습니다. 무례한 케이젤이 보낸 밤의 검은 고양이, 그 골칫거리를 물리쳐주신 분인 줄도 모르고."

열빙어가 연상되는 몸을 구부리며 영감은 한껏 머리를 조아렸다.

"이러지 마세요."

그 모습을 보고서는 미후유도 당황해 머리를 들라고 말했다.

잘 안다고 생각했던 사람이 다른 인격을 두르고 진지하게 행동하는 광경은 정말이지 기묘했다. 아버지가 없을 때 보호자 역할을 하는 지훈과 심부름 값이라며 과자를 주는 하라다까지 만화에 나오는 옛날 귀족 같은 모습으로 미후유를 향해 인사를 올리고 있었다.

"깊이 감사드립니다. 무엇이든 말씀만 하세요. 갖고 싶은 것이든, 소원이든."

"갖고 싶은 것? 아직 안 산 만화? 게임? 아니에요, 괜찮아요."

"그럼 뭔가 불편한 건 없으십니까?"

꾸며놓으니 더욱더 아름다워진 하라다의 시원스러운 눈빛에 미후유는 우물쭈물하며 대답했다.

"그럼…… 도둑을 잡아주실 수 있을까요? 우리 책장에서 책을 훔친 사람이 있는데, 전혀 단서가 없어서요."

이때의 미후유는 이 부탁이 엄청난 소동을 불러일으킬 줄을 생각하지 못했다. 눈앞에 있는 게 오빠 같은 지훈이 아니라 한모마을의 촌장이라는 사실조차 아직 실감이 나지 않았던 것이다.

'베이젤'이란 이름표를 단 지훈은 큰 소리로 요무나가마을에 있는 모든 사람들을 조사하도록 명령했다. 즉시 혼례 행렬을 따르던 건장한 체구의 남녀, '헌병'이라는 이름표를 단 이들이 무방비 상태의 주민들에게 달려들었다. 상점가는 혼란의 도가니로 변했다.

"잠깐만요, 이건 도가 지나치잖아요! 그게 아니라 그 나쁜 놈만 잡아달라고요!"

하지만 미후유의 목소리는 귀가 멀 것 같은 노성과 비명에 흔적도 없이 사라져서 아예 닿지 않았다. 어깨 위의 여우는 교복에 발톱을 깊이 박고 와들와들 떨고 있었는데, 미후유에게도 그 아픔과 떨림이 전해질 정도였다.

"미후유, 괜찮아?"

부르는 소리에 돌아보니 마시로는 놀란 표정으로 눈을 휘둥그레 떴다.

"……귀가."

"응?"

"미후유, 정수리를 만져봐."

불길한 예감이 들었다. 미후유는 머뭇머뭇 손을 뻗어 정수리를 만졌다. 그리고 제 머리에서 털이 복슬복슬하고 뾰족한 한 쌍의 뭔가가 돋아났다는 사실을 깨달았다. 벨벳처럼 보드라운 감촉은 분명 동물의 귀였지만, 확실히 감각이 느껴졌다. 틀림없이 제 몸의 일부다. 게다가 엉덩이에서 꼬리까지 자랐다.

미후유는 절규했다. "귀…… 귀, 귀가! 꼬리가!"

그러자 찬물을 끼얹은 듯 주변이 정적에 휩싸였다. 모두가 실랑이를 멈추고 일제히 미후유 일행을 주목했다. 방금 전까지만 해도 활기가 넘치고, 환영하는 분위기가 물씬 풍겼지만, 지금은 대난투의 장이 되어 상점가의 공기는 얼어붙은 상태였다.

주민들의 눈은 싸늘하고 탁했다. 그런 상황에서 머리에 한 쌍의 동물 귀가 돋아나고, 엉덩이에서 자란 굵직한 오렌지색 꼬리가 활처럼 구부러졌다. 미후유는 마시로의 팔을 붙잡고 흔들었다.

"다들 어떻게 된 거야?"

"꼬리는 아까부터 있었어. 꼭 여우처럼……."

"이게 뭐야! 왜 빨리 안 알려준 거야?"

"아니, 말을 했는데 네가 안 들었어……."

"됐어. 왜 꼬리에 귀까지 돋아난 거야?"

"이유는 모르겠지만 아무튼 가자, 빨리 도둑을 잡아야 해!"

마시로는 그렇게 말하더니 새하얗게 질린 채 머리에 돋아난 털북숭이 귀를 만지고 있는 미후유에게 손을 뻗더니 왼손으로 어깨를 안고 오른손으로 오금을 받쳐 힘껏 바닥을 박차 올랐다.

하늘을 날고 있었다. 아까보다 고도는 낮았지만, 빌딩 창문쯤 되는 높이를 마시로는 마치 스노보드를 타듯 날았다. 귀를 때리는 강풍에 부오오오 소리가 났다. 마시로의 품 안에서 미후유는 어깨에 있는 여우가 떨어지지 않도록 손으로 받치며 정신없이 떠들었다.

"……알았어. 내 생각인데, 이 세계는 단순히 그 이야기의 줄거리를 따라 움직이는 게 아닌 것 같아. 요무나가마을에 맞춰서 미묘하게 설정이 변경되어 있어. 마을 사람들도 모두 역할이 정해져 있고, 지훈 오빠는 베이젤이고, 하라다 씨는 그 연인인 하우리. 맞지?"

"응, 아마 그럴 거야."

"하지만 나한테는 역할이 없어. 나는 계속 미쿠라 미후유야. 그러니까 다들 내 존재를 알아채지 못해. 이야기에 녹아들지 못했으니까, 본래는 없어야 할 사람이니까."

아직 다소 혼란스럽기는 했지만, 긴급사태에 직면한 탓에 미후유의 머리는 오히려 맑았다. 긴 머리가 바람에 날려 얼굴에 달라붙었는데, 머리카락이 입에 들어갈 것 같아 짜증을 내며 손으로 치웠다.

미쿠라관에 갇혀 있는 히루네의 눈꺼풀에 '어머니'라고 적혀 있던 것도 분명 배역 이름일 것이다.

"마시로, 《한모마을의 형제》 말인데, 베이젤과 케이젤의 어머니가 죽으면서 수정에 갇혀?"

"맞아. 미후유, 대단하다. 형제의 어머니는 세상을 떠나지만, 수정 안에 모셔서 썩지 않게 돼."

"역시나. 히루네 고모가 어머니 역인 거네. 케이젤도 어딘가에 있을 테고. 그럼 이야기 속에 여우가 되는 것도 나오지?"

아무리 기묘한 일이 일어나더라도, 모두 이야기의 줄거리대로 흘러가는 것이다. 그렇게 생각하면 조금 마음이 편해진다. 결말을 아는 호러 영화를 보는 것처럼. 하지만 안도감에 젖으려던 미후유에게 마시로가 찬물을 끼얹었다.

"……유감이지만 그건 틀렸어. 《한모마을의 형제》에 여우 이야기 같은 건 안 나와."

미후유는 떡 하니 입을 벌렸다. "뭐? 그럼 왜…… 이 이야기의 결말은 뭐야?"

그러자 마시로의 표정이 불현듯 어두워졌다. 마시로는 껄끄러운 듯 우물거리며 진실을 밝혔다.

"……마을이 멸망해."

"뭐라고?"

"재로 변해버려. 진주 비 때문에 식물은 전멸하고, 그 때문에 원한을 품은 마을 사람들에게 쫓겨 하우리는 하늘로 도망쳐 다시는 돌아오지 않아. 사랑하는 이를 잃은 베이젤은 미쳐 날뛰고, 케이젤을 죽이러 가지만 오히려 그에게 당해 죽어. 케이젤은 살아남지만 다시는 비가 내리지 않고, 강물은 말라버리고 집들은 모래로 변해 무너져 내리고, 마을 사람들은 온몸이 말라…… 멸망하지. 하지만 진주 빗방울은 언제까지고 영원히 남아. 그렇게 끝나."

"말도 안 돼……."

미후유는 경악에 휩싸인 채 마을을 내려다보았다. 진주 비의 하얀 방울들이 흩날리는 마을은 갈색과 파란색, 하얀색의 지붕들이 모자이크 무늬로 부대꼈고, 그 사이로 사람들이 움직이는 모습이 그림자로 보였다. 식물은 실제로 말라가고 있었다. 미후유는 차가워진 손바닥을 꽉 움켜쥐었다.

"굳이 멸망시킬 필요가 있나?"

"마술적 사실주의 소설들은 마을이나 도시가 멸망하는 결말이 많아."

"아니, 그게 아니라! 가공의 이야기라면 몰라도, 정말 멸망하면 큰일이잖아!"

밤에 날았을 때는 어두워서 몰랐는데, 하늘과 요무나가마을의 경계에 옅은 노란빛의 안개가 마치 장벽처럼 일대를 에워싸고 있었다. 강 건너편이나 선로가 지나는 가교 끝도 보이지 않았다. 요무나가마을 주변에 은신처 같은 데 갇힌 것 같았다.

"정말이다, 네 말이 맞아. 요무나가마을만 저주에 걸린 거야. 애니메이션이나 게임에 나오는 결계가 분명 이런 느낌이겠지."

사람은 드나들 수 있는 건가? 요무나가마을 밖에 있던 주민들도 저주에 걸린 건가? 마을 밖에서 온 사람들은 저주에 걸리나? 차는? 전철은? 미후유는 이리저리 눈을 굴려 선로를 찾았다. 전철은 한 대도 다니지 않았다.

의문스러운 점이 너무 많다. 불현듯 도장에 들렀을 때 지훈이 이야기했던 기묘한 클레임 전화가 떠올랐다. 누군가가 경보 장치가 울렸다고 말했지만, 지훈과 다른 사람들은 못 들었다고 한다. 뭔가 마음에 걸렸지만 점과 점은 흩어져 있어서 형태를 이루지 못했다.

그로부터 수십 미터쯤 하늘을 날아 마시로는 아유무가 입원한 병원 옥상에 착지해 미후유를 내려다보았다. 옥상 전체에는 이끼가 깔려 있었는데, 진주가 그 위를 뒤덮고 있었다. 진주알 사이로 누렇게 변색된 이끼가 보였다.

미후유의 변신은 여전히 진행되고 있었다. 팔다리와 얼굴까지 오렌지빛의 북슬북슬한 털이 뒤덮기 시작했다.

"……조금씩 여우가 되어가는 건가. 아, 알 것 같은데 모르겠어!"

미후유는 물끄러미 제 손을 바라보다 혼잣말처럼 중얼거렸다.

그동안 요무나가마을을 에워싼 안개의 경계에서 화려한 원색의 점들이 나타나 흔들흔들 이쪽으로 다가왔다. 한쪽 방향이 아니라, 사방팔방에서 나타나 순식간에 커진 것이다. 그것은 처음 미쿠라관에 나타난 만국기 무리였다.

만국기 무리 선두에 있는 건 아까 도둑을 찾아 뛰쳐나간 서점 직원들이었다. 그들은 만국기처럼 컬러풀한 앞치마를 휘날리며 두 손을 날개처럼 펼쳐 미후유 일행을 향해 일직선으로 날아왔다.

"도둑!"

"도둑을 찾았다!"

"전원 착륙! 착륙!"

목소리가 들려와 미후유가 하늘을 올려다보자, 그때는 이미 만국기가 병원 한 동을 거뜬히 삼킬 만큼 넓게 펴져 있었다.

"으아악!"

분노에 불타오르는 서점 직원들은 커다란 만국기를 투망처럼 조종해 마을을 통째로 뒤덮으려 했다.

그때 미후유의 어깨에 가만히 올라타 있던 여우가 비명을 내지르며 펄쩍 뛰어내리더니, 달아나는 토끼처럼, 아니, 달아나는 여우가 되어 도망쳤다.

"앗, 어디 가려고!"

여우를 잡으려 손을 뻗은 순간, 미후유의 머릿속에서 번개처럼 뭔가가 번뜩였다. 병원 옥상 구석으로 달려간 여우는 울타리 사이로 뛰어내려, 병동을 뒤덮으려는 녹색 깃발을 붙잡으려 했다. 하지만 이내 튕겨 나가더니 중심을 잡지 못하고 지상으로 활공했다.

"마시로, 저 여우를 쫓아가!"

하지만 마시로는 아직 상황을 파악하지 못한 것 같았다.

"여우는 그냥 두고 이 깃발들에서 도망쳐야지!"

아닌 게 아니라 온몸에서 분노의 기운을 뿜어내는 서점 직원들이 무시무시한 형상으로 눈앞까지 다가와 있었지만, 미후유는 다짜고짜 마시로의 손목을 붙잡고 옥상 울타리로 달려갔다.

"모르겠어? 저 여우가 도둑이야! 더 빨리 알아챘어야 했는데!" 미후유는 단호하게 말했다.

마시로의 말에 따르면 이 세계의 원작인 《한모마을의 형제》에 여우는 존재하지 않는다. 어째서 여우인지는 모르겠지만, 좌우지간 뭔가 다른 규칙을 따라 인간이 여우로 변신해 있는 것이다. 거꾸로 말하면, 이 세계에 있는 여우는 원래 인간이었을 가능성이 크다.

"그리고 봐. 아주 조금씩 여우로 변하고 있고, 완전히 변하기까지 시간도 꽤 걸려. 내 귀는 이미 여우 귀지만, 손은 아직 인간의 것 같지. 한마디로 곧바로 변하는 건 아니라는 거야. 그런데도 저 여우는 내가 책을 읽고 미쿠라관을 나선 시점에 이미 여우였어. 한마디로 누구보다 일찍 이 세계에 있었다는 뜻이지. 그럴 수 있는 사람은 저주가 발동하는 계기가 된 도둑 본인밖에 없잖아! 마시로, 날아! 날아서 저 여우를 쫓아가야 해!"

미후유는 그렇게 외치며 마시로와 손을 잡고 옥상에서 뛰어내렸다. 낙하하는 속도에 눈을 질끈 감았지만, 마시로는 눈을 부릅뜨고 미후유의 허리에 손을 둘러 꽉 잡은 뒤 하얗고 긴 다리로 병원 벽을 박찼다.

마시로와 미후유가 날아오른 순간 서점 직원들도 방향을 전환했고, 만국기도 그 뒤를 따랐다. 무시무시한 속도로 질주하는 마시로에게 달라붙은 미후유는 강렬한 바람 속에서 실눈을 뜨고 여우의 모습을 좇았다. 여우는 전봇대에서 전선을 따라 이동해 간판, 길가에 주차된 트럭 짐칸을 지나 바닥에 착지한 뒤 역 쪽으로 달려갔다.

"마시로, 저기야! 역으로 가! 정말 괜히 도와줬어!"

마시로는 전봇대를 박차고 추동력을 얻어 승강장 지붕 사이를 지나 선로 위로 미끄러졌다. 선로에 정차된 낯익은 파란 열차를 지나 마시로와 미후유는 승강장에 올라섰다.

하지만 여우는 개찰구 앞에 있었다. 자동개찰기의 검은 문은 인간의 허리께쯤 되니까 여우의 몸집이라면 표가 없어도 개찰기를 통과해 승강장으로 들어갈 수 있을 터였다. 하지만 여우는 개찰기를 지나지 않고 티켓 판매기가 있는 화단 쪽으로 향했다. 미후유와 마시로는 서로를 마주 본 뒤 개찰기를 뛰어넘어 여우를 쫓았다.

거대한 만국기들이 요무나가마을의 하늘을 뒤덮은 탓에 건물과 사람들은 붉은색과 푸른색, 녹색으로 물들어 있었다. 도둑에 대한 평소의 원한을 풀려는 양 분노에 불타는 서점 직원들이 역으로 들이닥치는 것도 시간문제였다.

도주 중인 여우의 목표는 코인로커였다. 역을 수놓은 화단 너머로 연두색의 작은 문이 스무 개, 중간 크기의 문이 열 개, 커다란 문이 네 개 달린 코인로커 왼쪽에서 죽을힘을 다해 폴짝폴짝 뛰고 있었다. 도망치려고 하면 할 수 있을 터인데, 미후유와 마시로를 보고도 계속해서 점프하고 있었다.

"……뭐하는 거야?"

미후유가 다가가자 여우는 불퉁한 얼굴로 돌아보더니 동글동글한 손으로 위를 가리켰다. 철판으로 된 로커라 발톱을 박고 올라가지 못하는 것이리라. 위쪽에 있는 대형 로커였다. 여우 대신 미후유는 로커를 열려고 했지만 잠겨 있었다. 당겨도 덜컹덜컹 소리만 날 뿐이었다.

"문이 잠겼는데?"

혀를 차며 허리에 손을 올린 미후유에게 여우가 달려들어 요령좋게 어깨 위로 올라갔다. 어디서 주웠는지 여우의 손에는 핀 두 개가 들려 있었다.

"서, 설마……."

여우는 입꼬리를 올리며 씩 웃더니 미후유의 팔을 발판 삼아 로커 열쇠 구멍에 핀을 넣었다. 잠시 핀을 이리저리 움직이더니 이내 찰칵 하고 잠금장치가 해제되는 소리가 났다.

다음 순간, 로커 문이 힘차게 열리더니 안에서 대량의 책들이 폭포수처럼 쏟아져 내렸다.

하얀 바탕에 검은색으로 웅크린 사람을 그린 표지의 책, 마을이 똬리를 틀고 있는 그림의 책, 새빨간 책, 반지가 그려진 책, 기묘한 새 가면에 상복 차림의 인물이 그려진 표지의 책, 바다보다 푸른 책, 그밖에도 다양한 소설이 해방되어, 밖으로 나오자마자 페이지를 날개처럼 펼치고 날아올랐다.

책이 새처럼 비상하는 모습에 앞치마를 휘날리며 돌진하던 서점 직원들의 분노도 가라앉았고, 하늘을 뒤덮은 만국기들도 순식간에 줄어들어 사라졌다.

어느샌가 해가 져서 붉은빛으로 물든 하늘 아래에서, 노을에 녹아들 것 같은 책들에 정신이 팔려 있던 탓에 미후유와 마시로는 하마터면 여우를 놓칠 뻔했다. 소리 없이 미후유의 어깨에서 뛰어내려 살금살금 도망치려던 여우의 뒷덜미를 마시로가 와락 붙잡았다.

여우는 비명을 질렀지만 마시로의 억센 손아귀에서 도망칠 수는 없었다.

"정말이지, 잠시도 방심할 수가 없네."

미후유는 여우를 노려보며 수갑을 채우듯 여우의 앞다리를 두 손으로 붙잡았다.

그때 땅이 요란하게 흔들렸다.

눈을 떴을 때, 미후유는 미쿠라관 2층의 서고 바닥에서 대자로 뻗어 있었다. 먼지와 곰팡이가 뒤섞인 고서의 냄새와 향긋한 간장 냄새가 코를 자극했다.

혼란스러운 머리를 한 채 팔꿈치를 짚고 일어나려 했지만, 딱딱한 바닥에 누워 있어서인지 온몸이 쑤셨다.

"아야야야야…… 어? 마시로?"

대답은 없었다. 미후유는 상반신을 일으켜 뒤통수를 긁적이며 주변을 둘러봤지만, 천장까지 솟은 책장이 양옆에 있을 뿐, 인기척은 없었다. 여우도 없었다. 그 대신, 닭꼬치가 든 팩과 청과물 가게의 비닐봉지가 옆에 덩그러니 놓여서 맛있는 냄새를 풍기고 있었다. 닭은 없었다.

"어…… 꿈인가?"

정적에 휩싸인 서고는 조용히 책을 읽어줄 이를 기다리고 있었다. 불현듯 고개를 들자 빼곡하게 책이 꽂혀 있는 책장이 보였다. 빈 공간은 없었다.

관절을 문지르며 일어나 닭꼬치를 들어 팩에 손을 대봤다. 아직 온기가 남아 있었다. 오래 잠들었던 건 아닌 모양이다.

현실 세계로 돌아온 걸까, 아니면 모두 꿈속에서 일어난 일이었던 걸까. 미후유는 혼란을 잠재우듯 서고에 늘어선 책장을 하나씩 확인하며 빈 곳이 없는지 확인했다. 책은 모두 제자리에 수납되어 있었다. 강아지 귀가 돋아난 소녀 마시로도, 도둑 여우도 보이지 않았다.

서고에서 복도로 나가자 바닥에서 잠들어 있는 히루네가 보였다. 수정도, 눈꺼풀에 새겨진 '어머니'라는 글씨도 사라져 있었다.

"고모, 여기서 자면 감기 걸린다니까!"

하지만 히루네는 새근새근 숨소리를 낼 뿐 일어날 기색을 보이지 않았다. 미후유는 어쩔 수 없이 소파에 놓인 담요를 꺼내 히루네에게 덮어줬다. 그때 테이블 위에 놓인 책이 눈에 들어왔다. 천으로 장정한 표지에 넝쿨무늬의 그림이 그려져 있었다. 제목은…….

한모마을의 형제

미후유는 순간 심장이 멎을 정도로 놀라서 콜록콜록 기침을 했다. 그리고 떨리는 손으로 책을 집었다. 생각보다 가벼운 책이 손에 착 감겼다. 표지를 넘기자 오렌지색의 털 한 뭉치가 스르륵 떨어졌다.

이건 무슨 털일까. 여우 털일까. 미후유는 가슴이 두근거리는 걸 느끼며 고개를 돌려 아직 잠에서 깨지 못한 고모를 내려다보았다.

"얘기했다가 꿈꿨냐고 놀림받기는 싫으니까……."

미후유는 한숨을 내쉬며 계단을 내려갔지만 도중에 생각을 바꾸고 돌아와서 책을 가방에 넣었다.

미쿠라관 밖은 해가 저물고 있었지만, 서쪽 하늘은 그나마 어렴풋이 붉었다. 고서점가에서는 퇴근길의 회사원과 하교하는 학생들이 100엔 균일가 코너를 물색하고 있었고, 멀리서 두부 가게에서 나는 피리 소리가 들렸다.

하늘에서 진주 비가 내리지도, 거대한 만국기가 날아오지도 않았다. 통통한 체구의 단골손님이 뒤를 지나치는 미후유를 보고 "미쿠라 씨네 따님, 잘 지내지?" 하고 인사를 건넸다.

하지만 안도감과 함께 솟아오른 건 기묘한 쓸쓸함이었다. 집으로 돌아가는 길을 걸으며 몇 번이고 뒤돌아봤다. 강아지 얼굴의 마시로가 금방이라도 따라올 것 같았지만, 오가는 사람들은 여느 때처럼 친구들과 깔깔거리며 집에 가는 중학생이나 아이를 태운 자전거를 모는 아버지, 장바구니를 든 여성들뿐, 돌연 날아오르거나 이상한 이름표를 달고 떠드는 사람은 없었다.

미후유는 코발트블루로 물들기 시작한 하늘을 올려다보며, 저 어딘가에 있을 은제 노와 그 꼭대기에서 우는 검은 고양이를 상상했다. 그리고 내일이 토요일, 휴일이라는 사실을 기뻐했다.

이토록 책을 읽고 싶은 마음이 드는 건 정말 오래간만이었다. 불현듯 무릎 위에 그림책을 올려놓고 열심히 읽던 유치원생 시절의 기억이 되살아났다.

그저 뒷이야기가 궁금했다. 책의 뒷이야기가. 그 세계를 더욱 자세히 알고 싶었다.

## 제2화

# 완숙 계란에 갇히다

페인트를 쏟아놓은 듯 선연한 파란 하늘에 하얀 공이 포물선을 그리며 날았다. 4교시, 교정에 나와 있는 체육복 차림의 학생들은 하늘 높이 날아간 공을 올려다보며 "그쪽으로 갔어!" 하고 큰 소리로 외쳤다. 예상되는 낙하지점은 오른쪽 방향, 오른쪽 필드를 수비하는 미쿠라 미후유가 캐치하면 스리 아웃이다.

하지만 미후유는 글러브를 낀 왼손을 꼼짝도 하지 않은 채 하늘을 올려다보며 우두커니 서 있었다. 공이 바로 옆에 떨어지고서야 제정신으로 돌아온 미후유는 황급히 쫓아갔지만 이미 때는 늦었다. 공은 통통 튀어 도망쳤고, "어이없어!" "뭐하는 거야!" 하는 따가운 목소리가 등 뒤로 날아왔다. 간신히 공을 쫓아가 잡았을 때, 수업 종료를 알리는 차임벨이 울렸다.

점심시간, 학생들은 저마다 자리를 이동해 수다를 떨며 빵을 먹거나 도시락을 먹었다. 웃음소리와 쉰 목소리가 교실 곳곳에서 터져 나왔다. 복도를 달리는 소리, 장난을 치다 문과 벽에 부딪히는 소리, 1미터 거리 상대의 목소리조차 제대로 들리지 않을 정도로 소란스러웠다. 10대 청소년들의 폭발하는 생명력으로 교실은 금방이라도 터질 것 같았다.

미후유는 등굣길에 편의점에서 산 야키소바빵을 먹으며 늘 함께 점심을 먹는 친구에게 투덜거렸다. "동아리 활동이면 몰라도, 체육을 왜 그렇게 진심으로 하는 거야?"

"신경 쓰지 마. 나도 방망이를 대충 휘두르다 산초에게 혼났어."

맞은편에 앉은 히로카와는 건성으로 대꾸하더니 미트볼을 우물거렸다. 산초란 체육 교사이자 부담임인 기쿠치다의 별명이었다. 학창 시절에 체조선수였다는 기쿠치다는 종종 자신의 작은 체구를 가리켜 "산초 열매는 작지만 알싸하게 맵지"라고 해서 학생들에게 산초라고 불렸다.

현재 미후유가 점심을 같이 먹는 친구는 히로카와와 미노다, 이렇게 두 명이다. 고등학교에 입학한 지 아직 한 달, 출석번호대로 앉은 자리가 가까웠다는 이유로 어쩌다 같이 점심을 먹기 시작했고 현재에 이르렀다. 하지만 미후유는 내심 곧 찢어지겠군 하고 생각했다. 지금은 서로를 배려한다고 혼자 빠지지 못할 뿐, 내일부터 시작되는 연휴가 끝나면 이 그룹은 완전히 달라져 있을지도 모른다. 만화를 좋아하는 히로카와는 최근 더 친해지고 싶은 친구가 생겼는지, 지금도 체육 수업 이야기는 건성으로 들으며 옆 그룹에 끼어들어 미후유와 미노다가 모르는 캐릭터 이야기를 하고 있었다. 한편 미노다 역시 체육을 싫어하는 나머지 두 명과 있으면 몸이 근질거리는 모양이었다. 초등학교 때부터 배구 외길 인생을 걸어온 미노다의 쭉 뻗은 몸은 책상 앞에서는 괴로운 듯 움츠러들었다. 미후유의 시선을 알아챈 미노다는 겸연쩍은 듯 눈을 돌렸지만 그런 태도를 취하면 오히려 신경이 쓰이는 법이다.

"왜? 할 말 있어?"

"아니…… 아까 소프트볼할 때, 왜 멍하니 서 있었어? 무슨 고민이 있는 거야?"

"아……."

이번에는 미후유가 시선을 피했다.

소프트볼 수업 중에 저도 모르게 멍하니 있던 건 생각에 잠겨 있었기 때문이었다. 그게 아니었다면 귀 따가운 잔소리를 듣지 않도록 공을 잡으려고 애쓰는 시늉쯤은 했을 것이다. 하지만 미후유는 그런 시늉을 하는 것조차 까맣게 잊고 있었다. 요즈음 계속, 일주일 전에 있었던 신비한 일들을 떠올리고 있었다.

책 수집가였던 증조할아버지가 세운 거대한 도서관 '미쿠라관'. 그곳의 책이 도둑맞자 '북커스'서적의 도난을 방지하기 위해 중세 시대에 사용된, 책에 기재된 저주의 말가 발동해 이야기의 우리에 갇힌 마을, 도둑을 추적했던 경험.

미후유는 그 일들을 꿈이라 생각하려고 했다. 왜냐하면 집으로 돌아와 가방을 열자, 분명히 챙겨왔던 《한모마을의 형제》, 즉 저주의 발단이 된 책이 홀연히 사라져 있었고, 하룻밤 자고 나자 그 세계는 틀림없이 꿈이라는 생각이 들었던 것이다. 이튿날, 상황을 살피러 미쿠라관에 들른 미후유는 깨어 있는 히루네를 만났지만, 고모는 별말이 없었다.

"닭꼬치, 고마워."

태평하게 그렇게 말하더니, 입원 중인 아버지의 상태에 대해 묻기만 할 뿐이었다. 그러니 '강아지 귀가 달린 하얀 머리의 소녀가 갑자기 나타나 책을 읽으라고 했고 마을이 이상하게 변했어, 밤은 커다란 검은 고양이였고 진주 비가 내렸어'라는 이야기를 하기 부끄러웠다. 어린애도 아니고, 이 나이에 꿈 이야기를 한다고 웃으며 받아주겠는가. 그래서 미후유는 고모에게 "오늘도 뭐 사다줄게"라고만 말했다.

그럼에도 선명하게 남은 기억을 불현듯 반추하게 되는 순간이 있었다. 아까도 하늘 높이 포물선을 그리며 날아가는 하얀 공을 보고 하얀 개로 변신한 마시로의 모습이 떠올라서 꼼짝도 못 하게 된 것이리라. 그 세계에서 미후유는 구름 위로 솟아오른 은제 노 꼭대기에 있던 검은 고양이를 구한 뒤, 발이 미끄러져 거꾸로 떨어졌다. 하지만 개로 변신한 마시로가 급강하해서 구해준 덕에 무사했다. 꿈이었다면 만일 추락해도 죽지 않았을지 모르지만, 좌우지간 눈을 감으면 지금도 생생히 그 아름다운 흰빛이 떠올랐다. 부드러운 털의 감촉도 손끝에 똑똑히 남아 있었다.

마시로는 대체 누구지? 내 뇌가 만들어낸, 꿈속에서만 존재하는 환상인가?

오후 수업 중에도 계속해서 그런 생각을 했다. 종례가 끝나고 복도를 걷고 있는데 누군가 뒤에서 파일 같은 걸로 머리를 툭 쳤다. 발끈하며 돌아보니 산초, 체육 교사 기쿠치다가 서 있었다.

'어이없어, 학생이라고 함부로 머리를 치고.'

미후유는 속으로 투덜거렸지만 겉으로는 "왜요?"라고 되물었다. 그러자 까무잡잡한 얼굴의 산초는 하얀 이를 보이며 씩, 하고 환하고 강력한 미소를 지었다. 마치 지근거리에서 형광등이 켜진 것 같았다.

"아까부터 계속 정신이 다른 데 팔려 있네. 유도 도장 딸이 그렇게 집중력이 없어서야 되겠어?"

쓸데없는 참견이시네요, 누구는 좋아서 유도가 아버지 딸로 태어난 줄 아나? 미후유는 아까 맞은 머리 부분을 긁적였다. 머리가 헝클어졌다.

"아버지는 좀 어떠시니?"

"그냥 그래요."

"내일 문병을 가려고 하는데, 요무나가마을 역 앞 병원이지?"

"네? 왜요?"

"……그런 반응을 보이면 아무리 나라도 상처받거든. 아유무 씨에게는 유도 관련해서 여러모로 신세를 졌고, 내일 요무나가에 볼일도 있어서."

유도 사범인 아유무는 지역에 공헌하기 위해 초등학생을 대상으로 한 달에 한 번 무료 유도 교실을 열거나, 특별 강사로 고등학교

유도부를 지도하고는 했다. 미후유가 다니는 이 고등학교도 그중 하나였다. 때문에 체육 교사인 기쿠치다가 문병을 가겠다는 게 이해가 되지 않는 건 아니었지만, 미후유는 '너도 같이 갈 거지?'라는 말이 나올까 봐 열심히 거절의 말을 궁리했다. 내일부터 연휴가 시작된다. 모처럼의 연휴 첫날에 선생과 만나고 싶지는 않았다.

그 모습을 보고 기쿠치다도 눈치를 챘는지, 못 말리겠다는 양 허리에 손을 올렸다.

"걱정 붙들어 매. 같이 가자고 안 할 테니까. 미키 선생님과 둘이 갈 거고, 어른이니까 병원에 가서 어떻게 해야 하는지도 알아. 그러니 너는 연휴를 즐겨."

"그야…… 어, 미키 선생님도요?"

"오전 중에 요무나가 예술 홀 시찰을 해야 한대. 겉보기와 달리 방향치라 내가 같이 가주는 거야."

국어 교사이자 옆 반 담임인 미키는 미후유와는 국어 수업 외에 접점이 없었다. 190센티미터에 가까운 큰 키에 창백한 얼굴에 달라붙은 기름진 머리카락을 길게 기른 미키에게서 패기라고는 조금도 느껴지지 않았다. 수업 중엔 10분마다 한숨을 쉰다. 그런 미키와 작은 체구에 스포츠머리, 까무잡잡한 피부의 기쿠치다는 외모부터 성격까지 정반대였지만 죽이 잘 맞는지 함께 있는 모습을 자주 봤다.

하지만 뭔가 마음에 걸렸다. 어째서 국어 교사와 체육 교사가 예술 홀 시찰을 하는 거지? 그것도 우리 동네까지 와서…… 미후유가 다니는 고등학교는 요무나가마을과 이웃한 소바시에 있었기에 평소에는 소바 시내의 시설을 이용했다. 그러자 기쿠치다가 무슨 생각인지 알겠다는 양 고개를 끄덕였다.

"미키 선생님은 문예부 고문이잖아. 이번에 요무나가고등학교하고 합동으로 낭독극을 하게 돼서, 시찰 겸 가는 거야."

요무나가마을의 고등학교와 합동 행사를 하는 거라면, 이 체육 교사가 일부러 요무나가마을까지 오는 것도 이해가 갔다. 하지만 문예부라는 단어를 들은 순간, 마음의 온도는 영하로 떨어졌고 몸은 절로 뒷걸음질 치고 있었다.

"그렇구나, 그럼 아무튼 잘 부탁드려요. 저는 그만 가볼게요, 문병은 편한 때 오세요!"

"미쿠라! 아버지한테 내일 미키 선생님하고 내가 간다는 얘기만 전해줘, 오후 1시쯤 될 거야!"

귀찮아. 솔직한 마음을 꾹 삼키고 미후유는 "네에" 하고 건성으로 대꾸한 뒤 계단으로 향했다.

미후유가 이 세상에서 가장 가까이하고 싶지 않은 것이 바로 문예부였다. 동서고금의 소설이 모여 있다는 미쿠라관. 30년 전의 도난 사건을 계기로, 할머니 다마키는 미쿠라관의 일반 공개를 중지했고, 친인척들만 출입할 수 있게 했다. 때문에 미쿠라 집안의 일원인 미후유는 지금까지도 여러 차례 미쿠라관을 구경하고 싶어 하는 고서 애호가나 독서가들의 꾐에 넘어갈 뻔했던 경험이 있었다.

특히 아직까지 잊히지 않은 기억이, 초등학교 저학년이었던 미후유가 '고서를 좋아하는 언니'를 데리고 미쿠라관에 들어가려 했을 때의 일이다. 미후유는 그저 미쿠라관을 구경하고 싶다는 언니의 소원을 이루어주고 싶었던 것뿐이지만, 할머니가 노발대발하며 달려 나왔다. 현관에서 신발을 벗으려던 '고서를 좋아하던 언니'를 찬바람 쌩쌩 부는 태도로 쫓아낸 할머니는 미후유가 겁에 질려 눈물을 펑펑 흘릴 정도로 호통을 쳤다.

"이 멍청한 것아, 꾐에 금방 넘어가다니! 왜 그렇게 남의 말을 홀랑 믿는 거니? 믿어도 되는 건 미쿠라 성을 가진 사람뿐이야. 미쿠라관에 있는 책은 네 목숨보다 귀하다고 생각하란 말이다."

할머니는 겨우 여덟 살이었던 손녀를 호되게 꾸짖은 뒤 2층 서고로 올라갔다. 오래된 책의 냄새로 가득 찬 어스름한 현관에 얼굴이 퉁퉁 부은 채 흐느끼는 미후유만 남겨졌다. 남에게 엄한 데다 웃는 낯을 잘 보이지 않는 할머니를 어려워했던 미후유는 더욱더 그를 싫어하게 되었고, 이 사건은 미후유가 책에서 멀어지게 되는 원인 중 하나가 되었다.

그 후로 "미쿠라 집안의"라는 말로 운을 띄우는 사람을 경계하고 있다. 최근에도 문예부에 들어오지 않겠느냐는 제안을 받았으니, 정신 똑바로 차리고 있지 않으면 또 당하겠어. 다마키는 이제 이 세상 사람이 아니었고, 할머니의 당부 같은 건 지키고 싶지도 않았지만, 남에게 이용당하는 건 이제 질색이었다.

학교를 나와 전철을 타고 강을 건너 요무나가마을로 돌아왔다. 역 앞의 작은 디저트 가게에서 쿠키를 사서 병원으로 향했다. 조만간 재활 치료에 들어간다는 아버지에게 "내일 오후에 미키 선생님과 산초 선생님이 문병을 온다"고 전했다. 아유무는 수염이 자란 턱을 긁적이며 쑥스러운 듯 웃었다.

"일부러 와준다니 고맙네. 그 둘하고는 이래저래 오래 알고 지냈거든. 미후유, 내일 오전 중에 마실 거랑 간식 좀 사다 줄래? 아, 그리고 책도."

"다과는 알겠는데 책은 왜? 전에 가져온 건 어쩌고? 다섯 권이나 되는데."

"그건 진작 다 읽었지. 병원 매점에 있는 책은 너무 적어. 번역서인데, 와카바당에는 있을 거야."

미후유는 그까짓 것 퇴원하고 읽으면 그만이라 생각했지만, 책벌레라는 종족의 습성은 진저리가 날 정도로 잘 알고 있었다.

"곤충도감에 책벌레 항목을 추가해야겠어. '책벌레: 읽고 싶은 책은 당장 구해야 직성이 풀린다'라고."

"내 딸이지만 참 똑똑하단 말이야."

"뭐가? 책값이나 주고 말해!"

책 제목이 적힌 메모와 간식값, 책값 3000엔을 받아낸 미후유는 아버지의 빨랫감을 가방에 넣어 병원을 나왔다. 오늘은 '중국가정요리 구복루' 앞에 펼쳐놓은 음식 중에서 노릇노릇하게 구워내 식욕을 자극하는 부추 만두와 다진 파 양념장을 듬뿍 올린 구수계차갑고 매콤한 닭 냉채 음식를 샀다. 환풍기 바람을 받아 흔들리는 새빨간 노렌상점 입구의 처마 끝이나 점두에 치는 상호가 적힌 천 아래에서, 일본에 온 지 10년 됐다는 주인 부부가 음식을 야무지게 비닐봉지에 담았다.

"채소는 안 사니?"

"내일 살게요."

핑크색 꽃무늬 앞치마를 두른 주인은 편식하는 아이를 꾸중하는 눈빛으로 채 썬 양배추와 자차이갓의 일종인 채소, 또는 이것으로 만든 중국의 절임 음식를 서비스로 주었다.

집으로 가려면 요무나가마을의 볼거리 중 하나인 서점가를 지나야 한다. 대형 서점뿐 아니라 세련된 개인 서점과 그림책 전문 서점, 독서용품을 파는 잡화점에, 다양한 이벤트가 열리는 연회장을 갖춘 서점 등 최신 유행을 반영한 점포들도 늘어서 있었다.

하지만 여느 때와 분위기가 조금 달랐다. 아직 오후 4시밖에 안 됐는데, 그림책 전문 서점의 직원은 가게 밖에 내놓은 매대를 치우고 있었고, 이벤트 연회장이 있는 서점에서는 쇼윈도의 '미스터리 작가 미시쓰 사쓰히토와의 북토크' 포스터를 여러 직원이 붙이고 있었고, 안에서 손님이 "계산해주세요" 하고 부르는 소리가 났다. 부산스러운 분위기에 손님들도 영 불편한지 하나둘 자리를 뜨고 있었다.

그중에서 터줏대감인 'BOOKS 미스터리'만 분위기가 달랐다. 주인인 백발노인은 가게 앞에서 담배를 태우며 태연자약하게 있었다. 미후유는 가나메라는 이름의, 허리와 목이 굽은 이 빼빼 마른 노인이 불편했지만, 무슨 일이냐고 물었다. 그러자 가나메 영감은 주름진 입술을 오므리며 담배 연기를 뿜더니, "취재를 온단다" 하고 대답했다.

"매번 하는 그거지. 내일 온다나."

그 말을 듣고, 미후유는 이해했다. '책의 마을'인 요무나가마을은 1년에 한두 번 잡지나 TV에 특집으로 소개되고는 했다. 가나메 영감처럼 취재를 하든, 눈이 내리든 신경도 안 쓰는 주민이 있는가 하면, 언론에 나올 거면 조금이라도 잘 나오고 싶다, 가게 홍보도 될 테니 일석이조라고 생각해 신경 쓰는 주민도 있었다.

미후유는 인사를 하고 나서 길모퉁이를 돌았다. 그러곤 미쿠라관에 들른 뒤에 집으로 향했다.

미후유와 아버지가 사는 공동주택은 상점가에서 골목을 지나 큰길로 나와서는, 미쿠라관과 고서점 거리를 등지고 완만한 언덕길을 내려간 후, 도장을 지나치면 나온다. 지은 지 20년 된 낡은 공동주택은 삼각지붕의 3층 건물 두 동이 쌍둥이처럼 이웃하고 있었다. 작은 주차장 주변을 에워싼 화단에는 잡초와 작은 나무들이 제멋대로 자라나 길고양이들의 보금자리가 되었다. 아유무와 미후유가 식물을 잘 돌보지 못하기 때문이었다. 미후유는 이곳에서 태어나 자랐는데, 집주인은 원래 할머니였다. 지금은 아버지가 집주인이지만, 도장과 미쿠라관을 모두 관리해야 하는 입장이라 제대로 신경을 쓰지 못한 나머지, 홈통은 찌그러져 있고, 빛바랜 외벽은 오래전에 다시 칠한 뒤로 손도 대지 않았으며, 처마 밑으로는 빗줄기가 흘러내린 흔적이 거뭇하게 남아 있었다.

우편함을 열자 우편물과 함께 '부동산 매입합니다!'라는 부동산 회사의 광고지가 들어 있었다. 미후유는 한숨을 내쉰 뒤 우편물을 옆구리에 끼고 내심 시대에 뒤처진 장식 달린 난간을 질색하면서 붙잡으며 계단을 올라갔다.

미쿠라관만 보고 미쿠라 집안이 유복하다고 생각하는 사람이 많지만, 실상은 달랐다. 수입이 없는 개인도서관을 유지하기 위해서는 자산이 필요하다. 장서를 수선하는 비용, 본관과 별관의 유지비, 세금. 미쿠라관을 세운 증조부, 가이치가 있을 때에는 입장료나 자료제공비를 받거나 기부금 등으로 충당했지만, 다마키가 미쿠라관을 폐쇄한 뒤로는 수입이 제로가 되어 그 밖의 벌이로 메꿀 수밖에 없었다.

성가신 미쿠라관과 다마키에게 엮이고 싶지 않다며, 친척들과도 이미 연이 끊겼고, 다른 재산이라고는 이 공동주택과 도장뿐이었다. 월세와 유도장의 수입으로 생활비와 교육비, 그리고 미쿠라관의 유지비를 간신히 메꾸고 있었다.

미후유는 전부터 미쿠라관과 장서들을 깡그리 팔아버려야 한다고 생각했다. 그러면 아버지의 부담도 줄 테고, 자신도 학비 걱정에 마음고생하지 않아도 된다. 안정된 생활보다 더한 행복은 없다. 이것이 갓 고등학교에 입학한 미후유의 지론이었다. 하지만 그런 말을 할 때마다 아버지는 "그럼 히루네 고모는 어떡하라고?"라는 곤란한 질문을 던졌다.

집은 2층이다. 문을 열고 복도와 거실에 불을 켰다. 아무도 없는 집에 "다녀왔습니다"라고 말하면 주변이 한층 조용하게 느껴졌지만, 초등학교 시절부터 혼자 있는 시간이 길었던 미후유에게는 이미 익숙한 감각이었다. 세면실 세탁기에 아버지의 빨래를 넣고 손을 씻은 뒤, 교복 상의를 벗으며 부엌에 들어갔다. 그러곤 티슈와 신문, 리모

컨 등이 너저분하게 놓인 식탁에 사온 반찬거리와 우편물을 놓았다.

티셔츠와 트레이닝 바지로 갈아입고 TV를 켰다. 그러곤 전자레인지에 데운 밥과 인스턴트 미역국, 그리고 부추 만두와 구수계로 저녁을 먹었다. 화면에 비치는 화려한 스튜디오 세트와 하루에 몇 번이나 보는 개그맨들, 터져 나오는 웃음소리…… 하지만 개그맨의 토크와 아이돌의 리액션도, 미후유의 머리에는 전혀 들어오지 않았다.

속을 어지럽히는 고민이 너무 많았다. 미후유는 천천히 닭고기를 씹으며 왼손 손가락을 접었다.

일주일 전에 꾼 그 기묘한 꿈. 하얀 개로 변신하는 소녀, 여우가 된 책 도둑. 그뿐만 아니라 현실 세계에서도 문제와 할 일이 산더미 같았다. 연휴라 좋았지만, 끝나면 점심을 같이 먹을 친구를 또 찾아야 할지도 모른다. 히로카와도, 미노다도 저마다 다른 친구와 점심을 먹을 가능성이 크다. 내일 아버지의 병문안을 오는 선생님들에게 대접할 다과를 준비하고, 부탁받은 책도 사야 한다. 공동주택 건물 관리도 해야 한다. 구체적으로는 화단에 물을 주고, 홈통을 수리할 업자에게 연락해야 한다. 벽 도색은 아버지와 상담해야 한다. 그리고 아르바이트, 일단 돈을 벌어야 무슨 일이든 할 수 있다. 이것만으로도 한 손으로 꼽기 부족할 정도였다.

"그리고 히루네 고모 수발."

아까 음식을 산 뒤 고모를 들여다보기 위해 조금 돌아가서 미쿠라관에 들렀다. 하지만 히루네와 아무 이야기도 하지 못한 채 돌아왔다.

오래된 고서점이 늘어선 두 골목 사이에 미쿠라관은 삼각주처럼 에워싸여 있다. 그 앞에서 히루네가 낯선 젊은 여자와 이야기하고 있었다. 훤칠한 키의 여자는 빡빡 민 중머리에 성게 모양의 커다란 귀걸이를 하고 있었다. 오렌지색 티셔츠에 착 달라붙는 검은 롱스커트, 새하얀 스니커즈까지. 마치 하이패션 잡지에서 튀어나온 것 같았다. 그와 대조적으로 큼직한 안경에 집게 핀으로 대충 정리한 머리, 그리고 보풀이 인 회색 스웨트셔츠에 고무 플립플롭을 신은 히루네를 보며, 미후유는 '편하기는 하겠지만 그렇게 입고서는 편의점에도 못 갈 것 같은' 차림새라고 생각했다.

이토록 안 어울리는 조합도 없었다. 어쩌면 대화조차 성립하지 않는 게 아닐까. 한마디 참견하려고 미후유가 걸음을 내디딘 순간이었다. 히루네가 웃었다. 젊은 여자가 뭔가 우스운 이야기를 했는지, 깔깔거리며 웃고 있었다.

남의 속도 모르고. 정신을 차려보니 미후유는 미쿠라관을 등지고 냅다 달리고 있었다. 히루네에게 주려고 가져온 음식은 도장 사범 대리인 지훈에게 몽땅 줘버렸다. 뭐가 그렇게 충격이었는지 스스로도 모르겠다. 하지만 짜증이 뱃속에서 쉬지 않고 솟아올라서 미후유는 TV 전원을 껐다.

다시 조용해진 집에 벽시계 초침 소리가 째깍째깍 울려 퍼졌다. 평소에는 아버지가 있는 안방과 거실 사이의 상인방에는 개는 게 귀찮아서 어제저녁부터 방치해둔 미후유의 빨래들이 널려 있었다.

할 일이 너무 많은 거 아냐. 미후유는 한 입 베어 물려던 부추 만두를 억지로 입에 쑤셔 넣고 냉동밥을 와구와구 먹은 뒤 미역국과 함께 꿀꺽 넘겼다.

"상의할 사람이라도 있으면 좋았을 텐데……."

미후유는 홀로 중얼거린 뒤 다시 쌀밥을 먹었다.

이튿날 아침, 미후유는 밥통 예약 취사 소리에 잠에서 깼다. 졸린 눈으로 밥통을 열고 갓 지은 밥을 퍼서 도시락통에 담았다. 딱히 야외 활동을 하려던 건 아니었다. 어젯밤에 히루네의 밥을 차려주지 않았다는 죄책감에 시달렸을 뿐이다.

와카바당에서 책을 산 뒤에 미쿠라관에 잠깐 들르자. 히루네가 깨어 있으면 어제 그 여자는 누구냐고 물어봐야지. 미후유는 머릿속으로 오늘 무슨 일을 해야 하는지 순서를 확인하며 쌀밥 한가운데에 매실장아찌와 다시마조림을 꾹 눌러 넣었다.

밥이 쉬지 않도록 식히는 동안 나갈 채비를 했다. 블랙 데님에 녹색과 하얀색 스트라이프 폴로셔츠를 입고 세면대 거울 앞에서 긴 머리를 하나로 올려 묶었다. 그리고 냉장고에서 보리차를 꺼내 마시며 봉투에서 롤빵을 꺼내 선 채로 우걱우걱 아침을 먹었다. 아버지가 봤으면 분명히 혼을 냈으리라.

도시락이 완전히 식은 걸 확인하고 뚜껑을 닫았다. 아유무가 재봉틀을 굴려 만들어준 줄무늬 복주머니에 넣고 줄을 꽉 당겨 묶은 뒤에 미후유는 외출용 숄더백을 어깨에 메고 현관을 나섰다. 계단 아래 세워둔 파란 자전거를 타고 힘차게 페달을 밟아 먼저 와카바당으로 향했다.

뒤에서 불어오는 바람에 옷자락이 펄럭였다. 완만한 언덕길을 따라 자전거가 달렸다. 공동주택과 단독주택이 늘어선 주택가 곳곳에서는 아이들의 목소리와 이불 터는 소리가 들렸다. 그 끝에는 문을 닫은 쓸쓸한 술집과 오늘 특가라고 적힌 빨간 깃발을 세워둔 마트가 있었다. 그 모습을 힐끗거리며 미후유는 자전거 페달을 힘껏 밟았다. 골목으로 들어서자 속도를 줄이고 푸르른 신록으로 물든 길을 지나 큰길로 나왔다. 조금 더 가서 녹색 간판이 보였다. 아유무가 자주 가는 신간서점 와카바당이다.

미후유는 가게 앞에서 멈췄고 주차장에 자전거를 세웠다. 자동문 바로 앞에 있는 신간 코너에는 일본 소설과 에세이들이 쌓여 있었는데, '벅찬 감동' '걸작 등장'이라고 손글씨로 쓴 광고판이 책더미 사이에서 손님들의 관심을 끌려고 하고 있었다. 오른쪽에는 잡지, 왼쪽에는 만화, 그 너머가 소설 단행본과 문고본 코너였다. 벽에는 실용서가 쭉 진열되어 있었는데, 앞치마를 두른 서점 직원이 진열 중인 샘플에서 떨어져 나간 부록을 제자리에 놓고 있었다.

해외 문학은 소설 코너 안쪽에 있었는데, 신간은 그 앞의 매대에 놓여 있었다. 아버지가 부탁한 책도 그곳에 있었는데, 다 팔렸는지 원래 적게 입고되었는지 한 권만 달랑 놓여 있었다. 서점 직원 중에 해외 문학을 좋아하는 사람이 있는지, '신기하게도 웃음이 나는데 슬프기도 한 이야기, 오래도록 가슴에 남는다!'라고 진심을 담아 추천 문구를 쓴 광고판이 세워져 있었다. 미후유는 광고판이 쓰러지지 않도록 살며시 책을 집어 들었다. 책을 좋아하지는 않았지만 남의 열정을 망가뜨리고 싶지 않았다.

책을 들고 계산대로 가자 낯익은 직원이 카운터에 있었다. 버섯머리라 불리는 헤어스타일의 그는 마른 체격과 하얀 피부 탓에, 멀리서 보면 일순 송이버섯 하나가 힘없이 서 있는 것처럼 보였다. 서늘한 눈매에 세련된 검은 테 안경을 쓴 모습이 한눈에도 서브컬처 전문가처럼 보였다. 녹색 앞치마 가슴에는 '하루타'라고 적힌 명찰이 달려 있었다.

"안녕하세요."

미후유가 인사를 건네자 청년도 꾸벅 고개를 숙이며 책을 받아 들었다.

"우리 매출은 말이죠!"

그때 계산대 반대편에서 커다란 목소리가 들렸다. 저도 모르게 그쪽으로 고개를 돌리자, 통통한 체구의 중년 남성, 닳고 닳은 스테인리스 수세미 같은 헤어스타일의 와카바당 요무나가 본점의 점장이 세 남녀를 향해 이야기하고 있었다. 두 명은 캐주얼한 정장 차림이었고, 나머지 한 명은 카메라맨인지 일안 리플렉스 카메라의 셔터를 쉴 새 없이 눌러대고 있었다. 미후유는 오늘 취재를 한다던 이야기를 떠올렸다.

"이것도 기사로 써주시면 좋겠는데, 도난이 너무 많아서 골치예요. 네? 밝은 화제에 어울리지 않는다고요? 그런 말씀 마세요, 그것 때문에 문 닫은 서점도 있으니까."

"저기, 계산……."

멍하니 점장 쪽을 보던 미후유에게 하루타가 말을 걸었다.

"아, 죄송합니다."

미후유는 황급히 책값을 계산한 뒤 책을 들고 가게를 나와 미쿠라관으로 갔다.

초여름의 화창한 날씨, 파랗게 펼쳐진 하늘에서 강렬하게 쏟아지는 햇볕에 미쿠라관의 거대한 은행나무의 푸른 잎이 반짝였다. 상쾌하다고 하기에는 조금 더운 날씨였다. 미후유는 정원의 철문을 열고 화단 앞에 자전거를 세운 뒤, 은행나무 잎사귀 사이로 새어 들어오는 햇빛을 받아 그물 모양으로 그림자가 드리운 징검돌을 건넜다.

그때, 미쿠라관 쪽에서 돌풍이 불어왔다. 모래 먼지가 화악 날리더니 정원의 울창한 수풀을 흔들었다. 미후유는 순간적으로 눈을 감고 팔로 얼굴을 가렸지만, 모래 알갱이가 뺨과 손을 세차게 때렸다. 바람은 곧 멎었고, 미후유는 정신을 차리고 현관 앞에 섰다.

열쇠 구멍에 열쇠를 넣고 돌린 뒤 문손잡이를 당겼다. 하지만 문은 쿵, 하는 소리만 낼 뿐 열리지 않았다.

"……뭐지?"

미후유는 다시 한번 손잡이를 당겨 문이 잠긴 걸 확인한 뒤, 재차 열쇠를 넣고 돌렸다. 그러자 이번에는 순순히 문이 열렸다.

"고모가 문단속하는 걸 깜빡했나?"

현관에 달린 파란 경보등이 여느 때와 다름없는 걸 보면 딱히 무슨 일이 생긴 것 같지는 않았다. 미후유는 혹시나 해서 "고모, 나, 들어간다!" 하고 큰 소리로 외친 뒤에 안으로 들어갔다.

미쿠라관의 복도는 정적에 휩싸여 있었고, 현관의 작은 창문에서 쏟아지는 가느다란 햇볕에 허공에서 춤추는 먼지가 반짝반짝 빛났다. 시계추가 흔들리는 째깍째깍 소리가 오히려 정적을 더해주었다. 제 옷이 바스락거리는 소리가 유독 크게 울려 퍼지는 걸 느끼며 미후유는 신발을 벗어 신발장에 넣고 미쿠라관 안으로 들어갔다.

"고모? 안에 있지?"

천장의 조명이 상아색 벽에 광석처럼 그림자를 드리웠다. 1층 서고는 모두 문이 닫혀 있었고 아무 소리도 나지 않았다. 신발장을 열어보자 히루네가 늘 신는 고무 플립플롭이 들어 있었다.

하지만 평소와 뭔가 달랐다. 이상한 기척이 났다. 술래잡기를 하며 놀 때처럼, 어딘가에 누가 숨어서 자신을 보는 것 같은 느낌이라 마음이 술렁거렸다.

복도를 지나 온실로 들어섰다. 어스름한 현관과 정반대로 이곳은 1층에서 2층까지 뚫린 구조이고, 한 면은 모두 통유리로 된 창문에서 햇빛이 한가득 쏟아져 들어오는 환한 공간이었다. 예전에 일반인에게 공개했던 시절에 설치했던 낮은 테이블과 긴 의자, 소파가 놓여 있었는데, 히루네는 소파 한가운데에 있었다.

"……또 자네."

히루네는 소파에 앉아 테이블에 엎드린 자세로 살짝 코를 골며 자고 있었다. 얼굴 밑에 두툼한 장부가 펼쳐져 있는 걸 보고, 이대로는 침이 묻을 것 같아서 미후유는 장부를 확 잡아당겼다. 베개를 잃은 히루네가 머리를 찧는 소리가 났지만 코 고는 소리는 계속 이어졌다.

미후유는 고개를 절레절레 저으며 장부를 보았다. 장서 목록이었는데, 미쿠라관에서 보관하는 서책의 제목과 지은이, 출판사명, 출판일, 판수 등을 오십음일본 글자인 가나로 표기한 50개의 소리 순으로 기록한 것이었다. 페이지 오른쪽 끝에는 사전처럼 '아' 행에서 시작되는 색인이 달려 있었다.

문득 든 생각에 미후유는 '하' 행을 찾았다. 양옆에 늘어선 항목을 따라 '하'에서 '히'로 넘어가기 직전에 손을 멈췄다. '한모마을의 형제'가 없다.

가슴 언저리가 서늘해졌다. 기록광인 히루네가 깜빡했을 리 없었다. 한마디로 적어도 미쿠라관에 존재하는 책이 아니라는 뜻이다. 인터넷에서 검색해봐도 해당하는 책은 나오지 않았다. 역시 그건 모두 꿈이었던 것이다.

갑자기 모든 게 허무해진 미후유는 두꺼운 장부를 덮고 탁자에 던지듯 내려놓았다. 작지 않은 소리와 진동이 울려 퍼졌지만 히루네는 여전히 잠에서 깨지 않았다.

집에서 가져온 도시락을 두고 병원에 가야지. 복도 쪽으로 발길을 돌리려던 찰나, 미후유는 히루네의 오른손에 종잇조각이 쥐여 있는 걸 알아챘다. 이미 그 일이 꿈이었다고 생각한 미후유는 뭔가 메모라도 한 걸까 생각하며 단순한 호기심으로 종잇조각을 집어 살며시 빼냈다. 그곳에는 붉은 잉크로 부적을 연상시키는 기묘한 문양이 그려져 있었다.

"아!"

심장이 쿵 뛰었다. 문양은 그때처럼 찌부러진 문자로, 읽지 못할 정도는 아니었다.

"……'이 책을 훔치는 자는 완숙 계란에 갇히리라.'"

소리 내어 읽은 순간 어디선가 바람이 불어와 미후유의 다리 아래를 장난치듯 빙글빙글 돌았다. 일주일 전에도 이랬다. 손바닥에 땀이 배는 걸 느끼며 손을 꽉 쥐었다.

"미후유."

옆에서 들린 소리에 미후유는 비명을 지르며 펄쩍 뒷걸음질 쳤다. 어깨 길이의 새하얀 머리카락, 살짝 큰 입에 앳된 얼굴.

"마, 마시로."

이름을 부르자 갑자기 실감이 솟아올랐다. 그래, 이 애야. 정말 존재했어. 미후유는 두 눈을 꽉 감았다 뜨고 마시로가 사라지지 않은 걸 확인했다. 손톱으로 손바닥을 긁자, 통증이 느껴진다.

"내 이름, 기억하는구나." 소녀는 생긋 웃으며 말했다.

"그야 뭐…… 너도, 그 세계도 전부 꿈인 줄 알았는데."

"꿈? 인간이 밤에 꾼다는 그거?"

"그게 아니면 뭐겠어!"

이 애는 전에도 이상한 소리를 했었지. 미후유가 피식 웃자 마시로는 불현듯 진지한 표정으로 고개를 갸웃했다.

"난 안 자거든." 그러곤 테이블에 엎드려 있는 히루네를 물끄러미 바라보았다. "이 사람은 엄청 잘 자더라."

마시로는 혹시 잠을 못 자는 병이라도 걸린 걸까? 내가 말실수를 했나? 미후유는 내심 후회했지만, 그녀의 옆모습에서는 아무 감정도 읽어낼 수 없었다. 또 하나, 마시로의 복장도 마음에 걸렸다. 지난번에는 고등학교 교복이었는데, 오늘은 녹색과 하얀색 줄무늬 폴로셔츠에 블랙 데님, 미후유와 똑같은 차림새였다.

"네 옷 말이야. 혹시 날 따라한 거야?"

"응, 당연하지. 그보다 미후유."

"왜?"

"이거."

마시로가 쓱 내민 건 검은 표지의 책이었다. 심플해 보이지만 장정에 꽤 공을 들였는지, 빛을 받자 뱀가죽처럼 은은한 광택이 돌았다. 제목은 하얀 고딕체로 'BLACK BOOK'이라 적혀 있었다.

"……제목 그대로잖아."

"읽어봐."

지난번과 똑같은 패턴이었다. 불길한 예감에 미후유는 마시로를 쳐다봤다.

"설마 또 '도둑을 잡아달라'는 건 아니겠지?"

"정답! 역시 미후유야."

"아니, 그렇게 좋아할 것까진……."

"내 마음을 금방 알아주니까 기뻐서…… 그래, 또 책을 도둑맞았어. 이번에는 1층 서고에서. 엔터테인먼트. 대중소설. 미후유, 읽어봐. 북커스는 이미 발동됐어."

마치 사람을 잘 따르는 개가 코를 비비듯 성큼성큼 다가오는 마시로를 보고 미후유는 한두 걸음 뒷걸음질 치며 책을 받았다. 지금은 아직 강아지 귀가 없지만, 이 소녀가 평범한 사람이 아니라는 건 미후유도 알고 있었다. 단 한 번 만났을 뿐인데, 어느샌가 같은 반 히로카와나 미노다보다 대하기 편했고, 주거니 받거니 대화도 잘 통한다는 걸.

미후유는 검은 책을 쓸며 손끝으로 까끌까끌한 질감을 확인했다.

"이 책을 읽으면 세상이 또 이상해지는 거 아냐?"

"마을이 변하기는 할 거야. 하지만 도둑이 책을 훔친 순간부터 이미 변화는 시작됐어. 마을과 책이 미후유 널 기다리고 있어."

미후유는 온실의 커다란 창문 너머로 밖을 바라보았다. 변화. 왔을 때처럼 하늘은 푸르렀고, 정원 한편에는 미후유의 파란 자전거도 세워져 있었다. 하지만 자세히 관찰해보니, 은행나무의 녹색 잎 한 장이 허공에 뜬 채로 정지되어 있었다. 다른 식물들도 마찬가지였다. 바람에 가지가 휘어진 채로 멈춰 있었다. 마치 순간의 풍경을 잘라내 창밖에 붙인 것처럼.

"설마 시간이 멈춘 거야?"

"내가 여기에 왔기 때문에 마을이 멈춘 거야. 원래대로 돌아가려면 이 책을 읽는 수밖에 없어."

"알았어, 하는 수 없지."

이상한 일에 말려들기 싫은 마음 뒤에 아주 조금이지만 설렘도 존재했다. 단단한 질감의 검은 표지를 넘기려는데, 마시로가 "아" 하고 미후유의 손을 붙잡아 제지했다.

"왜?"

"미안해. 하지만 여기서 읽으면 좀 그래서……."

마시로는 미안한 표정을 지으면서도 미후유의 손목을 꽉 잡고 온실 밖으로 나가 복도를 지나 현관으로 향했다. 그러고는 신발장에서 미후유의 스니커즈를 꺼내 바닥에 가지런히 놓았다.

"자, 신발을 신어."

"뭐하자는 건지 모르겠는데."

"이번에는 모르는 게 나아. 얼른."

미후유는 투덜거리면서도 신발을 신고 현관에 걸터앉아 책을 펼쳤다.

리키 매클로이는 창문 블라인드를 내리고 담배에 불을 붙였다. 붉은빛이 푸른 밤을 밝혔다.

"서로 같은 생각을 하는 것 같은데, 조."

블라인드 틈으로 컴컴한 골목에 헤드라이트 불빛이 일렁이더니, 건물 아래에서 뚝 멈췄다. 리키는 담배를 바닥에 버리고 구둣발로 비벼 끈 뒤, 서류 다발을 검은 코트 안쪽에 숨겨 잉크 냄새가 짙게 밴 그 방에서 재빨리 나왔다.

눈을 찌르는 녹색 벽지, 컴컴한 복도, 고급스러운 장식장에 화사한 달리아를 꽂아놓은 꽃병. 아래층에서 복수의 발소리가 계단을 올라와 지근거리까지 다가왔다. 리키는 가죽 장갑을 낀 손으로 달리아 꽃다발을 빼서 거칠게 휘두르며, 옆옆방 문을 두드렸다. 살며시 열린 진회색 문틈으로 여자의 파란 눈동자가 올려다보았다. 윤기 흐르는 갈색 머리의 아름다운 여자였다. 등 뒤에서 노성이 울려 퍼졌다. 돌아보자 총으로 무장한 한 무리의 경찰들이 리키가 방금 나온 방으로 들이닥쳤다.

"……누구? 꽃 배달시킨 적 없는데."

여자는 경찰의 소란에도, 갑작스러운 방문자의 존재에도 겁먹은 기색을 보이지 않았다. 리키 매클로이는 입꼬리를 살짝 올리며 웃은 뒤 달리아 꽃다발을 여자에게 건네며 문 안쪽으로 밀고 들어갔다. 싸구려 유리 상들리에가 소파를 비추고 있었다. 아까 있던 방과 구조는 같았다.

"이름이라도 밝히지그래? 미스터 존 스미스?"

반쯤 열린 창문에서 건조한 바람이 경찰관들의 노성을 싣고 불어왔다. 가구를 걷어차는 소리, 유리가 깨지는 소리.

리키는 여자를 돌아보며 말했다. "누가 물어보면 '매클로이가 왔다'고 대답해. 그러면 조가 알아들을 테니."

"조? 그게 누군데?"

"내 무덤을 파는 사람."

중절모를 누르며 창문을 빠져나가 작은 철제 베란다로 나왔다. 박쥐 날개처럼 새카만 밤하늘에 걸친 옅은 먹색의 구름 때문에 달빛은 흐릿했다. 화약 냄새를 머금고 있었고, 소란스러운 향락의 거리 어딘가에서 사이렌 소리가 울려 퍼지며 신경질적인 교향곡을 연주했다.

리키는 가죽 장갑을 낀 손으로 철제 사다리의 기둥을 잡고 단숨에 미끄러지듯 내려갔다. 피비린내와 비슷한 쇠 냄새가 났다. 건물을 등지고 차가운 아스팔트 위를 걸으며 코트 안쪽에서 숨겨두었던 서류를 확인했다. 황토색 파일에 든 종이 뭉치 사이로 사진 두 장이 보였다. 한 장은 모자를 깊이 눌러쓴 두 남자가 나무 상자를 받아 드는 장면을 몰래 찍은 사진이었다. 나무 상자는 천으로 덮어두었지만, 천 사이로 안에 든 책이 보였다. 또 한 장의 사진은 엎드린 금발 여자의 시체를 찍은 사진이었다. 여자 주변은 눈이 내린 듯 백색으로 물들어 있었고, 그 옆에는 갈가리 찢긴 책이 놓여 있었다.

경찰은 아직 건물 안에 있다. 헨젤과 그레텔처럼 복도에 흩어진 달리아 꽃잎을 따라 옆옆방에서 리키가 탈출했다는 걸 '무덤 파는 사람' 조가 알아챈 기척은 없었다.

검고 탁한 공기로 가득 찬 골목에 드러누운 빈민들은 눈과 코의 신경을 곤두세우고 통행인의 지갑 사정과 역량을 가늠하고 있었다. 들개가 으르렁거리는 소리를 들으며 리키가 걸어가자, 곰팡내 나는 돌의 정글에 구둣발 소리가 울려 퍼졌다. 등 뒤에서 바람이 움직이는 기척이 났을 때, 리키의 오른손은 이미 권총집에 있는 M1911에 닿아 있었다.

"조심성이 없군. 여기에 온 지 얼마 안 됐겠어…… 길어봐야 일주

일이야."

리키는 몸을 틀어 기습에 실패한 젊은 하이에나의 목을 움켜쥐며 오른손에 든 M1911을 들이댔다.

"열흘이다, 이 새끼야."

움푹 팬 뺨과 짙은 다크서클을 보니 약에 절어 오랫동안 잠을 못 잔 모양이었다. 화려한 남국풍 셔츠에 하얀 양복, 잔뜩 멋을 냈지만 옷은 눈살이 찌푸려질 정도로 더러웠고, 술과 땀에 찌든 악취를 풍기고 있었다.

다음 순간, 남자는 눈부신 듯 얼굴을 찌푸렸다. 무수한 손전등 불빛이 멀리서 두 남자를 비추고 있었다.

"조 녀석, 드디어 헨젤을 따라잡은 모양이군."

"……뭐라고?"

"경찰이야."

팔에서 힘을 뺐다. 그 틈을 놓치지 않고 젊은 하이에나가 반격을 시도했다. 긴 오른팔이 눈앞으로 다가오자 리키는 재빨리 피하며 남자의 명치에 주먹을 날렸다. 남자는 둔한 신음을 흘리며 맥없이 쓰러져 그 자리에서 구역질을 했다.

"걱정 마, 곧 경찰이 간호해줄 테니까. 고용주에 대해서는 잊어버리고 시골로 돌아가, 애송이."

"……흥, 우습게 보지 말라고. 아직 '책'의 소재를 들쑤시고 다닐 작정이라면 네놈이 가는 길 끝에는 지옥만이 기다리고 있을 거다. 리키 매클로이."

"악마와 춤춘 게 한두 번이 아니라."

발길을 돌린 리키는 남자의 신음을 뒤로하고 담배에 불을 붙였다. 니코틴이 듬뿍 든 싸구려 담배. 독한 술과 마찬가지로 제정신을 유지하기 위해 필요한 약이었다.

골목에서 큰길로 나왔다. 어둠이 가장 짙은 시간대, 태양 아래에서는 살아갈 수 없는 이들이 안식을 얻는 시간이었다. 눈부신 네온사인, 색소폰과 트럼펫 소리, 쾌락에 젖은 목소리. 깨진 유리창 너머로 무표정한 바텐더가 술잔을 닦는다.

이 거리에는 없는 게 없다. 술, 폭력, 미남, 미녀, 피. 찰나의 위로를 주는 마약. 그리고 금지된 책까지.

거리 모퉁이에서는 '이야기꾼' 소년이 하늘을 향해 떠들고 있었다. 오늘 있었던 일들을 오가는 이들에게 전하기 위해서.

매점에 신문은 없었다. 종이에 문자를 인쇄하는 행위가 금지된 뒤로는 구전이나 개인적인 이용 목적의 수기 기록만이 허가됐다. 복제는 엄격히 금해졌다. 과거 술을 금지했던 나라는 책을 금지하는 나라가 되었다.

창백한 서치라이트가 비추는 거리 한가운데에 우뚝 선 청사, 그 꼭대기에 거대한 간판이 달려 있었다. 이 도시의 '아버지', 시장 마티아스 콘스탄틴 엘리슨의 얼굴이었다. 진주처럼 흰 이, 주름을 없앤 보톡스. 100만 달러짜리 미소. 리키 매클로이는 시궁창 냄새 나는 도랑에 담배꽁초를 버렸다.

"……이상한 이야기네."

여기까지 활자를 좇던 미후유는 혼잣말하며 고개를 들었다. 그리고 자신이 있는 세계가 완전히 달라져버린 듯한 감각에 휩싸였다. 일상의 냄새가 나지 않는 세계. 방심할 수 없는 도시. 긴장 섞인 불온한 공기가 금방이라도 떠돌 것 같은 어두운 밤. 단조로운 이미지.

그것은 착각이 아니었다. 갑자기 날카로운 경적 소리가 들리더니 미쿠라관 밖에 수많은 사람들이 모여 떠드는 소리가 났다.

"미후유, 빨리 이쪽으로 와."

손목을 붙잡힌 미후유는 책을 든 채 마시로에게 끌려 밖으로 나왔다. 《BLACK BOOK》을 읽기 몇 분 전까지는 화창한 하늘이 펼쳐진 한낮이었는데, 누군가가 시곗바늘을 한 바퀴 돌려놨는지, 밖은 칠흑처럼 새까만 어둠이었다. 하지만 놀라고 있을 틈도 없었다.

정원 담장에는 하얗게 빛나는 조명등이 늘어서 미쿠라관을 가차 없이 비췄다. 역광으로 그림자만 보였지만, 담장 밖에 사람들이 몰려 있는 것 같았다.

"숨어!"

마시로의 신호에 두 사람은 현관 바로 옆에 있는 수국 사이에 몸을 숨기고 무성한 잎사귀 밑에서 상황을 살폈다.

무선이 드문드문 끊기는 소리, "알겠습니다, 진입하겠습니다"라는 목소리가 들린 순간 정원 철문 잠금장치를 절단기로 자르고 하얀 방패를 든 진입부대와 경찰관들이 쏟아져 들어왔다. 평소에 파출소 앞에서 보는 순경들과는 분위기가 판이하게 달랐다. 헬멧이나 모자를 깊이 눌러쓰고, 무표정한 얼굴로 오른손에는 권총과 경찰봉을 들고 있었다. 경찰관들은 두 패로 나뉘어 하나는 현관으로 진입, 나머지 하나는 건물 뒤편으로 갔다.

"대, 대체 무슨 일이야?"

미후유는 나쁜 짓이라고는 한 적이 없다. 아마 히루네도. 아버지가 입원하고 나서 클레임이 자주 들어온다고는 들었지만, 아무리 그래도 총을 든 경찰이 들이닥칠 일이 있겠는가. 마시로는 어처구니없어하는 미후유의 손을 다시 붙잡고 "빨리 가자"라고 재촉했다.

두 소녀는 몸을 움츠리고 수국 뒤에 숨어 별관으로 이동했다. 별관에 들어가지 못해 우왕좌왕하는 경찰관들이 모두 문에 정신이 팔려 그들을 등지고 있는 사이에 마시로가 먼저 담을 넘었다.

"미후유도 빨리."

"기다려봐, 난 그렇게 날렵하지 않단 말이야."

담을 잡고 벽면에 다리를 댄 채 억지로 오르려 했지만, 손가락에 힘이 들어가지 않아서 발끝이 미끄러졌다. 그러자 마시로가 훌쩍 다시 돌아와 "나한테 업혀" 하고 등을 내밀었다. 미후유는 눈부신 듯 얼굴을 찌푸렸지만, 결국 얌전히 마시로의 등에 업혔다.

"팔하고 다리로 내 목하고 몸을 꼭 잡아."

마시로는 미후유를 업고는 무릎을 구부리더니 단숨에 도약했다. 담에 손을 대고 두 다리를 옆으로 뻗으며 훌쩍 담을 넘어 맞은편에 착지했다. 마시로의 머리에는 다시 강아지 귀가 돋아 있었다.

"넌 개야? 인간이야?"

"둘 다이기도 하고, 둘 다 아니기도 해. 좌우지간 서두르자. 여기 있으면 위험해."

두 소녀는 어두운 밤길을 달렸다. 하지만 뭔가 이상했다. 분명 요무나가마을이었지만 요무나가마을이 아니었다. 미쿠라관을 에워싼 거리에는 분명 고서점이 늘어서 있어야 하는데, 모두 다른 가게로 바뀌어 있었다. 스트립쇼, 재즈 바. 골목의 터줏대감이었던 고서점에는 'FOX TOBACCO'라는 붉은 네온사인이 달려 있었고, 누런 고서들은 모두 치워버리고 대신 다양한 종류의 담배와 궐련을 진열해 놓았다. 손님들의 분위기도 달랐다. 대부분 고서라면 정신을 못 차리는 마니아들뿐이었는데, 지금은 궐련을 코에 대고 냄새를 맡거나, 떫은 표정으로 요리조리 살펴보고 있었다.

"아까 읽었던 책의 세계로 바뀐 거야?"

"그래. 이곳은《BLACK BOOK》의 세계야."

미쿠라관에서 한참 떨어진 곳에 도착한 두 소녀는 걸음을 늦추고 걷기 시작했다. 어디선가 트럼펫 소리가 들렸다. 학교 동아리에서 연주하는 활기찬 행진곡이 아니라, 밤의 퇴폐적인 향기가 풍기는 쓸쓸한 음색이었다. 미후유는 보라색이나 짙은 남색 같은 그윽한 빛깔이 연상되는 곡이라 생각했다.

"마시로, 그 책은 어떤 이야기야? 앞부분만 봐서는 무슨 내용인지 잘 모르겠더라고…… 뭔가 잔뜩 폼을 잡고 쓴 이야기 같던데."

"리키 매클로이는 사립 탐정이야. 옛 파트너가 강도살인 범인으로 경찰에 사살됐어. 하지만 리키는 그의 결백을 믿고 경찰 조직의 배후에 있는 흑막을 파헤치지."

“그 조란 사람이야?”

“아니, 스포일러가 돼서 자세히는 말 못 하지만, 조는 그런 캐릭터가 아냐. 얼빠진 형사에 가깝지.”

“흠, 그럼 아까 경찰이 미쿠라관으로 들이닥친 이유가 뭐야? 설마 미쿠라관도 관련이 있어?”

“그건 단순히 ‘금서법’의 단속 대상이기 때문이야.”

“금서법?”

“금주법의 책 버전이라 말하면 이해하기 쉬우려나?”

하지만 미후유는 미간을 찌푸린 채 고개를 갸웃거렸다. 학교 수업 시간에는 거의 졸고 있었기 때문이다.

“금주법? 그게 뭔데?”

“옛날에 미국에서 법으로 술을 마시는 걸 금지했던 시대가 있었거든. 100년 전쯤에.”

“그런 걸 법으로 금지할 수 있어? 몰랐네.”

아직 미성년자인 미후유는 술을 마시지 못하고, 아버지도 술에 약했기 때문에 집에 있는 술이라고는 요리술과 미림밖에 없었다. 하지만 사범 대리인 지훈은 자주 술을 마셨고, 술이 들어갈 땐 툭하면 울기 때문에 미후유는 내심 성가신 술버릇이라 생각했다. 그리고 술을 먹는 게 아니라 술에 먹혀서 이성을 잃는 사람은 질색이었다.

“법으로 금지할 수 있다면 해도 되지 않아? 내 친구 중에도 술 취한 아버지가 폭력을 휘둘러서 도망친 애가 있어.”

그러자 마시로는 검은 눈동자를 깜빡거리며 진지한 표정으로 미후유를 쳐다보았다.

"정말 그렇게 생각해? 금지하면 된다고?"

"응. 술 같은 건 못 마시게 해도 되잖아. 전부 법으로 정해두면 취해서 이상한 짓하는 사람도 없어질 테니까."

"……미후유, 법을 제정하는 것도 평범한 인간이야."

"무슨 뜻이야?"

"해로운 것을 금지하면 깨끗해지지만, 무엇이 해로운지 정하는 사람이 자유와 평등까지 훼손되지 않도록 생각할 수 있는 사람일까, 라는 뜻이지."

얼굴을 찌푸린 미후유가 입을 떼려던 순간, 짙은 오렌지빛의 작은 동물이 눈앞을 스치고 지나갔다. 두툼한 꼬리에 커다란 귀, 긴 주둥이.

"아, 여우다!"

지난번 사건을 떠올린 미후유는 재빨리 여우를 뒤쫓았다. 책 도둑을 붙잡으면 세계는 원래 모습으로 돌아올 터였다.

마시로가 뒤따라오는 기척이 느껴졌지만, 발 빠른 걸로는 미후유가 마시로를 이길 수 있을 리 없었다. 눈 깜짝할 새에 숨을 헐떡이며 마시로를 뒤따르는 형국이 되어버렸다. 하지만 여우는 마시로보다 더 잽쌌다. 담장을 뛰어넘어 주택으로 들어가버렸다. 회색 담장 앞에서 멈춰 선 마시로는 두 손으로 무릎을 짚으며 숨을 고르는 미후유를 향해 난처한 표정으로 "어쩌지?" 하고 물었다.

"뭐, 뭐가……?"

"남의 집에 들어가야 하는데, 어쩌면 좋지?"

"아, 까처럼, 뛰어넘으면, 되잖아."

아, 물이 마시고 싶다. 어제 체육 수업 탓인지 오늘 아침부터 종아리도 땅기고, 체력은 이미 한계에 이르렀다고. 그렇게 말하고 싶었지만 미후유는 구부렸던 몸을 펴고 밤하늘을 올려다보면서 깊이 심호흡할 수밖에 없었다. 하지만 마시로는 여전히 망설이고 있었다.

"……정말."

간신히 숨을 고르고 여우가 들어간 주택의 문패를 확인했다. 미후유가 잘 아는 집으로, 온화한 노부부가 사는 파란 지붕의 단독주택이었다. 정원에는 동백나무며 치자나무, 이팝나무 등 꽃나무가 자랐다. 어릴 적, 담을 넘어 정원에 들어간 공을 친절하게 돌려줬던 기억이 났다. 섬세하고 가련한 느낌의 하얀 쌍여닫이문이 어느샌가 투박한 철제 대문으로 바뀌어 있었지만…… 자세히 보니 주택을 둘러싼 담벼락도 훌쩍 높아졌고, 그 끝에는 뾰족한 철책을 설치해놓아서 무척 견고해 보였다. 사나운 개라도 키우기 시작한 걸까? 일말의 불안이 스쳐 지나갔지만 미후유는 마시로의 등을 떠밀었다.

"괜찮다니까. 좋은 분들이 사시는 집이야."

마시로는 여전히 주저하는 기색을 보였지만, 미후유가 다시 한번 등을 떠밀자 결심을 굳힌 듯 담벼락을 뛰어넘어 모습을 감췄다. 미후유는 까치발을 하고 담벼락 너머를 들여다보며 "좋아" 하고 끄덕였다. 하지만 다음 순간, 처마 끝에서 라이트가 확 켜지더니 사이렌이 울려 퍼졌다.

"뭐, 뭐지?"

안으로 들어갔던 마시로가 다시 담벼락 너머로 나온 순간, 노부인이 수문장처럼 현관문을 힘차게 열고 나타났다. 하얀 머리카락에 헤어롤을 만 하늘색 네글리제 차림의 노부인은 양손에 산탄총을 들고 있었다. 사이렌이 울려 퍼지는 가운데, 총자루를 움직이는 철컥, 소리가 날카롭게 울렸다.

"미후유, 엎드려!"

마시로가 뛰어내린 순간, 귀를 찌르는 총성이 울려 퍼졌다. 미후유가 서 있는 바로 오른쪽 콘크리트 담벼락에 큰 구멍이 뚫렸다. 눈을 부릅뜬 채 꼼짝도 못 하는 미후유에게 마시로가 달려들어 보호했다. 연이어 울려 퍼지는 총성, 사방으로 흩어지며 떨어지는 콘크리트 조각들. 담벼락이 마치 찢어진 스펀지처럼 너덜너덜해지고 나서야 총성이 멎었다.

"할멈, 무슨 일이야?"

"쥐새끼가 들어왔네. 역시 우리 집도 철조망을 설치해야겠어. 숨통을 끊어놔버릴까."

노부부의 목소리가 가깝게 들렸다. 마시로는 미후유의 팔을 확 잡아당겨 달라진 거리를 내달렸다.

"대체 어떻게 된 거야? 할머니가 왜 총질을 하지?"

애초에 이 나라에서는 원칙적으로 총과 칼을 소지하는 것이 금지되어 있을 터였다. 지금은 마을이 이야기 속에 나오는 세계로 바뀌어버린 걸 알고 있었지만, 결코 이 상황에 익숙해질 수 없었다.

자세히 보니 다른 집들도 모두 견고한 철제 대문으로 바뀌어 있었고, 담벼락에 철조망을 설치하는 등 방범에 단단히 신경을 쓴 것 같았다. 자신이 사는 공동주택 앞을 지나칠 때, 미후유는 속속들이 모르는 곳이 없다고 생각했던 건물이 높다란 담장으로 에워싸여, 차가운 빛을 발하는 서치라이트를 비추고 있는 걸 보고 충격을 받았다.

"이게 뭐야…… 빨리 원래 세계로 돌아가고 싶어."

정신을 다잡지 않으면 눈물이 날 것 같았다. 미후유가 울먹이자 그녀의 손을 마시로가 꼭 잡았다.

"도둑을 꼭 잡아야 해. 여우는 분명 도망쳐서 어딘가에 숨어 있을 거야."

"어떻게 찾아? 요무나가마을은 꽤 넓단 말이야. 그리고 다른 집에서도 총을 쏘면 어떡해……."

상상만 해도 등줄기에 오한이 들었다. 아직 열여섯 살 생일도 안 지났는데, 이런 세상에서 죽기는 싫었다. 동요하는 미후유를 마시로가 다독여주었다.

"괜찮아. 짐작 가는 데가 있어."

두 소녀는 주택가를 지나 원래 세계에서는 다양한 서점과 잡화점이 늘어선 큰길로 나왔다. 도로 폭이 넓어 시야를 가리는 게 없자 지금까지 보이지 않았던 높은 빌딩이 보였다. 이야기 속 설정처럼 빌딩에는 간판이 달려 있었는데, 꺼림칙할 정도로 환한 미소를 지은 요무나가마을 시장의 거대한 얼굴이 서치라이트를 받아 밤의 어둠 속에서 빛나고 있었다.

아까 책을 샀던 와타바당이 있던 자리에는 뭔지 모를 사무소가 자리하고 있었고, 그 앞은 사람들로 북적였다. 정장 차림의 기자들이 저마다 질문을 던지고는 쉴 새 없이 플래시를 터뜨리며 사진을 찍었다. 'BOOKS 미스터리' 건물은 다 무너져 내렸고, 가나메 영감의 모습은 보이지 않았다. 그 옆의 잡화점은 총포사가 되었다. 빨간 머리띠를 한 주인이 신이 나 흥얼거리며 라이플을 벽에 걸고 있었다. 그림책 전문 서점은 대부업체로 바뀌었고, 예전에는 어린이집 선생님이었던 다정한 인상의 사장은 블루 라이트가 켜진 카운터에 앉아 담배를 문 채 고양이에게 먹이를 주고 있었다.

저편에서 납작모자를 쓴 소년이 달려왔다. 미후유와 부딪치려던 찰나, 소년이 가지고 있던 종이 다발이 흩어졌다. 큰 글자로 '결기! 지금이야말로 책에 자유를!'이라 적힌 전단지가 미후유의 발밑으로 떨어졌다.

"줍지 마."

미후유의 팔을 붙잡은 마시로의 뒤에서 경찰차가 요란한 소리를 내며 달려와 멈췄고, 경찰관이 소년을 쫓아 화려한 밤거리로 사라졌다.

"이런 데 뭐가 있다는 거야?"

미후유가 불안한 듯 묻자, 마시로의 하관이 쑥 길어지더니 강아지 얼굴이 되어 주변 냄새를 맡기 시작했다.

"……이쪽이야."

미후유의 코에는 시궁창 냄새와 화약 냄새, 그리고 술 냄새밖에 나지 않았지만, 마시로의 축축한 까만 코는 바람을 따라 냄새를 쫓고 있었다.

마시로가 걸음을 멈춘 건, '클럽 장송광소곡'이라는 빨간 네온사인이 빛나는 가게 앞이었다. 원래는 이벤트용의 큰 연회장을 갖춘 서점 자리였다. 입구 앞에는 작지만 다부진 체구의 남자가 벽에 기대서 날카로운 눈빛으로 주변을 감시하고 있었다. 도장에 있어야 할 지훈이었다.

"지훈 오빠."

"미후유, 친구라도 함부로 말을 걸어선 안 돼. 지금은 현실 세계와 다른 역할을 연기하고 있으니까 거기에 맞춰줘."

두 소녀가 분위기를 살피는 동안 두세 커플이 클럽 장송광소곡으로 다가왔다. 지훈이 몸수색을 한 뒤 손님들을 지하 계단으로 내려보냈다.

"저 사람은 클럽 가드인가 봐. 가자. 혹시 모르니까 내 뒤에 있어."

그렇게 말하며 마시로가 제 얼굴을 손으로 쓱 쓸자, 눈 깜짝할 새에 인간으로 돌아왔다. 미후유는 시키는 대로 마시로의 뒤에 숨어, 어깨를 움츠려 최대한 웅크렸다. 두 소녀는 모두 폴로셔츠에 데님을 입고 있었다. 일반적으로 이런 심야에 영업하는 가게는 미성년자 출입을 금한다. 제발 들키지 않기를. 미후유는 속으로 빌었다.

현실 세계에서는 가족처럼 지내는 사이지만, 지난번과 마찬가지로 지훈은 미후유와 눈이 맞아도 누군지 알아보지 못하는 눈치였다. 유도선수답게 짧게 자른 머리에 타이트한 가죽 재킷으로 근육질의 몸을 감싼 모습이 한눈에도 클럽의 가드처럼 보였다. 지훈은 껌을 짝짝 씹으며 날카로운 눈빛으로 마시로와 미후유를 번갈아 보았다.

"둘이야?"

"네. 한잔할까 해서요. 분위기 좋은 가게라고 들었어요."

마시로는 그렇게 말하며 머리카락을 한쪽 귀 뒤로 넘기며 고개를 갸웃했다. 그 자연스러운 분위기가 영락없는 《BLACK BOOK》의 등장인물 같아서, 미후유는 눈을 동그랗게 떴다.

"통과. 들어가."

"고마워요."

한 눈을 찡긋하며 상쾌하게 계단을 내려가는 마시로를 미후유도 황급히 뒤따랐다.

클럽 장송광소곡은 지하에 있었다. 묵직한 철문을 연 순간 미후유는 눈앞이 어지러웠다. 훈영暈影을 일으킬 듯한 빨갛고 파란 조명, 어디를 봐도 현실감이 들지 않아서 서 있기만 하는데도 취할 것 같았다. 배 속을 울리는 중저음, 스피디한 멜로디, 붉은빛과 푸른빛이 뒤섞여 보라색이 된 그늘 속에서 사람들이 춤추고 있었다.

오른쪽에는 바, 한가운데에는 담배 연기가 피어오르는 객석이 있었고, 안쪽 무대에서 DJ가 원반을 돌리고 있었다. 마시로는 바 구석 자리에 미후유를 앉혔다.

"여기서 좀 기다려."

"뭐? 나 혼자 있으라고? 싫어!"

"괜찮아, 금방 올게. 그 사람을 찾아야 해."

마시로는 미후유를 안심시키듯 어깨를 꼭 붙잡은 뒤, 붉은색과 푸른색 아래에서 들썩이는 인파 속으로 사라졌다.

바의 가장 구석 자리, 높은 의자에 앉은 미후유는 불편한 듯 엉덩이를 들어 가급적 눈에 띄지 않도록 벽에 붙었다. 하지만 바텐더는 손님을 주의 깊게 살피고 있었다.

"아가씨는 뭐 마실래?"

"아, 그, 그게."

미후유는 우물거리며 메뉴를 찾아 이리저리 눈을 굴렸다. 하지만 메뉴는 보이지 않았고, 카운터 안에는 맥주통과 서버, 칵테일용 병들이 진열되어 있을 뿐 아이가 마실 만한 음료는 없었다.

자세히 보니 바텐더는 낭독회를 주최하는 서점의 주인이었다. 짧은 머리가 잘 어울리는 서른 살쯤 되는 여성이었다. 현실 세계에서와 다른 역할을 연기하고는 있었지만, 아는 얼굴을 만나 조금 마음이 놓인 미후유는 무심코 "전 미성년자라 술은 좀……"이라고 말해버리고 말았다. 그러자 바텐더는 저쪽으로 고개를 홱 돌리더니, 이내 다시 고개를 돌려 표정 변화 없는 얼굴로 미후유 앞에 술잔을 내려놓았다. 하얀 액체, 우유였다.

"저기…… 이건 좀, 오렌지주스 같은 건 없나요?"

하지만 바텐더는 "그게 추천 음료야"라고 말하더니 다시 술잔을 닦기 시작했다. 미후유는 하는 수 없이 우유를 홀짝거렸다.

바 한구석에서 객석을 바라보자, 아는 사람들이 곳곳에 보였다. 상점가의 닭고기 전문점 주인이나 아버지가 입원한 병원의 간호사,

공동주택 세입자 가족의 아버지 등.

그러다 불현듯 깨달았다. '인간의 모습으로 이곳에 있는 사람은 범인이 아니라는' 사실을. 아는 사람 중에 도둑이 있다고 생각하고 싶지는 않았다. 하지만 가능성은 있었다.

지난번과 같은 규칙이라면, 아까 도망친 여우가 도둑이다. 미후유는 이 클럽의 가드였던 지훈이 결백하다는 사실에 안도하며 손님들의 얼굴을 한 명씩 확인했다. 객석 구석 제일 어두운 곳에는 가게에 없던 가나메 영감이 앉아 있었다. 중화요릿집 부부와 상점가 사람들, 서점연맹, 와카바당의 주인과 송이버섯을 닮은 청년 하루타도. 그러고 보니 그 여자는 여기 있을까. 어제 미쿠라관 앞에서 히루네와 대화하던, 아방가르드한 패션의 젊은 여자. 미후유는 눈을 부릅떴다.

"미후유, 기다렸지."

"어, 아, 응."

어느샌가 돌아온 마시로를 보고 미후유는 황급히 우유를 마신 뒤 의자에서 내려왔다.

"그 사람을 찾았어. 별실에 있었어."

"그 사람?"

마시로는 고개를 끄덕인 뒤 무대를 등지고 입구 쪽으로 미후유를 밀었다. 별실은 계단 앞을 지나 클럽 홀과 반대편에 위치하고 있었다. 계속 걷어차이기라도 했는지 문 아래쪽은 칠이 벗겨져 있었고, 위쪽에는 둥그렇게 구멍이 여러 개 뚫려 있었다. 미후유는 총알구멍은 아니길 기도했다.

"정말 여기에 들어가려고?"

불길한 예감밖에 들지 않았지만, 마시로는 주저 없이 문을 열었다. 경첩이 삐거덕거리는 소리를 내며 문이 열렸다. 어둑한 실내와 막혀 있는 창문을 보고 미후유는 옛날 노래방 같다고 생각했다. 하얀 테이블에는 재떨이가 놓여 있었는데, 담배꽁초가 산더미처럼 쌓여 있었다. 그 옆에는 빈 술잔, 그리고 그 너머로 신발을 벗지 않은 두 발이 당당하게 자리하고 있었다.

낡고 찢어진 소파에 깊숙이 앉은 남자는 하얀 연기를 뿜고 있었다. 빈틈없이 이쪽을 관찰하는 날카로운 눈과 눈이 맞았다. 검은 코트에 비스듬히 쓴 중절모, 허무한 표정…… 그 하이패션 여자는 아니었다. 하지만 미후유는 낯익은 남자의 얼굴에 금방이라도 웃음이 터질 것 같았다. 아무리 저마다 역할을 할당받았다고 해도, 이건 너무 억지잖아.

"산초……!"

열혈남아 체육 교사는 미후유의 혼잣말 같은 건 들리지도 않는다는 듯 젠체하며 모자를 올리고 씩 웃었다.

"이 리키 매클로이에게 무슨 볼일이지, 아가씨들?"

불과 한 시간 전까지 서점이었던 클럽 장송광소곡의 지하, 노래방을 연상시키는 별실에서 리키 매클로이, 현실에서는 미후유가 다니는 고등학교 체육 교사인 기쿠치다가 말했다.

"여긴 어린애들이 올 곳이 아냐…… 뭐야, 왜 웃지?"

이야기의 주인공이 된 교사를 보고 웃음이 멈추지 않는 바람에, 마시로 뒤에 숨어 있던 미후유는 황급히 웃음을 멈추고 헛기침을 하며 얼버무렸다.

"그게…… 딸꾹질이 멈추지 않아서요."

"거짓말이 어설프군. 시시한 농담 따먹기나 할 거면 나가."

싸늘한 말투에 미후유의 얼굴에서 웃음기가 사라지며 표정이 굳었다. 평소 기쿠치다는 짜증 날 정도로 밝고 참견하기 좋아하는 성격이라, 오늘은 입원 중인 아버지의 병문안까지 간다고 했다. 작은 체구지만 당당하게 "산초 열매는 작지만 알싸하게 맵지"라고 자칭해서 학생들에게 산초라는 별명으로 불렸고, 미후유도 그렇게 불렀다. 하지만 그런 기쿠치다의 싸늘한 태도에 미후유는 어찌할 바를 몰랐다.

리키 매클로이는 검은 코트 안주머니에 담뱃갑과 성냥을 넣더니, 중절모를 손으로 누르며 자리에서 일어났다. 이러다 놓치겠어.

"나한테 맡겨."

마시로는 그렇게 속삭이며 미후유의 등을 툭 치더니 출구로 나가려는 리키 매클로이의 앞을 가로막았다.

"의뢰를 하고 싶은데요. 당신, 사립 탐정이잖아요."

"사립 탐정이지. 하지만 어린애 심부름은 사양이야."

그렇게 말한 뒤 탐정은 마시로를 지나쳐 밖으로 나가려 했지만, 마시로는 물러서지 않았다.

"어린애 심부름이 아니에요. 도둑을 찾고 있어요…… 책을 훔친 도둑을."

순간 어깨를 떨며 걸음을 멈춘 탐정을 보고, 미후유는 도둑이라는 단어에 반응했기 때문이라고 생각했다. 하지만 아니었다.

"'책'이라고?"

그의 표정이 갑자기 굳어지더니 마치 '책'이라는 단어를 입에 올린 것만으로도 중죄라는 듯한 반응을 보였다. 하지만 그 틈을 타 마시로는 한 걸음 내디디며 탐정과 거리를 좁혔다.

"맞아요. 책 거래에 대해 알고 싶으면 당신을 찾아가라고 해서 온 거예요."

"누가 그래?"

"그건 비밀이에요."

마시로는 거짓말을 하고 있었다. 이곳에 오는 길에 누구와도 그런 이야기를 나눈 적이 없었고, 마시로가 리키 매클로이를 찾아온 건 이 세계의 원작인 《BLACK BOOK》의 주인공이기 때문일 것이다. 하지만 탐정 본인은 자신이 이야기의 주인공인 걸 모르는 것 같았다. 곤혹스러움과 망설임이 뒤섞인 표정으로 마시로와 미후유를 바라보던 탐정은 담배 냄새 나는 숨을 내뱉으며 "이야기나 들어보지"라고 답했다.

마시로는 미쿠라관에 대해서는 언급하지 않고 여행 중에 소중한 책을 도둑맞았다고 설명했다.

"여행 중이라고? 아가씨들, 외국인이야?"

"그런 셈이죠."

여기서는 이야기를 맞춰야겠다 싶어서 미후유도 힘차게 고개를 끄덕였다. 탐정은 어처구니가 없다는 표정이었다.

"황당하군. 이 나라에서 책이 금지된 걸 몰랐어? 검문에 안 걸린 게 용하군. 만일 당국에 발각됐다면 강제 송환을 당하거나, 재수가 없었으면 심문 끝에 고문사했을지도 몰라."

심문…… TV 드라마에서 본 적이 있었다. 경찰에 체포되다니 상상만으로도 오싹했지만, 붙잡혀 고문을 당한다는 생각은 하고 싶지도 않았다. 미후유는 마시로의 옷자락을 살며시 잡아당겼다.

"마시로, 위험해. 그만 가자."

"미후유…… 너도 알잖아, 도둑을 못 잡으면 돌아갈 수 없다는 걸. 걱정 마, 리키 매클로이는 아주 뛰어난 탐정이니까. 그렇죠?"

마시로와 달리 미후유는 연기가 아니라 정말로 겁에 질려 있었지만, 그 꾸밈없는 모습이 오히려 설득력을 더한 모양이었다. 겉모습은 여전히 '산초'인 탐정 리키 매클로이는 뒤통수를 긁적이며 알았다고 대답했다.

"그나저나 뭔가 단서라도 있어? 도둑의 특징이나 도난당했을 때 상황은? 단서가 하나도 없으면 나도 별수 없어."

"아, 그건 문제없어요. 도둑은 여우예요."

"여우? 무슨 은어인가?

"아뇨, 여우 모습의……."

미후유는 황급히 마시로의 입을 막았다. 분명 도둑은 책의 저주 때문인지는 몰라도 여우 모습이었고, 아까도 쫓다가 놓쳐버렸다. 하지만 도둑이 여우라고 하면, 탐정은 이번에야말로 화를 내며 나가버릴 것 같았다.

"음, 도둑이 여우를 데리고 다녀요. 반려동물인지 보디가드인지는 모르겠지만요. 여우를 찾으면 분명 도둑의 꼬리를 잡을 수 있을 거예요."

미후유가 대신 설명하자 탐정은 턱을 쓸며 "그랬군" 하고 중얼거렸다.

"여우를 데리고 다니는 도둑이라. 별나지만 이 도시와 어울리는군. 이상한 녀석들이 모여드는 곳이니까."

탐정을 앞세운 두 소녀는 클럽을 뒤로하고 다시 거리로 나왔다.

화려한 노란색 택시가 시끄럽게 경적을 울리며 눈앞을 스쳐 지나가서 미후유는 흠칫 놀랐다. 밤하늘에는 달이 떠 있었지만, 대기 질이 좋지 않은지, 아니면 지상이 너무 환해서인지 별 하나 보이지 않고 흐릿했다.

탐정은 원래 서점 골목이었던 길에서 오른쪽으로 꺾어 상점가 쪽으로 향했다. 길모퉁이에서는 아이들이 발판에 올라서 오늘의 뉴스를 떠들었고, 어른들은 멈춰 서서 그 목소리에 귀를 기울였다. '뉴스 요금 15분에 300엔'이라고 페인트로 적힌 노란 상자에 동전을 넣었다. 책을 판매하는 상점은 찾아볼 수 없었고, 카페에서 책을 읽는 사람도 없었다. 편의점 입구에 늘 있던 신문 가판대도 없었다.

정말 이 세계에는 신문이 없구나. 신문이나 책은 물론이고, 전자책과 인터넷도 없겠지. 책의 마을, 요무나가마을인데.

미후유가 바뀌어버린 마을의 모습에 정신이 팔려 있는데, 옆에 있던 마시로가 불쑥 감사 인사를 했다.

"미후유, 고마워."

"응? 뭐가?"

"아까 여우에 대해 물었을 때 잘 말해줬잖아. 만일 내가 있는 그대로 이야기했으면, 탐정은 수상쩍게 여기고 도와주지 않았을지도 몰라. 네 대처 덕에 잘 넘겼어."

"그, 그런가?"

칭찬을 들으니 기분이 나쁘지 않았다. 미후유는 쑥스러워하며 콧등을 긁으며 히죽거렸다.

하지만 아직 마시로와 대등한 관계가 아니라는 것도 알고 있었다. '북커스'가 발동하여 책의 세계에 침식된 뒤, 아무것도 모른 채 마시로의 도움만 받아왔던 미후유라서 자신이 쓸모 있다는 생각은 들지 않았다.

"마시로, 이 이야기는 이제 어떻게 흘러가?"

"미후유는 이야기의 서두만 읽었지? 리키는 어떤 의뢰를 받고 물건을 훔쳤는데, 경찰의 추적을 받고 있어."

"거기까지는 읽었어. 뭔가 불량배 같은 사람의 공격을 받고 물리치잖아."

좁은 골목에서 튀어나온 화려한 차림새의 젊은 남자를 리키는 한순간에 해치운다. 미후유는 앞장서 걸어가는 리키 매클로이의 뒷모습을 바라보며 "왜 산초가 이 역을 하지?" 하고 실망감을 감추지 못했다. 하지만 체육 교사인 그가 운동신경이 좋은 것도 사실이라 마음 한편으로는 이해를 했다.

마시로가 말을 이었다. "그러고 나서 리키는 우리가 아까 있던 클럽 장송광소곡의 별실로 가서 사진을 요구한 의뢰인을 기다려. 그를 찾아온 건 쌍둥이 자매였지."

"그 자매의 의뢰가 뭐였는데?"

"의뢰인이 아니라 그 쌍둥이도 자객이었어. 그를 기다리던 의뢰인은 이미 살해된 뒤였고, 리키는 사진을 가지고 도망치지. 그 사진은 밀조본密造本을 거래하는 현장을 덮친 사진과, 찢어진 밀조본과 그 옆에 쓰러져 죽은 여성의 사진이야. 이 사진이 공개되면 곤란해지는 사람이 리키를 죽이려 한 거지. 간신히 도망친 리키는 밀조본을 제작하는 지하조직의 도움으로 목숨을 건지지만, 사진을 조사하는 과정에서 1년 전에 강도살인 범인으로 경찰에 의해 사살된 파트너가 사실은 '희생양'이었고, 밀조본 거래를 조사하던 중이라는 사실을 알게 돼. 그리고 리키는 흑막을 찾아 책과 도시의 권력을 둘러싼 거대한 음모에 휘말리지. 간단히 설명하면 대충 이런 이야기야."

"……뭔가 무서운 이야기네."

"밀조와 음모는 하드보일드의 정석이니까……."

"하드보일드가 뭐야?"

"소설의 장르. 계란이 완숙된, 이라는 뜻이야. 인기가 많아, 최근에는 그렇지도 않지만."

"흐음."

미후유는 귀찮다는 듯 건성으로 대답한 뒤, 별생각 없이 마시로의 등 뒤에 있는 쇼윈도를 보고 놀라서 걸음을 멈췄다. 쇼윈도에는 아름다운 드레스가 장식되어 있었고, 그 옆에 걸린 커다란 거울이 미후유와 마시로의 모습을 비추고 있었다. 둘 다 녹색과 하얀색 줄무늬 폴로셔츠에 데님 차림으로 꼭 쌍둥이 같았다.

"잠깐만, 설마 우리가 그 쌍둥이 자객 설정이야?"

"글쎄, 빨리 가자. 이러다 리키를 놓치겠어."

탐정은 두 소녀는 신경도 안 쓰는 듯 성큼성큼 걸어가 20미터는 떨어진 교차로에서 오른쪽으로 꺾으려 하고 있었다. 황급히 따라가 모퉁이를 돌자, 눈부신 헤드라이트가 눈을 찔렀다. 미후유는 작게 소리를 지르며 팔로 눈을 가렸다. 요즘은 거의 보지 못한 클래식한 곡선의 검은 차가 서 있었다.

"타."

운전석 창문 너머로 탐정이 얼굴을 내밀었다. 미후유가 서둘러 뒷좌석에 올라탔지만 문을 완전히 닫기도 전에 차가 출발했다.

"이봐요, 위험하잖아요!"

"위험한 건 지금부터야. 엎드려서 머리 안 다치게 조심해."

말이 끝나기가 무섭게 탐정은 운전대를 확 돌렸다. 차체가 비스듬히 기울어서 미후유는 비명을 질렀다. 엎드릴 틈도 없이 균형을 잃은 미후유의 팔을 마시로가 당기며 시트 사이로 얼굴을 누른 순간, 총성이 울려 퍼지며 차창이 산산조각 났다.

"쏘지 마요! 쏘지 마!" 미후유가 소리를 질렀다.

마시로는 그런 그녀를 몸으로 감싸며 쏟아지는 유리 조각에 다치지 않도록 지켰다. 탐정은 운전대를 이리저리 돌리며 차체를 좌우로 회전시키는 한편, 운전석 창문 너머로 총을 쏘며 반격했다. 총알의 마지막 탄피가 날아가자 탐정은 액셀을 세게 밟으며 골목에서 큰길로 뛰쳐나갔다. 뒤차가 시끄럽게 경적을 울려대며 항의했지만, 룸미러에 비친 탐정은 상쾌한 표정으로 권총에 새 탄창을 넣었다.

"더, 더는 못 참겠어."

겨우 총성이 멎자 미후유는 눈물 콧물 범벅이 된 얼굴로 고개를 들었다. 차문에 뚫린 작은 구멍 사이로 새어든 빛이 좌석에 하얀 줄을 냈다.

"지, 집에 갈래. 더는 못해. 더 이상 여기에 있기 싫어."

미후유는 몸을 떨며 어린아이처럼 울부짖었다. 마시로가 머리를 쓰다듬고 어깨를 끌어안았지만 도무지 그치지 않았다. 운전석의 탐정이 쯧, 혀를 차며 "어린애를 괜히 데려와서는……" 하고 투덜거리는 소리가 들려서, 분하고 한심한 마음에 더욱더 눈물이 났다.

한편 마시로는 어째서인지 인간에서 개 모습으로 변하고 있었다. 하얀 강아지 귀가 머리에서 돋아나고 얼굴도 점점 길어졌으며, 손가락도 강아지처럼 둥글둥글하게 변했다. 핑크색 혀로 미후유의 젖은 뺨을 핥아주며, 축축한 코를 킁킁 비빌 즈음에는 완전히 폴로셔츠를 입은 개로 바뀌어 있었다.

"마, 마시로! 이런 상황에서 개로 변하면 어떡해."

미후유는 마시로의 변신에 익숙해져 있었지만, 탐정이 놀라서 난리를 치면 큰일이다. 황급히 폴로셔츠 깃을 올려 얼굴을 가렸지만, 그런다고 숨겨질 리 없었다. 룸미러 너머로 탐정과 눈이 마주쳤다. 차에서 내리라고 할 줄 알았는데, 탐정은 땅이 꺼져라 한숨을 쉬며 "이 도시를 찾는 녀석들이란……" 하고 불평할 뿐 그 이상은 추궁하지 않았다. 다른 데 정신이 팔려서인지 미후유는 드디어 눈물을 그쳤고, 장난스러운 표정의 마시로가 미후유의 뺨을 다시 핥았다.

"……마시로, 이런 상황에 처할 줄 알았으면 탐정한테 부탁하지 말고 우리끼리 도둑을 찾을 걸 그랬어. 저 사람, 쫓기고 있잖아."

짚 더미를 짊어지고 불 속에 뛰어드는 꼴이다. 총을 쏜 게 누구인지 미후유는 생각하기도 싫었다.

"우리도 말려들 거란 걸 더 빨리 알아챘어야 했는데. 책은 책. 이야기는 이야기의 등장인물들에게 맡기고, 우리는 여우를 찾자."

차는 미쿠라관으로 이어진 큰길을 지났다. 원래 서민적인 분위기의 길이지만, 지금은 아까 있던 서점가보다 휘황찬란했다. 깨진 유리창을 통해 시궁창 냄새가 나는 바람이 흘러 들어왔다. 미후유의 머릿속에 신주쿠 가부키초나 시부야두 지역은 환락가와 번화가로 유명하다가 떠올랐다.

탐정은 운전대를 좌우로 돌리며 10분쯤 달려 시장의 거대한 초상화가 달린 청사 빌딩을 지나쳐 고즈넉한 북쪽 지구에서 차를 세웠다. 이곳은 역에서 가장 멀리 떨어진 지구로, 요무나가마을을 에워싸고 흐르는 두 강 중에 도비코에가와라 불리는 강이 흐르고 있었다. 예전에 이 부근에는 공장과 직원 기숙사가 있었지만, 몇 십 년 전에 문을 닫았고, 지금은 약간의 음식점과 바깥에 요금표를 붙인 모텔 두 곳이 자리하고 있을 뿐이었다.

북커스에 의해 마을이 변모하고 나서도 이 주변은 거의 예전 그대로였다. 남의 눈을 피해 모텔로 들어가는 커플의 실루엣이 드문드문 보였다. 가로등도 얼마 없어서 도로 밑의 작은 터널 주변에는 낙서와 광고지를 붙였다 뗀 흔적이 곳곳에 남아 있었다. 담쟁이넝쿨이 인상적인 옛날 분위기의 카페도 변함없는 모습으로 영업 중이었다. 폐쇄된 공장의 표시등이 마치 고동치는 심장처럼 명멸하고 있었지만 소리는 들리지 않았다.

탐정은 울퉁불퉁한 자갈길에서 속도를 늦추더니 카페 앞에 차를 세우고는, 두 사람에게 내리라고 했다.

"너희는 거기 있어. 내가 좀 알아보고 올 테니."

말릴 틈도 없이 차를 출발시키고 흙먼지를 날리며 사라졌다. 빨간 후미등이 밤의 어둠 속으로 사라지자, 미후유와 개 모습의 마시로만 남겨졌다. 주변은 정적에 휩싸여 있어서 자갈 밟는 소리조차 울려 퍼질 정도였다. 미후유는 마시로 옆으로 다가가 북슬북슬한 하얀 털을 만졌다. 따뜻한 온기에 조금 마음이 놓였다.

"……저기 카페에라도 가볼까?"

창문 너머로 가게 안을 살폈다. 실내에는 손님이 없었고 텅 비어 있었다. 조명을 꺼둔 곳도 있어서 영업을 하는지조차 알 수 없었다. 카운터에는 앞치마 차림의 중년 남성이 있었지만, 깜빡 잠이라도 들었는지 의자에 앉아 고개를 숙인 자세로 꼼짝도 하지 않았다. 미후유는 문손잡이를 향해 뻗었던 손을 다시 내리고 마시로 쪽을 돌아보며 고개를 저었다.

두 소녀는 길 오른쪽 끝의 가로등에서 왼쪽 가로등까지 어슬렁거리며 돌아다닌 뒤, 단념하고 카페 앞으로 돌아와 벽돌로 만든 화단에 앉았다.

"배고프다."

미후유는 히루네를 위해 싼 도시락을 떠올리고 무릎에 둔 가방에서 도시락 주머니를 꺼냈다. 이리저리 뛰어다니고 차에서 심하게 흔들리기까지 했지만 밥이 다소 쏠렸을 뿐 도시락은 무사했다.

"국물 있는 건 안 넣기를 잘했지."

혹시나 해서 아버지가 부탁한 책도 멀쩡한지 확인했다. 딱히 문제는 없는 것 같았다. 미후유는 도시락을 마시로에게 건네려다 주저했다.

"개 모습으로는 못 먹겠네. 마시로, 인간으로 돌아와."

마시로는 인간으로 돌아왔지만 도시락은 미후유가 먹으라며 사양했다.

"왜? 네가 훨씬 운동량이 많으니까 먼저 먹어."

"난 됐어. '연옥' 주민에게 음식은 필요 없어."

"……연옥? 또 이상한 일이 일어나는 건 아니겠지?"

"너 먹어."

미후유는 하는 수 없이 젓가락을 들고 매실장아찌와 다시마조림만 넣은 새하얀 도시락을 깨작거렸다. 매실장아찌의 짠맛이 온몸에 스며들어, 흰쌀밥의 단맛을 돋보이게 해서 한 입 먹을 때마다 식욕이 솟아올랐다. 그래도 3분의 1만 먹고 뚜껑을 닫았다. 앞으로 식량을 확보해야 할 수도 있으니, 역시 마시로가 먹어야 할 것 같아서였다.

멀리서 강물 소리가 들렸다. 변모한 마을 중심에서 비추는 서치라이트가 밤하늘을 헤집었다.

"산초, 원래 모습으로 돌아오겠지?"

"산초?"

"리키가 된 사람 이름, 이 아니라 별명. 저 사람, 원래 우리 학교 체육 선생님이거든. 오늘 요무나가에 온다고 하더니, 저주에 휘말렸나 봐."

"학교…… 미후유, 학교에 다니는구나."

"당연하지. 아, 뭐, 당연한 건 아니지만."

말실수를 했다고 생각하며 미후유는 슬쩍 마시로 쪽을 보았다. 마시로와 함께 있으면 영 불편하다. 식사도 하지 않고, 학교에도 당연히 가지 않겠지. 신경을 써야 하나 고민했지만, 정작 본인은 아무 생각 없는 것 같아서 괜한 걱정을 했다 싶어진다.

"학교 다니는 거 재미있어?"

"음, 솔직히 별로야."

"그래?"

마시로는 까만 눈동자로 미후유를 똑바로 바라보았다. 걱정스러운 표정이었다. 자신을 신경 쓰는 듯한 그 눈빛에 미후유는 깊은숨을 내뱉으며 운동화 코로 발밑의 자갈을 건드렸다.

"……사실 친구도 없어. 딱히 괴롭힘이나 따돌림당하는 건 아냐. 하지만 사교적인 관계라고 할까, 진심으로 이어진 것 같지 않다고 해야 할까."

"속을 터놓고 이야기할 수 없다는 거야?"

"그럴지도 몰라. 털어놓고 싶어도, 이런 얘기는 다들 듣기 싫어할 테니까 말 못 하겠어. 남의 고민 들어주는 건 불편하고 귀찮잖아."

지금도 마시로에게 고민을 털어놓고 있는 사실이 믿기지 않았다. 하지만 어째서인지 마시로에게는 이야기할 수 있을 것 같았다. 똑바로 반응을 해주고, 말하는데 다른 사람과 이야기를 시작하지도 않으며, 책에 시선을 고정한 채 건성으로 맞장구를 치지도 않았다.

"고민이야 있지. 해야 할 일도 산더미처럼 쌓였고, 미쿠라관이 앞으로도 계속 내 인생을 붙잡고 늘어진다고 생각하니 너무 싫어."

미쿠라관은 미후유에게 눈엣가시 같은 존재였다. 빨리 빼버리고 싶은데 떨어지지 않았다.

"……그렇구나." 마시로는 살짝 눈을 내리깔며 고개를 끄덕였다. "미후유가 하고 싶은 일과 하기 싫은 일을 잘 생각해서 처리해야지. 나도 미후유가 정한 일을 존중하고 싶고…… 난 네 편이야. 누가 뭐라고 해도."

그 말에 미후유는 가슴 언저리에서 부글거리던 게 차분하게 가라앉기 시작하는 걸 느꼈다. 제 이야기를 들어주는 누군가, 자신의 의지를 존중해주는 사람이 지금 눈앞에 있을지도 모른다. 하지만 정말일까?

"그 말 진심이야?"

미후유가 되물은 순간, 카페 주차장 앞에 어린애가 나타났다. 하얀 티셔츠에 반바지 차림, 대여섯 살쯤 되는 어린아이였는데, 손가락을 문 채 두 사람을 뚫어져라 바라보고 있었다. 미후유는 무릎 위의 도시락통과 아이를 번갈아 바라본 뒤 조심스레 물었다.

"……먹을래?"

가로등 아래에서 봐도 아이는 여자애인지 남자애인지 구별이 가지 않았지만, 쭈뼛거리며 다가와 미후유가 내민 도시락을 받아들더니, 작게 "고마워" 하고 중얼거렸다.

그러자 그 순간, 어둠만 깔린 줄 알았던 자갈길 너머 화단 사이에서 덩치 큰 남자들이 나타났다. 도시락을 든 아이는 재빨리 도망쳤고, 놀라서 굳어버린 미후유를 마시로가 감싸듯 앞으로 나섰지만 수적으로 밀려서 어찌할 도리가 없었다.

남자들은 대부분 제복 경찰이었지만, 한가운데 있는 남자는 혼자 사복 차림이었고, 미후유가 잘 아는 인물이었다.

"미, 미키 선생님……."

체육 선생님인 기쿠치다가 탐정, 그다음은 국어 선생님이자 옆 반 담임인 미키가 형사로 등장했다. 트렌치코트 차림의 미키는 올려다봐야 할 정도로 큰 키와 기름진 검은 머리카락, 창백한 얼굴은 그대로였지만, 그 역시 미후유가 누구인지 알아보지 못하는 눈치였다.

"리키 매클로이는 어디 있지?"

"모, 몰라요."

"거짓말을 하는군. 녀석은 너희를 여기 내려주고 나서 우리의 미행을 따돌렸어. 그러니 분명히 녀석의 행방을 알고 있을 거야."

경찰관을 데리고 두 소녀 앞을 가로막은 미키는 의아해하는 듯한, 그러면서도 어딘가 난처한 표정으로 미후유를 바라보았다.

미후유는 가방 손잡이를 꼭 쥐며 더 이상 다가오면 한 방 날려야겠다고 마음먹었다. 가방 안에는 두껍고 단단한 단행본이 들어 있으니 어느 정도 타격을 줄 수 있으리라. 책, 책, 책. 이걸로 때려줄 거다. 그 생각이 머리에 가득 차서, 미키의 다음 질문에 순순히 고개를 끄덕였다.

"지금 갖고 있는 게 책이야?"

"네, 아, 네."

"미후유!"

망했다. 이 세계에는 금서법이라는 게 존재해서 모든 인쇄물이 금지되어 있다는 사실이 뒤늦게 떠올랐다. 황급히 정정하려 했지만 때는 이미 늦었다. 경찰관들이 다가오고 있었다. 미후유는 붙잡히기 직전에 커다란 하얀 개로 변신한 마시로에게 매달려 도망쳤다.

"거기 서!"

마시로가 질주했다. 하지만 갑자기 타느라 자세를 제대로 갖추지 못한 미후유의 하반신이 마시로에게서 떨어졌다. 무릎이 자갈밭에 쓸려 생채기를 냈다. 마시로는 순간적으로 속도를 늦췄다. "그물이다, 그물을 던져!" 명령이 떨어지자 그물이 두 사람을 덮쳤다.

미후유가 눈을 질끈 감은 순간, 총소리인지, 폭죽 소리인지 모를 파열음이 주변에 울려 퍼졌고 연기 냄새가 코를 찔렀다. 숨을 헐떡이며 "총에 맞았어, 이제 끝이야"라고 착각한 미후유는 그대로 대자로 뻗어 정신을 잃었다.

빰에 차가운 물방울이 떨어졌다. 미후유는 숨을 삼키며 눈을 떴다. 꿈을 꾼 것 같았다. 멍한 머리로 주변을 둘러보다, 이곳이 익숙한 자신의 방 침대가 아니라는 사실에 한없이 실망했다. 꿈에서 깬 줄 알았는데 계속 꿈속에서 살아가야 하다니. 아무래도 이 세계는 잠든다고 끝나는 게 아닌 모양이다.

그나저나 이곳은 대체 어디지? 마시로는 어디에 있고? 노출 콘크리트 천장은 금방이라도 무너져 내릴 것처럼 낮았다. 안쪽에서 배관이 파손되었는지 누수 얼룩이 퍼져 있었다. 천장과 같은 회색 벽은 마치 공장이나 창고 같았다. 실내는 좁았다. 벽에는 종이 다발과 미후유의 허리께까지 올 것 같은 거대한 종이 롤이 늘어서 있어서 더욱 좁아 보였다.

적갈색으로 녹이 슨 문은 몇 센티미터쯤 열려 있었는데, 문틈으로 기계의 피스톤과 컨베이어벨트에서 나는 구동음, 그리고 기묘한 냄새를 머금은 공기가 흘러 들어왔다. 잉크 냄새다.

바닥에 종이상자가 깔려 있었는데 미후유는 그 위에 펼쳐진 지저분한 타월에 누워 있었다. 일어나려고 손으로 바닥을 짚자 팔꿈치가 쑤셨고, 보아하니 무릎도 다친 것 같았다. 그로부터 얼마나 시간이 흐른 걸까.

"저기! 저기, 누구 있나요?"

용기를 내서 사람을 불렀다. 그러자 문을 열고 작은 어린애가 빼꼼 얼굴을 내밀었다. 하얀 티셔츠에 반바지 차림의 아이는 아까 도시락을 줬던 아이였다. 도토리처럼 동그란 눈동자로 미후유를 물끄러미 바라보고 있었다.

"정신이 듭니까?"

아이의 뒤쪽에서 청년이 나타났다. 안경을 쓴 버섯머리 청년, 와카바당 점원인 하루타였다. 그는 지훈이나 미키, 기쿠치다처럼 격변하지는 않았고, 검은 폴로셔츠 위에 앞치마를 착용한 모습이 당장이라도 서점에서 일해도 될 것 같은 분위기였다.

"여기가 어디죠?"

"놀라게 해드려 죄송합니다. 경찰의 주의를 끌려고 폭죽에 불을 붙였어요. 두 분을 도와드리려고…… 이야기를 들었는데, 리키 매클로이와 아는 사이신가요? 그 재수 없는 사립 탐정 말입니다."

"아는 사이는 아니고 의뢰를 했어요."

"그렇군요. 리키 매클로이는 지금 어디 있습니까?"

"모르겠어요, 상황을 알아보고 온다며 사라졌어요. 저기, 제 친구는 어디 있나요?"

"하얀 강아지 말입니까? 무사하니까 걱정 마세요. 밖에서 우리 멤버들과 같이 있습니다."

"아, 네…… 저기, 여기는 어딘가요?"

금서법이 있으니 서점일 리는 없었다. 하지만 대량의 종이가 놓여 있고 잉크 냄새가 났다.

"우리 지하 아지트입니다. 말려들게 해서 죄송한데, 지금으로서는 제일 안전할 겁니다. 특히 당신처럼 책을 소지한 사람에게는."

"지하 아지트요……?"

하루타는 대답 없이 미후유의 손을 잡고 일으켜 세웠다.

작은 방 너머에 있는 방도 천장이 낮고 빈말로라도 넓다고는 할 수 없었다. 그 한가운데에 놓인 기계를 보고 미후유는 투박한 강철의 그랜드피아노 같다고 생각했다. 묵직한 사각형 쇳덩어리 위에 은색으로 빛나는 받침과 커다란 롤러, 철제 프레임이 달려 있었고, 측면에는 핸들과 레버, 고풍스러운 계기 등이 달려 있었다.

기계 옆에 책상과 의자, 벽 쪽에는 선반이 늘어서 있었다. 그 앞에 다섯 명의 남녀가 서서 몸을 불편하게 웅크린 채, 선반에서 도장처럼 가느다란 막대기 형태의 물건을 하나씩 골라내서 쟁반에 늘어놓고 있었다.

"여긴 공장이에요?"

"인쇄소죠. 저기에서 활자를 꺼내 조판을 한 뒤에 저 활판인쇄기로 찍어내는 겁니다. 저 친구들은 여기서 전단지와 책을 만들고 있고요."

"한마디로…… 불법 행위를 하는 건가요?"

"네, 그런 셈이죠."

하지만 하루타는 왠지 자랑스러워하는 눈치였다. 미후유는 변모한 서점가에서 납작모자를 쓴 소년이 경찰에게 쫓기며 전단지를 뿌리던 모습을 떠올렸다. 그것도 이곳에서 인쇄했을까.

선반 앞에서 활자를 고르던 여성이 발소리를 내며 안쪽 방으로 들어가 "주임님, 부탁드립니다"라고 말했다. 방에는 커다란 책상이 놓여 있었는데, 그 앞에 늙수그레한 남자가 앉아 있었다. 덥수룩한 머리카락이 특징인 와카바당의 점주였다.

"어때, 잘 완성됐나? 조악한 책을 만들면 안 돼! 독자들의 눈이 나빠지니까! 메틸알코올로 만든 밀주처럼!"

허세가 가득한 태도와 독특한 말투도 현실과 똑같아서 미후유는 살짝 안도감을 느꼈다. 주임이라 불린 와카바당의 점주는 안경을 벗고 다른 안경을 쓰더니, 활자가 늘어선 쟁반을 유심히 바라보았다. 그러고는 "세브 군! 세브 군!" 하고 누군가를 불렀다. 그러자 옆에 있던 하루타가 주임에게 다가갔다. 하루타는 현실의 하루타 그대로였지만, 역시 예외 없이 이야기 속 등장인물이 되어버린 것 같았다.

"자, 조판을 짜도록 해! 평소처럼 꼼꼼하게!"

하루타를 뒤따라가려던 미후유는 주임 옆에 있던 활자를 가져온 여성과 눈이 맞았다. 자세히 보니 학교 도서관의 사서이자 문예부 고문이었다. 커다란 안경을 쓰고 한 갈래로 묶은 긴 머리를 한쪽 어깨에 늘어뜨리고 있었다. 설마 해서 주변을 둘러보았지만, 문예부원들의 모습은 보이지 않았다.

"세브 군, 외부인을 데려와도 괜찮겠어?"

아마 지금은 다른 이름이겠지만, 현실에서는 도서관 사서인 여성이 들으란 듯 하루타에게 충고를 했다. 미후유는 발끈했지만, 아닌

게 아니라 이런 밀조 현장에 들어와도 되는 건지 의문이긴 했다.

"괜찮아. 이 사람이 토비에게 식사를 줬어. 숨어서 배고파하던 아이를 도와줬지. 그리고 책도 갖고 있으니 우리 동지나 마찬가지야."

하루타가 미후유를 감싸자 사서는 어깨를 으쓱하며 다음 활자를 찾으러 갔다.

주임에게 쟁반을 건네받은 하루타는 롤러 앞에 판을 놓고 나무망치로 활자가 튀지 않도록 평평하게 두드리며 인쇄기에 세팅했다. 그리고 세월이 느껴지는 만질만질한 목판을 활판과 롤러 사이에 끼우고 그 위에 인쇄지를 준비한 뒤 스위치를 눌렀다. 인쇄기가 덜덜 소리를 내며 가동을 시작하자, 상부의 철제 프레임이 빙글빙글 돌아가기 시작했다. 하루타가 인쇄지를 넘기며 롤러로 다가가자 프레임이 하나씩 종이를 집어서 순식간에 인쇄하는 모습을 미후유는 뚫어져라 바라보았다. 기계에 관심을 가진 적은 거의 없었지만, 이건 꽤 흥미로웠다.

하지만 10분쯤 지나자 질리기 시작해, 슬슬 하품이 나왔다. 게다가 왠지 엉덩이 옆이 근질거려서 긁적거리는데 손에 묘한 감촉이 느껴졌다. 부드러우면서도 단단한, 북슬북슬하고 두툼하고 기다란 무언가가…… 깜짝 놀라 쥐어보자 살짝 통증이 느껴졌다. 뒤돌아본 순간 미후유는 제 눈을 의심했다. 꼬리다. 여우 꼬리가 꼬리뼈 부근에서 돋아나 있었다.

지난주 《한모마을의 형제》 때와 똑같다. 책 속 세상에 들어와 시간이 어느 정도 흐르면 어째서인지 여우 꼬리가 난다. 머리에 손을 대보자 삼각형 모양의 귀도 달려 있었다. 다른 사람들의 엉덩이에서도 오렌지색 꼬리가 뿅뿅 돋아났지만, 하루타도, 도서관 사서도, 주임도 알아채지 못한 것 같았다.

어째서 여우처럼 변하기 시작한 것인지 미후유는 몰랐고, 완전히 여우가 되는 게 무슨 의미가 있는지도 알 수 없었다. 이 세계의 안내인일 터인 마시로조차 모르는 눈치였다.

"서둘러 도둑을 찾아내야 해."

리키 매클로이, 아니 '산초'는 믿을 수 없다. 아무리 사립 탐정 코스프레를 해도 '산초'는 '산초'다. 미후유는 생각을 굳힌 뒤 출구를 찾기로 했다. 하루타는 마시로가 바깥에 있다고 했다.

인쇄소에는 미후유가 누워 있던 방으로 들어가는 문 말고도 문이 또 하나 있었다. 셔터는 닫혀 있으니 남은 문을 열어보는 수밖에 없겠지. 굉음을 내며 돌아가는 인쇄기 앞에서 사람들이 책 만드는 데 집중하고 있는 틈을 타 미후유는 발소리를 죽이고 문으로 나갔다.

문밖은 축축한 콘크리트 벽에 에워싸인 계단실이었다. 투박한 철제 계단이 위로 뻗어 있었다. 이곳은 지하 같았는데, 바깥에서 들리는 자동차 소리가 저 위쪽에서 들려왔다. 미후유는 살며시 문을 닫고 계단에 한 발을 디뎠다. 하나, 둘, 셋, 열 계단쯤 올라가 두 번째 층계참을 돌려던 순간, 미후유는 걸음을 멈췄다.

여우가 있다.

구겨진 종이상자를 쌓아놓은 층계참 구석에서 오렌지색의 여우가 몸을 둥글게 말고 잠들어 있었다. 숙면 중인지 미후유가 다가오는 기척도 알아채지 못한 채 색색 숨소리를 내며 평화롭게 자고 있었다.

미후유는 두 팔을 펼치고 까치발로 조심스레 다가가 여우에게 확 달려들었다. 그제야 잠에서 깬 여우가 몸을 빼는 순간 미후유가 여우의 겨드랑이 밑으로 손을 넣었다. 여우는 네발을 버둥거리며 도망치려 했고, 미후유는 발톱에 긁혀 얼굴이며 팔에 생채기가 나는데도 여우를 놓치지 않았다.

"좋았어! 도둑을 붙잡았어! 책 도둑을 붙잡았다고!"

포기하지 않고 버둥거리는 여우에게 "얌전히 있어!" 하고 호통을 치며 미후유는 세상이 원래대로 돌아오기를 기다렸다. 금세 돌아올 터였다. 도둑을 붙잡았으니까…… 겉모습은 여우지만 속은 인간이다. 당황한 기색이 역력한 눈, 뻐금뻐금 입을 움직이며 뭐라 말하려는 태도. 진짜 동물이라면 이렇게 행동할 리 없다.

하지만 아무것도 달라지지 않았다. 계단은 여전히 계단이었고, 바깥에서 들리는 자동차 소리도, 아래에서 들려오는 인쇄기 소리도 여전했고, 여우는 인간 모습으로 돌아오지 않았다. 미후유는 눈을 감았다 떴지만, 세상은 원래대로 돌아오지 않았다.

"대체 왜…… 어떻게 된 거야? 도둑을 붙잡았다고 했잖아! 보고 있어? 누군지 모르겠지만 원래 세상으로 돌려보내줘!"

미후유는 위를 향해 외쳤다. 신인지 누군지는 모르겠지만 좌우지간 이 책 세상을 어딘가에서 보고 있을 누군가에게 호소했다. 하지만 계단에 울려 퍼진 목소리는 어두운 콘크리트 천장에 빨려들어 사라졌다. 여우는 여전히 미후유의 품에서 반항하고 있었다.

"이봐, 무슨 일이야?"

계단 난간 아래로 고개를 숙이자, 미후유의 목소리를 들은 비밀인쇄소 사람들이 나와서 의아한 표정으로 올려다보고 있었다. 미후유는 하는 수 없이 계단을 내려왔다.

"도둑? 이 여우가?" 인쇄소 사람들이 물었다.

인쇄소에 있던 나무 상자에 여우를 넣고 뚜껑을 닫은 뒤에 무거운 밀서 여러 권으로 고정한 상태였다. 판자 사이가 벌어진 구조의 상자라 여우가 질식할 걱정은 없을 것이다.

"네, 제 책을 훔쳤어요."

"아하, 인간에게 나쁜 짓을 배웠군. 여우니까 몸도 잽싸고, 인간보다 밤눈도 밝으니까."

여우인 척하지만 알맹이는 인간이라고 생각하면서도, 이야기가 복잡해지면 귀찮아질 것 같아서 미후유는 하루타의 추측에 딱히 반박하지 않았다. 이미 인쇄소 사람들, 하루타와 주임, 도서관 사서를 포함한 모두에게 여우의 꼬리뿐 아니라 귀까지 돋아나 있었다. 서둘러야 한다. 조바심이 났지만 미후유는 이 이상 무엇을 하면 좋을지 가늠할 수 없었다.

"저기, 제 친구…… 개는 어디 있나요?"

"아, 데리고 올게."

마시로가 있으면 조금은 진전이 있을지도 모른다. 하지만 이 세계의 알 수 없는 규칙은 마시로도 잘 모르는 눈치니까 결국 생각하는 건 미후유가 될 것이다.

북커스의 규칙. 애초에 왜 미후유가 도둑을 잡아야 하는지도 모르겠다. 같은 미쿠라 집안 사람이라면, 아유무는 입원 중이라 그렇다 쳐도, 히루네가 도둑을 붙잡는 게 제일 효율적일 텐데 늘 자고 있다. 그나저나 도둑은 왜 몇 번이나 지치지도 않고 미쿠라관의 책을 훔치려 하는 걸까. 지난번에 혼쭐이 났을 텐데.

음, 잠깐. 뚱한 얼굴로 팔짱을 낀 채 생각에 잠겨 있던 미후유는 뭔가 마음에 걸리는 게 있었다. 이 여우가 지난번 도둑하고 똑같은 사람이라 생각했는데, 정말 그럴까? 설마 다른 사람인가?

그런 이상한 세상에 끌려 들어가 여우가 되어버리면, 다시는 미쿠라관에서 책을 훔칠 엄두도 못 내지 않을까. 적어도 미후유는 그랬다. 이런 위험을 무릅쓰면서까지 미쿠라관에서 훔치고 싶을 정도로 매력적인 장서가 있나?

전에 아버지에게 미쿠라관을 팔면 얼마쯤 받을 수 있느냐고 물어본 적이 있었다.

“미후유는 정말 미쿠라관에 아무 애착도 없구나.” 아버지는 쓴웃음을 지었지만, 이내 진지한 표정으로 덧붙였다. “안타깝게도 얼마 안 돼. 요새는 인터넷 덕에 쉽게 고서를 구할 수 있게 되었고, 고서점이 문을 닫아서 장서를 방출하는 경우도 있지. 특히 할아버지는 주로 대중소설을 수집하셨으니까, 마니아적인 가치는 있지만 돈은 몇 푼 안 되지.”

미후유는 짐작조차 가지 않았지만, 도둑에게는 무척 가치 있는 책이 미쿠라관에 있는 걸까. 그렇다면 같은 책을 훔쳤을 텐데, 마시로는 이번에는 1층 서고에 있는 책이 도둑맞았다고 했다. 지난번에는 2층 서고였다. 대체 어떻게 된 일일까. 만일 도둑이 다른 사람이라고 해도, 일주일에 두 번이나 도난 사건이 일어날까?

책의 가치라기보다는 책을 훔쳐가는 행위 자체에 분노한 다마키가 도난 방지에 온 힘을 쏟았던 건 잘 알고 있다. 하지만 실제로 미쿠라관에서 도난 사건이 얼마나 자주 일어나는지 미후유는 몰랐다. 아버지에게 도난 사건이 일어났다는 이야기를 들은 적은 한 번도 없었으니까. 그런데도 아버지가 입원해 있는 동안 두 번이나 도난 사건이 일어났다.

"넌 왜 책을 훔치니?" 미후유는 여우가 갇힌 나무 상자 앞에 쭈그리고 앉아 물었다. "넌 누구야? 왜 우리 집에 오는 거니? 책이라면 요무나가에 널린 게 책이잖아, 다른 데로 가. 아니면 누가 너한테 시켰어? 자백해, 어쩌면 우리 둘 다 여기서 못 나갈지도 모른다고!"

도둑의 부하를 붙잡은 거라 북커스가 풀리지 않는 건지도 모른다. 미후유가 나무 상자를 흔들자 여우는 상자 속에서 빙글빙글 돌며 울음소리로 뭔가를 호소하려 했다. 하지만 도무지 알아들을 수 없었다.

"여우에게 말을 걸어도 소용없을 것 같은데!"

비웃는 주임을 무시하고 미후유는 벌떡 일어나 짜증스러운 걸음으로 인쇄소를 돌아다니며 손톱을 깨물었다. 그 손톱도 짐승의 그것처럼 뾰족해지려고 하고 있었다. 완전히 여우가 되어버릴 때까지 앞으로 몇 시간, 아니, 몇 분이나 남았을까.

그때 밖으로 나갔던 사람들이 마시로를 데려왔다. 목줄을 차고 있어서인지 아직도 개 모습이었는데, 미후유를 보자마자 냉큼 달려왔다. 미후유는 진짜 개한테 하는 것처럼 머리를 마구 쓰다듬었다. 하지만 마시로는 뭔가 상태가 이상했다.

"왜 그래?"

자세히 보니 마시로의 코가 붉었다. 밖에서 망을 보던 사람의 말로는 경찰에게서 도망치려고 터뜨린 폭죽에 최루 성분이 들어 있어서, 뛰어난 후각을 가진 마시로의 코가 반응했다는 것이다.

"가엾어라."

귀 뒤쪽을 다정하게 쓰다듬자, 마시로는 "끼잉" 하고 칭얼거렸다.

책상에서 제본 작업을 하던 사람이 미후유를 격려하듯 말했다.

"안 좋은 일의 연속이었지만, 우연히 도둑하고 마주쳤으니 운이 좋았다고 생각해."

미후유는 의아한 듯 눈썹을 찡그리며 돌아봤다. "우연?"

"그래. 이 마을은 꽤 넓잖아. 우연히 찾던 사람하고 딱 마주치다니 그런 일은 거의 없지, 너는 운이 좋아."

순간 시간이 멈춘 것 같았다. 천장이 낮고 비좁은 인쇄소를 둘러봤다.

"그래…… 그런 거였구나."

갑자기 이상해진 미후유를 보고 인쇄소 사람들은 의아한 듯 마주 봤다.

"왜 그래?"

"책…… 책은 어딨죠? 몰래 만든 책이요. 어디에 보관해요?"

"어디라니…… 저기, 셔터 문 안에."

도서관 사서의 말이 끝나기도 전에 미후유는 성큼성큼 걸음을 옮겼다. 사람들을 제치고 방을 가로질러, 내려진 셔터 앞에 서서 손잡이를 잡고 밀어 올리려 했다. 하지만 셔터와 콘크리트 바닥 사이에 잠금장치가 있어서 불가능했다.

"얘, 얘! 그렇게 멋대로……."

"저기, 이것 좀 열어주실래요?"

"안 돼. 왜 외부인인 너한테……."

"외부인 내부인 따질 때가 아니에요. 열어서 안에 있는 책을 보여주세요. 도둑이 훔쳐간 제 책이 여기 숨겨져 있을 거예요."

우연. 그 말대로 미후유가 이곳에 온 건, 도시락을 인쇄소의 아이에게 준 덕에 경찰이 미후유를 붙잡으려 했을 때 인쇄소 사람들의 도움을 받았기 때문이다. 하지만 여우, 도둑은 아니다.

지난번에 여우는 책을 역 앞 로커에 숨겨놓았었다. 북커스가 발동한 세계로 변해버린 뒤에 변하지 않은 건 미후유와 마시로, 도둑, 그리고 미쿠라관에서 도둑맞은 책이다. 그럼 이번에 도둑은 책을 어떻게 한 걸까. 금서법이 시행된 세계에서는 책을 갖고만 있어도 눈에 띈다. 그리고 위험하다. 숨기려 해도 숨길 곳이 없다.

나무를 숨기려면 숲에 숨기라는 말이 있다. 책이 금지된 세계에서 책이 있는 장소는 밀서 거래장이거나 비밀 인쇄소뿐이다. 안정적으로 숨길 수 있는 건 인쇄소겠지. 그러니까 여우는 이 인쇄소를 찾아서 책을 숨겼다. 계단실의 층계참에서 쉬고 있던 건 작은 체구로 인간 사이즈의 책을 숨기는 데 체력과 지능을 다 소진해 지쳤기 때문일 것이다. 한마디로 미쿠라관에서 훔쳐간 책은 이 인쇄소의 어딘가에 있는 것이다.

도둑만 잡아서는 안 된다. 훔쳐간 책도 찾아야 원래 세계로 돌아갈 수 있다. 미후유는 겨우 북커스의 규칙을 이해했다.

이러저러하는 사이에도 인간은 여우의 모습으로 점점 바뀌어갔다. 대치하는 도서관 사서의 관자놀이에서 뺨에 걸쳐 오렌지색 벨벳 같은 솜털이 돋아났고, 미후유의 손등도 반짝이는 솜털로 뒤덮이기 시작했다. 미후유는 사서의 어깨를 붙잡고 간절히 애원했다.

"제발요, 이 셔터 문을 열어주세요. 빨리 책을 찾아내지 않으면 큰일 나요."

사서는 나중에 온 하루타나 주임과 마주 보고 질렸다는 듯 고개를 젓더니, 치마 주머니에서 열쇠를 꺼내 셔터 문을 열었다. 창고는 인쇄소와 비슷한 넓이였다. 미쿠라관에는 비할 바 아니었지만, 작은 서고 하나쯤은 채울 양의 책들이 쌓여 있었다.

"이, 이렇게 많이……."

"굉장하지. 한 권, 한 권 우리가 직접 만든 책이야. 책은 지식을 엮은 거야. 입에서 나와 그저 흘러가는 '이야기꾼'의 뉴스와는 지식의 양에서 비교가 불가하지. 그리고 글자를 좇음으로써 얻을 수 있어. 책은 이 세상에 존재해야만 해. 책을 금지하는 건 인간에게서 지식을 빼앗고 싶기 때문이지."

"책은 그런 거창한 게 아니에요. 그냥 읽고 재미있으면 그걸로 돼요. 재미없어도 그건 그것대로 좋은 경험이고요. 자기가 뭘 좋아하고 뭘 재미없다 느끼는지 알 수 있으니까요."

"나는 별생각 없어. 책은 돈이 된다고 생각할 뿐."

"머릿속에 돈벌이할 생각밖에 없는 녀석은 가만있어."

어른들의 이야기는 미후유의 귀에 들어오지 않았다. 미후유가 얼이 나간 건, 수작업으로 제작된 책의 양에 감탄한 게 아니라, 이토록 많은 책 중에서 미쿠라관에서 도둑맞은 책을 어떻게 찾아내면 좋을지 짐작도 가지 않아서였다. 마시로가 냄새로 찾아낼 수 있으면 문제없겠지만, 지금은 연막 때문에 후각이 마비됐다. 도둑질한 장본인에게 물어봐야 하나? 하지만 만일 도망이라도 치면 모두 수포로 돌아간다.

천장에는 네모난 배기구가 뚫려 있었다. 도둑 여우는 저곳으로 드나든 것일까. 배기구에서 불어온 바람이 엉덩이에 난 여우 꼬리를 흔들었다. 미후유는 홱 고개를 들고 책더미로 성큼성큼 다가가 가장자리에서부터 한 권씩 확인했다. 책 형태는 현실 세계에서 유통되던 것과 상당히 달랐다. 모두 비슷비슷한 갈색이나 검은 장정이었고, 그림이나 일러스트 없이 심플한 무지였다. 확인한 책은 옆으로 치워두고, 한번에 다섯 권에서 열 권씩 들어서 책더미 안으로 들어갔다. 이 속도로 가면 분명 쉽게 도둑맞은 책을 찾아낼 수 있으리라. 하지만 10분쯤 지나자 책을 제대로 잡지 못하고 떨어뜨리고 말았다. 미후유의 손가락은 어느새 뭉툭하게 변했고, 손바닥은 젤리처럼 도톰

하게 부풀기 시작했다.

미후유는 새하얗게 질린 얼굴로 비명을 삼키며 두 손 사이에 어설프게 책을 껴서 움직였다. 그런 미후유의 모습에 마음이 움직였는지, 인쇄소 사람들과 마시로도 책을 찾는 걸 도와주었지만, 모두 코가 길어지고 뺨에 수염이 나 있었다.

땀을 뻘뻘 흘리며 1000권도 더 되는 책을 확인하고 쌓인 책더미의 3분의 1 정도 치웠을 즈음, 미후유는 뾰족한 귀를 쫑긋거렸다. 사이렌 소리가 들렸다. 소리가 점점 가까워졌다.

다른 멤버들도 일제히 고개를 들었고, 몇몇은 상황을 살피러 황급히 출구로 뛰쳐나갔다. 사이렌은 창고 위에서 멎었다.

"큰일이다, 경찰이야!"

"철수해, 빨리 여길 떠야 해!"

"말도 안 돼, 경찰이 어떻게 여기를 알았지? 정보가 샌 거야?"

모두가 혼란에 빠져 우왕좌왕했다. 그 바람에 쌓아놓은 책이 우르르 무너져 내렸고, 누군가가 넘어져 책상에 부딪히면서 수십 장의 종이들이 허공을 날았다. 다들 이곳은 지하라 도청기도 전파가 통하지 않을 테니 절대로 들킬 리 없었다고 실랑이를 벌였다.

지금 그게 문제냐고. 미후유는 쉬지 않고 책더미를 파헤쳤다. 책만 발견하면 모든 게 해결된다. 경찰도, 밀서도, 모든 게. 그때 도서관 사서가 미후유의 팔을 붙잡았다.

"너도 도망쳐, 어서!"

"싫어!"

그러자 확성기로 몇 배는 확대한 듯한 커다란 목소리가 주변에 울려 퍼졌다.

"밀서 제작 조직의 범죄자들에게 고한다! 너희는 포위되었다! 동료의 목숨이 아까우면 항복해라! 다시 말하겠다, 동료의 목숨이 아까우면 항복해라!"

"동료? 대체 누구를 말하는 거야?"

모두가 서로의 얼굴을 확인하며 동료들이 모두 있는 걸 확인했다. 빠진 사람은 아무도 없었다. 제본 작업을 담당하던 남자가 안도의 한숨을 내쉬었다.

"그냥 허풍이야. 신경 쓰지 마."

"허풍이라고? 이걸 듣고나 말해."

마치 이곳에서 일어나는 일을 훤히 들여다보는 양 말하더니, 확성기에서 어린애의 울음소리가 울려 퍼졌다. 미후유가 도시락을 주었던 아이다.

"토비!"

"없어, 토비가 없어! 저 목소리, 정말 토비야? 언제 없어진 거야?"

미후유는 등골이 서늘해지는 걸 느꼈다. 아까 일어난 소동, 여우를 발견했을 때가 분명하다. 계단으로 이어지는 문을 계속 열어놓았고, 다들 여우에게 정신이 팔려 어린아이가 사라진 사실을 아무도 알아채지 못한 것이리라.

"설마 토비가 여기 위치를 알려준 거야?"

"그럴 리 없잖아. 토비는 겨우 다섯 살이야. 분명 바깥에 나갔다가 누가 미아인 줄 알고…….”

거기까지 말하던 도서관 사서의 얼굴이 순간 굳어졌다.

“토비가 미아인 줄 착각한 사람이 경찰에 신고한 거야. 하지만 토비는 정확한 위치를 말 못 해. 주소도 안 알려줬고.”

“토비를 보호하고 있던 사람이 토비가 있던 장소를 말한 거 아니야?”

“그렇다고 해도 여긴 지하야. 바깥에는 허름한 가건물 하나만 세워진 공터고. 설령 주소를 알아내 경찰관이 오더라도, 미아가 발견된 공터 밑에 인쇄소가 있을 거란 생각은 아무도 못 했을 거야. 그런데도 알아냈다는 건…….”

사서는 마시로 쪽을 보았다. 하얀 개. 마시로는 바깥에 있었다.

“하지만 개는 어디서든 볼 수 있잖아.”

“맞아. 그렇다면 답은 하나지.”

다음 순간, 멀리서 총성이 울려 퍼져 다들 비명을 질렀다. 미후유는 그 틈을 타서 사서의 손을 뿌리친 뒤 여우를 가둬둔 나무 상자로 달려갔다. 이제 도망칠 걸 걱정할 때가 아니었다. 모 아니면 도다. 도둑이라면 책이 어디 있는지 알 것이고, 책만 찾으면 이 황당무계한 소동을 모두 끝낼 수 있다. 하지만 불과 한 걸음을 남겨두고, 미후유는 누군가에게 가로막혔다.

“지금 뭐하는 겁니까?”

하루타였다. 몸이 안 좋은지 아까보다 얼굴이 창백하게 질려 있었고, 이마에서 식은땀까지 흘리고 있었다. 미후유가 옆을 지나치려

하자 지지 않겠다는 양 그녀를 붙잡았다.

"비켜주세요, 저는 저기 여우에게 볼일이 있어요."

"섣부른 행동은 자제하시죠. 저까지 경찰에 체포될 것 같으니."

하루타는 그렇게 말하며 안경을 쓱 올리더니 소매로 이마를 닦았다. 불길한 예감이 들었다.

"저까지, 그게 대체 무슨 뜻이죠? 체포되면 다 같이 가는 거 아니에요?" 목구멍이 타들어가서 억지로 침을 삼켰다. "하루타 씨……가 아니죠, 세브 씨. 설마 당신이 밀고한 건가요?"

하루타와 미후유를 제외한 모두가 놀라서 눈을 부릅뜨고 있었다.

하루타는 홱 고개를 돌리며 말했다. "당신이 왔기 때문이에요. 리키 매클로이를 반드시 녀석들에게 넘겨주기로 전부터 약속이 되어 있었단 말입니다. 이곳을 지키기 위해서."

"뭐라고요?"

도서관 사서가 미후유를 밀치고 하루타에게 항의하려 했지만 다른 사람들이 제지했다. "진정해!" "일단 얘기를 들어보자, 응?" 하고 사람들이 다독였지만 사서는 여전히 씩씩거렸다. 그 뒤에 미후유는 가만히 몸을 숨기고 마시로의 모습을 찾았다.

인쇄소 사람들은 이제 미후유에게 관심을 갖지 않고 하루타와 말다툼을 시작했다. 경찰의 진짜 목적은 사립 탐정 리키 매클로이이며, 하루타, 즉 '세브'는 미후유를 리키의 동료라 생각하고 그를 유인하기 위해 지하인쇄소에서 보호하는 척을 한 것이라 했다.

"저 애가 토비에게 도시락을 줬기 때문에 데려왔다는 얘기는 구실일 뿐이었어요. 내가 토비를 밖으로 내보냈어요. 신고를 받고 출동한 게 아니고, 경찰은 내가 신호를 보내길 기다리고 있었죠. 이곳에 동료가 있는 걸 알면 리키도 나타날 수밖에 없을 테니."

"그래서 우리하고 인쇄소를 끌어들인 거야? 믿을 수가 없네!"

"여러분에게는 미안하지만, 인쇄소는 무사할 겁니다. 인쇄기는 건드리지 않겠다고 약속했으니까요. 여러분의 대역은 구할 수 있지만, 인쇄기는 그렇지 않죠. 인쇄기를 잃으면 다시는 책을 만들 수 없으니까요."

동료들이 하루타에게 달려든 순간 인간으로 되돌아온 마시로가 세수를 하고 세면실에서 나왔다.

"마시로!"

미후유는 인쇄소의 싸움에 말려들어 부서지기 전에 여우가 든 상자를 들어 마시로에게 던졌다. 마시로는 재빨리 뛰어올라 상자를 받아들고는 괴력으로 부쉈다.

인쇄소 사람들은 하루타에게 달려들다 옷이 벗겨져 알몸이 되었는데, 이때는 거의 여우로 변신했기 때문에 오렌지색 덩어리가 달려든 것처럼 보였다. 미후유는 노성이 노가며 옥신각신하는 사람들 틈을 기어서 빠져나와 마시로에게 붙잡힌 여우에게 달려갔다.

"자, 빨리 책이 어디 있는지 말해! 이러다 모두 여우가 되어버리겠어. 그리고 이대로 가면 너도 경찰한테 총 맞아 죽을지도 몰라."

미후유는 분노와 눈물로 시야가 흐려지는 걸 느꼈다. 왜 이런 꼴을 당해야 하는 거지. 벨벳처럼 부드러운 털이 자란 손등으로 눈물을 훔쳤다.

그때 위쪽에서 총소리가 들렸다.

"매클로이다! 매클로이가 나타났어!"

확성기에서 들리는 노성, 총성, 귀를 찢는 하울링. 이야기의 주인공은 지상에 있다. 미후유는 여전히 꿈쩍도 하지 않는 여우의 목덜미를 잡아 흔들었다.

"넌 이 이상한 세상에서 죽고 싶니? 그런 거면 마음대로 하든지, 한심한 놈아!"

그러자 여우는 눈을 부릅뜨며 미후유의 손을 물려고 달려들었다. 아슬아슬하게 손을 피하자 미후유의 옆을 빠져나가 창고에 쌓아둔 책더미를 타고 순식간에 올라갔다.

"저기, 상황 파악은 하고 있는 거니? 네가 훔친 책을 찾아! 안 그러면 안 끝난다고!"

여우는 알았다고 대답하듯 꼬리를 붕붕 흔들더니 왼쪽 끝에 쌓아둔 책더미로 이동해 모래를 파헤치는 고양이처럼 맹렬한 기세로 책을 파기 시작했다. 미후유와 마시로도 신발을 벗고 팔다리로 책더미에 올라가 여우를 도왔다. 검은 장정, 갈색 장정, 검은 장정, 갈색 장정, 검은 장정, 그 밑에 낯익고 그리운 느낌이 드는 현실 세계의 책장정이 보였다. 사진이 프린트되어 있었고 수려한 서체로 제목이 적혀 있었다. 책은 그 밑에도 있었다. 세 사람이 정신없이 책을 파헤쳐 마지막 한 권을 꺼냈을 때, 요란한 소리와 함께 창고 문이 열렸다. 미후유는 뒤돌아 그곳에 리키 매클로이, 현실의 산초가 있는 걸 확인하고…….

눈을 뜨자 미후유는 미쿠라관의 1층, 손님용 선룸 바닥에 누워 있었다. 커다란 창문에서 쏟아지는 햇빛에 실눈을 뜨며 푸른 하늘에 하얀 구름이 서서히 흘러가는 모습을 한동안 지켜보았다.

두 눈을 감고 심호흡을 했다. 돌아왔다.

미후유의 손에는 아직 《BLACK BOOK》이 있었다. 분명 이 책에 적힌 이야기와 자신이 지금 목격하고 겪어온 이야기는 다를 것이다. 미후유와 마시로가 없었다면 리키 매클로이는 다른 활약을 했을 것이다. 그랬다면 세브는 대체 어떤 선택을 하고, 인쇄소의 미래는 어떻게 바뀌었을까.

그렇게 생각하자 더욱더 혼란스러워졌다. 그 세계는 대체 무엇이었을까. 왜 이런 이야기가 존재하는 걸까. 애초에 《BLACK BOOK》이나 《한모마을의 형제》가 북커스의 열쇠가 되는 이유는 대체 무엇일까? 이 책들의 저자는 누구지?

미후유는 새카만 책을 품에 안은 채 일어났다. 새근새근 숨소리가 들려서 고개를 뻗어 테이블 안쪽을 보니 히루네가 여전히 소파에서 잠들어 있었다.

히루네는 이 북커스를 알고 있는 걸까. 미쿠라관의 관리인이니 알고 있을 가능성이 컸고, 마시로도 히루네를 아는 눈치였다.

“고모, 히루네 고모, 일어나.”

히루네의 어깨를 흔들어 깨우려 했지만 도통 일어나지 않았다. 마치 물레 바늘에 찔린 잠자는 숲속의 공주처럼 바른 자세로 앉아 잠들어 있었다.

"……하는 수 없지."

미후유는 책을 테이블에 두고 돌아가기로 했다. 시계를 확인하자 그 세계에 들어간 뒤로 전혀 시간이 흐르지 않은 듯했다. 빨리 다과를 사서 책과 함께 아버지에게 드려야 한다. 그래, 그들이 오기로 했었지. 리키 매클로이와 형사, 산초와 미키가. 만일 중절모를 쓰고 나타나면 어쩌지.

그런 생각을 하며 밖으로 나가려던 순간, 현관문에 자석으로 메모가 붙어 있는 걸 알아챘다. 자석은 예전에 미후유가 여행을 갔다 기념품으로 고모에게 선물한 것이었는데 마네키네코한쪽 앞발로 사람을 부르는 듯한 포즈를 취하고 있는 고양이 인형으로, 손님이나 재물을 불러들인다고 해 '행운의 인형'으로 통한다 모양이었다.

"이게 뭐지?"

메모는 문방구에서 흔히 파는 민트그린색 메모지였다. 미심쩍어 하면서도 메모를 떼서 적혀 있는 내용을 읽었다. 심장이 쿵, 소리를 내며 뛰었다.

> 미쿠라 미후유 님께 드릴 말씀이 있습니다. 괜찮다면 전화해주세요. 번호는 ***********입니다.
>
> 도둑 여우

제3화

# 환상과 증기의 안개에 휩싸이다

"신경 쓰지 마."

입을 열자마자 미쿠라 아유무, 미후유의 아버지는 그렇게 말했다. 병원 침대에 누워 있던 그는 몸을 일으켜 눈앞에서 불퉁한 표정을 짓는 외동딸을 똑바로 바라보며 다시 단호한 목소리로 말했다.

"신경 쓰지 마, 미후유. 그런 편지는 무시해."

"그러면 어쩌라고? 정말 도둑이 보낸 편지면 어떡해."

"그럼 더욱더 안 되지. 도둑을 만나려고? 무슨 일이라도 있으면 어쩌려고. 애초에 왜 도둑 '여우'지? 그리고 왜 너를 지목하는데?"

"……나도 몰라."

미후유는 한층 입을 삐죽이더니 미간을 찌푸리며, 대체 어떻게 이 거짓말을 그럴싸하게 설명할지 필사적으로 머리를 쥐어짰다.

아버지의 말이 옳다는 건 잘 안다. 책 속 세계에서 돌아와 발견한,

현관문에 붙어 있던 메모. 책 도둑이라는 인물이 남긴 편지였다. 이대로 모르는 척 쓰레기통에 버려버릴까, 고민도 했다. 조언을 구하고 싶어도 히루네는 일어날 기색을 보이지 않아서 하는 수 없이 아버지를 찾아갔다. 단, 북커스에 대해서는 말하지 않았다.

"미쿠라관에 책 도둑이 든 것 같아."

어디까지나 추측형으로 말하는 게 중요했다. 책은 한 권도 도둑맞지 않았고, 메모도 현관 '외벽'에 붙어 있었다고 거짓말을 했다. 어딜 봐도 인간과는 다른 신비한 소녀 마시로의 존재, 사립 탐정이 된 체육 교사, 총에 맞을 뻔했다는 걸 이야기한들 믿어줄 리 없었다. 그리고 경찰에 신고했다가 괜히 일이 커질 수도 있고, 눈에 보이는 형태로 남아 있는 건 이 메모뿐이었으니 경찰도 장난이라 생각하고 대응하지 않을 것이다.

하지만 무슨 일이 일어나는 건지는 알고 싶었다. 그 도둑 여우는 미후유에게 무엇을 말하려는 것일까, 정체가 무엇인지 궁금했다.

"알았어. 안 만날게."

미후유는 짐짓 땅이 꺼져라 한숨을 내쉬며 등받이가 없는 둥근 철제 의자를 아버지의 머리맡까지 끌고 가 앉았다. 부모가 자식에게 '도둑을 만나고 오라'고 할 리는 없다고 생각했지만, 그래도 내심 실망했다.

어머니는 초등학교 2학년 때 돌아가셨지만, 아버지와 둘이서도 재미있게 살고 있다고 생각했다. 각자의 범위 내에서 서로 할 수 있는 집안일을 하면서 못하는 부분은 깨끗하게 포기하거나, 도장 사범 대리인 지훈의 가족이나 상점가 사람들 등 동네 사람들에게 의지하며 실수를 해도 서로 웃어넘겼다. 아버지가 어머니 역할을 하라고 강요한 적도 없고, 과잉보호한다고 느낀 적도 없었다. 하지만 이따금, 이를테면 바로 지금 같은 상황에 부딪히면, 역시 자기는 부모가 하는 말을 들어야 하는 자식 입장이라는 걸 실감한다.

"잘 생각했다. 히루네는 어쩌고 있니?"

아버지가 갑자기 고모 이야기를 꺼내서, 미후유는 저도 모르게 눈을 이리저리 굴리며 대체 어디부터 어디까지 이야기하고, 숨겨야 할지 생각했다.

"……잘 살고 있어. 여전히 잠이 많기는 하지만, 밥은 잘 챙겨먹는 것 같아."

거짓말은 하지 않았다. 적어도 어제는 일어나 정원에서 그 하이패션 여자와 이야기하고 있었고, 먹고 마신 흔적도 있었다. 아유무는 고개를 끄덕였지만, 탄탄한 두 팔을 내리지 않고 팔짱을 낀 채 생각에 잠긴 표정을 짓고 있었다.

"그럼 다행이고. 한동안은 미쿠라관에 안 가도 되겠네."

"왜?"

저도 모르게 큰 소리를 내자, 4인 병실의 어딘가에서 헛기침 소리가 들렸다. 미후유는 황급히 언성을 낮췄다.

"나한테 고모를 돌봐야 한다고 한 건 아빠야."

"그건 그런데, 네가 이상한 일에 말려들면 어떡해. 너를 콕 집어 지목하다니, 불안하잖아."

"그럼 고모 수발은 누가 들어?"

"다른 사람한테 부탁했어."

"뭐?"

다시 큰 소리를 내자 또 헛기침 소리가 들렸다. 속 좁은 인간 같으니. 미후유는 속으로 투덜거리며 아버지에게 어쩔 작정이냐고 물으려 했다. 미쿠라관에 가지 않아도 된다. 고모를 돌봐줄 사람이 따로 있다. 뭐야. 그럼 처음부터 나한테 부탁하지 말던가.

"괜찮아, 아빠가 알아서 할게. 미후유한테만 맡겨놔서 공부할 시간도 없고 놀 시간도 없었잖아."

"……그걸 이제 알았어?"

뒤통수를 맞은 듯한 기분에 미후유는 더욱 얼굴을 찡그렸다. 그때 병실 문이 열리는 소리가 나더니 시끌벅적 인기척이 났다. 커튼을 젖히고 체육 교사 기쿠치다와 국어 교사 미키가 나타났다. 맞아, 병문안을 온다고 했었지.

하드보일드 소설《BLACK BOOK》의 북커스에 걸린 세계에서 기쿠치다는 주인공인 사립 탐정이었다. 아까까지만 해도 새카만 코트에 중절모를 쓰고 허무한 분위기를 풍기고 있었는데, 지금은 스포츠용품 브랜드의 로고가 박힌 상하 형광 초록색 운동복 차림이었다. 그 요란한 차림새에 눈을 깜빡거리는 미후유를 향해 기쿠치다는 "너도 있었구나!" 하고 호쾌한 웃음을 터뜨렸다. 리키 매클로이의 흔적은 어디에서도 찾아볼 수 없었다. 다시 헛기침이 시작되자, 족자에 그려진 유령 같은 분위기의 미키가 휴게실로 자리를 옮기자고 제안했다.

미후유는 복잡한 심경이었다. 더는 엮이고 싶지 않은 한편, 주체할 수 없을 만큼 그 세계에 끌리는 마음도 있었다. 더는 미쿠라관에 가지 말라는 소리를 듣고 화가 날 정도였다. 이 세계가 훨씬 온화하고 다정해서 위험에 처할 가능성도 적은데, 어째서일까. 잡념을 떨쳐버리듯 벌떡 자리에서 일어났다.

"아빠, 나 갈게. 나중에 봐."

"더 안 있어도 돼?"

의아한 표정의 기쿠치다의 물음을 무시하고, 옆 반 담임인 미키에게 꾸벅 고개를 숙인 뒤 아버지에게 손을 흔들었다. 커다란 거즈를 붙인 아유무는 뭔가 할 말이 남은 눈치였지만, 오른손을 천천히 흔들었다.

병원을 나선 미후유는 나른한 걸음으로 역 앞 모퉁이를 돌아 상점가에서 서점가를 향해 걸으며 대체 어디로 가는 걸까, 하고 스스로에게 물었다.

한동안은 미쿠라관에 안 가도 된다. 히루네는 다른 사람이 돌봐준다고 한다. 아버지의 말이 머릿속에서 빙글빙글 맴돌았다. 미후유는 미쿠라관이 싫었다. 고모의 수발을 들지 않아도 된다니 반가운 이야기였다. 그런데도 마음이 편치 않고 기분도 영 꿀꿀했다. 무심코 미쿠라관으로 발걸음을 옮길 뻔해서, 뿌리치듯 발길을 돌려 온 길을 되돌아갔다.

"……알았어. 그럼 다시는 미쿠라관에 안 갈 거야."

미후유는 혼잣말을 중얼거리곤 역 앞 패스트푸드점에서 감자튀김이라도 먹어야겠다 생각하며, 성난 어깨로 고개를 숙인 채 발치의 돌멩이를 가볍게 걷어찼다. 돌멩이는 길 위를 데굴데굴 굴러가 앞에서 있던 인물의 신발 코에 맞았다.

"아, 죄송합니다."

사과를 하면서도 돌멩이를 맞은 신발 쪽에 눈길이 갔다. 검은 가죽 구두였는데, 발등에 금색의 화려한 사각 버클이 붙어 있었고, 신발 코는 마치 스키화처럼 하늘로 솟은 희한한 디자인이었다. 발에는 비치는 양말을 신었다.

"……뭐죠?"

신발을 신은 사람이 말을 걸어와서 퍼뜩 고개를 들었다. 눈앞에서 있는 건 낯선 여성이었다. 촌스러운 느낌은 들지 않는 짧은 머리에 큼지막한 실버 링귀고리, 짙은 녹색 아이섀도에 금색 아이라인을 또렷하게 그린 상태였다. 엉덩이를 덮는 긴 검은 셔츠에 빨간 벨트를 두르고, 기묘하게 비틀린 형태의 베이지색 치마를 입었다. 요무나가마을보다 훨씬 크고 세련된 도시에서나 볼 법한 차림새였다. 나이는 20대 후반에서 서른 전후쯤 되어 보였다.

어제의 기억이 되살아났다. 미쿠라관 정원에서 히루네와 이야기를 나누던 사람이다. 하지만 이제 상관없었다, 미쿠라관에는 안 가도 되니까.

"아무것도 아니에요."

여자 옆을 지나치려 한 순간, 그녀는 가느다란 초승달 같은 외꺼풀 눈을 더욱 가늘게 뜨며 미후유의 앞을 가로막았다.

"저기, 길을 막고 계시는데요."

"일부러 막은 거야. 너한테 볼일이 있어서."

"……네?"

"병원 대기실에서 기다렸거든. 화장실에 들어간 사이에…… 네가 나오는 걸 보고 놓칠까 싶어서 황급히 따라왔지. 누군지 모르겠어? 나야, 도둑 여우."

"네?"

"자, 얘기 좀 할까?"

여자는 미후유의 손목을 붙잡더니 어딘가로 억지로 끌고 갔다. 정신을 차렸을 때는 서점이 늘어선 골목 앞의, 고풍스러운 카페의 소파에 앉아 홍차를 주문하고 있었다. 다른 손님들, 60대에서 70대의 노인들이 특이한 패션을 한 짧은 머리의 여성에게 힐끗힐끗 시선을 보내는 가운데, 당사자는 태연자약한 얼굴로 찬물을 마시고 있었다. 미후유는 다른 손님들을 쏘아보았다. 당황하는 노인들을 모른 척하고 자신도 물을 벌컥벌컥 마셨다.

"엉겁결에 따라오긴 했는데, 제대로 설명해주시죠. 당신이 도둑 여우예요? 정말로?"

"믿을 수 없으면 너한테 들은 말을 그대로 읊어줄게. '넌 이 이상한 세상에서 죽고 싶니? 그런 거면 마음대로 하든지, 한심한 놈아!' 멋진 일갈이었어."

미후유는 눈을 동그랗게 뜨고 상대를 빤히 바라보았다.

"왜? 아냐?"

"아뇨…… 맞아요."

정말 이 사람이 그 도둑 여우라니. 아연실색한 미후유는 종업원이 테이블에 내려놓은 홍차와 크림소다가 잘못 놓인 것도 알아채지 못했다. 대신 여성이 하얀 찻잔과 녹색 탄산수에 아이스크림을 얹은 유리잔을 교환하며 태평한 목소리로 말했다.

"그나저나 정말 놀랍지. 분명히 책을 훔친 내가 잘못하기는 했지만, 설마 마을 전체가 이상한 세계로 바뀌고, 여우로 변해버릴 줄이야. 처음에는 갑자기 밤이 되면 마을에서 사람이 사라져 깜짝 놀랐는데, 조금 지나니까 사람들이 전부 다른 사람이 되어 나타나는 거야. 미쿠라 집안은 마법사 혈통이야?"

"그럴 리가요. 저도 잘 몰라요. 왜 그런 현상이 일어나는지."

미후유는 찻잔으로 시선을 떨구며 혼란스러운 머릿속을 어떻게든 정리하려 했다.

문제 1. 이 사람은 왜 미쿠라관에서 책을 훔친 것일까.

문제 2. 도망치면 될 것을, 왜 내 뒤를 따라와서까지 이야기를 하려는 걸까.

문제 3. 애초에 이 사람은 누구지?

크게 심호흡을 하고 고개를 들자, 그녀는 테이블에 있던 냅킨 두 장을 꺼내 겹친 뒤 테이블에 깔고 아이스크림 위에서 새빨간 체리를 냅킨에 내려놓고 있었다. 상대의 페이스에 말려들 것 같은 예감에 혀를 차며, 미후유는 말문을 열었다.

"묻고 싶은 게 한두 개가 아니에요."

"응, 나도 너한테 묻고 싶은 게 있어. 그 히루네란 사람, 대체 정체가 뭐야?"

"네…… 히루네 고모요? 나도 잘……."

원래는 미후유가 질문하려고 했는데, 상대가 물 흐르듯 자연스럽게 물어와서 무심코 넘어가고 말았다.

히루네는 미후유가 철들 무렵부터 계속 미쿠라관에서 살고 있었다. 밖에서 만난 적은 손에 꼽을 정도였고, 언제 봐도 책더미에 파묻혀 책을 읽거나, 책장 정리를 하거나, 책을 수선하거나, 코를 골며 자고 있거나 중 하나였다. 어쩌다 방에 단둘이 있을 때는, 언제까지고 침묵만 흐를 뿐이었다. 미후유가 먼저 말을 걸지 않는 한, 히루네가 말을 건네는 일은 없었다. 할머니인 다마키와 함께 있는 시간에 비하면 훨씬 편했고, 이따금 보이는 미소에서도 호감을 느꼈기에 결코 싫지는 않았다. 하지만 어떤 사람인지는 아직 잘 몰랐다. 아버지에게는 말 안 했지만, 미후유는 내심 '현실에는 존재하지 않는 가공의 인물 같다'고 생각했다.

아버지는 히루네가 미쿠라관에 있는 책을 모두 읽고 이해하고 있다고 말했다. 하지만 미후유가 보기에는 아무리 뇌 용량이 크더라도 제 앞가림조차 못 하는 사람은 그저 '구제불능 어른'일 뿐이었다.

어느샌가 저도 모르게 고모 생각에 빠져 있었다. 미후유는 순간 현실로 돌아왔다. 안 돼, 이 사람의 페이스에 말려들면.

"고모 얘기는 됐고요, 그보다 당신은 대체 누구죠? 왜 미쿠라관에서 책을 훔친 거죠? 지난주에 이상한 진주 비가 내리는 세상으로 만든 것도 당신이에요? 그리고 메모에 있던 '드릴 말씀'이란 게 뭐죠? 무슨 말을……."

"스톱, 질문이 너무 많아."

여성이 짙은 보랏빛 매니큐어를 바른 손가락을 들이대서 미후유는 말문이 막혔다. 그러자 그녀는 빈 잔을 옆으로 치워두고 테이블에 팔꿈치를 대며 몸을 당겼다. 거리가 좁혀지며 입을 열 때마다 메론소다 빛깔로 물든 혀가 언뜻 모습을 드러냈다.

"내 이름은 게이코. 반딧불 형 자에 사람 자를 써서 게이코야. 좋은 이름이지? 1986년생이고, 직업은 떠돌이. 취미는 독서고."

"……진지하게 대답해주실래요?"

"진지해. 그럼 이제 내가 질문할 차례네."

"그런 규칙을 정한 기억은 없는데요."

"지금 정해졌어. 질문. 미후유는 왜 다른 사람들하고 달리 그 세계에서도 멀쩡했지? 그리고 내가 여우가 되어서 그 위험한 도시에서 도망쳐 다닐 때, 또 한 명 여자애가 있었지. 그 애는 누구야?"

"그쪽도 질문이 두 개네요…… 내가 왜 멀쩡했는지는 나도 몰라서 대답할 수 없어요. 그 여자애에 대해서도요. 책을 도둑맞으면 나타난다는 것밖에."

"책을 도둑맞으면 나타난다고? 정말이야?" 게이코는 놀란 표정으로 눈을 휘둥그레 떴다. 그러곤 테이블에서 팔꿈치를 떼고 의자에 몸을 묻으며 심술궂은 표정으로 말을 이었다. "전부 거짓말이지? 우리 모두 집단 최면에 걸린 거야."

"집단 최면?"

"최면술이 뭔지는 알지? '당신은 점점 잠에 빠져든다'라고 말하면 점점 잠들어버리는 현상 말이야. 우리는 강력한 최면에 걸렸던 거야. 나는 여우가 되었다고 착각하게 되었고, 너는 내가 여우로 보이는 최면에 걸린 거지. 이 마을도 실제로 변한 게 아니라 그렇게 보였던 것뿐이고."

"……다른 사람들도?"

"그럴지도 모르지. 마을 사람들이 모두 최면에 걸린 거야."

미후유는 또다시 게이코의 주장을 수긍할 뻔했지만, 침착해져야 한다고 되뇌며 곰곰이 생각해보았다. 결과는 '아니요'였다.

"그럴 리가요. 모든 마을 사람들에게 일제히 최면을 거는 건 불가능해요. 최면에 잘 걸리는 사람과 잘 걸리지 않는 사람이 있다고들 하잖아요. 만일 집단 최면이 가능하다 해도, 외부에서 사람이 와서 보면 분명 문제를 제기했을 텐데, 실제로는 아무도 안 왔어요. 최면으로 마을을 봉쇄할 수는 없어요."

예전의 미후유라면 그야말로 '있을 법한' 최면 가능성에 수긍했을 것이다. 하지만 같은 경험을 한 사람이 눈앞에 있는 지금은 그 세계가 가짜란 생각은 들지 않았다.

"제법이네, 미후유. 너, 생각보다 똑똑하구나."

"무례하시네요."

방금 전까지의 장난스러운 태도는 자취도 없이 사라지고, 게이코는 무서울 정도로 진지한 표정으로 날렵한 턱에 가녀린 손가락을 대고 생각에 잠겼다.

"그럼 지금 미쿠라관에 가자."

"네?"

"백문이 불여일견이라고 하잖아. 내가 거기서 다시 책을 훔치면 이번에도 그 이상한 세상에 들어갈 수 있을지 몰라. 실험해보자."

게이코가 계산서를 들고 재빨리 자리에서 일어났지만, 미후유는 어처구니가 없어서 바로 반응하지 못했다. 퍼뜩 정신이 들어서 가방을 제대로 어깨에 메지도 않고 계산하는 게이코를 따라 나왔다.

"도둑질은 절대 안 돼요."

저도 모르게 큰 소리가 났다. 계산을 하던 늙수그레한 주인이 놀란 표정으로 힐끔거렸다.

"괜찮아요, 이 가게는 안 털 거니까. 저도 장소는 가리거든요."

게이코는 웃는 얼굴로 그렇게 말하며 주인을 더욱 놀라게 한 뒤, 휘파람을 불며 가게를 나섰다.

나뭇잎 사이로 비추는 햇빛이 일렁이는 길을 게이코는 검은 셔츠와 베이지색 치맛자락을 휘날리며 성큼성큼 걸어갔다.

"저기요, 거기 서요, 거기 서라고요! 정말 하려고요?"

"하기 싫으면 안 와도 돼."

"무슨 소리예요! 우리 집에서 책을 훔치겠다는 사람을 그냥 놔두라니…….”

“왜? 넌 책을 싫어하잖아.”

어떻게 그런 것까지 아는 걸까? 미후유는 흠칫하며 순간 걸음을 멈췄지만, 이내 고개를 저으며 다시 게이코의 뒤를 쫓았다.

“책을 좋아하는지 싫어하는지가 무슨 상관이에요. 도둑질을 하지 말라고요! 경찰에 신고할 거예요!”

굵직한 녹나무 앞에 하얀색의 산악용 자전거가 세워져 있었는데, 주차 금지라 적힌 간판 다리에 자물쇠로 묶어놓았다. 게이코는 휘파람을 불며 자물쇠를 풀고 자전거에 가볍게 올라탔다.

“그럼 추격전을 벌여볼까? 영웅 대 악당으로, 자, 시작!”

“앗, 저기요!”

미후유의 목소리 같은 건 들리지도 않는다는 양 게이코는 상쾌하게 출발했다. 황급히 뒤를 쫓았지만 50미터를 10초 안에 주파할 수 있을지 의심스러운 데다 지구력도 없는 미후유는 순식간에 뒤처졌고, 게이코는 저 멀리로 사라졌다. 달리다 걷기를 반복하며 간신히 미쿠라관에 도착한 미후유는 어깨를 들썩이며 숨을 몰아쉬었다. 종아리가 끊어질 것처럼 아팠다. 간신히 숨을 고르고 이마에서 흘러내리는 땀을 어깨로 닦았다. 게이코의 하얀 산악용 자전거는 이미 정원에 세워져 있었지만, 은행나무 옆 미쿠라관은 조용하기만 해서, 언뜻 봐서는 아무 일도 없는 것 같았다.

미후유는 짜증스레 게이코의 하얀 산악용 자전거를 들어서 문밖에 내놓은 뒤에 불법 주차로 견인되기를 바라며 정원으로 돌아왔다.

현관문 손잡이를 당기자 스르륵 문이 열렸다.

"……도둑은 도둑인 모양이네."

지난번에도 이랬다. 북커스 이전에, 경보 장치도 울리지 않았으니 열쇠를 갖고 있었다고 봐야겠지.

"게이코 씨? 어디 있어요?"

집 안으로 들어가서 소리를 질렀지만 인기척은 느껴지지 않았다. 히루네의 코 고는 소리만이 희미하게 들릴 뿐이었다. 미후유는 서둘러 신발을 벗고 그대로 둔 채 현관으로 올라갔다.

산악용 자전거가 정원에 있다는 건, 아직 미쿠라관에서 나가지 않았다는 뜻이다. 서고 문은 닫혀 있었다. 미후유는 서둘러 선룸으로 향했다.

커다란 창문으로 햇빛이 쏟아져 들어오는 선룸은 불과 몇 시간 전에 미후유가 《BLACK BOOK》의 세계에서 돌아왔을 때와 달라진 게 없었다. 히루네는 여전히 잠들어 있었고, 물건이 제자리에서 이동한 흔적도 없었다.

미후유는 2층으로 올라가는 계단을 힐끗 보고 나서 성큼성큼 히루네에게 다가갔다. 그리고 그녀의 손을 보고 질렸다는 듯 한숨을 내쉬었다.

부적이 있었다. 책 도둑에게 피해를 입었을 때 나타나는, 붉은 글자로 적힌 부적. 미후유는 주저 없이 히루네의 손에서 부적을 빼앗아 기묘한 형태의 글자를 소리 내어 읽었다.

"'이 책을 훔치는 자는…… 환상과 증기의 안개에 휩싸이리라.'"

즉시 밖에서 들리던 바람 소리가 멎었고, 선룸의 거대한 창문 너머로 오후의 황금빛 햇살에 물들기 시작한 풀과 나무들은 얼어붙은 듯 움직임을 멈췄다. 아까 게이코가 했던 말을 떠올렸다. 집단 최면. 이건 현실일까, 아니면 최면으로 인한 환상일까.

시간이 멈춘 바깥 풍경을 바라보던 미후유는 시선을 돌려 손안의 부적을 보았다. 부르기 전에 먼저 불러보았다.

"마시로."

"미후유, 오늘은 두 번째네."

돌아보자 아까 헤어진 소녀가 서 있었다. 하얀 머리카락, 미후유와 같은 폴로셔츠에 데님.

"역시 또 훔쳐갔구나."

"맞아. 이상하네, 하루에 도둑이 두 번이나 들다니. 미후유, 혹시 화났어?"

"아니야. 미안해…… 책을 도둑맞은 거, 절반은 내 책임이야."

사과하자 마시로의 커다란 눈망울이 점점 더 커졌다. 미후유는 불편한 마음에 시선을 피했다. 게이코에 대한 이야기를 하는 동안, 어릴 적 좋아했던 언니를 미쿠라관에 데려왔다가 할머니에게 호통을 들었던 때의, 발바닥과 위장이 서늘해지는 감각이 되살아나서 두 손으로 명치 언저리를 눌러 진정시켰다.

그때의 기억은 사실 거의 남아 있지 않다. 곰팡이 핀 낡은 책 냄새가 나는 미쿠라관, 아마 이 선룸에서 화가 머리끝까지 난 할머니와 무자비하게 쏟아지던 노성만 기억에 남아, 어떤 형태로 사태가 수습

됐는지도 기억나지 않았고, 그 언니의 얼굴조차 흐릿했다. 그저, '미쿠라관에 친구를 데려와서는 안 된다'는 사실을 뼈저리게 실감했다는 것만 기억 깊숙한 곳에 남아 있었다.

그런데도 게이코를 미쿠라관에 들이고 말았다. 그것도 '책을 훔치겠다'고 예고한 사람을. 말리려고 쫓아갔지만 실패했다.

"미후유?"

마시로의 부름에 정신을 차린 미후유는 화들짝 놀라 얼굴이 굳었다. 마시로의 뒤에 할머니가 서서 무시무시한 얼굴로 자신을 노려보고 있었다. 아니, 그럴 리 없다. 할머니라 생각한 건 선룸 구석에 놓인 낡은 모자걸이였다. 먼지가 쌓이지 않게 덮어놓은 연두색 천이 할머니가 즐겨 입었던 기모노와 비슷했기 때문이었다.

"괜찮아? 안색이 안 좋은……."

"아무것도 아냐. 빨리 게이코 씨를 찾아서 책을 되찾아야 해."

미후유는 손바닥에 배는 땀을 바지에 닦으며 걱정스러운 표정의 마시로를 재촉해 계단으로 올라가려 했다. 그러자 마시로는 "아니, 이번에는 그쪽이 아냐"라고 말하더니 미후유를 현관 쪽으로 밀었다. 복도를 따라 늘어선 서고 문. 마시로는 제일 오른쪽 문을 열었다.

"여기야. 들어가자."

"……선룸에 들르지 말고 바로 이 문을 열어서 안을 확인할걸 그랬어."

"미후유가 도착했을 때는 이미 나간 뒤였어."

"뭐?"

책을 훔쳐 미쿠라관에서 나간 뒤에 도둑이 어떤 과정을 거쳐 여우로 변신하는 것인지 미후유는 잘 모른다. 자전거가 있으니 미쿠라관에 아직 있을 줄 알았는데 착각이었던 걸까.

"신경 쓰지 마. 지금부터 붙잡으면 되니까. 자, 가자."

서고는 오늘도 어스름했다. 촛불 같은 건 두지도 않았는데, 희미한 오렌지색의 작은 불빛이 드문드문 켜져 있었다. 마시로를 따라 늘어선 책장 사이를 지나자, 왼쪽 끝 책장에 책을 뺀 듯 빈 공간이 눈에 띄는 칸이 있었다. 그곳에 표지를 앞으로 보이게 해서 장식해 둔 책이 놓여 있었다.

파란빛이 서서히 잿빛을 띠며 검은빛에 빨려드는 듯한 인상을 풍기는 하늘. 어두운 산과 거리의 실루엣, 용 같기도 하고 늑대 같기도 한 생물의 그림.

"……제목은 《은빛 짐승》. 무슨 내용이야?"

"아까 《BLACK BOOK》과 조금 비슷해."

"또 빵야빵야야?"

"빵야빵야?"

"총격전 벌이는 내용이냐고."

"아, 그 뜻이구나. 음, 모험소설이니까 다소 총격전이 벌어질지도 모르겠네."

"모험소설?"

"음, 주인공이 모험하는 요소가 있는 소설 장르. 어드벤처라고 할까…… 아무튼 《BLACK BOOK》보다 훨씬 옛날이지만, 단순한 과거가 아니라 특별한 기술이 발달해서 오히려 미래로 보이는 세계야. 재미있는 이야기라 분명 미후유 너도 좋아할 거야."

◆◆◆◆

'은빛 짐승'…… 그 옛이야기를 처음 들은 건 언제였을까.

온몸이 은으로 된 그 아름다운 짐승은, 이곳 스템호프마을이 생기기 훨씬 전부터 살아왔다고 한다. 제국의 북쪽에 생식하는 은빛 털의 짐승은 더운 계절에도 하얀 숨을 내뱉으며, 나이팅게일보다 투명한 목소리로 운다. 세상에서 가장 다정하고, 강하며, 훌륭한 짐승이라고 한다.

할아버지에게 몇 번이나 들었던 옛이야기는 대체로 온화하고, 달콤하지만 약간 우울했다. 증기기관차의 기관수였던 할아버지는 딱 한 번, 은빛 짐승을 보았다고 했다.

기관차는 내가 상상도 할 수 없을 만한 거리를 달린다. 할아버지는 한번 일을 나가면 오랫동안 돌아오지 않았다. 그 대신 돌아오면 초승달이 보름달이 될 때까지 집에서 보냈다. 그동안 우리 남매에게 옛이야기를 들려주고는 했다.

바늘산이라 불리는 제국 북쪽에서 최근 발견된 새 탄광. 그곳에서는 증기기관의 연료로 쓰는 석탄을 채굴하는 광부들이 광도의 탁한 공기를 폐로 들이마시며, 땀에 젖은 창백한 근육으로 곡괭이를 휘두르며 석탄을 캔다.

그날, 채굴한 석탄을 광차에 싣고 있는데 한 젊은이가 비명을 질렀다. 황급히 달려간 동료들의 눈에 들어온 건, 곡괭이를 든 채 눈을 까뒤집고 경련하며 거품을 문 그의 모습이었다. 광도에 박힌 곡괭이 끝이 마치 달궈진 쇠처럼 붉게 타오르고 있었다. 광부들은 서둘러 젊은이의 손을 곡괭이에서 떼어내려 했지만, 그의 몸은 이미 건드릴 수 없을 만큼 뜨거워져 있었고, 불과 몇 초 후에 동료들의 눈앞에서 온몸의 수분이 증발해 쪼그라든 모습으로 숨을 거뒀다.

제국의 관리에게 보고하자 곧바로 조사대가 파견됐다. 바늘산은 봉쇄되었고, 석탄 채굴도 중지되었으며, 수많은 광부들은 예상치 못하게 실업자가 되었다. 나라에서 배급한 잡고기 수프가 점점 물맛이 되어가고, 어린애와 병자부터 하나둘 쓰러져 나갈 즈음, 바늘산에서 귀를 찢는 폭음이 울려 퍼졌다.

무슨 일인가 싶어서 밖으로 나온 사람들 앞에 황야가 펼쳐져 있었다. 바늘산은 어디에도 없었다. 깎아지른 듯 우뚝 선 검은 봉우리, 어디에 있어도 눈길을 끄는 위압적인 존재, 못 보려야 못 볼 수가 없는 산이 홀연히 자취를 감춘 것이다. 드넓은 황야에 피어오른 짙은 안개 속에서 사람 그림자 여럿이 나타나 사람들에게 다가왔다. 그것은 누에고치를 연상케 하는 방호복을 머리에서부터 발끝까지 뒤집어쓴 조사대였다.

사람들의 항의와 질문이 쏟아지는 가운데 조사대는 한마디도 하지 않고, 대기하고 있던 마차에 차례차례 올라타 어디론가 사라졌다. 이내 안개가 걷혔다. 남겨진 광부들과 그 가족들의 귀에 투명하고 아름다운, 새소리와 비슷한 울음소리가 들렸다. 다음 순간, 바늘산이 있던 자리에서 거대한 생물이 고개를 쳐들었다. 기다란 목과 머리는 하늘을 찌를 듯했고, 굵직한 몸통에는 털이 났으며, 네 다리가 달렸지만 물고기 같은 꼬리가 달렸다. 고대 신화에 등장하는 용, 늑대, 그리고 인어를 조합한 듯한 기묘한 은빛 짐승이었다.

하늘을 뒤덮은 구름 사이로 햇빛 여러 줄기가 쏟아져 은색 몸이 금가루를 뿌린 듯 반짝였다. 짐승은 천천히 고개를 움직여 길쭉한 주둥이를 벌려 하얀 숨을 내뱉었다.

어안이 벙벙해 그 자리에 우두커니 선 사람들의 머리 위로, 몸으로, 짐승이 토한 숨이 내려앉았다. 그것은 어마어마한 고온의 증기였고, 사람들은 그 즉시 증발했다.

간신히 첫 번째 숨을 피해 도망치려고 내달리는 사람들 뒤로 두 번째 숨이 들이닥쳤고, 온몸의 수분이 열로 증발하면서 연기처럼 사라졌다. 하지만 은빛 짐승의 움직임은 봉쇄되었다. 마차를 타고 사라진 조사대는 몰래 근처 바위틈에 숨어 바늘산을 에워싼 광도에 설치해놓은 폭약을 터뜨렸고, 암반이 무너지며 짐승은 발 디딜 곳을 잃었다. 그 틈을 타서 대기하고 있던 군대가 은빛 짐승에게 달려들었다.

……이것이 은빛 짐승에 관한 할아버지의 옛이야기이다.

나는 공장 학교에서 지루한 수업 중간에 깃털 펜을 들고 이 이야기를 쓰고 있다. 선생님은 우리 제국을 타국보다 200년쯤 앞서 나가게 한 위대한 광석, 이멘스늄에 대한 이야기를 하고 있다. 바늘산 터에서 발굴되는, 석탄보다 1000배는 더 많은 에너지를 지닌 광석.

제국 과학자들은 애당초 강력한 에너지를 제어하지 못했고, 연구소에서는 여러 번 폭발이 일어나 다수의 희생자가 나왔다. 하지만 이멘스늄을 다른 금속과 혼합할 수 있다는 사실이 알려지자 연구는 크게 진전되었다. 다이아몬드보다 단단하고 강고한 이멘스틸이 개발되었고, 이멘스늄의 강력한 힘에도 내구성을 가진 안정된 내연기관을 만들 수 있었던 것이다.

학교에서는 이멘스늄을 다루는 법만 가르쳐주고, 옛날에 바늘산에 나타난 은빛 짐승 이야기는 일절 알려주지 않았다. 하지만 나는 은빛 짐승과 이멘스늄이 관련되어 있다고 생각한다. 할아버지가 은빛 짐승을 본 건 때마침 그 재앙의 날, 기관차를 운전해 바늘산이 자리한 마을 옆을 지날 때였으니까.

나는 매일 아침 4시에 일어난다. 공장 직원 기숙사 옆에 학생 기숙사를 코딱지처럼 만들어놓았는데, 그 좁은 방에 빼곡히 늘어선 비좁은 3층 침대 중간에서 "기상! 기상!" 하고 외치는 사감의 목소리와 종소리가 울려 퍼지면 억지로 일어나 게슴츠레한 눈으로 바닥에 발을 딛는다. 곳곳을 기운 내복 위에 세제 냄새가 덜 빠진 셔츠를 입고 있으면, 1층 녀석이 "세탁실 태그도 안 떼고 뭐하냐?" 하고 비웃듯 말한다. 그러고는 식당으로 가서, 나는…….

"……뭔가 이상한 냄새가 나." 미후유는 책을 읽다 말고 고개를 들어 주변 냄새를 킁킁 맡았다. "시궁창 냄새. 비린내도 나고, 안 씻은 사람 냄새도 나."

그렇게 말하며 마시로를 보자, 이미 마시로는 얼굴을 잔뜩 찌푸린 채 두 손으로 코를 막고 있었다.

"나, 나는 개라서 후각이 좀……."

"헉, 괴롭겠다."

미후유는 가방을 뒤져 티슈를 꺼내 한 장을 반으로 찢어 뭉친 뒤 마시로의 콧구멍을 하나씩 막아주었다.

"으, 으, 으…… 조, 좀, 마비된 건."

울먹이면서도 말을 잇는 마시로의 모습이 우스워서 미후유는 저도 모르게 낄낄거렸지만, 순간 게이코의 존재를 떠올리고 진지한 표정으로 돌아왔다.

"가자. 책 속에 들어온 것 같네. 게이코 씨가 이미 여우로 변했을지는 모르겠지만, 좌우지간 붙잡아야 해."

서고에서 나온 두 소녀는 의기양양하게 미쿠라관의 현관을 열었다. 그러곤 입을 쩍 벌렸다.

요무나가마을은 더 이상 요무나가마을이 아니었다.

미쿠라관 위로는 강철의 고가가 지나고 있었는데, 요란한 소리를 내며 열차가 달리고 있었다. 지상 역시 도로를 달리는 차들은 박물관에서 본 100년 전 자동차처럼 사각의 차체에 얇은 바퀴가 달린 모양새가 흡사 말 없는 마차 같았지만, 속도만큼은 대단히 빨랐다. 작은 차체로 날아가듯 질주해서, 미후유는 눈알이 빙글빙글 도는 것 같았다. 차량 지붕 위에는 솥 같은 게 달려 있었는데, 반짝반짝 빛나는 은색의 증기를 분출하고 있었다.

사람들의 복장도 독특했다. 대부분의 여자들은 어깨를 부풀린 긴 소매 블라우스에 허리를 꽉 조이고 뒷부분에 다소 볼륨을 준 치마를 입고 있었다. 정성껏 묶은 머리에 작고 세련된 모자를 살짝 올린 모습을 보고, 영화 촬영장에 잘못 들어왔나 싶은 착각이 들었다. 하지만 너덜너덜한 숄을 두르고 해진 블라우스와 치마를 입은, 한눈에도 가난해 보이는 사람도 간혹 눈에 띄었다. 남자들은 중산모나 납작모자에 스리피스 정장 차림이었지만, 지저분한 재킷에 해진 셔츠, 누덕누덕 기운 보풀 인 바지를 입은 사람도 있었다.

미후유는 눈앞의 뿌연 증기를 손으로 헤치며, 사나운 기세로 오가는 차들이 경적 소리를 울려도 아랑곳하지 않고 건너편 길로 달려갔다. 그때 묘한 시선을 느꼈다. 이내 수군거리는 소리까지 들렸다.

"저 차림새는 뭐야? 속옷만 입은 것 같아."

"북쪽에서 데려온 노예일지도 몰라."

두 소녀의 모습이 무척 튀는 모양이었다. 미후유는 갑작스레 얼굴이 달아올랐다.

"마시로, 뛰자."

마시로의 손을 잡은 미후유는 사람들을 헤치고 정처 없이 달렸다. 이런 분위기의 풍경을 TV에서 본 적이 있었다. 셜록 홈스. 분명 학교에서 19세기 영국이라고 배웠다. 하지만 이렇게까지 불편한 사회일 줄이야.

도로는 평소 보던 아스팔트가 아니라 유럽처럼 돌로 되어 있었고, 하수구 냄새가 심했다. 산더미처럼 쌓인 쓰레기에 파리가 꼬인 모습을 보고 미후유는 욕지기를 참으며 도망쳤다. 뒤돌아 마시로를 보자, 휴지로 코를 막아도 소용없는지 얼굴이 새하얗게 질려 있었다.

"아무리 그래도 이 북커스는 너무 심하잖아. 동네가 완전 딴판이 되어버렸어. 설정 과잉이야!"

"오디가눈고야, 미후유."

"뭐?"

"오디가눈."

"……아, 어디 가는 거냐고? 몰라. 아무튼 서둘러야 해. 게이코 씨, 도둑 여우를 붙잡아야 해. 마시로, 컨디션 별로지?"

"아지만 당서가 암흐거도 업어."

"뭐라고 하는지 하나도 모르겠거든!"

돌길을 지나서 모퉁이를 돌아 큰길을 건너려고 하던 그때였다. 미후유는 앞을 제대로 보지 않고 달리고 있었다.

크고 검은 차였다. 톱니바퀴 여러 개가 맞물린 형태의 차바퀴와 증기를 뿜어내는 배기 파이프가 특징인 커다란 차가 왼쪽에서 달려와 미후유 바로 옆에 급정차했다. 한숨 같은 소리와 함께 증기가 가득 퍼졌고, 그 열기를 들이마신 미후유와 마시로는 기침을 하느라 차문이 열린 것도, 군모를 쓴 경관들이 차에서 내린 것도 알아채지 못했다.

순식간에 붙잡힌 두 소녀는 양손에 수갑이 채워진 채 차 짐칸에 태워졌다.

"이거 놔요!"

"조용히 못 해, 노예 주제에!"

한 경관이 미후유의 오른쪽 뺨을 때렸다. 미후유는 놀라서 눈을 부릅떴다. 아픔이 번지는 오른쪽 뺨에 수갑 찬 손을 댔다.

분노로 온몸의 털을 곤두세운 건 마시로였다. 마시로는 인간의 모습인 것도 잊고 키득거리는 경찰들에게 달려들어 목덜미를 물어뜯었다. 미후유에게 손찌검을 한 경찰이 "악!" 하고 비명을 내질렀다.

"이 녀석을 붙잡아! 다른 차량에 태워!"

"마시로!"

신기한 힘을 가지고 있는 마시로라도 다 큰 어른 넷이서 달려들어 제압하면 당해낼 재간이 없었다. 마시로는 길 위에서, 미후유는 차에서 경찰관에게 구속되었고, 그대로 차 문이 닫히고 출발했다.

"마시로, 마시로!"

미후유는 비명을 질러댔고, 마시로의 비통한 울음소리가 울려 퍼지는 가운데 차는 점점 멀어져갔다.

검은 호송차가 변모한 요무나가마을을 달렸다. 거대한 철교가 길 위를 덮듯 뻗어 있었고, 지면에 깔린 굵은 배관들을 볼트로 고정한 이음새에서는 증기가 모락모락 피어올랐다.

호송차 내부에는 작은 창문이 하나 나 있었지만, 쇠창살과 경찰의 감시로 인해 미후유는 제대로 밖을 관찰할 수 없었다. 몸을 조금만 움직여도 머리부터 발끝까지 까만 경찰관이 경찰봉으로 벽을 치며 위협했다. 요무나가마을의 주민 중 누군가가 연기하고 있을 터지만,

전혀 짐작 가는 이가 없었다.

미후유는 새하얗게 질린 얼굴로 두 손을 내려다보았다. 손목에 채워진 수갑은 기묘한 형태였다. 중심이 빈 톱니바퀴 두 개가 땅콩처럼 붙어 있었는데, 구멍에 두 손목을 넣으면 톱니바퀴가 저마다 회전해서 지름이 작아지며 빈틈없이 딱 맞물렸다. 미후유가 아무리 풀어보려 애써도 꿈쩍하지 않았다.

운전석과 짐칸 사이에 칸막이는 없었지만 접근할 수는 없었다. 짐칸과 운전석 사이에는 커다란 화로가 입을 쩍 벌리고, 보랏빛 불꽃을 뿜어내고 있었다. 그 화로를 동력으로 실린더의 피스톤은 힘차게 위아래로 움직였고, 기름으로 무디게 빛나는 강철 크랭크가 바퀴를 움직이며 신음을 내고 있었다. 이런 기묘한 엔진은 처음 보았다. 이걸 넘어가는 동안 경비에게 붙잡힐 것이다.

호송차는 도중에 몇 번 멈춰 섰는데, 그때마다 큰 소리를 내며 문이 열리고 에메랄드그린 빛깔의 작업복을 입은 남녀가 경찰의 손에 이끌려 탑승했다. 다들 낯이 익은 사람들이라, 역시 이곳은 아직 요무나가마을이 틀림없다는 걸 실감하고 순간 마음이 놓였지만, 모두가 음침한 표정이었고 미후유와 똑같은 톱니바퀴 모양의 수갑을 차고 있었기에 금방 마음이 침울해졌다. 벽에 붙은 좁고 기다란 의자에 불편하게 앉은 사람들은 누구 하나 입을 열지 않고 고개를 숙이고 있었다.

차는 난폭하게 왼쪽으로 오른쪽으로 이리저리 커브를 돈 뒤, 경적을 울리며 시끄럽게 정차했다.

"내려! 내리라고!"

작업복 차림의 사람들은 쫓겨나듯 호송차에서 내렸고 미후유도 그 뒤를 따랐다.

태어나서 지금까지 요무나가마을 밖에 살아본 적이 없는 미후유였지만, 자신이 지금 어디 있는지 도무지 알 수 없었다. 역도, 상점가도, 서점도, 아버지가 입원한 병원도 존재하지 않았다. 그 대신 쇳덩어리 같은 거대한 공장들이 우뚝 서 있었다. 굴뚝에서 증기와 연기가 뒤섞인 하얀 기체가 뿜어져 나오고 있었다. 미후유는 아연실색한 표정으로 그 광경을 바라보았다. 고층 빌딩만큼 높아서 마치 강철 요새 같았다. 그 중심에는 호송차 엔진을 수십 배로 키워놓은 듯한 기계가 있었는데, 가동음을 내며 톱니바퀴가 돌아가고 있었다.

지금 요무나가마을에는 서점이 없고 거대한 게이트가 세워진 공장가가 중심이 되어 있었다. 공장가는 여러 방면으로 길이 연결되어 있어서 마치 다리를 펼친 문어 같았다. 그 모든 길에 작업복 차림의 노동자들이 줄을 서서 게이트에서 타임카드를 찍은 뒤 하나씩 차례대로 들어갔다.

지금까지 경험했던 북커스와 세계의 완성도에서 극명한 차이가 났다. 불안에 짓눌린 미후유는 비명을 지르며 도망치고 싶은 충동에 휩싸였지만, 헤어진 마시로를 생각하며 꾹 참았다.

"자, 줄을 서!"

경찰들이 경찰봉으로 미후유를 찌르며 공장 노동자들 줄 뒤로 보냈다. 미후유는 굼뜨게 움직이는 에메랄드그린 빛깔의 집단 사이에

끼며 주변 상황을 살폈다. 북커스가 발동한 세계가 어떤 상태로 변하든, 도둑을 붙잡아 책을 되찾기만 하면 원래 세계로 돌아온다는 건 안다.

하지만 이 줄에서 빠져나가기란 쉽지 않아 보였다. 다른 사람들은 모두 작업복인데 미후유만 사복인 데다, 뒤에는 아무도 없어서 혼자 튀었다. 미후유는 수갑 찬 손을 꼭 쥐고 마른침을 삼킨 뒤, 이를 악물고 눈물을 삼키며 얌전히 서 있을 수밖에 없었다. 이내 게이트를 지나자 노동자들은 갈림길에서 저마다 나뉘어 여러 동이 늘어선 공장으로 빨려 들어가듯 사라졌다. 미후유가 들어간 건 제일 중앙에 자리한 가장 큰 공장이었다.

공장 입구는 여닫이식의 철문이었는데, 높이가 미후유의 키보다 세 배는 컸고, 문에 박힌 압정은 미후유의 주먹만 했다. 느릿느릿 움직이는 줄을 따라 안으로 들어가자, 암갈색 바닥의 복도가 이어져 있었는데, 안으로 들어갈수록 증기가 짙어졌다. 열기와 땀 냄새로 숨이 막힐 것 같았다. 등 뒤에서 철문이 잠기는 둔탁한 소리가 났다.

증기가 피어오르는 복도 끝, 베란다 형태의 난간이 달린 복도로 나가자 단숨에 시야가 트였다. 이곳은 천장이 없어서 지하와 지상의 모습을 한눈에 둘러볼 수 있었다. 하지만 위도, 아래도 아득히 멀었다. 수많은 도넛 형태의 플로어가 상하로 연결되어 있었는데, 그곳에서 강풍이 불어닥쳤다. 경고등이 일정한 간격으로 박힌 철책에서 잘못해서 떨어지기라도 하면 어떻게 될지 상상하자 등줄기가 얼어붙었다.

오전에 《BLACK BOOK》의 세상에서 보았던 인쇄소와는 딴판이었다. 이 공장에 비하면 그 인쇄기는 아주 작은 미니어처나 다름없었다. 이곳은 대체 무슨 공장이지? 층과 층 사이에 여러 개의 톱니바퀴와 활차, 벨트, 크랭크가 저마다 굉음을 내며 움직이고 있었다.

도넛 형태의 복도 벽에는 열 개쯤 되는 터널이 뚫려 있었고, 노동자들은 둥지로 귀환하는 개미처럼 질서정연하게 줄을 서서 터널로 빨려 들어갔다. 입구 위에는 '태엽' '물엿' '막대기' '유리' 등 의미불명의 명패가 걸려 있었다.

뒤에서 감시하던 경비원이 누군가의 부름을 받아 자리를 비운 틈을 타서 미후유는 살며시 줄에서 빠져나왔다. 아무도 알아채지 못한 것 같았다.

입구는 이미 커다란 빗장이 걸려 굳게 닫혀 있었다. 미후유는 재빨리 벽을 따라 이동해 근처 터널로 들어갔다. 갑자기 복도가 좁아졌고, 라이트도 불온한 붉은색으로 변했다. 노동자들의 모습이 증기 너머로 모습을 감추었다. 미후유는 수갑이라도 풀기 위해 열쇠를 찾아 발소리를 죽이고 걸음을 옮겼다. 작업장에서 보았던, 기름이 잔뜩 묻은 금속 기계 주변을 활차로 연결하여 움직이는 벨트컨베이어가 에워싸고 있었고, 눈만 뚫린 두건을 뒤집어쓴 노동자들이 나란히 작업에 몰두하고 있었다. 기계는 일정한 간격으로 입을 벌리고 작은 부품을 토해냈고, 부품은 벨트컨베이어에 실려 흘러갔다.

미후유는 에메랄드그린 빛깔이었던 공장 노동자들 사이에 섞인 검은 작업복 차림의 사람들을 보고 어안이 벙벙해졌다. 그들은 금속

제의 둥근 고글로 눈을 가리고, 마찬가지로 금속 상자를 책가방처럼 메고 있었는데, 상자에서 분출하는 증기로 허공에 떠 있는 상태였다. 기계 상부를 점검하는 듯했는데, 끈적거리는 기름통을 들고 톱니바퀴와 크랭크에 얇은 관을 넣어 움직임을 확인하고 있었다.

"거기 너."

부르는 소리에 미후유는 퍼뜩 정신이 들었다. 실수했다, 바로 이동했어야 하는데. 돌아보니 미후유와 비슷한 또래의 소녀가 있었다. 짧은 보브헤어의 얼굴이 낯이 익었다. 안경은 줄이 달린 금테로 바뀌어 있었지만.

얼마 전에 전철 승강장에서 문예부에 들어오지 않겠느냐고 말을 걸어왔던 선배였다. 하지만 지금은 높은 칼라에 부풀린 어깨가 특징인 녹색 블라우스에 가죽 코르셋을 착용하고, 진홍색 긴 치마를 입고 있었다. 다른 사람들과 마찬가지로 100년 전 시대에서 타임 슬립한 듯한 복장이었다.

"……문예부의."

"뭐?"

"아, 아뇨. 아무것도 아니에요."

"……복장도 이상한데 말과 행동도 이상한 사람이네. 아무튼 따라와. 옷이라도 갈아입어야 하니."

육중한 기계음을 들으며 미후유는 문예부원을 뒤따라갔다. 온 길을 되돌아가 터널을 나온 후 복도가 있는 층에서 다른 터널로 들어갔다.

이곳 역시 붉은 라이트가 깜빡거리고 있었다. 쇳내가 충만한 어두운 복도에는 문이 여러 개 있었는데, 저마다 글자가 각인된 문패가 달려 있었다. '소부품 조정실' '대부품 조정실' '가죽 밴드 가공실' '각종 기름, 연마제 조합실' 등등. 문예부원은 그중 한 방으로 들어가 막대기 형태의 열쇠로 미후유의 수갑을 풀어주었다. 빨갛게 흔적이 남은 손목을 문지르는데 작업복을 건네줬다. 다른 공장 노동자들과 같은 녹색 올인원이었는데, 검은 호두 단추가 칼라에서부터 배언저리까지 달려 있었다. 미후유는 힐끗 부원을 쳐다보았지만, 따가운 시선이 돌아와 서둘러 작업복을 입었다. 어깨가 불편해서 착용감은 썩 좋지 않았다.

옷만 갈아입으면 그냥 내버려둘지도 모른다는 옅은 기대는 보기 좋게 빗나갔다. 문예부원은 다시 따라오라고 명령했다. 빨리 마시로가 도둑 여우를 찾아야 할 텐데. 미후유는 초조함에 사로잡혔지만 명령에 따를 수밖에 없었다.

"저기…… 여기가 무슨 공장이죠?"

"모르니? 뭐 북쪽에서 왔으면 그럴 수도 있겠네." 문예부원은 바보 취급하듯 코웃음을 쳤다. "여긴 이멘스틸 가공공장이야."

"이멘스틸이요?"

"이멘스늄과 금속을 혼합하여 강도를 높인 소재야. 우리가 쓰는 연료, 기적의 이멘스늄은 발열량이 너무 커서, 평범한 철로 만든 엔진은 버티지 못하거든. 그래서 이멘스늄을 혼합한 특수한 강철로 부품이나 용기를 만들어야 하지. 이곳에서는 그 이멘스틸을 가공해서 수많은 부품을 만들어내고 있어."

그러고 보니 이곳에 오기 전에 그런 말을 본 것도 같았다. 이 세계의 원작인 《은빛 짐승》의 첫머리를 떠올리며 작게 한숨을 쉬었다. 이해하기 힘든 책이었다. 적어도 국어 교과서에는 실리지 않을 타입의 이야기였다. 누가 그런 소설을 쓴 걸까. 애초에 북커스는 누구 짓이며, 어떤 프로세스로 발동되는지도 모른다. 이런저런 생각을 하던 미후유의 머릿속에 어떤 사실이 떠올랐다.

작가의 이름이 뭐였지? 표지에 적혀 있었나?

일반적인 책이라면 저자의 이름이 표지나 책등, 어딘가에는 분명히 기재되어 있는 법이다. 하지만 기억을 더듬어봐도, 지금까지 북커스를 일으킨 책들은 모두 저자명이 없었다. 저자를 알아내면 왜 이런 세계를 창조했나, 휘말린 나는 엄청난 피해를 보고 있다고 항의할 수도 있을 텐데. 그러고 보니 장서 기록에도 기재되어 있지 않았다. 오늘 《BLACK BOOK》의 세계에 들어가기 전에 히루네가 낮잠을 자는 사이 깔려 있던 장서 기록을 훑어봤지만, 《한모마을의 형제》라는 책은 그 리스트에 없었다.

복도는 십자로로 이어졌고, 부원의 뒤를 따라 오른쪽으로 꺾자 작은 홀이 나왔다. 실내는 유난히 밝았다. 인공적인 빛이 아니라 태양빛이었다. 올려다보자 홀 중앙 부분만 천장이 없고, 그 대신 굵은 강철 기둥 네 개가 우뚝 서 있었다. 이곳 역시 천장이 높았는데, 주변은 펜스로 에워싸여 있었다. 이 홀은 뭔가의 장치 같았다. 벽을 뒤덮은 여러 줄기의 코드가 뱀처럼 기둥을 칭칭 감고, 측면의 톱니바퀴와 바퀴, 검은 벨트로 이어져 있었다.

문예부원이 펜스 앞의 둥근 버튼을 누르자 톱니바퀴와 바퀴가 고속으로 회전하며 벨트가 힘차게 미끄러졌고, 둔탁한 소리와 함께 아래에서 뭔가가 올라갔다. 금속과 유리로 만들어진 상자, 바로 엘리베이터였다. 덜컹, 소리를 내며 미후유의 눈앞에 정지한 엘리베이터에서 증기가 뿜어져 나왔다. 부원은 수증기로 젖은 진녹색 문에 달린 손잡이를 살며시 움직여 열었다.

"굉장하지. 자동승강기야. 이멘스늪이 가져다준 문명의 이기 중 하나지."

"아, 네……."

미후유 역시 굉장하다고는 생각했다. 살면서 엘리베이터는 셀 수 없이, 일상적으로 타던 엘리베이터였지만, 외관이 신기하니 신선하게 느껴졌다. 설마 벨트가 끊어져 추락하지는 않겠지……. 미후유는 조심스레 엘리베이터에 올라타 문예부원이 문을 닫고 지하로 내려가는 버튼을 누르기를 기다렸다.

엘리베이터는 놀이공원의 드롭타워급으로 수직 낙하했지만, 다행히도 벨트가 끊어지는 일 없이 무사히 지층에 도착했다. 잠시 무중력을 맛보고 새하얗게 질린 미후유는 입을 막고 비틀거리며 내렸다.

지층은 위층의 작업장과 달리 암반을 파서 만든 적갈색 동굴에 시설을 설치해놓았을 뿐인, 지하수에 젖은 공간이었다. 발밑에서 냉기가 올라와 미후유는 소름이 돋은 두 팔을 문질렀다. 이쯤 되면 이곳은 요무나가마을이라 할 수 없는 게 아닐까.

"신입한테 반드시 시키는 일이 있지. 저 문을 열고 들어가."

문예부원은 퉁명스레 말하더니 미후유를 두고 엘리베이터로 되돌아갔다.

"당신은요?"

"나는 안 가. 혼자 가봐. 열심히 해."

다시 힘차게 증기를 뿜으며 엘리베이터는 로켓을 발사하듯 상승해 금세 시야에서 사라졌다.

미후유는 두 팔을 문지르며, 그나마 안쪽은 따뜻하기를 빌며 문을 밀었다. 바람대로 안쪽은 따뜻했다. 따뜻한 정도를 넘어서, 온몸의 모공에서 단숨에 땀이 흘러나올 만큼 온도가 높았다. 게다가 무척 소란스러웠다.

"이봐, 빨리 그쪽으로 들고 가!"

"멍청아, 보채지 마! 너희가 난폭하게 다루면 나중에 얼마나 힘든 줄 알아?"

"됐으니까 둘 다 움직여. 내일 할 일을 늘리고 싶어?"

어둠 속에서 수많은 사람들이 움직이는 실루엣이 보였다. 셀 수 없을 만큼 많은 램프가 곳곳에서 열심히 불을 밝히고 있는데도 실내가 이렇게 어두운 건, 방이 너무 거대하기 때문이었다. 한편으로 바닥만큼은 묘하게 밝았는데, 보랏빛 가루가 여기저기서 요사스럽게 빛나고 있었다. 공기는 형용하기 어려운 냄새를 풍기고 있었다. 숨이 막히지만 신기하게도 향기롭다. 미후유는 버섯을 먹물과 함께 조려서 다진 견과류를 토핑하면 이런 냄새가 나지 않을까 생각했다.

조심스레 안으로 들어가 주변을 살폈다. 눈에 보이는 범위에만도 작업원은 50명 이상 되는 것 같았고, 흙 비슷한 걸로 쌓은 작은 산을 허물어 어디론가 운반하고 있었다. 작은 산에 올라간 십수 명의 작업원들이 곡괭이와 삽을 이용해 그걸 허물어 아래에서 대기하고 있던 바퀴 달린 컨테이너에 실으면, 작은 견인차가 경고등을 회전시키며 운반했다. 다른 차량과 마찬가지로 견인차에도 보라색 불꽃이 타오르는 화로가 달려 있었고 톱니로 움직였다.

누구나 큰 소리를 내며 작업에 몰두하고 있었고, 신입에게 관심을 가질 여유는 없는 것 같았다. 이 틈에 도망쳐서 게이코, 그 얄미운 도둑 여우를 찾아내자. 그렇게 결심한 미후유는 출입문을 찾아 종종걸음으로 움직였다. 이 장소는 말하자면 동굴이고, 벽은 지하수에 젖은 암반이었다.

하지만 그때, 끔찍한 포효가 지면을 타고 울려 퍼지며 지하 동굴을 뒤흔들었다.

"뭐, 뭐지?"

강진이 직격한 듯한 흔들림을 느끼고 미후유는 암벽에 매달렸다. 근처에서 두세 번 반복해 포효가 울려 퍼졌고, 그때마다 지면이 격렬하게 진동했다. 작업원들의 다급한 목소리가 한층 커졌고, "서둘러!" "꾸물거리지 마!" 등등 고성이 오갔다. 공포로 다리가 덜덜 떨렸지만, 미후유는 간신히 버티며 포효가 들린 방향을 올려다봤다.

방금 전까지만 해도 그저 어두웠던 공중에 두 개의 빛이 나란히 나타났다. 마치 푸르게 물든 달이 둘로 나뉘어, 초승달이 되어 하늘에 거꾸로 걸린 것 같았다. 《한모마을의 형제》에 나오는 밤의 검은 고양이가 떠올랐지만, 분위기가 현저히 달랐다. 이쪽에서는 경외감이 느껴졌다.

"'짐승'이 깨어났어!"

작은 산만 한 그 생물은 고개를 젓다가 위쪽 램프와 부딪쳤고, 가엾은 램프는 지면에 떨어졌다. 기름에 불이 붙었고, 순식간에 불꽃이 융단처럼 퍼져나갔다. 그 불꽃이 비춘 생물은 분명히 '짐승'이라고밖에 표현할 수 없는 모습이었다.

언젠가 그림책에서 보았던, 성을 공격하는 용처럼 기다란 목, 몸통에는 부드러운 털이 났고, 짧은 네 다리로 섰으며, 꼬리는 물고기와 비슷했다. 주둥이가 긴 얼굴은 용 같기도 했고 늑대 같기도 했다. 거기에 곳곳에 은은히 빛나는 비늘까지 있어서, 물고기며 파충류들이 합체한 듯한 기묘한 짐승이었다. 빛깔은 전체적으로 희어서 아름다웠다.

"이게 '은빛 짐승'?"

《은빛 짐승》을 읽으며 미후유가 상상했던, 광산에서 나타났다는 설정의 생물과 눈앞의 짐승은 조금 비슷했다. 미후유가 상상한 건 동물원에 있을 법한 평범한 모습이었지만.

짐승은 우리에 갇혀 있었지만 재료가 부족했는지 쇠창살은 천장까지 닿지 않고 긴 머리의 3분의 1은 튀어나와 있었다. 하지만 자세히 보니 목과 몸통에 가죽 구속구를 차고 쇠사슬에 묶여 있어서 더 이상 난동을 부릴 수는 없을 것 같았다.

짐승이 램프를 떨어뜨리는 일은 일상다반사인지, 소방 활동을 하는 작업원들의 몸놀림은 익숙해 보였다. 등에 짊어진 소화기 호스에서 연기를 분사했다. 미후유가 있는 곳까지 냉기가 퍼졌고 화재는 곧 진화되었다. 한편 짐승은 푹 자고 있던 중에 방해를 받은 갓난아이처럼 거세게 울음을 터뜨렸다.

"……책에는 새처럼 아름다운 목소리로 운다고 하더니."

미후유는 원작을 떠올리며 짐승을 묶어놓은 쇠사슬을 끌려고 우리에 오르는 작업원들을 지켜보았다. 제발 통제할 수 있기를…… 하지만 그리 쉽지는 않았다. 여러 작업원들이 날뛰는 짐승의 쇠사슬을 붙잡자마자 나가떨어졌다.

그때 버저가 울렸다. 암벽에 설치된 경고등이 빙글빙글 돌며 붉은 불빛이 미러볼처럼 동굴을 비추었다. 그러자 짐승은 갑자기 얌전해져서 푸른 눈동자를 크게 뜨고 고개를 떨구더니, 콧구멍을 벌름거리며 천장 부근의 냄새를 맡기 시작했다. 작업원들은 다급히 우리에서 뛰어내렸다.

어둡기도 했고 짐승의 목이 워낙 길어서, 지상에 있던 미후유는 이 경고등에 불이 들어올 때까지 몰랐는데, 바위를 뚫어서 만든 이 지층의 상부에는 적갈색의 철문이 달려 있었다.

"'토머슨'이잖아. 왜 저런 데 있지?"

철문 위치가 너무 높은 데다 계단이나 사다리도 없었기 때문에, 바깥에서 들어갈 수 없고 안에서 나올 수도 없었다.

어디로도 연결되지 않은 문이나 계단…… 이유는 모르지만 건물

재건축이나 철거 중에 남겨져, 쓸모없는 것으로 여겨지는, '토머슨'.

동굴 암벽에 있는 이 무의미한 철문이 삐거덕거리며 천천히 열렸다. 동시에 톱니바퀴가 달린 짧은 판 하나가 안에서 튀어나왔고, 하얀 두건을 쓴 작업원 두 명이 나타나 톱니바퀴와 연결된 핸들을 빙글빙글 돌리기 시작했다. 그러자 판에서 팔이 솟아나더니, 짐승의 머리 부근에서 멈췄다. 그러자 팔 아래에서 여러 장의 판이 순식간에 튀어나와 서로 맞물리더니, 가늘고 긴 공중회랑을 형성했다. 철문은 쓸모없는 장식이 아니었던 모양이다.

그때 작업원들이 오른손을 이마에 대고 경례하자 문 안쪽에서 사람이 나타났다. 트렌치코트와 비슷한 붉은 제복 차림의 인물이었다. 허리에 달린 열쇠 꾸러미가 찰랑거렸고, 오른손에는 쇠사슬을 쥐고 있었다. 회전하는 경고등이 비추는 공중회랑을 향해 걸음을 옮기는 뒤로 쇠사슬에 묶인 동물들이 보였다. 노란 여우, 하얀 개, 그리고 갈색 말.

"마시로!"

하얀 개는 마시로가 틀림없었다. 하지만 주변의 소음이 심해서 미후유의 목소리를 듣지는 못한 것 같았다. 미후유는 정신없이 내달려 짐승이 갇힌 우리로 다가가 다시 한번 외쳤다.

"마시로! 안 들려? 마시로!"

그러자 마시로는 귀를 쫑긋하며 고개를 들었다. 하지만 뭔가 이상했다. 여느 때의 마시로라면 목소리의 주인이 미후유라는 걸 알아챌 텐데, 기진맥진한 듯 힘없이 고개를 떨궜다.

미후유의 손이 짐승의 우리에 닿기 직전, 갑자기 버저 소리가 멎었다. 붉은 제복이 몸을 굽히고 여우의 목줄에서 사슬을 풀었다.

"자, 잠깐! 저거 뭐하는 거야?"

미후유는 동요한 나머지 옆에 있던 작업원의 팔을 붙잡고 위에서 무슨 일이 일어나는 것인지 물었다.

"아, 신입이구나. 먹이야, 짐승이 식사할 시간이라."

그 말을 들은 미후유의 얼굴에서 핏기가 가셨다.

"말도 안 돼. 먹이라니, 동물을 먹는 거야?"

"희한한 소리를 하는구나. 동물은 너도 먹잖아."

그러자 짐승은 투명하고 아름다운 목소리로 울었다. 아까처럼 분노에 가득 찬 탁한 소리와는 전혀 달랐다. 작은 새가 지저귀는 듯한 목소리였다. 그리고 짐승은 주인을 본 강아지처럼 기쁜 듯 앞발을 들어 우리 가장자리에 올려놓았다.

다음 순간, 여우가 딛고 있던 바닥이 빠지더니 작고 노란 몸이 거꾸로 떨어졌다. 짐승은 울음을 멈추고 입을 크게 벌렸다.

미후유는 비명을 지르며 기둥만큼 굵은 쇠창살을 주먹으로 쳤다. 저 여우는 도둑 여우, 게이코일 것이다. 북커스의 세계라고 해도 죽으면 현실에서도 죽는 게 아닐까.

하지만 여우는 축축하게 빛나는 짐승의 혀 위로 떨어지기 직전에 한 바퀴 몸을 돌려 자세를 가다듬더니 뒷발로 짐승의 두툼한 이빨을 차고 날아올랐다.

"게이코 씨!"

여우는 짐승의 이빨에서 코, 미간을 딛고 날렵하게 허공으로 날아오르더니, 우리를 뛰어넘어 지면에 착지했다. 그리고 전속력으로 도망쳐 미후유가 있는 곳과는 반대 방향, 컨테이너의 견인차를 추월해 동굴 안쪽으로 모습을 감췄다.

즉시 짐승이 분노의 포효를 내질렀다. 먹이를 놓치고 발작하듯 꼬리로 우리를 부서져라 내리쳤다. 창살이 흔들리며 손을 대고 있던 미후유도 충격에 나동그라졌다. 뒤에 있던 흙더미에 부딪힌 미후유가 입에 들어간 흙을 뱉고 있는데, 작업원들이 우르르 그 옆을 지나쳐 달려갔다.

"마취총 부대는 어딨지!"

"여기 있습니다! 출동! 출동!"

깃털 달린 마취 바늘 여러 개가 몸통과 목에 꽂히자, 날뛰던 짐승은 힘이 빠져 무너지듯 우리 바닥에 쓰러졌고, 푸른 눈을 감고 그대로 잠들었다. 흉포하게 날뛰던 모습과는 달리 숨소리는 마치 하프 소리 같았다. 작업원들은 절레절레 고개를 저으며 작업 현장으로 복귀했고, 작업장은 다시 정상적으로 돌아가기 시작했다.

"마, 마시로는?"

올려다보자 공중회랑은 어느샌가 사라졌고, 마시로도, 붉은 제복의 인물도, 갈색 말도 모두 보이지 않았다. 철문은 다시 굳게 닫혀 있었다.

저곳에 가려면 어떻게 해야 하지? 건물 안으로 들어가 우회하는 방법을 택해야 하겠지만, 복잡한 구조의 공장에 다시 들어가서 저

문을 찾아낼 수 있다는 보장도 없다. 그럼 여기서 다시 저 문이 열리기를 기다려야 하나?

미후유는 토사가 적재된 컨테이너를 운반하는 견인차를 눈으로 좇았다. 저 너머에 뭐가 있을까? 그러고 보니 아까 도망친 여우는 저 방향으로 사라졌다.

마시로를 구하지 않으면 다음에 짐승이 깨어났을 때 먹이가 될 건 뻔했다. 미후유는 운동화 끈을 다시 맨 뒤에 컨테이너를 따라갔다. 아무 정보도 없이 마시로를 찾아 여기저기 돌아다니는 것보다 여우를 쫓는 게 나을 것 같았다.

미후유는 견인차가 골프 카트와 조금 비슷하다고 생각했다. 컨테이너를 타면 편하겠지만, 산더미처럼 쌓인 시꺼먼 토사 위에 앉고 싶지 않아서 포기하고 뒤따라 걷기로 했다. 동굴은 여전히 어두웠지만, 빙빙 도는 경고등이 달려 있어서 견인차는 눈에 잘 띄었고, 애초에 속도도 자전거보다 느렸기 때문에 놓치지 않고 따라갈 수 있었다. 그보다 견디기 힘든 건 탁한 공기와 냄새였다. 버섯과 먹물과 견과류를 섞어놓은 듯한 기묘한 냄새를 계속 맡고 있으려니 메스꺼웠다. 거기에 인간의 땀 냄새도 고역이었다.

소매로 코와 입을 막고 최대한 입으로 호흡하며 미후유는 컨테이너 그림자에 몸을 숨기고 종종걸음으로 걸었다. 견인차는 이내 작업장을 벗어났지만, 그 너머는 종점이 아니라 폭이 좁은 통로였다. 게이트를 지나자 언덕이 나왔고, 이미 숨이 턱까지 차 있던 미후유는 옆구리에 찌르는 듯한 통증을 느꼈다. 그래도 이를 악물고 언덕길을 올랐다. 위에서 하얀빛, 태양 빛이 분명한 빛이 쏟아지고 있어서, 어떻게든 저곳에 가야겠다고 생각했다.

예상이 적중했다. 비탈진 복도 끝, 견인차와 컨테이너의 목적지는 지상이었다. 출구다.

피로로 다리가 움직이지 않아서, 미후유는 맨 끝에 있는 컨테이너에 쓰러지듯 누웠다. 공장에서 나온 것까지는 좋았지만, 이곳은 거무튀튀한 흙이 사방을 뒤덮은 황야라 몸을 숨길 만한 곳도 없었다. 작업복으로 갈아입어서 다행이라고 미후유는 하늘을 올려다보며 생각했다. 이곳은 요무나가마을의 어디쯤일까. 하늘에는 구름 한 점 없었고, 새도 보이지 않았다.

확 트인 장소로 나온 견인차는 커다란 동물의 갈비뼈 같은 철제 케이지로 들어가 정지했고, 연결되어 있던 컨테이너도 견인차를 들이받으며 정지했다. 견인차 운전석에서 작업원이 내려 게이트의 스위치를 누르자 갈비뼈 형태의 케이지 바닥이 흔들리며 기울더니, 모든 컨테이너가 대각선 아래로 움직였다. 이어서 작업원이 맨 앞의 컨테이너 옆면을 열자, 흙이 밖으로 배출되었다.

저 작업원이 이 컨테이너까지 오기 전에 이동해야 하는데. 미후유가 지친 몸을 채찍질해 일어나려던 순간, 까만 가면을 쓴 작은 사람이 견인차 그늘에서 나타났다.

"어?"

까만 가면의 인물, 아마 열 살쯤 되어 보이는 아이는 갈비뼈 케이지의 바로 근처로 다가가 버튼을 누르고 나서 재빨리 뒤쪽으로 도망쳤다. 케이지는 삐거덕거리는 소리를 내더니 컨테이너와 함께 원래 위치로 돌아갔다.

"뭐야, 이거 왜 이래."

혼자 작업을 하던 작업원이 버튼으로 다가가자 그 뒤의 흙더미에서 까만 가면의 아이들이 빼꼼 얼굴을 내밀었다. 마른 체구의 아이들은 눈 깜짝할 새에 날렵하게 컨테이너에 올라탔다. 그중 한 명이 견인차의 운전석에 들어갔지만, 작업원은 조작에 집중한 나머지 알아채지 못했다.

"음, 고장인가? ……앗, 너희들!"

작업원이 뒤늦게 알아채고 호통을 친 순간, 견인차는 흙덩어리를 뿌리며 출발했고, 컨테이너도 뒤를 따랐다. 아이들은 배를 잡고 깔깔거렸다. 미후유는 순간적으로 컨테이너의 가장자리를 붙잡고 방금 전까지 질색하던 토사 위로 뛰어올랐다. 갑작스레 출발한 컨테이너를 보고 얼이 빠졌던 작업원도 정신을 차리고 미후유의 뒤를 따르려 했지만, 미후유는 그 손을 홱 쳐버렸다. 작업원은 나동그라져 토사에 머리를 박았다.

"멈춰! 내리지 못해!"

흙투성이 얼굴로 고함치는 작업원의 소리가 점점 아득해졌다.

"불청객이 있는데?"

"걷어차버려! 떨어뜨려!"

"좀 불쌍해. 우리 누나 또래인데."

가면을 머리 위로 올리자 얼굴이 드러났다. 역시 모두 열 살쯤 되는 아이들이었다. 아이들은 모두 열 명이었는데, 견인차에 둘, 컨테이너에 여덟 명이 탔다. 머리에서부터 발끝까지 흙투성이였고, 차림새가 특이했다. 작은 톱니바퀴와 나사를 본뜬 천을 이마에 두르거나, 밑이 빠진 양동이를 뒤집어쓰고 있거나, 맨살에 멜빵이 달린 바지를 입고 소매 없는 재킷을 걸쳤다. 깃털을 이어서 만든 가운이나 성인용 셔츠를 원피스처럼 걸친 아이도 있었다.

"너희는 누구니?"

아이들의 얼굴을 자세히 보니 전부 낯이 익었다. 아버지 도장의 학생들이었다. 마음을 굳게 걸어 잠갔던 경계가 순식간에 풀리며, 미후유의 눈에서 눈물이 방울방울 떨어졌다.

"야, 우는데?"

"우네! 왜 울어?"

"다친 거 아냐?"

"우리가 무섭나 봐!"

아이들은 서로 옆구리며 어깨를 찌르며 빨리 달래라, 네가 해라 등등 실랑이를 했다. 하지만 낯선 연상의 소녀를 달래기도 쑥스러운지 쭈뼛거릴 뿐이었다.

그러자 견인차 지붕에 앉아 있던 소년이 돌아보더니, 성가신 듯 고개를 저으며 컨테이너를 지나 야단법석을 떠는 아이들에게 다가왔다. 그 역시 현실 세계에서는 도장에 다니는 아이였다. 다른 아이들의 이름은 제대로 외우지 못하는 미후유였지만, 그 소년은 알고 있었다. 골목대장에 유도 실력도 좋아서, 아유무와 지훈이 아끼는 소년이었다. 갓키라고 불렸던 게 기억이 났다. 짧은 머리에 지기 싫어하는 표정, 소매를 잘라 민소매로 만든 셔츠 아래로 뻗은 팔에 어렴풋이 이두박근이 보였다.

"왜 이렇게 시끄러워."

"대장, 저 누나가 울잖아."

"뭐? 그냥 냅둬. 울고 싶으면 울라고 해."

갓키는 이 세계에서도 대장인 모양인지 아이들의 중심에 서서 미후유를 빤히 내려다보았다. 미후유는 얼굴이 더러워지는 것도 아랑곳하지 않고 손으로 눈물을 훔치며 말했다.

"여우를 찾고 있는데, 여기에 안 왔니? 이쪽으로 도망치는 걸 봤는데."

아이들은 마주 보며 고개를 갸웃했다.

"동물? 은빛 짐승의 먹이잖아."

"위험한 거 아냐?"

아이들은 서서히 뒷걸음질 치더니 컨테이너를 넘어 앞쪽 컨테이너로 도망쳤다. 미후유 앞에 남은 건 갓키와 좌우 렌즈 색이 다른 안경을 낀 소년 둘뿐이었다.

갓키는 팔짱을 끼고 가슴을 내밀고 있었는데, 미후유가 서너 살 위였지만 그 거만한 태도 때문에 대등하게 보였다.

"당신, 여기가 어딘지 알아?"

짜증스러운 물음에 미후유는 머뭇머뭇 주변을 둘러봤다.

"어디라니……."

하늘은 화창했지만 곳곳에서 피어오르는 증기로 주변 공장들의 윤곽이 흐릿하게 보였다. 한없이 넓다는 생각밖에 들지 않았다. 현실 세계의 방송에서는 흔히들 넓이를 '도쿄돔 몇 개분'이라고 표현하지만, 미후유는 도쿄돔에 가본 적이 없어서 가늠이 안 됐다. 굳이 말하자면 고등학교 교정이 공원의 모래밭처럼 느껴지는 넓이였다. 주변에는 검은 흙이 아무렇게나 쌓여 있었고, 지하에서 맡았던 그 냄새가 났다.

"밭, 인가?"

흙과 유기적인 냄새라니 비료를 뿌린 밭이 떠올랐다. 미후유의 대답에 갓키는 "하!" 하고 웃었다.

"땡! 정답은 은빛 짐승의 배설물 처리장이야."

"……거, 거짓말이지?"

"거짓말해서 뭐하게? 당신도 지하에서 왔으면 봤을 거 아냐, 은빛 짐승의 사육장을. 먹이를 주면 당연히 싸겠지. 그걸 여기로 운반해 처리하는 거야."

미후유는 우웩, 하고 솟아오르는 신물을 게워내며 얼굴과 몸에 묻은 부스러기를 털어냈다.

그러자 안경 소년이 동정하듯 말했다. "너무 그러지 마, 불쌍하잖아. 정확히는 대사물이야. 은빛 짐승은 특수한 내장과 기관을 가졌고 무엇보다 항문이 없잖아."

"참나, 뭘 그렇게 자세히 따져. 아무튼 그렇게 끔찍해할 필요는 없어. 유해하진 않으니까."

"그런 말 하나도 도움 안 되거든!"

미후유가 꽥 소리치자 안경 소년은 거북이처럼 목을 움츠렸다.

"아유, 무서워라. 바통 터치."

"사실이야. 은빛 짐승의 배설, 아니, 대사물은 아무 쓸모도 없어. 이상한 냄새가 나는 데다 비료로도 못 쓰지. 진짜 흙과도 섞이지 않고, 물에도 안 녹아서 처분하기 쉽지 않아. 점점 늘어만 가지."

"……그런 생물을 왜 기르는 거야?"

"이멘스늄이 나오니까."

이멘스늄, 이야기에 나온 광석이다. 호송차의 엔진 가마며 경고등, 엘리베이터를 보았기 때문에 보라색으로 빛나는 그 불꽃이 이멘스늄의 불꽃이라는 걸 미후유도 알 수 있었다. 이 세계에 존재하는 모든 기계들의 동력원이다. 목을 움츠렸던 소년이 엣헴, 하고 헛기침을 하더니 가슴을 펴고 앞으로 나섰다.

"이멘스늄이란 은빛 짐승의 대사물 중 하나예요. 비늘 틈과 온몸에서 뿜어내는 대사물에 섞여 있죠."

"요컨대 지하에 있는 작업원들은 매일 땀을 뻘뻘 흘리면서 은빛 짐승의 배설물에 섞인 이멘스늄을 찾고 있는 거야. 하지만 다들 하기 싫어하니까 신입이나 북방 출신 노예, 아니면 우리 같은 고아들한테 시키지."

"……너희도 거기 있었어?"

"그래. 우리는 그 작업장에서 도망쳤어. 공장 생활은 정말 최악이었어."

이번에는 미후유가 코웃음을 칠 차례였다.

"힘들게 도망쳐놓고 왜 돌아온 거야? 붙잡히면 어쩌려고?"

"아는데, 우리도 돈이 필요하거든."

갓키가 그렇게 대답한 순간, 견인차가 브레이크를 걸었다. 미후유가 있는 맨 끝의 컨테이너도 천천히 멈췄다. 눈앞에는 가로로 긴 2층 높이의 학교 같은 건물이 자리하고 있었다. 활짝 열린 출입문 앞에는 아이들과 마찬가지로 지저분하고 특이한 복장의 어른들이 한 대의 기계를 에워싸고 있었다. 경트럭과 비슷한 외관에, 이 세계의 기계답게 톱니바퀴나 용도를 알 수 없는 덕트공기와 같은 유체가 흐르는 통로가 달려 있었지만, 이멘스늄의 특징인 보라색 불꽃이 타오르는 화로는 없었다. 젊은 남자가 땀범벅이 되어 핸들을 돌리자 소리를 내며 기계가 움직였다. 덜덜 진동하며 오른쪽 덕트에서 대량의 검은 모래가, 왼쪽 덕트에서 보라색으로 빛나는 작은 돌이 한 알씩 떨어졌다. 배기구에서 솟아오르는 검은 연기에서는 미후유도 이제 익숙해진 석탄 냄새가 났다.

"이상하네, 이 냄새를 그리워하게 될 줄이야."

혼잣말이었지만 옆에 있던 갓키도 들었는지 어이없다는 듯 웃었다. "재미있는 소리를 하네. 석탄이 그립다고? 당신 외지인이지? 이멘스늄을 모른다는 게 사실이야?"

"몰라. 처음 봤는걸. 이 기계로 뭘 하는 거야?"

"남은 이멘스늄 찌꺼기를 찾는 거야. 연료로 쓸 수 있는 양이 아니니까 공장이나 업자에게 팔 수는 없지. 하지만 보석으로서는 가치가 있어. 당신 같은 외국인들이 사가."

아이들은 이미 집에 들어가 쉬거나 밖에서 놀고 있었다. 갓키는 미후유에게 이곳이 집이라고 말했다.

"여기엔 갓난아이부터 할머니 할아버지까지 어른과 아이가 같이 살아. 피는 안 섞였지만 갈 곳이 없는 사람들이 함께 모여 살고 있지. 당신도 여기 살래?"

돌아본 갓키를 보고 미후유는 "앗" 소리를 냈다.

귀다. 여우의 부드럽고 뾰족한 귀 한 쌍이 땅 위로 솟아나는 죽순처럼 갓키의 머리에서 돋아나 있었다. 황급히 제 머리를 더듬던 미후유는 손끝에 닿는 물렁한 감촉에 기운이 빠졌다.

정신 차려. 미후유는 속으로 되뇌었다. 이야기는 마력이다. 이 세계에 호기심이 생겨서 당초 목적을 잊을 뻔했다. 마시로를 구해내지 않으면 은빛 짐승이 마취에서 깨어난 뒤에 먹이로 삼을 것이다. 그 전에 여우, 게이코를 찾아서 원래 세계로 돌려놔야 한다.

"아까 하던 얘기 말인데, 정말 여우 못 봤어? 빨리 찾지 않으면 엄청난 일이 벌어질 거야."

"여우라……." 갓키는 팔짱을 끼고 생각에 잠겼다. "누가 잡아먹었을지도."

"잡아먹었다고? 농담이지?"

"농담 아냐. 우리는 늘 배가 고파. 식량이 없다고. 이멘스늄을 구매자에게 넘기고 중개업자에게 받는 돈은 얼마 안 돼. 이곳 존재를 아는 공장 녀석들이 몰래 가져다주는 식은 죽이며 감자, 상하기 직전인 생선 같은 걸로 간신히 끼니를 잇고 있단 말이야. 그러니까 가끔 은빛 짐승의 먹이가 이곳으로 도망치면 붙잡아서 잡아먹는다고. 곳곳에 덫을 설치해놨거든."

갑자기 자신을 빤히 바라보는 아이들과 어른들의 표정이 한없이 싸늘하고 무시무시하게 느껴졌다. 여우 귀와 꼬리가 자란 지금은 더욱더, 정말 포식자처럼 보였다. 두 눈을 빛내며 몇 초 후에는 시선에 사로잡힌 사냥감에 달려들 것만 같았다.

미후유는 발길을 돌려 냅다 뛰었다.

"아, 뭐야!"

갓키의 목소리가 뒤따라왔지만 귀를 막고 하염없이 달렸다. 그러는 중에도 미후유는 자신의 팔다리 근육이 벨벳처럼 부드럽고 유연해지는 걸 느꼈다.

'여우가 되어가고 있어.'

만일 이대로 완전히 여우로 변해버리면 어떻게 되는 걸까. 하지만 도둑 여우를 붙잡으려 해도 아무 단서도 없었고, 은빛 짐승의 대사물 처리장은 너무 거대해서 미후유 혼자서는 구석구석 뒤질 수 없을 것 같았다. 견인차를 타고 와서인지 증기 너머의 공장은 작고 아득하게 보였다. 은빛 짐승은 벌써 깨어나 먹이를 보채고 있을지도 모른다.

그때 마시로의 얼굴이 뇌리를 스치고 지나갔다. 아까까지만 해도 어둡고 위험한 《BLACK BOOK》 세계의 카페 앞에 앉아 이야기를 나눴는데.

절대 포기 못 해.

점차 두 다리로 달리기보다 손을 짚고 달리는 게 편하게 느껴졌다. 휘날리던 긴 머리카락의 감각도 사라졌고, 꼬리뼈 주변에 힘을 주자 아까까지 느끼지 못했던 신경이 꼬리 끝까지 퍼져 있는 게 느껴졌다. 미후유는 검은 대사물이 쌓인 황야를 사람일 때보다 몇 배나 빠른 속도로 달렸다.

달려, 달려, 달려. 숨을 쉬어, 손발을 움직여, 쉬지 말고. 귓속에서 세차게 뛰는 고동 소리가 들렸다. 달려, 심장이 터지더라도 달려.

안개를 헤치고 도망쳤을 때 지나온 지하 연결통로를 발견한 미후유는 네 다리로 뛰어들었다. 꼬리로 균형을 잡으며 힘차게 언덕을 내려가 은빛 짐승의 사육장에 다시 돌아왔다.

작업장 분위기도 확 달라져 있었다. 작업원들도 여우로 변해가고 있었던 것이다. 복슬복슬한 귀와 꼬리를 달고 견인차를 조종하거나, 발굴한 이멘스늄 덩어리를 에워싸고 광채를 확인하고 있었다.

은빛 짐승은 아직 우리 안에서 잠자고 있었다.

벌써 식사를 끝낸 게 아니기를. 미후유는 그렇게 빌며 암벽과 제 손을 번갈아 보았다. 손톱은 곡괭이처럼 뾰족했고 몸도 훨씬 가벼워졌다. 미후유는 서둘러 우리 옆을 지나쳐 양말과 운동화를 거칠게 벗어버린 뒤 손발톱을 암벽에 박았다.

“할 수 있어.”

꼬리로 균형을 잡으며 울퉁불퉁한 암벽을 올랐다. 누군가가 보고 있을지도 모른다는 생각을 할 틈도 없었다. 빨리, 빨리, 빨리. 조바심이 나서 견딜 수 없었다. 쉬지 않고 손발을 움직여 순식간에 우리를 넘어, 암벽 위에 자리한 토머슨 철문 옆까지 접근했다.

적갈색의 녹슨 철문은 굳게 닫혀 있었고 손잡이도 없었다. 하지만 위쪽이 살짝 벌어져서 그 틈새로 바람이 불어왔다. 미후유는 왼손으로 암벽을 붙잡고, 양다리의 발톱도 암벽에 단단히 고정해 버티고 서서 오른손 손톱을 틈새로 넣어 문을 억지로 열려고 했다. 하지만 생각처럼 잘되지 않았다. 마치 손에 벙어리장갑을 낀 것 같았다. 암벽을 오르는 데는 적합했지만 섬세한 작업을 하기엔 알맞지 않았다.

문을 여는 데 정신이 팔린 미후유는 발을 디딘 바위에 금이 가고 있다는 사실도 깨닫지 못했다. 짜증스럽게 다시 문틈으로 손톱을 박아 넣으려던 순간, 몸을 받치고 있던 오른쪽 다리가 힘없이 미끄러졌고 바위 한쪽이 떨어졌다.

"앗!"

균형을 잃은 미후유는 황급히 철문 틈을 붙잡고 간신히 추락을 면했다. 하지만 금세 무시무시한 소리가 울려 퍼졌다. 떨어진 바위를 맞고 은빛 짐승이 눈을 뜬 것이다.

식은땀이 흘러내렸다. 온몸의 털이 곤두서며 떨림이 멎지 않았다. 뒤에서 기척이 났다. 낮게 으르렁거리는 소리와 함께 미지근한 바람이 불어왔다. 겁에 질려 고개를 돌리자 커다란 중식 팬 크기의 매끄러운 눈동자가 바로 옆에 있어서 심장이 멎을 뻔했다.

짐승이 일어난 게 신호인지, 다시 버저가 울리더니 경고등이 빙글빙글 돌아갔다. 미후유는 지근거리까지 다가온 짐승의 거대한 얼굴에 정신이 팔려서 문이 열린다는 걸 까맣게 잊고 있었다.

"어떡해!"

안쪽에서 문이 열리자 미후유는 균형을 잃고 튕겨 나가 그대로 곤두박질쳤다. 공중회랑이 나타났고, 선두에 선 마시로가 보였다. 지난번처럼 하얀 개의 모습을 한 마시로는 붉은 제복을 입은 사람을 따라 힘없이 고개를 떨구고 있었다. 미후유는 어딘가 현실감이 느껴지지 않는 심정으로 긴 목을 자기 쪽으로 움직이는 짐승의 모습을 보며, "마시로" 하고 중얼거렸다. 그것은 무척 작은 속삭임이었지만 마시로는 귀를 쫑긋하고 고개를 들었다. 찰나에 불과한 순간에 지금까지 있었던 일들이 주마등처럼 미후유의 머릿속을 스쳐 지나갔다. 밤의 검은 고양이를 구하려고 떨어졌을 때, 마시로가 날아와 구해주었다. 나는 마시로에게 도움만 받았구나.

그때, 마시로의 옆에 있는 붉은 제복의 얼굴이 보였다.

게이코다. 상당 부분 여우로 변하기는 했지만 아직 인간의 얼굴이 남아 있었다. 게이코가 틀림없다.

"어떻게 된 거지?"

바닥과 충돌할 것 같은 순간 입을 벌리고 다가오는 짐승의 숨이 얼굴에 닿았다. 그 순간 미후유는 눈을 번쩍 뜨고 있는 힘껏 몸을 비틀었다. 유연한 여우의 몸을 가진 미후유는 체육을 싫어하던 현실이 거짓말인 것처럼, 회전하며 가볍게 짐승의 이빨을 피해 자세를 가다듬었다. 찰나의 순간 꼬리 끝이 이빨과 스쳐서 통증이 느껴졌지만 이를 악물고 참았다.

짐승의 몸에 착지한 미후유는 뒷발을 구르며 도약해, 우리를 발판 삼아 다시 높이 뛰어올랐다. 종이비행기가 된 기분이었다. 바람을 향해 날려져, 바람을 가르고 허공을 나는 종이비행기가. 목표는 공중 회랑이다. 코언저리가 근질거렸다. 코가 여우만큼 길어져 있었다. 하지만 세계는 아직 이어지고 있다. 아직 늦지 않았다.

미후유는 자신을 종이비행기라 생각했지만, 옆에서 보기에는 총알 같았을 것이다. 총알이 된 미후유는 그대로 붉은 제복, 거의 여우가 된 게이코를 향해 돌진했다. 게이코 여우는 뒤로 쓰러지며 둥근 손으로 잡고 있던 사슬을 놓쳤다.

"마시로!"

"왕!"

미후유는 열심히 손을 뻗어 마시로의 목을 끌어안았다. 보드라운 긴 털, 익숙한 냄새. 사슬이 벗겨져 자유로워진 마시로는 등에 미후유를 태우고 공중회랑에서 허공으로 날아올랐다. 먹이를 놓치고 극노한 은빛 짐승은 포효하며 우리를 부술 기세로 날뛰었다.

"마시로, 게이코 씨는 도둑이 아니었어. 나한테는 책을 훔치겠다고 했는데 거짓말이었어. 아니, 어쩌면 게이코 씨가 책을 훔치기 전에 다른 누군가가 끼어들어 게이코 씨의 계획을 방해한 걸지도 몰라. 어찌 되었든 이번 사건의 도둑 여우는 따로 있어."

마시로는 대답하듯 "아우" 하고 울더니 미쳐 날뛰는 짐승의 다리 사이를 빠져나가 우리에서 탈출했다.

활공하는 하얀 개의 등에 달라붙은 갈색 여우는 거세게 불어오는 바람에 두 눈을 꼭 감고 있었다. 우리 속 괴물, 늑대와 용이 합체한 듯한 은빛 짐승이 먹이를 놓친 분함에 발을 구르자 작업장 전체가 크게 흔들렸다.

"마시로, 날 내려줘! 나, 날아갈 것 같아!"

"왕!"

이미 인간이 아닌 여우가 된 미후유가 외치자, 마시로는 힘차게 울부짖으며 대답했다.

은빛 짐승을 돌보던 작업원들도 모두 여우가 되어 있었다. 인간이었을 때조차 날뛰는 은빛 짐승을 제어하지 못했는데, 모두 몸이 10분의 1 사이즈로 줄어들자 더욱더 감당하기 힘들어진 것 같았다. 짐승의 목줄과 연결된 사슬에 수십 마리가 붙어서 영차영차 잡아끌며 그 거대한 몸을 묶어놓으려 했지만, 짐승이 살짝 고개를 털자 마치 강풍에 휘날리는 만국기처럼 힘없이 흔들렸다.

마시로는 일단 착지한 뒤에 뒷발로 힘차게 지면을 박차 다시 허공으로 날아오르며 우왕좌왕하는 여우들의 머리 위를 뛰어넘었다. 그리고 처음 들어온 입구를 지나 인적 없는 어두운 복도에 이르자 걷는 속도를 늦추고 움푹 팬 벽 근처에서 멈췄다. 엘리베이터 램프가 깜빡이고 있었다.

미후유는 마시로의 긴 털을 밧줄 대용으로 붙잡고, 완전히 부드러운 노란색 털가죽으로 뒤덮인 제 온몸에 새삼 놀라며 바닥을 찾으려고 짧은 다리를 버둥거렸다. 인간이었을 때는 발끝이 바로 땅에 닿았는데, 지금은 아무리 발을 뻗어도 허공을 가를 뿐이다. 하는 수 없이 마음을 단단히 먹고 마시로의 털을 놓았다.

"우악."

안심해서인지 방금 전까지 보였던 용감한 모습과 날랜 몸놀림이 무색하게, 미후유는 이상한 소리를 내며 바닥으로 내려왔다.

"정말 최악이야…… 완전히 여우가 되었잖아."

고개를 숙이면 흰털이 복슬복슬한 배가 보였다. 팔과 엉덩이, 온몸을 불만스레 확인하고 있는데 마시로가 몸을 부르르 떨었다. 하얀 털이 깃털처럼 휘날리더니 소녀의 모습이 나타났다.

"……왜 너만 인간 모습이야?"

미후유가 찌릿 노려보자, 마시로는 쓸쓸한 표정을 지었다.

"왜냐하면 난…… 미후유, 정말 기억 안 나?"

"뭐? 무슨 뜻이야?"

짜증이 최고조에 이르렀다는 듯 거칠게 되물은 순간, 은빛 짐승이 있는 사육장 쪽에서 엄청난 소리가 울려 퍼졌고, 다음 순간 여우들이 우르르 도망쳐 나왔다.

"도망쳐, 도망치라고!"

"이제 끝장이야, 은빛 짐승이 사슬을 끊었어!"

지면은 맥이 뛰듯 진동하고 있었다. 미후유와 마시로는 서로를 마주 본 뒤 황급히 달아나려 했다. 하지만 여우들의 수가 너무 많아서 엘리베이터는 이미 만원이었고, 미처 타지 못한 여우들은 엘리베이터에 매달리거나 기둥을 붙잡고 오르기 시작했다. 앞다투어 위로 올라가려고 주렁주렁 매달린 그 모습은 식물에 달라붙는 진딧물 같아서, 도저히 비집고 들어갈 틈이 없었다. 그사이에도 은빛 짐승의 포효가 울려 퍼졌고, "우리를 부쉈어!"라고 외치며 도망쳐온 마지막 여우가 강철로 된 문을 닫고 빗장을 걸었다.

"다른 사람들은?"

"운반구로 도망쳤어! 녀석은 이쪽으로 올 거야!"

발소리는 점점 커졌고 더불어 진동도 강해졌다. 짐승은 확실히 이쪽으로 다가오려 하고 있었다. 미후유는 힘없이 어깨를 떨궜다.

"이쪽이 아니라 반대편으로 나갈 걸 그랬어."

"반대편?"

"응. 그쪽은 운반구라서 폭이 넓으니까 다들 도망치기도 쉬웠을 텐데."

설마 은빛 짐승이 사슬을 끊고 우리를 부수고 탈주할 줄은 몰랐다. 이대로 가다가는 다들 짐승에게 잡아먹힐 것이다.

철문이 무시무시한 소리를 내며 우그러지자, 여우들은 일제히 비명을 질렀다. 짐승이 몸통 박치기를 하는 것이다. 미후유도 다리가 덜덜 떨렸다. 하지만 억지로 연 문틈으로 짐승의 주둥이가 나타난 걸 보고 결심을 굳혔다.

"마시로, 변신해!"

마시로는 미후유의 명령대로 개로 변신했다. 죽이 되든 밥이 되든 해보는 수밖에 없다. 미후유는 마시로의 등에 기어 올라가 귓가에 속삭였다.

"녀석이 문을 부수면 얼굴을 향해 달려가. 유인해서 이곳에서 떨어뜨려야 해."

마시로가 대답할 틈도 주지 않고 문이 반으로 갈라졌고, 경첩으로 이어진 암벽과 함께 뜯겨져 나갔다. 쏟아지는 암석 가루, 은빛 짐승은 기다란 목을 뻗었고 벌어진 빨간 입에서 증기가 뿜어져 나왔다.

"지금이야!"

미후유의 구령에 마시로는 지면을 박차고 은빛 짐승 앞에 내려앉았다. 푸른 눈이 희번덕거렸다. 크게 벌린 입, 새빨간 혀, 목구멍이 지근거리까지 다가왔다. 독특한 비린내가 민감해진 코를 자극해서, 미후유는 무심코 고개를 숙였다. 짐승의 날카로운 이빨에 찔려 죽을지도 모른다. 하지만 미후유는 그저 마시로를 꾹 껴안았다. 여기 있으면 괜찮을 것 같았다.

마시로는 좌우로 날며 물려고 달려드는 짐승의 이빨을 피해 원래 있던 동굴 쪽으로 유인했다. 미끼 작전은 보기 좋게 성공했다. 은빛 짐승은 엘리베이터로 몰려드는 여우들을 무시하고 마시로를 뒤쫓았다.

동굴 형태의 작업장을 직진해 빠져나와, 두 마리는 쫓아오는 짐승의 발소리를 들으며 반대편으로 향했다. 하지만 좁은 복도를 지나 게이트를 넘어 경사면으로 나오자, 운반구가 점점 막혀가는 것이 아닌가. 먼저 대피한 작업원들이 짐승을 가두기 위해 셔터를 내리고 있었던 것이다.

"잠깐만요!"

하지만 목소리가 들릴 리 없었다. 무정하게 셔터 문이 내려간다. 마시로는 속도를 올렸다. 햇빛이 사라질 정도로 완전히 닫히려는 그 틈새를, 마시로는 마치 불의 고리를 통과하는 사자처럼 도약해 빠져나갔다. 서늘한 바람이 온몸을 스치는 감각에 머뭇거리며 고개를 들자, 무사히 밖으로 탈출해 있었다.

"잘했어, 굉장해. 마시로!"

미후유는 팔다리를 동동거리며 기뻐했다. 하얀 등 털이 엉망이 되도록 쓰다듬자 마시로는 쑥스러운지 얼굴을 붉혔다.

이곳은 아까 왔던 대사물 처리장이었다. 먼저 도망친 여우들이 콩알만 하게 보이도록 높이 날자, 검은 토사 같은 대사물로 뒤덮인 처리장이 마치 외톨이 버섯처럼 보였다. 바깥에 있는 다른 공장들과도 인접해 있지 않은 채 고립되어 있었다. 주변에는 얼마나 깊이 팠는지 바닥조차 보이지 않는 어두운 도랑이 입을 벌리고 있었다. 갓키와 아이들은 저 도랑 때문에 밖으로 나가지 못하는 걸까.

"……요무나가마을은 정말 원래대로 돌아올까?"

이내 아까 전 대사물과 이멘스늄을 추려내는 기계가 있던 2층 건물이 보였다. 다른 여우들보다 몸집이 작은 여우들이 집 앞에 모여 있었는데, 이쪽을 올려다보며 손을 흔들었다.

"갓키하고 아이들인가?"

미후유가 신호를 보내자 마시로는 속도를 늦추고 가볍게 몸을 돌려 지면에 착지했다.

"신기하다, 하늘을 나는 개야!"

새끼 여우들은 마시로를 에워싸고 환호성을 내질렀지만, 변신을 풀고 소녀의 모습으로 돌아오자 노골적으로 실망한 티를 냈다.

"뭐야, 인간이 되는 거야?"

"시시하네."

"지금 그건 어떻게 한 거야?"

조잘거리며 마시로에게 몰려드는 새끼 여우들을 미후유가 가로막았다.

"그래, 이제 이쯤 하자! 너희도 모두 여우가 됐잖아."

"뭐? 여우? 우린 인간인데?"

자각은 없는 모양이었다. 그러고 보니 귀와 꼬리가 났는데도 모두 놀라는 것 같지 않았다.

"무사히 도망쳤나 보네. 은빛 짐승이 날뛰다 도망쳤다는 이야기를 들었는데."

새끼 여우들 중에서도 한층 체격이 좋고, 다른 여우들과 달리 침착한 느낌의 여우가 미후유에게 말을 걸었다. 인간일 적의 분위기가 남아 있었다. 아마도 갓키일 것이다.

"그래, 아직 작업장 안에 있을 거야. 셔터가 망가지지 않았다면."

이만큼 여우를 보다 보니 미후유도 점차 미묘한 외모 차이나 행동거지, 신체적 특징을 파악할 수 있었다.

"……같은 무늬 고양이들 중에서 자기가 키우는 고양이를 찾을 수 있는 것과 마찬가지인가?"

"무슨 소리인지 모르겠는데, 역시 대피해야겠지?"

"그래. 빨리 도망쳐. 엘리베이터 홀 문도 금방 부숴버리더라."

"오케이. 매기, 레다, 어른들한테 알려. '그것'을 쓸 때가 왔다고."

갓키의 지시에 새끼 여우 중 두 마리가 고개를 끄덕이더니 지면을 박차고 건물 안으로 달려갔다. 나머지 여우들은 갓키를 따라 대열을 이루더니 어딘가로 갔다.

"마시로, 어쩔래? 저 여우들을 따라갈래?"

애초에 도둑 여우는 이곳으로 도망쳤으니 아직 멀리 가지는 못했을 것이다. 도둑과 도난당한 책만 찾으면 현실로 돌아갈 수 있으니 은빛 짐승이 어찌 되든 알 바 아니다. 하지만 당장은 어려울 것이다.

"먹이로 던져지기 직전에 도망친 도둑 여우가 이곳으로 도망치는 걸 봤어. 하지만 모두 여우가 되어버렸으니 어떻게 찾아내야 하지?"

그러자 마시로는 팔짱을 끼고 고개를 갸웃하며 생각에 잠겼다.

"……그 갓키라는 아이는 아마 '사샤' 역일 거야."

"누구?"

"소설의 주인공을 돕는 인물인데, 주인공의 제일 친한 친구고 부랑아들의 대장이야."

"소설? 아, 이 세계의 원작 얘기구나. 그러고 보니 원작이 있었지. 그래서?"

"원작에서는 주인공이 은빛 짐승을 길들여. 주인공은 '어떤 생물이든 정상적인 모습으로 돌려놓는' 기계를 갖고 있어서, 짐승의 진짜 정체를 파헤칠 수 있었지. 한마디로 주인공을 찾으면 일거양득이야. 짐승도 얌전해지고, 도둑도 인간으로 돌려놓을 수 있을지 몰라."

"정말로? 주인공은 어디에 있는데?"

"갓키를 따라가면 만날 수 있을 거야."

"그걸 왜 이제 말해! 빨리 따라가야겠다."

두 소녀는 아이들을 따라갔다. 그들은 돔 형태의 해치 앞에 있었다. 녹이 슨 초록색 해치였는데 꽤 무거워 보였다. 잠겨 있지 않은 것 같았지만, 새끼 여우 다섯 마리가 달려들어 영차영차 숨을 헐떡이며 손잡이를 잡아당겨도 몇 센티미터밖에 열리지 않았다.

"내가 할게."

혼자 인간의 모습을 하고 있던 마시로가 다리를 벌리고 "하압" 하고 숨을 내뱉으며 손잡이를 올리자, 경첩이 삐거덕거리는 소리를 내며 해치가 천천히 열렸다. 미후유는 조심스레 다가가 안을 들여다보았다. 맨홀처럼 구멍을 깊이 파놓은 곳이라, 밑으로 내려가면 대피소 같은 게 있을 줄 알았는데 아니었다.

"이게 뭐야?"

구멍에는 옅은 갈색 천으로 싼 커다란 짐이 꽉 차 있어서, 인간은 커녕 여우 한 마리 숨을 공간이 없었다. 의아한 표정의 미후유를 보고 좌우 다른 색의 안경을 낀 새끼 여우가 씩 웃었다.

"밑으로 내려가기 위한 구멍이 아니에요."

"그럼 뭘 위한 구멍인데……?"

"대장! 안경! 장치도 밖에 꺼내놨어!"

뾰족한 귀와 통통한 배가 흙투성이가 된 새끼 여우가 보고했다. 보아하니 해치 밖에 있는, 대사물에 파묻혀 있던 장치를 꺼낸 모양이었다. 장치는 해치와 같은 초록색이었고, 핸들과 빨간 구가 달린 레버가 있었다.

"모두 물러서!"

갓키의 호령에 여우들은 해치에서 떨어져 원형을 이루더니 절도 있게 경례를 붙였다. 갓키가 까만 손으로 핸들을 돌렸다. 제아무리 갓키라도 여우의 몸으로는 힘겨웠을 것이다. 마시로가 힘을 보태자 그제야 빙글빙글 돌아갔다.

미후유는 태어나서 이런 광경을 본 적이 없었다. 돌아가는 핸들에 반응해 구멍이 이멘스늄의 보랏빛으로 반짝이더니, 격렬한 소리가 났다. 그러더니 갑작스레 옅은 갈색의 둥그런 천이 부풀어 오르며 얼굴이 나타났다. 마치 베이킹파우더를 너무 많이 넣은 스펀지케이크 같았다.

"뭐, 뭐야?"

무슨 일인가 하고 겁에 질린 미후유의 눈앞에서 동그란 스펀지케이크는 점점 부풀어 올라, 순식간에 거대한 버섯으로, 거대한 버섯에서 유원지의 놀이기구 사이즈로, 나아가 올려다봐야 할 만큼 거대한 둥근 가스탱크 사이즈가 되었다.

뒤로 물러나 손을 이마 위에 댔다. 이제 은빛 짐승과 비슷한 크기로 부풀어 오른 천은 팽팽해지더니 팡 하는 소리와 함께 가볍게 허공에 떠올랐다. 위에서 로프 하나가 내려왔다.

"이거…… 혹시 기구야?"

미후유가 아는 기구보다 훨씬 거대했다. 옅은 갈색이었던 천은 이멘스늄의 보랏빛으로 빛났고, 로프에 묶인 상태로 바람에 흔들렸다. 땀범벅이 된 갓키와 마시로가 숨을 내뱉으며 레버를 옆으로 당기자, 지면 아래에서 뭔가가 크게 흔들리더니 증기가 뿜어져 나왔다.

"다들 떨어져!"

다급히 새끼 여우들을 뒤따라갔다. 그러자 아까까지 서 있던 곳에 도랑이 생기더니 안에서 뭔가가 밀려 올라왔다.

증기가 사라지자 기구 밑에서 배 모양의, 지붕 달린 곤돌라가 나타났다. 일반적인 보트보다 커서 미후유와 같은 반 아이들이 모두 탈 수 있을 정도였다. 선미 부분에는 커다란 프로펠러가 달려 있었다.

"굉장하다, 만화 같아."

미후유는 머뭇거리며 다가가 강철의 곤돌라를 만져봤다. 곤돌라로 들어가는 입구에는 초록색 해치가 달려 있었다. 아까 그 맨홀 뚜껑일 것이다.

"멍하니 있지 말고 타든지 비키든지 해. 뒷사람들이 기다리잖아!"

어느샌가 성체 사이즈의 여우들이 몰려들어 있었다. 당황한 미후유가 해치 앞에서 비키자, 새끼 여우들이 먼저 곤돌라에 올라탔고, 어른들이 그 뒤를 따랐다. 미후유는 어쩔까 고민했지만 결국 호기심을 이기지 못하고 곤돌라에 올라탔다.

곤돌라 안에서는 쇠 냄새가 났다. 어린 여우들은 이 기묘한 탈것에 환호하며 둥근 창문 너머로 밖을 내다보거나 벤치와 벤치 사이를 뛰어다니는 등 야단법석이었지만, 그래도 좁다고 느껴지지 않을 만큼 내부는 넓었다.

하지만 짧은 거리를 이동하기 위한 탈것인지, 벤치 말고 다른 설비는 없었고, 잠을 잘 수 있는 방도 없었다. 후방에는 톱니바퀴와 피스톤식 엔진이 달려 있었다. 오오, 감탄을 흘리며 미후유가 주변을 둘러보고 있는데 여우들이 비명을 질렀다.

"저, 저거!"

공장 운반구에서 은빛 짐승이 나타났다. 짐승은 드디어 셔터 문을 부수고 처리장에 모습을 드러냈다. 시동이 걸린 곤돌라의 엔진이 증기를 내뿜으며 허공으로 떠오른 것과 은빛 짐승이 이쪽을 본 건 거의 동시였다.

회전하는 프로펠러와 엔진의 추진력, 그리고 기구의 부력으로 쇠로 된 곤돌라가 부상했다. 미후유는 서둘러 창문으로 달려가 바깥 상황을 살폈다. 마시로가 보이지 않는다. 곤돌라에 타지 않은 것이다. 은빛 짐승은 아름다운 목소리로 노래하며 두툼한 다리로 지면을 흔들었다. 그리고 긴 목을 이리저리 흔들더니 곤돌라를 향해 달려왔다.

"서둘러, 따라잡히겠어!"

조종석에서 어른들과 갓키의 목소리가 들렸다. 미후유는 유리창에 얼굴을 들이대며 "마시로, 어딨어?" 하고 중얼거렸다.

곤돌라는 증기를 흩뿌리며 열심히 도망치려 했지만, 은빛 짐승은 어마어마한 다리 힘으로 눈 깜짝할 새에 곤돌라를 따라잡았다. 창문 바로 너머로 파란 눈이 보였다. 작고 까만 동공이 마치 맹금류의 눈 같았다.

은빛 짐승은 다시 노래했다. 매끄럽고 투명한 목소리를 듣고 있으려니 점점 머리가 멍해졌다. 사육장에서 도둑 여우가 잡아먹힐 뻔했을 때 들었던 노래였다.

누군가가 외쳤다. "저 노래를 들으면 안 돼, 귀를 막아!"

하지만 이미 모두가 노래에 사로잡혀 있었다. 조종석에 앉은 사람들도 몽롱한 눈빛으로 쓰러졌다. 곤돌라의 속도가 점점 떨어졌다.

그때였다. 커다란 흰 개가 날아와 곤돌라와 은빛 짐승 사이에 끼어들었다.

"마시로!"

마시로는 새처럼 가볍게 은빛 짐승의 눈앞을 스치고 지나가 몸을 홱 돌려 유턴했다. 아까처럼 미끼 작전을 쓰려는 것이다. 은빛 짐승의 시선을 끌어 곤돌라에서 떨어뜨리려는 모양이었다. 짐승은 노래를 멈추고 커다란 파란 눈으로 마시로의 움직임을 좇았다.

"지금이야, 키를 돌려!"

"잠깐만, 마시로가!"

하지만 미후유의 외침을 들어주는 사람은 없었다. 속도를 올린 곤돌라는 마시로와 싸우고 있는 짐승과 반대 방향을 향해 나아갔다. 거리가 점점 멀어진다. 미후유는 창가에 달라붙어 마시로의 무사를 기원할 뿐이었다.

곤돌라가 공장 부지의 상공을 나와서 주변을 에워싼 검은 도랑을 지나가자, 마시로도 미후유를 뒤따르기 위해 짐승에게서 떨어져 방향을 돌렸다. 시선과 의식이 온통 곤돌라에 집중되어 있었기 때문일 것이다. 도랑에 발이 묶여 있던 은빛 짐승이 최후의 몸부림처럼 목을 뻗어 입을 크게 벌렸다.

그 순간, 미후유는 비명조차 지를 수 없었다. 은빛 짐승의 입은 꾹 닫혔고, 마시로의 모습은 온데간데 사라졌다. 그저 증기의 안개만 남았고, 처리장은 순식간에 멀어져갔다.

"배를 돌려줘! 마시로가 잡아먹혔어!"

반쯤 정신이 나간 미후유는 곤돌라가 흔들릴 정도로 조종석에 앉은 이들에게 매달려 애원했다.

"잡아먹혔으면 이미 끝났어, 돌아가도 소용없다고!"

미후유는 온몸에서 피가 가시는 기분으로 그대로 힘없이 바닥에 주저앉았다. 무릎에 얼굴을 묻고 눈을 꼭 감은 채 어서 꿈에서 깨어나기를 빌었다. 이곳은 이야기 속 세계. 등장인물은 마을 사람들이지만 모든 게 현실과 다르고 독자적인 규칙이 있다.

"마시로를 구해야 해. 마시로는 죽지 않았어. 절대로 안 죽어."

반복해서 되뇐 뒤, 주먹을 꽉 쥐었다. 마시로를 구해내야 해.

하지만 결심을 굳히고 벌떡 일어난 미후유의 눈앞에 마시로가 나타났다.

"으악, 귀신이다!"

미후유는 펄쩍 뛰어서 물러나다 발을 잘못 디뎌서 그대로 나동그라졌다. 옆에서 보고 있던 다른 여우들이 웅성거렸다.

"귀신 아냐, 자세히 봐."

마시로는 미소 지으며 쓰러진 미후유 옆에 웅크리고 앉았다. 개의 모습에서 인간으로 돌아와 있었는데 다친 곳은 없는 것 같았다.

"……아니, 분명 아까 잡아먹혔잖아. 어, 그보다 어디로 들어온 거야? 곤돌라의 해치가 열리는 기척도 안 났는데."

밖에서 문도 열지 않고 안으로 들어오다니. 순간이동인가? 그게 아니면…….

"혹시 마시로가 두 명 있는 거야?"

"그럴 리가. 나는 하나뿐이야. 미후유, 마시로는 하나뿐이야."

"무슨 말인지 모르겠어. 분명히 짐승이 입을 닫았고, 마시로는 사라졌잖아. 아니, 살아 있어서 너무 기뻐. 그냥 혼란스러워서."

"여우에게 홀린 것처럼?"

마시로는 살짝 미소 짓더니 시선을 돌려 창밖을 향해 턱을 까닥했다.

"곧 지상에 착륙할 거야."

곤돌라는 마을의 언덕에 착륙해 마지막으로 증기를 힘껏 뿜어내고 멈췄다. 해치를 열고 다른 여우들을 따라 밖으로 나온 미후유는 눈부신 햇빛에 살짝 찡그리며 주변을 둘러보았다. 한숨이 나왔다. 낯익은 곳이다. 미쿠라관의 바로 옆, 신사가 있는 자리였다.

미쿠라관 자체는 위로 철교가 지나가고, 검댕과 연기와 증기에 휩싸여 엉망이었지만, 이 언덕 주변은 희한할 정도로 평화로웠고 자연도 남아 있었다. 바람에 흔들리는 풀과 나무가 보였다. 언덕 위를 올려다보니 붉은 도리이신사의 입구에 세우는 기둥문으로 신성한 곳이 시작됨을 알리는 관문와 신사까지 그대로 있었다.

여우들은 신사를 등지고 언덕을 내려갔다. 언덕 기슭에 '코르넬리우스'가 있다고 했다. 미후유가 고개를 갸웃하자, 마시로가 귓속말을 했다.

"주인공이야. 갓키를 따라오길 잘했지?"

이야기 '은빛 짐승'의 주인공, 코르넬리우스는 마치 기둥 모양의 나무 블록에 고깔모자를 얹어놓은 듯 가늘고 긴 형태의 3층 건물에 노인과 단둘이서 산다고 했다.

녹슨 문을 열자마자 증기로 시야가 흐려졌다. 순간적으로 숨이 막혀서 미후유는 콜록거렸다. 실내에는 기름 냄새가 가득했고, 어디선가 톱니바퀴가 움직이는 소리가 들렸다. 은빛 짐승을 사육하던 공장이나, 그 주변을 에워싼 공장들과 달리 실내는 무척 비좁았지만, 이곳도 무언가의 작업장인 것 같았다. 안쪽으로 들어가자 동색 파이프가 사방에 깔려 있었고, 유리병 속에서는 기묘한 연두색 액체가 부글부글 거품을 내며 끓고 있었다.

"사샤."

기계를 점검하던 작고 여윈 여우가 돌아보더니 고글을 이마로 올리며 손을 흔들었다. 곧바로 달려가는 갓키, 사샤 역인 갓키의 뒷모습을 보며 미후유는 마시로에게 물었다.

"저 애가 주인공이야?"

"그래, 코르넬리우스. 여긴 원작과 똑같네. 이제 갓키가 코르넬리우스에게 은빛 짐승을 퇴치하자고 얘기할 거야."

"코르넬리우스, 큰일 났어! 은빛 짐승이 공장에서 탈출했어! 이대로 가다간 다들 잡아먹힐 거야!"

"내 말 맞지?"

자신이 말한 대로 상황이 전개되자 마시로는 살짝 의기양양한 표정을 지으며 웃었다. 미후유는 마시로와 나란히 공장 구석의 나선계단에 앉아 이야기의 등장인물을 저마다 연기하고 있는 여우들을 바라보았다.

"……코르넬리우스는 누구지? 다들 여우라서 누군지 모르겠네."

"분명 젊은 사람일 거야."

"범위가 너무 넓잖아. 요무나가마을의 주민 중에 젊은 사람이면 적어도 3000명쯤 될 텐데."

미후유는 보란 듯이 한숨을 내쉬더니 턱을 괴었다.

원작은 초반만 읽었지만, 이야기를 들어보니 발명 천재인 코르넬리우스는 마시로의 말대로 '어떤 생물이든 정상적인 모습으로 되돌리는' 기계를 발명한 모양이었다. 갓키는 그 기계가 있으면 은빛 짐승을 얌전하게 만들 수 있을 거라고 제안했지만, 코르넬리우스는 내키지 않는 눈치였다.

"아직 실험 단계야. 오작동해서 이상한 일이라도 벌어지면 어떻게 해."

그 대답에 갓키도 기운이 빠진 것 같았다. 점점 짜증이 북받친 미후유는 벌떡 일어나 발톱 소리를 내며 두 여우에게 다가가 사납게 말했다.

"그쯤 해두지? 오작동할지 안 할지는 해봐야 아는 거잖아. 우린 시간이 없어. 네가 하기 싫으면 사용 방법을 알려줘. 내가 대신 할 테니까!"

코르넬리우스가 황당한 표정으로 입을 벌렸다. "넌 누구야?"

"그게 뭐가 중요해? 적어도 너보다 추진력은 있을 거야."

한층 더 사납게, 여우 털이 북슬북슬한 가슴을 내밀며 말하자 옆에서 갓키도 거들었다.

"이 녀석 말이 맞아. 얼른 조치를 취하지 않으면 이 마을도 덮칠 거야."

"아, 알았어. 알았다고. 혹시라도 사고가 나도 난 모르는 일이야."

코르넬리우스는 두툼한 꼬리를 힘없이 내리며 연구실이 있는 지하실 문을 마지못해 열었다.

"저 녀석 뭐야, 주인공답지 않은 소리나 하고."

랜턴의 희미한 불빛이 어두운 계단을 비추자 세 마리와 한 사람의 그림자가 어른거렸다. 미후유는 둘을 따라 계단을 내려가면서 투덜거렸다.

"음…… 원작에는 미후유가 등장하지 않으니까. 원래 코르넬리우스는 하룻밤 고민하다가 신기한 꿈을 꾸고 결심을 굳히게 되거든."

"아, 그래. 뭐, 책에는 별 관심 없으니까 도둑만 잡으면 뭐든 상관없어."

그러자 마시로가 뒤에서 고개를 숙여 미후유의 얼굴을 들여다보았다. 작은 여우 몸 위로 커다란 인간의 그림자가 드리웠다.

"뭐하는 거야. 지금은 너 혼자 덩치 큰 거 잊었어?"

"미후유, 여전히 책을 싫어하는구나."

"어쩔 수 없지. 원래도 싫어했는데, 이런 이상한 일에 말려들기까지 했는데 좋아할 수 있겠어? 그냥 빈약한 상상력으로 사는 게 나아. 집에서 TV 보고, 휴대전화 만지다 때 되면 학교 가고. 그게 가장 무난하고 안전한 삶이야."

"……그렇구나."

마시로의 침울한 목소리를 듣고 미후유는 고개를 들어 노려봤다.

"왜 우울해하는데? 책 좋아하는 사람을 바보 취급하는 게 아냐. 그냥 나하고는 안 맞는 거지. 읽고 싶은 사람이 읽고, 읽기 싫은 사람은 안 읽으면 되잖아. 안 그래?"

"……맞아."

계단 아래로 연구실이 보이기 시작했을 즈음, 미후유는 불현듯 물었다. "전부터 궁금했는데, 이 원작을 쓴 사람은 누구야? 이번에도, 그전에도, 그전에도 책에 작가 이름이 없었잖아.《한모마을의 형제》는 장서 기록에도 없던데."

북커스가 발동될 때 나타나는 책에는 늘 작가의 이름이 없었다. 마시로는 조금 놀란 표정으로 눈을 휘둥그레 떴다.

"미후유, 작가한테 관심이 있구나?"

"뭐야, 나 무시하는 거야? 관심이라기보다는, 이런 이상한 소설을 쓴 사람은 어떻게 생겼는지 얼굴이나 좀 보고 싶다는 거지."

"……본 적 있어."

"어?"

"본 적 있다고. 작가 얼굴을."

마지막 계단을 내려온 미후유는 미간을 찌푸리며 물었다. "그게 무슨 소리야?"

"이쪽으로 와. 기계를 선보일 테니."

갓키가 부르는 소리에 미후유는 두 사람의 얼굴을 번갈아 보았다. 하지만 마시로는 더 이상 이야기할 생각이 없는지 "가자" 하고 미후유의 등을 두드리더니 먼저 가버렸다.

'어떤 생물이든 정상적인 모습으로 되돌릴 수 있는' 기계는 미후유가 상상했던 것보다 훨씬 작았다. 여우의 몸으로도 품에 안을 수 있을 정도의 크기였는데, 전체적으로 둥글어서 꼭 원반 같았다. 곳곳에 잡는 부분과 레버가 달려 있었고 한가운데가 보랏빛으로 빛났다.

"여기에도 이멘스늄이라는 게 들어 있구나. 어떻게 작동시키면 되는 거야?"

코르넬리우스는 집게손가락으로 원반 표면을 어루만지더니 말했다. "기계의 목소리를 잘 들어야 해. 기분이 좋으면 이멘스늄이 반짝반짝 빛나."

미후유는 제정신이냐며 비꼬고 싶은 걸 꾹 참았다.

"그, 그렇구나, 굉장하다. 그리고?"

"그리고 레버를 오른쪽으로 당기고 파란 버튼을 눌러."

"그게 다야?"

그러자 코르넬리우스는 미후유를 찌릿 노려보았다. "쉬워 보여도 꽤 어려워. 이 녀석은 금방 토라지니까. 지금처럼 심기가 불편할 때

조작하면 실패하지. 이 도시에서 겉도는 녀석을 쫓아내려 할지도 모르고."

미후유의 눈에 원반은 크리스마스트리의 장식처럼 반짝반짝 빛나고만 있었다.

"반짝거리는데?"

"그건 그런데, 지금은 안 돼. 실패할 거야."

"아, 정말 못 참겠네!"

아직도 미적거리는 코르넬리우스의 태도에 짜증이 솟구친 미후유는 그에게서 원반을 빼앗아 재빨리 레버를 오른쪽으로 당기고 파란 버튼을 눌렀다. 코르넬리우스도, 마시로도, 갓키도, 채 말릴 틈이 없었다.

원반이 부르르 떨더니 보라색 빛이 스르륵 사라졌다. 그리고 잠시 전원이 꺼진 것처럼 잠잠해지더니, 단번에 빛이 폭발했다. 눈부신 빛에 미후유는 원반을 떨어뜨렸지만, 이멘스틸로 만들어진 원반은 꿈쩍도 하지 않았다. 원반에서 분출하는 보랏빛을 띤 증기를 쐬고 미후유는 격하게 콜록거렸다.

"미, 미안, 내가 잘못했어……!"

기침을 하며 몸에 변화가 일어나는 걸 느꼈다. 손이 매끈하다. 벨벳 같은 털이 사라졌다. 얼굴도 만질만질했고 비닐 같은 감촉의 머리카락이 손끝에 닿았다. 귀는 얼굴 옆에 붙어 있었다. 게다가 옷도 이 세계에 처음 왔을 때의 복장으로 바뀌었다.

"인간으로 돌아왔어!"

미후유는 옆에 있던 캐비닛의 유리문에 제 얼굴을 비춰보고 틀림없이 원래 모습으로 돌아온 걸 확인한 뒤 환호성을 내질렀다.

"아싸, 성공이다!" 하지만 증기가 사라지면서 미후유의 미간 주름은 점점 깊어져갔다. "왜 나만 돌아왔지?"

코르넬리우스도, 갓키도 여전히 여우 모습으로 원반이 망가지지 않았나 허둥지둥하고 있어서 미후유가 인간으로 돌아온 것도 알아채지 못했다. 그때, 위쪽에서 우르르 다급한 발소리가 들렸다. 상당히 큰 발소리였는데 체중이 가벼운 새끼 여우들 소리는 아닌 것 같았다.

이 마을에서 겉도는 녀석을 쫓아내려 할지도 모르지.

"설마, 그런 거야?"

미후유는 쯧, 혀를 차며 고개를 갸웃하며 우두커니 서 있는 마시로의 어깨를 치며 돌풍처럼 계단을 뛰어 올라갔다. 인간의 다리로 가볍게 뛰어넘어 순식간에 1층으로 나왔다. 힘차게 문을 열자 눈이 휘둥그레진 새끼 여우들이 일제히 미후유를 보았다.

"아무도 없는데 문이 열렸어!"

"아까는 현관도 열렸잖아! 대체 무슨 일이지!"

새끼 여우들은 새된 목소리로 웅성거렸다. 쫓겨났다. 한마디로 미후유의 모습은 보이지 않는 걸까. 미후유는 "비켜, 비켜"라고 말하며 새끼 여우들을 밟지 않도록 조심스레 걸음을 옮겨서 간신히 현관에 도착했다. 여우들의 말대로 닫혀 있던 현관문이 활짝 열려 있었다.

"마시로, 개로 변신해서 날 태우고 날아!"

"뭐?"

"어서!"

마시로는 미후유가 시키는 대로 다시 개로 변신해 허공으로 날아올라 빙글 선회하더니, 미후유를 가볍게 들어서 등에 태웠다. 새끼 여우들의 목소리가 점점 멀어졌다. 두 사람은 코르넬리우스의 집에서 하늘 높이 날아올랐다.

마시로의 등에 탄 미후유는 진지한 표정으로 안개 낀 마을을 내려다보았다.

"인간을 찾자. 도둑 여우가 인간으로 돌아왔을 거야."

개의 모습이라 대답하지 못하는 마시로가 힐끗 쳐다보며 "끄응" 하고 울자, 미후유는 안심시키듯 견갑골 언저리를 쓰다듬었다.

"정말이라니까. 아까 그 원반, 역시 심기가 불편했을지도 몰라. 아까 주인공이 '이 도시에서 겉도는 녀석을 쫓아내려 할지도 모른다'고 했잖아. 그 말이 사실이라면 이 마을에서 겉도는 사람은 나와 도둑뿐이지. 나하고 도둑은 모두 현실에서 온 사람이잖아. 내가 인간으로 돌아왔으면 녀석도 돌아왔을 거야."

그렇게 설명하자 마시로는 다소 기운을 되찾은 목소리로 "왕" 하고 짖더니 증기가 솟아오르는 마을 위를 활공했다.

"코르넬리우스의 집 부근을 찾아봐."

"크응?"

"분명 그 도둑은 처리장으로 도망친 뒤에 근처에 숨어 있다가 사람들이 여우로 변해버린 틈을 타서 그 사이에 섞여든 거야. 그리고 은빛 짐승이 습격했을 때 함께 곤돌라에 탔겠지. 하지만 아까 갑자기 자기 혼자 인간으로 돌아오니까 조바심이 나서 도망친 거야."

천장에서 들렸던 커다란 발소리는 인간으로 돌아온 도둑이 도망치는 소리였던 것이다.

"왕!"

마시로는 이해했다는 듯 힘차게 짖더니 삼각 지붕의 원통형 집을 지나 큰길에서 골목, 증기기관차의 철교 위를 둘러보면서 인간을 찾았다.

"……없어. 어디 집이나 가게에 들어간 걸까?"

길을 오가는 건 여우뿐이었다. 상점에서 종이봉투를 안고 나오는 것도 여우, 증기기관차의 객석 창문으로 보이는 승객도 여우, 공원 벤치에 나란히 앉아 사랑을 속삭이는 것도 여우였다.

"그럼 미쿠라관으로 가보자. 이 상황에서 도둑이 편안히 있을 수 있는 곳은 변화하지 않은 미쿠라관밖에 없을 테니까."

미후유가 옆구리를 톡 두드리자 마시로는 방향을 돌려 증기기관차와 나란히 날았다. 하늘을 나는 개를 알아챈 새끼 여우들이 환호성을 내지르며 창문에서 손을 흔들었다.

"……네 모습은 보이나 봐."

미후유는 조용히 속삭이며 새삼 마시로를 바라보았다. 하얗고 북슬북슬한 뒤통수. 아까 분명히 마시로는 짐승에게 잡아먹혔다. 그리고 '걷도는 녀석' 중에 마시로는 들어가지 않았다. 그건 한마디로, 한마디로…… 하지만 미후유는 아직 알 수 없었다.

마을의 풍경부터 지형까지 모든 것이 바뀌어버린 것처럼 보이는 요무나가마을에서 미쿠라관과 신사만은 미후유가 아는 모습 그대로였다. 주변은 점점 최첨단을 달리지만, 시대의 흐름에서 빗겨나 홀로 남겨진 고독한 노인처럼 조용히 자리하고 있었다.

두 사람은 미쿠라관 앞으로 내려와 서둘러 정원을 지나 현관문을 열었다. 현관에 신발 한 켤레가 놓여 있었다. 낯선 남성용 하얀 운동화였는데 역시 게이코가 신고 있던 특이한 디자인의 신발과는 달랐다. 황급히 벗었는지 한쪽이 흐트러져 있었다.

"미후유, 조심해."

인간으로 돌아온 마시로가 미후유의 손을 가만히 잡았다. 두 사람은 손을 잡고 살며시 현관으로 올라갔다. 긴 복도 끝, 선룸에서 쏟아지는 빛을 가로지르는 사람의 형체가 보였다. 히루네가 이제야 잠에서 깬 걸까? 아니면 도둑일까. 미후유는 심장이 쿵쾅거리는 걸 느끼며 마시로의 손을 꼭 잡고 복도 벽에 등을 붙인 채 조심스레 선룸을 들여다보았다.

히루네는 소파에 누운 채 코를 골고 있었고, 그 앞에 한 청년이 서 있었다.

"안녕하세요."

하얀 피부에 마른 체격, 둥그런 버섯을 연상시키는 머리스타일, 안경. 하얀 와이셔츠에 청바지. 아는 사람이었지만 곧바로 이름이 떠오르지 않았다.

"서점에서 일하는……."

"네, 하루타입니다. 안녕하세요."

아유무가 자주 이용하는 와카바당의 점원이다. 오늘 오전만 해도 아버지가 부탁한 책을 샀을 때 이 사람이 계산해줬다. 미후유는 방금 전까지만 해도 도둑의 정체를 게이코라고만 생각했지, 다른 사람은 생각조차 하지 않았지만, 그렇다 하더라도 너무나 예상치 못한 인물이라 잠시 말이 나오지 않았다.

하루타는 겸연쩍은 듯 시선을 떨구며 두 사람에게 다가오더니 미후유에게 책 한 권을 내밀었다. 클래식한 식물무늬 장정의 《의적 래플스》였다.

"죄송합니다. 제가 훔친 건 이 한 권뿐이에요."

"이 책을 우리 서고에서 훔친 건가요? 왜……?"

미후유는 하루타와 책, 그리고 옆에 있는 마시로를 번갈아 보았다. 미후유가 책을 건네받고 하루타의 손목을 붙잡으면 주변은 현실로 돌아오고, 마시로도 사라질 것이다. 지금까지는 정체를 모른 채 여우로 변한 도둑을 그냥 붙잡았지만, 이번에는 다르다. 미후유는 혼자서 이 상황과 마주할 자신이 없었다.

하루타는 일단 손을 내리더니 중얼거리듯 말했다. "우리는 시스템의 작동 원리가 궁금했어요."

"우리? 시스템?"

"네. 미쿠라관의 방범 시스템의 작동 원리를 알고 싶었죠. 처음에는 단순한 도시전설, 말도 안 되는 뜬소문이라 생각했죠. 하지만 게이코 씨가 실제로 시험해보니, 엄청난 일이 벌어졌다고요. 흥분해서 얘기하는 걸 듣고 다들…….”

“잠깐만요. 다들? 아까도 ‘우리’라고 했죠? 동료가 더 있다는 뜻인가요?”

혼란스러운 머리를 진정시키듯 한 손을 이마에 대고 미후유는 어떻게든 상황을 정리하려고 했다. 그사이에 마시로는 형형한 눈으로 하루타를 노려보며 개가 적을 위협하듯 그와 미후유 주변을 천천히 돌았다.

“미후유, 그냥 이 사람을 빨리 붙잡아. 도둑질을 나쁜 짓이라고 생각하지도 않아.”

금방이라도 개로 변신해 이빨을 드러내고 달려들 것 같은 마시로를 보고 하루타는 황급히 변명했다.

“아닙니다! 나쁜 짓을 저지른 게 맞아요. 해서는 안 될 일이었죠. 우리라는 건, 그래요, 요무나가마을 서점연합의 몇몇 사람들을 말하는 겁니다. 기승을 부리는 좀도둑을 어떻게든 붙잡고 싶었습니다. 게이코 씨와 저는 그중 하나였고요.”

“네? 게이코 씨도 우리 마을 사람이에요?”

민머리에 패션쇼에서나 볼 수 있을 법한 패션의 게이코를 본 적이 있다면 기억하지 못할 리 없었다. 하루타는 아니라고 대답했다.

“게이코 씨는 이 마을 주민은 아닙니다. 하지만 갤러리가 딸린 작은 고서점을 운영하고 있죠. 저희와 알게 된 건 최근 들어서고요.”

“알았어요. 그럼 좀도둑 얘기는 뭐예요?”

미후유가 팔짱을 끼고 통명스레 묻자, 하루타는 땅이 꺼져라 한숨을 내쉬며 이야기를 시작했다.

"……서점의 도난 피해는 세상 사람들이 생각하는 것보다 훨씬 심각합니다. 매일같이 책을 훔쳐가는 탓에 고서점 거리의 이와토비 고서점은 문을 닫았고, 최신식 CCTV를 설치한 대형 서점도 철수했죠. 요무나가마을을 찾는 사람 중에는 책을 사기 위해서가 아니라 훔치러 오는 녀석이 있어요. 우리는 날마다 그런 도둑들을 붙잡으려면 어떻게 해야 할지 머리를 맞대고 상의했어요. 실행도 해왔고요. 하지만 결정적인 효과를 내는 방법은 아무리 머리를 쥐어짜도 나오지 않았죠. 그러던 중에 'BOOKS 미스터리'의 영감님이 미쿠라관 이야기를 한 겁니다."

평소에 'BOOKS 미스터리'의 주인과 잘 맞지 않았던 미후유는 속으로 쯧, 혀를 찼다.

"……영감님 얘기로는 미쿠라관에 신기한 경보 장치가 달려 있다는 겁니다. 돌아가신 다마키 씨가 엄청난 장치를 해두어서 다른 곳은 몰라도 미쿠라관은 절대로 안전하다고요."

그 이야기를 듣고 발끈한 미후유는 따지듯 말했다. "우리도 그렇게 사정이 좋은 건 아니거든요. 몇 번이나 도둑을 맞았고, 그러다 한 번 엄청난 도난 피해를 입은 적이 있어서 계속 마음고생이 심했다고요! 덕분에 미쿠라관은 우리 가족들만 드나들게 되었고, 관리하는 것도 큰일이고, 솔직히 힘들어 죽겠어요. 책을 훔쳐가는 게 싫으면 노력을 하면 되잖아요!"

그렇게 내뱉고 나서, 하루타가 비굴하게 웃는 걸 보고 미후유는 손으로 입을 막았다. 그들이 어째서 방범 시스템의 구조를 파헤치려 했는지 이해했기 때문이었다.

"그래서였어요. 우리는 미쿠라관만 안전한 게 마음에 들지 않았습니다. 우리는 그렇게 할 수 없으니까요. 미쿠라관은 방문객을 제한해 장서를 지킬 수 있지만, 서점은 매일 사람들이 찾아옵니다. 누구든 올 수 있고, 어떤 책이든 구경할 수 있죠. 책을 들여놓고, 판매해서 생계를 잇고 있습니다. 서점은 기념관이 아니에요. 손님을 제한할 수 없죠."

절제된 어조였지만, 하루타의 목소리에서는 짜증이 배어났다.

"……미안해요, 노력하라는 소리나 해서……."

미후유가 한풀 꺾인 걸 보고 마시로가 단호하게 못을 박았다.

"미후유가 뭐가 미안해? 책을 훔친 건 이 사람이야. 결국 도둑하고 똑같은 짓을 했잖아. 목적이나 속내는 상관없어, 도둑질은 도둑질이야! 역시 하나도 반성 안 했어!"

으르렁거리며 위협하는 마시로를 보고 겁에 질린 하루타는 카펫에 발이 걸려 넘어져서 소파에 엉덩방아를 찧었다.

"미, 미안해, 네 말이 맞아……. 다시 사과할게. 책을 훔쳐서 정말 미안해. 도둑을 잡는다는 게 그만, 내가 도둑이 되어버렸네. 반성하고 있어, 이제 다시는 안 그럴게."

때마침 그때 히루네의 드르렁 코 고는 소리가 나서 모두 움찔했다. 맥이 풀린 마시로는 입을 꾹 다물며 한 발짝 물러났다. 긴장이 다소 풀렸는지 하루타는 간신히 몸을 일으켰다.

"아유무 씨나 히루네 씨에게 물어본 적도 있어. 어떤 시스템을 도입했느냐고. 하지만 모른 척하더라고. 'BOOKS 미스터리'의 영감님은 미쿠라관의 방범 시스템은 수수께끼에 싸여 있으니까, 가르쳐주지 않는다면 실제로 시험해보자고 했어. 하지만 안에 들어가는 것도 어려운데 어떻게 시험해보겠어. 계기는 아유무 씨의 입원이었어. 자전거에서 넘어져 강변으로 떨어지는 아유무 씨를 도와준 사람이 같은 서점연합 사람이었어. 주머니에서 떨어진 열쇠를 보고…… 유도 사범인 아유무 씨가 입원하고 히루네 씨만 있으면 어떻게든 되지 않을까. 맞아, 마가 끼었던 거죠. 잠시만 책을 빌리고, 시스템의 작동 원리를 알아내면 바로 돌려줄 작정이었어요."

"변명으로는 무슨 말을 못 하겠어."

마시로가 차갑게 일축하자, 하루타는 테이블 위에 놓인 《의적 래플스》를 내려놓고 조용히 바라보았다.

"맞아, 우리는 도둑에게서 스스로를 지키기 위해 도둑이 됐어. 하지만 이러기까지 고민도 많았습니다. 처음과 두 번째에 도둑 역을 자처한 건 게이코 씨였습니다. 이곳 주민이 아니니 죄책감도 별로 안 든다면서…… 히루네 씨가 미쿠라관에 혼자 있는지 확인하려고 가짜 경보 소음으로 민원을 넣은 것도 게이코 씨였고요."

미후유는 며칠 전에 사범 대리인 지훈이 경보가 시끄럽다고 민원이 들어왔지만 자신은 듣지 못했다고 했던 말을 떠올렸다.

"방범 시스템을 직접 겪어본 게이코 씨는 엄청나게 흥분해서는 무슨 일이 일어났는지 정신없이 이야기했죠. 하지만 아무도 믿지 않았어요. 말도 안 된다, 미쿠라관의 시스템을 모방하는 건 그만두자는 결론이 나왔죠. 포기가 안 돼서 도둑 얘긴 안 하고 히루네 씨와 직접 담판을 지으려고 서점연합의 모임에 출석해달라고 부탁했다는데, 당연히 거절당했습니다. 하지만 마지막에 게이코 씨가 오늘 잡지 취재가 있어서 빨리 끝난 저한테 제안을 했어요, 미후유 씨의 주의를 끌 테니까 그사이에 시험해보라고."

"……게이코 씨는 나한테 정체를 밝히고 지금부터 미쿠라관의 책을 훔치겠다고 했어요. 그래서 게이코 씨가 범인인 줄 알았는데 아니었죠."

"네…… 게이코 씨는 나한테 책을 훔치라고 하고, 바깥에 있으면 어떻게 되는지 알고 싶다고 했어요. 정말 도둑과 미후유 씨만 현실의 의식을 지닌 채 이상한 세계로 가게 될지, 아니면 같은 자리에 있으면 자신도 그렇게 되는지. 요컨대 공범이 어떻게 되는지 알고 싶었던 겁니다."

은빛 짐승의 사육장에서 미후유는 완전히 이야기 속 역할을 연기하는 게이코의 모습을 보았다. 한마디로 실행범을 제외하고는, 설령 공범이라도 실제 범행을 방관했다면 북커스는 다른 인간과 마찬가지로 무죄라 간주하는 것이리라. 시스템에 개량의 여지가 있는 게 아닐까…… 미후유는 그렇게 생각했지만 일단 머릿속 생각들을 정리했다.

"아무튼 정말 죄송했습니다. 직접 이 시스템을 겪어보니 알겠네요. 우리가 감당하기에는 너무 벅차요. 도난이 발생할 때마다 모험을 할 순 없으니까요. 다른 사람들에게도 소박하게 방범 대책을 세우는 수밖에 없다고 설명하겠습니다. 책을 훔쳐서 죄송합니다. 다시는 이런 일 없을 겁니다."

하루타는 다시 고개를 숙이며 정중한 말투로 사과했다. 미후유는 뺨을 긁적이며, 여전히 도끼눈을 뜨고 있는 마시로와 잠들어 있는 히루네를 번갈아 보며 한숨을 내쉬었다.

"용서해주겠다고 말하고 싶지만, 아빠한테 물어봐야 해요. 공교롭게도 저는 아직 미성년자고 여기 책임자도 아니니까요. 마시로의 말대로 도둑은 도둑이니까 어떻게 할지는 아빠한테 맡겨도 될까요?"

"물론이죠. 그때는 이 건에 관련된 서점연합 사람들도 함께 가도록 하겠습니다."

"알겠어요. 마시로도 괜찮지?"

"……미후유, 네가 그렇게 말한다면."

표정은 아직 불통했지만, 마지못해 수긍하는 마시로를 보고 미후유는 테이블에 놓인《의적 래플스》를 집어 들었다.

"그럼 하루타 씨, 손 내미세요."

하루타는 얌전히 두 손을 내밀었다.

"도둑 잡았다."

미후유가 하루타의 손목을 살짝 붙잡자, 그 즉시 발밑이 일그러지며 의식이 멀어졌다. 잠에 빠져드는 듯한 감각에 두 눈을 꼭 감았다.

다시 눈을 떴을 때, 미후유는 딱히 놀라지도 않고 조용히 일어났다. 히루네는 아직 잠들어 있었는데, 똑딱똑딱 초침 돌아가는 소리가 들렸다. 마시로는 물론이거니와 하루타도 없었다. 분명 먼저 깨어나 미쿠라관을 떠난 것이리라.

"……일단 아빠한테 보고해야겠다."

미후유는 머리를 긁적이며 현관에서 신발을 신고 문을 열고 밖으로 나왔다. 이변을 알아챈 건 나와서 얼마 지나지 않아서였다.

맑은 하늘에는 하얀 구름이 둥둥 떠 있었고, 부드러운 바람이 불어와 나뭇가지를 살랑살랑 흔들었다. 내리쬐는 오후의 태양이 등을 덥혀서 땀이 날 정도였다. 정원의 철문을 열고 하품을 참으며 미쿠라관 앞을 지나는 길을 보았다.

차가 서 있었다. 길가에 세워둔 게 아니라 길 한복판에 멈춰 서 있었다. 그것도 한 대가 아니라, 그 뒤차도, 그 뒤차도, 멈춰 있는 차들이 줄줄이 늘어서 있었다. 반대편 차선도 같은 상태였는데, 신호가 파란불로 바뀌어도 한 대도 움직이지 않았다. 그런데도 경적 소리는커녕 불평 소리조차 들리지 않았다.

"어, 어떻게 된 거지……?"

주변은 정적에 휩싸여 있었다. 미후유는 조심스레 차로 다가가 차창 너머로 안을 들여다봤다. 아무도 없다. 운전석도, 조수석도 텅 비어 있었고, 음료수 홀더에 놓인 캔커피를 마시는 사람도 없었다. 뒷좌석 유아 시트에는 핑크색 딸랑이가 널브러져 있었다.

오싹 소름이 돋아서 달려가 뒤차를 들여다봤다. 하늘색 방석이 놓인 좌석에는 역시 아무도 없었다. 그 뒤차도, 그 뒤차도, 사람 없이 텅 빈 차와 누군가가 있던 흔적만이 남겨져 있었다.

내리쬐는 햇빛을 받아 따뜻했던 등이 지금은 얼어붙을 것처럼 싸늘했다. 미후유는 다리가 덜덜 떨리는 걸 느꼈다.

"치, 침착해…… 차문이 다 조금씩 열려 있는 걸 보면 모두 자기 발로 내린 거야."

스스로를 이해시키려 하면서도 떨림은 조금도 멎지 않았다. 정신을 차렸을 때, 미후유는 달리고 있었다. 누군가를 만나야 한다. 만나서 무슨 일이 일어났는지 물어야 한다.

하지만 달리고 또 달려도 아무도 없었다. 인도에도, 고서점 거리에도, 도로는 인기척 없이 텅 비어 있었다. 불은 켜져 있었고, 셔터도 올라가 있었으며, 상품들도 평소처럼 진열되어 있었다. 그런데 아무도 없었다. 인간만 모습을 감췄다. 누군가가 마시고 있던 음료수 병이 바람에 날려 아스팔트를 데굴데굴 구르다 인도 옆으로 떨어졌다.

요무나가마을에서 주민들이 사라졌다.

제4화

# 쓸쓸한 마을에 남겨지다

미후유는 몇 번이고 눈을 비비고 질끈 눈을 감았다. 심호흡을 하며 배에 힘을 준 후 눈을 뜨고 주변을 둘러봤다. 예전에 파란 물고기 머리에 작살을 든 물고기 괴인에게 쫓기는 꿈을 꾸었을 때, 이렇게 해서 꿈에서 깰 수 있었다. 하지만 효과는 없었다.

여전히 도로에는 텅 빈 차들이 늘어서 있었고, 들리는 건 바람 소리뿐이었다. 차량 중에는 이변에 놀라 황급히 브레이크를 밟았는지 맞은편 차선을 침범한 차량도 있었다.

"대체…… 무슨 일이 일어난 거야?"

누구든 좋으니 사람을 찾아서 무슨 일이 일어난 건지 묻고 싶었다.

사람이 없는 건 어디나 마찬가지였다. 아무와도 마주치지 않았고, 누군가의 뒷모습을 보는 일도 없었다. 차들은 모두 멈춰 있었지만 신호등은 정상적으로 움직이고 있었다. 일정한 리듬으로 파란불에서 노란불, 노란불에서 빨간불, 그리고 다시 파란불로, 램프는 묵묵히 빛나고 있었다.

이런 상황이었지만 미후유는 평소처럼 횡단보도 앞에 서서 파란불로 바뀌기를 기다렸다가 건너편 마트에 들어갔다. 자동문이 열리자 매장 음악과 '어서 오세요'라는 기계 음성이 들려서 조금 마음이 놓였지만, 그 안도감도 순식간에 사라졌다. 문 앞에 자리한 신선식품 코너에도, 상품이 놓인 진열대 사이에도 사람은 없었다. 한 바퀴 둘러보고 입구로 돌아왔을 때, 미후유의 심장은 터질 듯이 빠르게 뛰고 있었고, 숨도 가빠져 있었다.

다리가 덜덜 떨려서 청과물 코너의 매대를 짚으려던 차에 사과가 하나 떨어져 움푹 패었다. 하지만 점원이 달려오는 기척은 느껴지지 않았다.

"아무도 없어요?"

큰 소리로 외쳐도 돌아오는 건 매장 음악과 냉장고가 돌아가는 소리뿐이었다.

더는 냉정을 유지할 수 없었다.

미후유는 마트를 나와 길가에 늘어선 주택의 초인종을 닥치는 대로 눌렀다. 휴대전화는 전파가 잡히지 않아서 파출소로 달려가 전화를 들었지만 어찌된 영문인지 수화기에서는 아무 소리도 들리지 않았고, 다이얼을 눌러도 아무 반응이 없었다. 전기는 통하는데 어째서인지 전화만 불통이었다. 서점 문을 거칠게 열어 아무도 없는 걸 보고 총알처럼 밖으로 튀어나와 다음 가게로 들어갔다.

아버지의 유도장도 텅 비어 있었다. 토요일이면 아이들도 이 시간부터 연습을 시작했을 터였다. 쿵, 하고 낙법 연습을 하는 소리나, 아이들을 지도하는 지훈의 절도 있는 목소리가 밖에까지 울려 퍼지고는 했다. 하지만 지금은 무서울 정도로 조용했다. 육중한 문을 열고 안을 들여다봤다. 예상대로 도장은 텅 비어 있었다.

눈에 점점 뜨거운 것이 차오르며 시야가 흐려졌다.

"침착해, 침착해. 분명 북커스 때문일 거야. 괜찮아."

소매로 눈물을 훔치며 한숨을 내쉬었다.

도장을 뒤로한 미후유는 사람을 찾을 기력이 사라져 힘없이 고개를 숙인 채 상점가로 터덜터덜 걸어갔다.

"여기는 현실이야. 나는 규칙을 따라 도둑을 붙잡았고 도둑맞은 책을 되찾았어. 이제 북커스는 풀렸어. 그럼 마을 밖으로 나갈 수 있을 거야."

전철이 어떻게 됐는지 확인하고 싶었다. 그리고 입원 중인 아버지는 어떻게 되었을까.

여러 종류의 음식 냄새가 풍기고 있는 상점가는 평소와 다름없는 모습이었다. 가게 앞에 늘어선 과자들은 초등학생 손님을 기다렸고, 생선 가게에서는 등 푸른 생선과 광어가 얼음물에 담겨 진열되어 있었으며, 닭고기 전문점에서는 양념된 닭꼬치를 굽는 맛있는 냄새가 식욕을 자극했다. 청과물 가게의 초록색 통에 산처럼 쌓인 잘 익은 빨간 토마토. 하지만 파는 사람도, 사는 사람도 없었다.

미후유는 닭고기 전문점 앞에서 걸음을 멈추고 살짝 까치발을 해서 기름때가 묻은 창문으로 안을 들여다봤다. 평소였다면 커다란 몸을 불편하게 구부린 채 닭꼬치를 굽는 주인 할아버지의 모습이 보였을 테지만, 망가진 환기팬만이 덜컹덜컹 시끄러운 소리를 내고 돌아갈 뿐이었다. 그릴 위에 남겨져 타들어가는 닭꼬치를 보고 미후유는 창문 너머로 손을 뻗었다. 옆구리에 쥐가 날 것 같았지만 간신히 닭꼬치를 옆에 놓인 그릇에 옮겨놓았다.

매콤달콤한 양념으로 끈적거리는 손가락을 빨고 있는데 상점가의 마스코트 고양이가 다가와 다리에 몸을 비볐다. 부드러운 꼬리가 종아리에 닿았다.

"고양이는 있네……."

미후유는 쭈그리고 앉아 가르릉거리는 고양이를 쓰다듬었다. 귀 뒤와 턱 아래를 긁어주고 있는데 작은 그림자가 바닥을 따라 이동했다. 참새 한 쌍이 빵집 앞에서 빵 부스러기를 먹고 있었다. 멍, 소리가 나서 돌아보니 맞은편에서 회색 푸들이 빨간 목줄을 끌며 이쪽으로 달려오고 있었다.

"설마 산책 중에 주인이 사라진 건가?"

미후유는 일단 목줄을 집어 들고 나중에 주인이 찾기 쉽게 표지판 기둥에 묶어놓았다. 인간을 제외한 생물들은 남아 있다는 사실에 다소 안도했다.

요컨대 지금은 인간만 없는 상황인 것이다. 사방이 캄캄한 어둠 속에서 아주 가느다란 빛줄기가 드리운 것 같았다. 그저 공포에 떨며 혼란에 빠지는 것보다는 훨씬 나았다.

"좋았어. 빨리 사람들을 찾자."

상점가를 빠져나와 역을 향해 언덕길 계단을 뛰어 올라갔다. 역 앞에도 아무도 없었고, 사람이 들어가지 못하도록 선로를 에워싼 펜스 너머를 들여다봐도 열차는 한 대도 서 있지 않았다. 그래도 일말의 희망을 안고 승차권 판매기에서 옆 마을까지 가는 표를 사서 자동개찰기를 통과했다. 기계는 평소처럼 움직여 미후유를 구내로 들여보냈다. 승강장으로 올라가는 짧은 계단을 디뎠을 때, 전화가 울렸다.

흠칫해서 주변을 둘러보았다. 아까 전화를 걸려고 했을 때는 아무 반응도 없더니. 하지만 분명히 전화벨이 울리고 있었다. 아무래도 소리는 역 사무실에서 나는 것 같았다.

마음 한구석으로 역무원이 달려와 수화기를 들길 기도했지만, 예상대로 아무도 받지 않았다. 벨소리는 잠시 울리다 이내 멎었다.

썰렁한 승강장의 플라스틱 벤치에 앉아 전철이 오기를 기다렸다. 휴대전화를 꺼내 아버지에게 걸어봤지만 역시 발신은 되지 않았다. 기둥에 걸린 시계의 초침이 움직이는 것이나, 하늘에 구름이 흘러가는 걸 보면 시간이 멈춘 건 아니었다. 기다리다 보면 전철이 오겠지.

그러자 빠앙, 하고 경적 소리가 났다. 퍼뜩 고개를 들어 선로 끝을 보자, 생각대로 열차가 승강장에 들어서고 있었다. 미후유는 흥분을 억누르며 자리에서 일어났다. 옆 역으로 가서 요무나가마을에서 멀어지면 분명 사람을 만날 수 있을 테고, 어른, 어쩌면 경찰에 이 상황을 알릴 수 있을 것이다.

하지만 전철은 속도를 늦추지 않았다. 요무나가역이 마치 존재하지 않는다는 양, 푸른색 차체는 미후유의 눈앞을 스쳐 지나갔다. 빠르게 흘러가는 창문 너머로 승객들이 보였다. 하지만 누구 하나 고개를 들지 않았고, 역을 통과했다는 사실조차 알아채지 못한 눈치였다.

"저…… 저기요! 이 역은 급행도 서는 역이거든요!"

미후유의 외침은 굉음에 묻혀 사라졌고, 전철은 순식간에 승강장을 통과해 선로 끝으로 사라졌다. 바람이 두고 간 선물처럼 나뭇잎이 미후유의 발밑으로 떨어졌다. 참새 울음소리만 유독 크게 울려 퍼졌다.

원래대로 고요함을 되찾은 승강장에서 멍하니 서 있는 미후유는 울려 퍼지는 벨소리에 정신을 차렸다. 역 사무실 전화가 또다시 울리고 있었다.

미후유는 머뭇머뭇 역 사무실의 문손잡이를 잡고 천천히 돌렸다. 잠겨 있을 줄 알았는데 부주의하게도 열려 있었다. 미후유는 조심스레 문을 열고, 교무실을 연상시키는 어수선한 사무실로 들어갔다.

전화는 서류가 쌓인 책상 위에서 울리고 있었다. 심호흡을 하며 수화기를 들고 "여보세요?"라고 대답했다.

"……다. 3분 일찍 도착."

"모르겠습니다, 분명히 역은."

"저기, 여보세요?"

사람 목소리가 들리기는 했지만 영 소리가 멀어서 수화기를 귀에 밀착시켰다.

“여보세요? 저기, 도와주세요. 이상한 일이 일어났어요.”

누구든 좋으니 이 상황을 함께 고민해줄 사람이 필요했다. 하지만 수화기 너머의 상대는 미후유의 목소리 같은 건 들리지 않는다는 듯 혼자서 말을 이었다.

“왜 정차하지 않았지?”

“정차해야 할 역이 없었습니다.”

이건 대화다. 목소리가 다른 두 사람이 대화를 나누는 것이다. 마치 누군가의 통화 내용을 엿듣는 느낌이었다. 그렇지만 역에 관한 대화임은 분명해서 뭔가 실마리가 될 게 없을까 하는 마음에 계속 듣고 있었다. 하지만 소리가 작았다. 미후유는 통화 음량을 올리는 버튼을 눌렀지만 달라지는 건 없었다.

“착각이라고?”

“네. 요무나가라는 역은 없습니다. 선로도를 보십시오.”

“이쪽 선로도에는 있었는데…… 아, 착각했군, 없어.”

미후유는 오싹한 기분으로 수화기를 내려놓고 전화를 끊었다.

‘요무나가라는 역이 없다고?’

믿을 수 없었다, 믿고 싶지 않았다. 하지만 급행 정차 역임에도 전철은 역을 통과했고, 전화는 연결됐지만 자신의 목소리는 상대방에게 전달되지 않는 상황을 정리해보니, 역시 마을은 여전히 봉쇄되어 있다고 봐야 할 것 같았다.

마시로의 얼굴이 떠올랐다. 만일 마시로가 옆에 있었다면 분명 도와줬을 텐데. 하지만 마시로는 북커스의 세계에서만 존재한다.

역 사무실을 나와 표를 자동개찰기에 넣자 문이 닫히며 에러 표시가 떴다. 승차역에서 이동하지 않고 같은 역에서 하차하려고 하면 생기는 에러라, 평소 같았으면 역무원에게 문의했겠지만 지금은 아무도 없었다. 미후유는 "어쩔 수 없잖아" 하고 중얼거리며 개찰기를 타고 넘어갔다.

역은 언덕 위에 있어서 개찰구를 나오면 요무나가마을 전체가 한눈에 들어온다. 태양은 기울어갔고, 짙은 노란빛을 띠기 시작한 오후의 햇살이 주택 지붕을 비추고 있었다.

주변은 으스스할 정도로 적막했다. 평소의 소음에 너무 익숙해져서, 아무 소리도 나지 않는 게 이토록 무서운 일이라는 걸 처음 알았다. 해 질 녘의 풋내 나는 바람이 머리카락을 흔들고, 땀이 밴 미후유의 이마를 쓸었다.

상점가로 내려가는 계단 앞에 서서 미후유는 잠시 고민했다. 그리고 오른쪽으로 몸을 돌려 걸음을 옮겼다. 병원으로 가자. 아버지가 걱정됐다.

하지만 병원 자동문이 열린 순간 미후유는 다리에 힘이 빠졌다. 매장 음악이 흐르는 마트나 동물들이 있던 상점가, 전철 소리가 나는 역과 달리, 인적 없는 병원의 적막함은 등골을 서늘하게 했다. 하얀 벽과 복도, 아무도 없는 접수처와 대기실에 놓인 옅은 빛깔의 소파, 그리고 주인 잃은 목발이 바닥에 널브러져 있었다. 진료비 정산 번호가 표시된 전광판은 계속 같은 숫자를 표시하고 있었다. 소독약 냄새도 불안을 한층 가중시켰다. 언젠가 TV에서 보았던, 병원에 얽힌 괴담이 머릿속을 스치고 지나가서 황급히 고개를 저었다. 미후유는 두 손으로 몸을 감싸고 텅 빈 병원 안쪽으로 들어갔다.

엘리베이터 앞에는 이동용 침대가 남겨져 있었다. 분명 간호사가 환자를 이동시키는 중이었겠지만, 침대는 누군가가 누워 있던 흔적만 남은 채 텅 비어 있었다.

침대에 정신이 팔린 미후유는 시선을 그쪽에 고정한 채 엘리베이터 버튼을 눌렀다. 그 탓에 버튼을 누르기 전부터 엘리베이터가 움직이고 있다는 사실을 알아채지 못했다.

땡, 하는 소리가 난 뒤 엘리베이터의 은색 문이 열렸다. 그 순간 미후유는 숨을 삼켰다. 사람이다!

"꺄악!"

"으악!"

얼빠진 비명이 양쪽에서 터져 나왔다. 미후유는 펄쩍 뛰며 뒤로 물러났고, 엘리베이터에 타고 있던 청년은 놀란 나머지 그대로 엉덩방아를 찧었다. 가슴에 손을 올리고 얕은 숨을 내뱉으며 날뛰는 심장을 진정시키던 미후유는 청년을 자세히 보았다.

"아…… 하루타 씨?"

와카바당에서 근무하는 버섯머리 청년, 아까 북커스를 일으킨 책 도둑이었다.

"미쿠라 미후유 씨? 설마 당신을 만날 줄이야……."

그러는 동안 엘리베이터 문이 닫히려 해서 미후유는 황급히 버튼을 눌렀다. 그사이에 하루타는 자리에서 일어나 젓가락 같은 다리로 휘청거리며 밖으로 나왔다.

"이거 못난 꼴을 보여드렸군요."

"피차 마찬가지죠……. 그보다 하루타 씨는 어떻게 여기 있는 거예요? 왜 다른 사람들처럼 사라지지 않았죠?"

"그건 내가 묻고 싶군요. 홀로 남겨진 줄 알았는데."

두 사람은 동시에 한숨을 내쉬며 마주 보았다. 조금씩 웃음이 밀려 올라와 미후유는 "푭" 하고 웃음을 터뜨리며 배를 잡고 깔깔 웃었다. 하루타도 덩달아 웃었다. 정적에 휩싸여 무기질적인 분위기가 한층 돋보이는 병원 안에 두 사람의 경쾌한 웃음소리가 크게 울려 퍼졌다. 한바탕 웃고 난 뒤, 두 사람은 정보를 교환하기로 했다.

"역에서 이상한 일이 일어나고 있었어요. 열차가 그대로 통과하더라고요. 역 사무실의 전화벨이 울려서 받아봤더니 어떤 사람들이 대화하는 소리가 들렸어요. 하지만 내 목소리는 상대방에게 닿지 않아서, 꼭 엿듣는 것 같았죠."

"그렇다는 건 요무나가의 외부에는 사람이 있는 거네요."

"아마도. 열차가 지나갈 때 안에 사람이 탄 걸 봤어요. 아마 북커스에 걸렸을 때처럼, 우리는 마을에 갇힌 거예요."

하루타는 "그렇군요" 하고 중얼거리더니 손을 턱에 대고 생각에 잠겼다.

"……그쪽은 왜 병원에 있죠?"

"네? 아…… 아유무 씨를 만나려고 했어요. 책을 훔쳐서 잘못했다고 사과하려고요."

하루타는 미후유보다 먼저 북커스의 세계에서 미쿠라관으로 돌아왔다고 한다.

"미후유 씨 모습은 못 봤는데, 신발이 있어서 아직 돌아오지 않았나 보다 했죠."

그리고 미쿠라관을 나와 곧바로 병원으로 갔다. 도둑질을 한 것, 방금 보았던 기묘한 세계에서 겪었던 일로 머리가 꽉 차서, 마을에서 일어난 이변을 알아채지 못했다. 병원에 도착하고 나서야 사람이 없다는 걸 알아챘다.

"처음에는 무슨 파업이라도 하나 싶었는데, 환자도 하나도 없는 게 영 이상하더군요. 불안한 마음에 병원을 뛰쳐나와 역 앞이나 상점가가 텅 빈 걸 뒤늦게 알아챘어요. 완전히 패닉에 빠져서 전철을 탈 생각조차 못 하고 걸어서 강을 건널 수 있을지 시험해봤죠."

"아, 다리가 있었군요. 어땠어요?"

"건넜으면 여기 없겠죠. 다리가 사라졌습니다. 분명히 있을 텐데, 어디로 가도 다리에 이르지 못했습니다. 평소처럼 다리를 향해 걸어가고 있었는데, 정신을 차려보니 어느샌가 길모퉁이를 돌고 있거나 해서 강가에 가까이 갈 수가 없었어요."

요무나가마을은 두 개의 다리 사이에, 마치 삼각주 같은 형태로 자리하고 있다. 강을 건너지 못하면 마을 밖으로 나가는 건 불가능했다.

"전화도 해봤어요. 하지만 전파가 불통이었어요. 당연히 인터넷 연결도 안 되고, 서점 와이파이도 안 되고요. 어쩔 수 없이 병원으로 돌아왔다가 당신과 만난 겁니다."

"……그렇군요."

"그나저나 걱정이군요. 동생하고도 연락이 안 돼요."

"동생이 있어요?"

그러자 하루타는 눈을 깜빡거리며 미후유를 쳐다보았다.

"어, 몰랐어요? 미후유 씨하고 같은 학교인데 문예부예요. 당신한테 말을 걸었는데, 찬바람이 쌩쌩 불었다고 하던데."

"어이가 없네, 둘이 남매예요?"

전철에서 내릴 때 말을 걸어온 그 여학생이 틀림없었다. 그러고 보니 안경이라는 공통점을 제외하고서라도 비슷하게 생긴 외모였다. 미후유가 질색하듯 얼굴을 찡그리자, 하루타는 축 처진 표정으로 말했다.

"너무 그러지 마세요. 동생은 동생대로 어떻게든 미쿠라 집안하고 인맥을 만들고 싶었던 거예요."

"그렇다면 더더욱 반갑지 않고, 평생 못 이룰 거라고 전해주세요. 에휴, 결국 다들 우리 집밖에 안중에 없다니까. 알고는 있었지만."

미후유는 한숨을 쉬며 힘없이 엘리베이터 버튼을 눌렀다. 즉시 문이 열리며 밝은 크림색 빛이 미후유를 맞이했다.

"어디 가려고요?"

"아빠한테, 원래 아빠한테 가려던 길이었어요."

"아, 그럼 저도 같이……."

"……따라오지 마세요."

매섭게 쳐다보자 하루타는 순간 움찔했지만, 가볍게 헛기침을 하더니 "너무 그러지 마세요"라고 말하며 엘리베이터에 탔다.

"둘밖에 없는데 잘 지내야죠……. 아유무 씨도 역시……."

"사라졌다고요?"

하루타는 대답 대신 고개를 끄덕였다. 미후유는 그 이상 말하지 않았지만, 하루타를 쫓아내는 대신 난폭하게 3층으로 올라가는 버튼을 눌렀다. 3층에 있는 아유무의 병실에 도착할 때까지 두 사람은 침묵했다.

4인용 병실로 들어서자, 침대 사이에 걸린 노란 커튼이 하늘하늘 바람에 흔들리고 있었다. 창문이 활짝 열려 있었다. 미후유는 고집을 부리듯 턱을 쳐들고 성큼성큼 실내를 가로질러 아버지가 있어야 할 침대 커튼을 힘껏 젖혔다. 하루타의 말대로 아버지의 모습은 없었고, 침대에는 누군가가 있던 흔적만이 남아 있었다.

"……정말, 어디 간 거지."

침대 테이블에는 아버지의 휴대전화와 미후유가 아까 사다놓은 책이 놓여 있었다. 오늘 하루에 너무 많은 일이 일어나서, 오전 중에 이 책을 샀다는 사실도 이제 믿을 수가 없었다.

미후유는 창문을 닫으려고 침대 안쪽으로 가서 창틀을 잡고 걸쇠를 잠갔다. 그때 베갯머리에 놓인 낯선 물건이 눈에 들어왔다.

"이게 뭐지?"

갈색 가죽 커버의 수첩이었다. 아버지가 이런 걸 가지고 있었던가? 수첩을 들고 이리저리 살펴봤다. 가죽 커버는 낡아서 쭈글쭈글

했고, 손때 묻은 곳들은 변색되어 있었다.

미후유는 힐끗 하루타를 보았다. 하루타는 문병 와서 친척을 불편하게 하지 않으려 배려하는 사람처럼 침대에서 조금 떨어진 곳에 서서 미후유가 든 수첩을 힐끔거리고 있었다. 그 역시 궁금한 모양이었다.

미후유는 수첩을 펼쳤다. 일단 이게 무엇인지, 스케줄 수첩인지 아니면 일기인지, 그것만이라도 확인하기 위해 팔락팔락 페이지를 넘겼다. 페이지를 넘기는 미후유의 미간이 점점 깊게 패었다.

"이게 뭐야? 내용을 빼곡하게 써놨네."

수첩의 가늘고 좁은 점선을 따라 볼펜으로 쓴 글씨가 빼곡하게 빈틈없이 늘어서 있었다. 다음 페이지도, 그 십수 페이지 뒤에도, 50페이지 뒤에도. 게다가 대충 훑어본 바로는 스케줄 정리도, 일기도 아니었다. 수첩에 적힌 건 소설이었다. 필체는 분명 아버지의 것이었다. 게다가 등장인물의 이름도 낯익었다.

가이치, 다마키, 아유무.

"……아빠, 소설을 쓰고 있었네."

"네?"

재빨리 다가와 미후유에게 수첩을 건네받은 하루타가 페이지를 넘기기 시작했다.

"정말이네요. 가족을 모델로 한 가족소설이에요."

"웬일이야, 우리 아빠, 작가 지망생이었어?"

책의 신을 모시는 미쿠라관 뒤편의 신사를 찾아와 에마에 '올해는 무슨 일이 있어도 꼭 신인문학상을 탄다'라고 잔뜩 기합을 넣은 다짐을 적어놓고 가는 작가 지망생들을 미후유는 내심 우습게 보고 있었다. 그러자 하루타가 발끈한 표정으로 "뭐 어때요?" 하고 말했다.

"저도 예전부터 소설도 쓰고 투고도 해요. 신사에 소원을 빌러 가기도 하고요. 어설픈 작품이라 간신히 1차 심사를 통과하는 수준이지만, 소설가가 되고 싶다고 꿈꾸는 게 나쁜 일은 아니잖아요."

"그건 그런데."

"네, 그렇죠. 그리고 아유무 씨는 미쿠라 집안 사람이에요. 소설책에 파묻혀 살아가는 집안의 일원이라면 소설을 쓰고 싶어질 법도 하지 않나요?"

그때 미후유의 머릿속에서 기억의 일부가 불꽃처럼 반짝였다. 그리고 바닥에 펼쳐놓은 스케치북을 내려다보며 뭔가를 열심히 쓰고 있던 자신의 작은 손이 선명하게 떠올랐다.

스케치북에 그려진 건 크레파스로 어설프게 그린 소녀의 그림이었다. 커다란 눈동자, 어깨까지 오는 머리카락, 머리에는 삼각형의 두 귀가 달렸다. 소녀는 커다란 입으로 생긋 웃고 있었다.

"왜 그러세요? 갑자기 넋 나간 사람처럼."

"……네? 아, 아무것도 아니에요. 잠깐 정신이 멍해져서."

"정신 차리세요. 그보다 이거……."

하루타가 수첩의 한 페이지를 펼쳐 내밀었다. 페이지와 페이지 사이에 오렌지색의 털 한 다발이 끼워져 있었다. 손끝으로 집어서 감촉을 확인하던 미후유의 눈이 점점 커졌다.

"이건……."

분명히 동물의 털이다. 아연실색한 미후유를 향해 하루타가 고개를 끄덕였다.

"여우 털이에요, 틀림없어요."

병원을 나오기까지 두 사람은 바닥과 계단 구석구석을 살피며 여우 털을 찾았다. 지금까지는 전혀 신경도 쓰지 않았는데, 오렌지색 털들이 놀라울 정도로 여기저기에 떨어져 있었다. 유리창에는 발톱으로 긁은 흔적까지 남아 있었다.

지친 표정으로 비틀거리며 병원을 나온 두 사람은 저녁노을에 붉게 물든 마을에도 여우의 흔적이 없는지 살펴봤다. 바람에 날아간 모양이었지만, 화단 나뭇가지에 걸려 있는 털을 찾을 수 있었고, 상점가의 세탁소 앞에는 흙투성이 발자국이 남아 있었다.

상점가에서 서점 골목으로 나오자 하루타가 벤치에 앉았다. 미후유도 살짝 거리를 두고 앉았다. 등받이에 기대자 숄더백에 든 아버지의 수첩이 닿아 딱딱했다.

"……어떻게 된 일이죠."

"눈치챘을 거 아니에요. 모두 여우가 되어버린 거예요."

"잠깐만, 그건 북커스 세계에서 일어난 일이잖아요."

아까 끝낸 '은빛 짐승'의 북커스에서는 분명 주민들이 모두 여우로 바뀌었다. 미후유와 하루타는 이야기 속 세계에서 발견한 기계의 영향으로 원래 인간의 모습으로 돌아갔지만, 다른 주민들은 그대로였다.

"지금까지는 저주가 풀리면 반드시 세계는 원래대로 돌아갔어요. 진주 비도 그쳤고, 신랑이 되어버린 지훈도, 폼 잡는 사립 탐정이 된 산초도, 마을과 함께 원래대로 돌아왔다고요."

"하지만 상황을 봐요, 여우 흔적이 여기저기 있잖아요. 이걸 달리 설명할 수 있어요?"

"아뇨. 그럼 다들 여우 모습으로 가게나 병원에 있어야 하는 거 아니에요? 설령 패닉에 빠져 어딘가로 숨어버렸다고 해도, 하나쯤은 있어야 정상일 텐데, 왜 아무도 없죠? 다들 어디로 간 거냐고요."

하루타도 말문이 막혔는지 고개를 숙이며 말했다. "그건…… 의문을 늘리지 말아주세요."

까마귀들이 울면서 붉은 하늘을 날아갔다. 언젠가 TV에서 까마귀는 지능이 높아서 울음소리로 동료와 소통한다는 얘기를 본 적이 있었다. 저녁노을로 물든 하늘을 날며 분명 '집에 가자'고 말하는 것이리라.

미후유는 허기와 갈증을 느꼈다. 오늘은 아침부터 계속 돌아다녔고, 게다가 북커스 세계와 현실은 시간의 흐름이 달라서, 체감으로는 24시간은 거뜬히 지난 것 같았다.

"……조금 쉬어야겠어요. 배도 고프고, 졸리고…… 오늘 종일 돌아다녔거든요. 북커스 세계에 연속으로 두 번이나 들어갔다 왔다고요. 그쪽하고 그 게이코 씨 때문에."

생각만큼 목소리에 힘이 들어가지 않았고, 실제로 말로 했더니 단숨에 피곤이 몰려왔다. 집에 가고 싶다.

"알았어요. 이제 밤이 될 테니 내일 생각하도록 하죠. 저도 지쳤네요. 그전에 부탁 하나만 해도 될까요?"

"뭔데요?"

"아까 발견한 아버님의 수첩을 오늘 밤만 빌려주셨으면 해서요."

예상 밖의 부탁에 미후유는 한껏 얼굴을 찡그렸다.

"네? 왜요?"

"읽어보고 싶어서요. 훔치려는 게 아니니까 걱정 마요."

그런 소리를 들어도 아까 집안의 중요한 서고에서 책을 훔친 인물에게 아버지의 수첩을 쉽게 넘겨줘도 되는 걸까. 미후유는 의구심을 숨기려고도 하지 않고 하루타를 빤히 살펴보았지만, 딱히 거절할 이유도 없었다.

아버지의 수첩에는 뭔가 중요한 것이 숨겨져 있다는 예감이 들었다. 하지만 미후유는 소설을 읽는 게 힘들었고, 무엇보다 아버지가 쓴 글을 읽는 게 왠지 쑥스러웠다.

"……내일 꼭 돌려줘야 해요. 꼭이요."

"네, 약속할게요."

미후유는 불퉁한 얼굴로 숄더백에서 수첩을 꺼내 하루타에게 건네며 말했다. "이상한 짓 하면 그쪽 동생을 가만 안 둘 거예요."

"협박인가요? 알겠습니다."

하지만 연락을 주고받으려 해도 전파가 불통이니 전화번호나 메일 주소를 교환한들 쓸모없었다.

"내일 아침 10시에 미쿠라관에서 만나는 건 어떨까요?"

하루타의 제안을 받아들인 후 미후유는 그와 헤어졌다.

돌아오는 길에 상점가의 빵집 앞에 아까 만났던 그 푸들이 아직 있는 걸 보고 기둥에 매어놓은 목줄을 풀었다. 목걸이에 적힌 주소를 확인해보니 근처였다. 미후유는 푸들을 집 안뜰에 넣어놓고 문을 닫았다. 집에는 역시 아무도 없었다.

집으로 돌아왔지만 불이 켜진 집은 하나도 없었다. 건물은 저물어가는 붉은 어둠에 휩싸여 검게 보였다. 문을 열고 집으로 들어가기 직전에 아버지가 이제 왔느냐고 맞이해주지 않을까 살짝 기대했지만 역시 아무도 없었다.

"애초에 입원 중이었잖아."

미후유는 혼잣말을 중얼거린 뒤 한숨을 쉬며 머리를 묶은 고무줄을 빼서 긴 머리를 늘어뜨렸다. 냉장고를 열고 보리차를 컵에 따라 단숨에 마신 뒤, 곧바로 다시 한 잔을 따라 숨도 안 쉬고 들이켰다. 그리고 어육 소시지를 꺼내 껍질을 벗겨내고 열은 핑크색 소시지를 우걱우걱 먹었다.

배는 고픈데 식욕은 별로 없었다. 계란과 컵라면이 있었지만 불을 써서 조리하거나 물을 끓이는 게 귀찮았다.

소시지 네 개를 먹은 미후유는 쓰레기통에 껍질을 버리고 다시 보리차를 마신 뒤 그대로 침실로 가서 옷도 갈아입지 않고 침대에 쓰러졌다. 이불을 뒤집어쓰고 제 냄새가 나는 베개에 얼굴을 묻었다. 그러자 갑작스레 눈물이 쏟아졌다. 따뜻한 눈물이 솟아났다가 흐르고, 솟아났다가 흘러 베개를 적셨다. 미후유 스스로도 당혹스러웠지만, 이내 감정이 파악되자 소리 내어 울기 시작했다.

"계, 계속 이대로면 어쩌지?"

말로 하자 한층 더 괴로웠지만, 이렇게라도 하지 않으면 가슴 언저리가 폭발할 것만 같았다.

"아빠…… 다들 어, 어디로 가버린 거야? 무서워, 나 무서워."

혼자 이불을 뒤집어쓰고 어릴 때처럼 서럽게 울었다. 달래주는 사람은 아무도 없었고, 들리는 건 자신의 훌쩍이는 소리뿐이었다. 차례로 호흡이 진정됐다. 울다 지친 미후유는 그대로 잠들었다.

—미후유, 넌 미쿠라 집안의 아이니까.

퍼뜩 눈을 뜨자 주변은 어두웠고, 옅은 먹물을 퍼뜨려놓은 듯한 천장에 둥근 조명이 어렴풋이 보였다. 미후유는 신음하며 고개를 들어 머리맡의 자명종 시계를 보았다. 7시 5분. 두 시간쯤 잔 듯했다.

악몽을 꾼 것 같다. 정신이 완전히 들면 어렴풋이 남은 잔재조차 사라지겠지만, 그래도 찝찝한 뒷맛이 계속 남아 있었다. 할머니의 꿈이었다.

부스스한 머리를 대충 손으로 정리하며 일어나 창밖을 내다보았다. 여전히 인기척은 없었고, 주인이 사라져 배를 곯는 개들이 짖는 소리가 여기저기서 들려왔다. 정신을 차려보니 커튼을 꽉 쥐고 있었다. 그대로 힘차게 커튼을 쳤다.

모두가 사라진 건 틀림없이 미쿠라관의 북커스 때문이고, 저주를 걸어놓은 건 할머니인 다마키다. 왜 이런 짓을 한 거지. 미후유는 속이 뒤집힐 것처럼 분노하며 세면대에서 세수를 했다. 울어서 부은 눈을 비비며 거울에 비친 자신을 노려보았다.

아까 꾼 꿈은 거의 잊어버렸지만, 들은 말만은 아직 귓가에 울려 퍼지고 있었다.

—미후유, 넌 미쿠라 집안의 아이니까.

"대체 언제까지 따라다닐 거야."

미후유는 입술을 깨물며 불을 끈 뒤 몸을 홱 돌렸다.

그러고 보니 자전거를 병원에 놓고 왔다. 미후유는 전등이 켜져 있을 뿐 아무도 없는 어둑한 길을 걸었다. 한바탕 울고 나서인지, 아니면 할머니에게 화를 내서인지, 껍질로 무장한 게처럼 마음이 단단해져 있었다. 불안도, 외로움도 느끼지 못했다. 오히려 커다란 집게발로 북커스에게 도전하고 싶은 심정이었다.

미쿠라관에 도착한 미후유는 담장 밖에 방치된 게이코의 하얀 산악용 자전거를 힐끗 보고 나서 정원으로 들어갔다. 철문을 닫기 전에 풀이 흔들리는 소리가 난 것 같았지만, 고양이일 거라 생각하고 디딤돌 위를 걸어갔다. 그때 "아" 하고 나지막한 목소리와 함께 어둠 속에서 사람 얼굴이 스르륵 나타났다.

"으아아아아악!"

"아…… 죄송합니다, 저예요."

다리가 꼬여서 엉덩방아를 찧은 미후유 앞에, 어두운 풀숲 사이로 손전등을 든 하루타가 당황하며 나타났다. 미후유는 하루타가 내민 손을 찌릿 노려본 뒤 혼자 힘으로 일어나, 있는 힘껏 성질을 부리며 탁탁 소리를 내고 흙을 털었다.

"남의 집에서 뭐하는 거예요?"

"……죄송합니다. 신경 쓰이는 게 있어서, 뭔가 실마리가 될 만한 게 없나 해서요."

"내가 없으면 들어가지도 못하는데…… 아, 도둑이었죠."

"열쇠를 갖고 있는 건 게이코 씨예요. 게이코 씨가 돌아오면 바로 돌려드리죠. 저는 그냥 바깥에서 보기만 해도 마음이 좀 진정될까 해서……."

"네, 그러세요."

이대로 하루타를 쫓아낼까 했지만, 생각을 바꿔 현관문을 열었다. 문을 열자마자 여느 때처럼 미쿠라관의 낡은 책 냄새가 났다.

두 사람은 신발을 벗고 현관으로 올라가 선룸으로 향했다. 전기가 꺼진 어두운 선룸에서 아직도 히루네의 코 고는 소리가 들렸다. 불을 켜자 히루네는 소파 위에 누워 여전히 곤히 잠들어 있었다.

미후유에게는 너무나 일상적인 풍경이라 아무 위화감도 느끼지 못했지만, 하루타가 말문을 열었다.

"궁금한 게, 히루네 씨는 왜 그대로 있는 거죠?"

"네?"

"다들 사라졌는데 이상하다는 생각 안 들어요?"

미후유는 "아" 하고 작게 외친 뒤 잠에서 깨지 않는 고모를 바라보았다. 나이를 짐작할 수 없는, 젊어 보이기도 하고 늙어 보이기도 하는 잠든 얼굴. 이 고모는 늘 미후유의 이해의 범주를 벗어나 있었다. 하지만 이번만은 '히루네 고모니까'라는 말로 정리할 수 없다는 예감이 들었다.

"고모. 히루네 고모, 일어나."

미후유는 히루네의 어깨를 잡고 흔들었다. 하지만 히루네는 잠에서 깨기는커녕 코 고는 소리가 더 커졌을 뿐이었다.

"잠이 얼마나 깊이 든 거야?"

"미후유 씨, 히루네 씨는 북커스에 걸렸을 때 항상 어떤 상태였습니까?"

"어떻다니요. 지금처럼 계속 자고 있었는데요."

"……그렇군요."

하루타는 미후유 옆으로 다가와 허리를 굽히고 히루네의 코 위에 손을 대거나, 뺨을 가볍게 쳤다. 그래도 깨지 않는다는 걸 확인한 뒤 어깨에 멘 가방에서 아버지의 수첩을 꺼내 미후유에게 건넸다.

"이거, 읽어봤습니다."

"벌써요?"

"내용이 길지 않아서 한 시간 정도 걸렸어요."

미후유는 본인이 쓴 것도 아닌데 수첩을 품에 안고 두근거리는 마음으로 "어땠어요?" 하고 물었다. "지루했어요?"라고 묻자 하루타의 입가에 살짝 미소가 번졌다.

"아뇨, 재미있었습니다. 본인과 가족을 모델로 쓴 소설이었죠. 장르로 따지면 자전소설이라 해야 할까요. 하지만 놀라울 정도로 잘 쓰셨어요. 마치 진짜 소설가가 집필한 것처럼."

미후유는 가슴을 쓸어내리며 수첩을 쥐고 있던 손에서 힘을 뺐다. 하지만 하루타의 표정은 점점 굳어갔다.

"문제는 소설의 완성도보다 내용입니다. 그보다 이 얘기를 들어 봤나요? 히루네 씨는 아유무 씨와 친남매가 아니라는 소문을요."

"……뭐라고요?"

"저는 들어본 적이 있습니다. 다마키 씨가 어느 날 갑자기 갓난아이를 데려왔다는 이야기를 마을 어르신한테서 들었죠. 그전까지 임신한 것 같지 않았는데 이상했다고. 그리고 히루네라 이름 지어진 갓난아이는 아유무 씨의 동생으로 자랐다고."

"그런 거짓말을 할 사람은 'BOOKS 미스터리'의 할아버지밖에 없죠. 그 영감, 우리 집안이 싫다고 그런……."

"가나메 씨한테도 들었지만, 이 얘기는 그분한테서만 들은 게 아닙니다. 그리고 아유무 씨의 수첩에도 적혀 있었어요. 히루네 씨는 아유무 씨의 친동생이 아니라고. 동생은커녕 인간도 아니라는 걸."

미후유의 손에서 힘이 빠졌다. 힘없이 떨어진 수첩은 카펫에 부딪혀 펼쳐졌다. 몇 번이나 봤던 아버지의 글씨, 보호자 면담 사인과 같은 필적이 페이지를 채우고 있었다.

"인간도 아니라고요?"

머릿속이 혼란스러워서 눈앞이 어지러웠다. 하지만 마음 한구석에서는 이해하고 있었다. 히루네는 신기한 사람이었다. 무슨 생각을 하는지 알 수 없었고, 늘 이 세상 사람이 아닌 것 같았다. 아유무나 미후유가 돌봐주지 않으면 식사조차 제대로 하지 않았다.

그 신기한 존재감은 마시로와 어딘가 비슷하기도 했다. 북커스와도 무관하지 않다는 건 알고 있었다. 책을 도둑맞을 때마다 히루네의 손에는 기묘한 부적이 남겨져 있었고, 미후유가 그걸 읽으면 마시로가 나타났으니까.

미후유는 천천히 무릎을 굽혀 수첩을 주웠다. 이걸 읽어야 한다. 아버지의 글씨가 빼곡히 적힌 얇은 종이를 만지며 눈을 꼭 감았다. 그리고 조심스레 수첩을 덮어 가방에 넣었다.

"지금은 그만두죠."

"네?"

미후유의 결단에 하루타의 눈이 휘둥그레졌다. 하지만 미후유는 이미 결정을 내렸다는 듯 단호하게 말을 이었다.

"어찌 되었든 히루네 고모를 깨우는 건 어려울 것 같고, 하루타 씨는 한 시간이면 읽는다지만 읽는 게 느린 나는 내일까지 걸릴지도 몰라요. 그보다 마을 사람들을 찾아야죠."

미후유는 문득 저녁때 역에서 들었던 통화 내용을 떠올렸다.

"맞아, 역으로 전화가 걸려왔죠. 이유는 모르겠지만 아마 마을 밖에 있는 역무원과 누군가의 통화가 들렸을 거예요. 통화 중 대기는 아니었고……."

"그렇군요. 전철도 일단 통과하고 있으니, 역은 북커스의 위력이 약해지는 곳일지도 모르겠네요."

"그럴지도요. 통화 내용을 듣자하니 이 역 자체가 사라진 것 같아요. 한쪽은 왜 요무나가에 정차하지 않느냐고 물었고, 다른 한쪽은 요무나가라는 역은 없다, 노선도를 보라고 대답해요. 그러고 나서 처음 사람도 다시 보니 노선도에 없다고 말하고요."

생각하고 싶지도 않았지만, 예상대로라면 위험한 상황이었다.

"한마디로 요무나가마을을 아는 사람이 있고, 노선도에도 있었는데, 다시 보니까 없어졌다는 거죠. 어쩌면 시간이 지나면서 존재가 흐려지는 게 아닐까요. 노선도에서도 사라져서, 마지막에는 존재하지 않게 되는 거죠."

입 밖으로 내니 한층 더 소름이 끼쳤다. 온도가 낮지도 않은데 미후유는 왠지 한기가 느껴져 두 손으로 어깨를 문질렀다.

"얼른 사람들을 찾아야 해요. 내일이 되면 요무나가라는 마을이 정말 사라질지도 몰라요."

만약 사람들이 사라진 것에서 그치지 않고 마을의 존재까지 잊힌다면…… 생각만 해도 끔찍했다. 미후유는 강도 건너지 못하고, 전철도 타지 못하는 상태로 텅 빈 마을에 홀로 남겨져, 책만 풍족한 상태로 덧없이 살아가는 제 모습을 상상했다.

"……알겠습니다. 그럼 오늘 밤 안으로 어떻게든 찾아보죠. 그런데 어떻게 찾을 거죠?"

하루타의 물음에 미후유는 말없이 벽을 향해 성큼성큼 걸어갔다. 벽에는 거대한 붙박이 책장이 있었다.

"미후유 씨?"

하루타가 고개를 갸웃했지만 미후유는 대답 없이 한 권의 책을 뽑아서 가져왔다. 그러고는 의아한 표정의 하루타에게 내밀었다.

"자요."

"네?"

낡고 두꺼운 책이었다. 미후유는 읽어본 적 없었지만,《작별을 고할 가치도 없는》이라는 제목이었다.

"빨리 이 책을 들고 밖으로 나가요."

"네?"

"훔치라고요. 그러지 않으면 북커스의 세계에 들어갈 수 없어요. 그쪽도 말했잖아요. 모두 여우가 됐다고요. 현실과 북커스의 세계는 별개일 텐지만, 분명 무슨 일이 생긴 거예요. 그걸 어떻게든 해결하기 위해서는 그쪽 세계에 가는 수밖에 없어요."

"……한마디로 저한테 또 도둑이 되라고요?"

책을 들이밀 때마다 한 발짝씩 뒷걸음질 치는 하루타를 보고 미후유는 서서히 짜증이 났다.

"달리 방법이 있어요? 그쪽이 안 할 거면 내가 할 거야!"

분개한 미후유는 책을 들고 현관으로 돌진하려고 했다.

"아, 잠깐만요, 기다려요!"

문을 박차고 나가려는 미후유를 하루타가 붙잡았다.

"알겠습니다, 알겠다고요."

내려간 안경을 올리며 하루타는 금방이라도 콧김을 뿜어낼 것처럼 화를 내는 미후유 앞에 섰다.

"제가 도둑이 되죠. 한 번이나 두 번이나 마찬가지니까요. 그리고 당신은 미쿠라 집안 사람이니 자기 집 장서를 반출해도 도둑으로 인식되지 않을지 모릅니다. 그게 아니더라도 미성년자를 도둑으로 만들 수는 없으니까요."

하루타는 그렇게 말하더니 미후유의 손에서 책을 가져갔다. 그제야 차분해진 미후유는 눈썹을 모으며 사과했다.

"미안, 내가 잘못했어요. 너무 흥분했었나 봐요."

"괜찮다니까요."

하루타는 《작별을 고할 가치도 없는》을 이리저리 살펴보더니 살며시 한숨을 내쉬며 "미안해" 하고 중얼거리곤 어깨에 멘 가방에 책을 넣었다.

"그럼 시작합니다. 정원에 있을게요."

"……네."

미후유는 선룸에 남아 하루타가 복도로 나가는 모습을 보고 나서 등을 돌렸다. 계속 보고 있으면 도난으로 치지 않을지도 모른다는 생각에서였다. 귀를 기울이며 하루타가 신발을 신고 현관문을 나서는 소리를 들으려 했다.

탕, 하고 문이 닫히는 소리가 났다. 이제 어떻게 될지, 앞으로 무슨 일이 일어날지 상상도 하기 싫었다. 긴장으로 차가워진 두 손을 비비며 몸을 돌린 그 순간, 미후유는 두 눈을 부릅떴다.

히루네가 깨어나 있었다. 머리카락은 엉망이었지만 소파에 허리를 곧게 펴고 앉아 똑바로 정면을 바라보고 있었다.

"히, 히루네 고모?"

머뭇거리며 다가가 히루네의 어깨로 손을 뻗었다. 손끝이 가녀린 어깨에 닿았고, 그대로 손바닥을 댔다. 하지만 히루네는 미후유에게 반응을 보이지 않았다. 입술을 살짝 벌리더니 잠긴 목소리로 이렇게 중얼거렸다.

"이 책을 훔치는 자는 쓸쓸한 마을에 남겨지리라."

다음 순간, 미쿠라관이 크게 요동쳤다.

"뭐, 뭐지?"

미후유는 순간적으로 근처에 있던 책장을 붙잡았지만, 흔들림은 한 번으로 멎었다. 미후유는 가슴을 쓸어내리며 고개를 들었다. 히루네는 다시 테이블에 엎드려 잠이 든 상태였다.

창밖에서는 불빛을 받아 희미하게 모습을 드러낸 큰 은행나무가 가지가 휜 채 멈춰 있었다. 북커스가 하루타를 도둑으로 인식한 모양이었다.

히루네의 손에는 어디서 나타났는지 그 하얀 부적이 쥐여 있었다. 미후유는 마른침을 삼키며 고모의 손에서 부적을 빼냈다. 그러곤 소리 내어 읽었다.

"'이 책을 훔치는 자는 쓸쓸한 마을에 남겨지리라.'"

히루네가 방금 중얼거린 말과 같았다. 다음 순간, 등 뒤로 인기척이 느껴졌다. 미후유는 안도하며 뒤돌았다. 마시로라면 분명, 마을에 일어난 이변의 원인, 마을 사람들의 행방을 알고 있을 거라 확신하면서.

"마시……"

"미후유."

낮고 쉰 목소리에 놀라 흠칫한 미후유는 얼어붙은 것처럼 꼼짝도 할 수 없었다. 눈앞에 있는 건 마시로가 아니었다.

"너, 지금 뭘 했지?"

자그마한 노파였다. 흰머리와 검은 머리가 섞인 회색 머리를 단정하게 틀어 올려 자라 등껍질로 만든 비녀로 고정했다. 연두색 기모노, 하얀 띠에 짙은 붉은색 끈. 하얗고 작은 얼굴과는 달리 눈빛은 날카로워서 시선만으로 상대를 꼼짝도 못 하게 할 정도의 박력이 있었다.

"다…… 다마키 할머니."

노파는 미후유의 할머니인 미쿠라 다마키였다. 다비엄지발가락과 둘째 발가락 사이가 나뉘어 있는 일본식 버선를 신은 발이 카펫 위를 스르륵 지나 한 걸음, 또 한 걸음 다가왔다. 미후유는 식은땀이 흘러내리는 걸 느끼며 도리질을 하듯 고개를 천천히 저으며 뒷걸음질 쳤다.

"거짓말, 할머니는 돌아가셨어. 돌아가셨는데 어떻게……."

미후유는 다마키가 세상을 떠난 날을 똑똑히 기억하고 있었다. 초등학교 3학년이었던 미후유는 장례식 때문에 소풍을 못 갔다. 할머니의 관에 같이 넣어주라고 아버지가 들려준 하얀 국화꽃을 겁에 질려서 줄기가 부러져라 꽉 쥐었다. 관 속의 다마키는 국화꽃처럼 얼굴이 희었고, 납으로 굳혀놓은 듯해서 한눈에도 생명이 사라졌음을 알 수 있었다. 하지만 지금 그 다마키가 눈앞에 있다.

"미후유, 너 지금 뭘 했지? 할미 눈은 못 속인다. 여기서 지켜보고 있다고. 또 할미가 허락하지 않은 놈을 집에 들였지. 게다가 도둑질까지 했어."

미후유는 잔뜩 굳은 얼굴로 점점 뒤로 물러났다. 그러다 다리가 테이블에 걸려서 요란하게 넘어졌다.

"하, 할머니. 어쩔 수 없었어요. 사람들을 구하려면 이 방법밖에 없었다고요."

"꼴사나운 변명이로구나. 그때 다신 용서 안 할 거라고 했을 텐데."

다마키는 한 손을 들어 가느다란 손가락으로 미후유를 가리키며 말했다. 텅 빈 것처럼 시커먼 입속에서 미후유는 눈을 뗄 수 없었다.

그때 어디선가 바람이 불어왔다. 다마키의 연두색 소맷자락이 휘날려 팔에 둘둘 말렸다. 하얀 바람이었다. 하얀 바람은 회오리바람이 되어 미후유 곁에 멈췄고, 강아지 귀가 달린 하얀 머리카락의 소녀로 모습을 바꾸었다.

"마시로!"

"미후유, 이쪽으로 와."

다마키의 얼굴이 무섭게 일그러지며 눈과 입이 찢어져라 치켜 올라갔다.

"마시로! 훼방을 놓는 게냐!"

하지만 마시로는 다마키의 질책을 들은 척도 하지 않았다. 미후유의 팔을 붙잡아 세게 잡아당기더니, 바닥을 차며 힘차게 도약해 계단으로 이동한 뒤 2층으로 뛰어 올라갔다. 복도를 지나 거대한 서고 문을 열었다. 불은 이미 켜져 있었고, 마시로는 미후유를 밀치듯 안으로 들여보낸 뒤에 서둘러 문을 닫고 빗장을 걸었다. 다마키가 무시무시한 쇳소리를 내며 한 걸음, 한 걸음 계단을 올라오는 기척이 났다. 작은 체구의 노파인데도 걸음을 옮길 때마다 진동이 여기까지 전해졌다.

"빨리 안쪽으로!"

"하, 하지만……."

"빨리 가. 다마키 씨는 이 연옥에만 존재할 수 있어. 저쪽으로 넘어가면 괜찮아."

마시로의 말대로 책장과 책장 사이의 좁고 어두운 길로 들어갔다. 안쪽 벽이 나오자 마시로는 북슬북슬한 꼬리 사이에서 책 한 권을 꺼내 미후유에게 건넸다. 하얀 장정에 간소한 서체로 '사람을 싫어하는 마을'이라는 제목이 적혀 있었다.

"이걸 읽어, 빨리."

문 두드리는 소리, 손톱으로 문 긁는 소리가 났다. 미후유는 정신없이 페이지를 넘겼다.

◆◆◆◆

두 달간 이어진 바쁜 나날이 일단락되고, 오랜만에 휴가를 낸 나는 애차를 몰고 여행을 떠났다. 목적지는 정해놓지 않았고, 그저 마음 가는 대로 액셀을 밟고 핸들을 돌려 정처 없이 달리는 혼자만의 여행이었다. 뒷좌석의 배낭에는 갈아입을 속옷과 양말을 두 장씩, 그리고 비스킷과 약간의 돈만 챙겼다. 부족한 건 모두 현지에서 조달하면 된다.

끼룩끼룩 울며 유유히 나는 갈매기를 올려다보며 나는 신나게 해안도로를 달렸다. 하늘은 마치 물을 흠뻑 머금은 붓에 수채화 물감을 찍어 칠한 것처럼 부드럽고 평화로웠다. 창문을 열자 기분 좋은 바닷바람이 불어와 긴 앞머리가 이마를 간질였다. 나는 핸들을 쥔 한쪽 손을 떼서 머리를 쓸어 올렸다.

아직 초봄의 비성수기라서인지, 아니면 이 주변이 잘 알려지지 않은 건지는 알 수 없었지만 길은 한산했고, 맞은편 도로에서 스쳐 지나가는 차도 한 손으로 꼽을 정도밖에 없었다. 밀려와서 하얗게 부서지는 파도, 투명한 빛깔에서 옅은 녹색, 짙은 남색으로 모습을 바꾸는 아름다운 바다에는 파도를 기다리는 서퍼들의 작은 그림자가 드문드문 보일 뿐이었다. 길가에는 바닷바람을 맞아 빛바랜 집들이 자리하고 있었다. 해수욕 용품을 판매하는 작은 상점이나 호텔도 눈에 들어왔지만 대부분 영업을 하지 않았다.

드디어 한숨 돌릴 수 있을 것 같은 가게를 찾은 건, 해안선이 사라지고 대신 터널이 모습을 드러냈을 때였다. 그 가게 역시 예외 없이 바닷바람을 맞아 벽의 페인트칠이 벗겨져 있어서, 건물 전체의 인상은 꽤나 허름해 보였다. 하지만 옆의 주차장에 차를 세우고 분위기를 보려고 가까이 가보니, 출입문에 달린 창문에서는 따뜻한 빛이 새어나오고 있었고, 유리창도 꼼꼼하게 닦아놓은 걸 보니 최대한 가게를 청결하게 유지하려는 주인의 의욕이 느껴졌다. 'OPEN'이라는 문패가 걸린 문손잡이를 돌려 안으로 들어가자 즉시 향기로운 커피 냄새가 코끝을 간질였다.

"어서 오세요."

차분한 분위기의 어둑한 실내, 검은 나비넥타이에 빨간 체크무늬 조끼 차림의 나이 지긋한 마스터가 카운터에 서 있었다. 다른 손님이 없어서 나는 안쪽 테이블에 앉았다. 천장도, 바닥도, 좌석도 모두 원목 소재였는데, 구석구석 잘 닦아놓아서 윤기가 흘렀다. 둥근 테이블 한가운데에서 밝게 불을 비추는 소형 램프는 받침대가 구리 소재라 고풍스러웠고, 불을 조절하는 장치는 있었지만 전원은 없었다. 알코올램프일까.

한적한 변두리인 줄 알았는데, 괜찮은 가게를 찾은 것 같다. 블렌드 커피를 주문하고 기다리는 동안 겉옷 주머니에서 지도를 꺼내 주름을 펴며 빨간 펜으로 표시를 했다. 집에서 여기까지는 200미터 이상 떨어져 있다. 스스로도 참 멀리까지 왔다고 생각했다.

마스터가 커피를 내 앞에 내려놓으면서 물었다. "어디서 오셨습니까?"

"북쪽 도시에서 왔네. 오랜만의 휴가라 어디든 떠나고 싶었거든. 정처 없이 달려서 여기까지 왔지."

"그러시군요."

마스터는 미소를 지었지만, '무스타슈moustache'라 불러도 손색없는, 풍성하고 끝이 뾰족한 콧수염을 잡고 생각에 잠긴 표정을 지었다.

"하지만 그만 돌아가시는 게 좋을 것 같습니다. 이 너머에는 아무것도 없으니까요."

"터널 너머 말인가? 마스터, 난 그런 거 상관없어. 오히려 아무것도 없는 데 가고 싶어. 한동안 혼잡한 곳은 피하고 싶거든."

하얀 자기에 짙은 남색의 줄무늬가 들어간 커피잔을 들고 호박색 액체를 입에 머금었다. 그리고 잘 볶은 원두의 풍부한 향이 코끝을 스쳐 지나가는 걸 느끼고, 아니, 하나도 느낄 수 없었다.

무심코 얼굴을 찌푸리며 한 모금 더 마셨다. 역시 향이 느껴지지 않았다. 기묘하게도 이 커피는 무미 무취였다. 잔 속에서 일렁이는 짙은 빛깔의 액체를 들여다보며 손으로 바람을 일으켜 냄새를 맡아 봤지만, 향은커녕 뜨겁지도 않았다. 보고 있는 동안 액체의 빛깔이 점점 짙어지는 것 같았다. 한없이 검은 수면은 아무것도 비치지 않았다. 천장에 달린 전등의 윤곽조차 비치지 않았다. 모든 것을 빨아들이는 블랙홀처럼 어두웠다.

"마스터, 이건 대체 뭐지? 커피가 아닌 것 같은데."

고개를 들자 마스터는 홀연히 자취를 감추고 없었다. 아니, 어느 틈에? 아니, 마스터가 문제가 아니었다. 따스한 빛을 발하던 램프도 꺼지고, 주변은 한기가 돌 정도로 어두워져 있어서 나도 모르게 팔을 문질렀다. 뭔가 이상하다. 고개를 들자 고운 윤기가 돌던 천장도 너덜너덜, 쥐가 갉아먹은 것처럼 구멍이 나 있었다. 아까까지 분명히 켜져 있던 천장 조명에는 전구조차 보이지 않았다. 대신 거미집에서 먼지가 떨어졌다.

놀란 나머지 벌떡 일어나자 의자가 뒤로 쓰러졌다. 약해져 있었는지 의자는 바닥에 닿자마자 부서졌다. 마치 가게 전체에 순식간에 몇 십 년의 시간이 흘러간 것처럼. 테이블도 곳곳이 벌레 먹어 있었고, 알코올램프의 불투명 유리는 깨져 있었다.

마스터가 이곳에 있던 흔적은 회색이 되어버린 낡은 테이블 위에 놓인 하얀 커피잔뿐이었다. 하지만 잔은 비어 있었다. 아무 향도, 맛도 나지 않는 커피조차 사라지고 없었고, 받침 주변에는 구더기가 꿈틀거리고 있었다.

"히익."

구더기를 보고 등골이 오싹해져서 정신없이 뒷걸음질 쳤다. 그때였다. 입속에서 이변을 느낀 건. 무언가가, 얄팍한 무언가가 혀 위에 있었다. 천천히 혀를 내밀어 떨리는 손으로 이물질을 꺼냈다. 그것은 종이쪽지였다.

자신의 마을에 거부당한 자는 까마귀를 찾으리라

까마귀라고? 대체 누가 이런 기분 나쁜 쪽지를? 그보다 이런 게 왜 내 입에 들어 있지? 커피잔이 달칵 소리를 내며 쓰러지더니 받침 위에서 요람처럼 흔들렸다. 공포로 온몸의 털이 곤두선다는 건 바로 이런 상태를 말하는 것이리라. 나는 허겁지겁 가게 밖으로 뛰쳐나왔다.

바깥에는 비가 내리고 있었다. 아까까지의 화창한 날씨는 거짓말처럼 사라지고 폭우가 쏟아지고 있었다. 나는 셔츠 칼라를 올려 머리를 가리고 물이 고인 공터를 지나 애차에 올라탔다. 무슨 일이 일어나고 있는지 도무지 종잡을 수 없었다. 심장은 아직도 미친 듯 쿵쾅거렸고 머릿속도 혼란스러웠지만, 한시라도 빨리 이곳을 떠나야겠다는 마음에 액셀을 밟았다.

빗줄기가 어찌나 거세게 쏟아지는지, 와이퍼의 움직임이 따라가지 못하고 시야가 부예져서 한 치 앞도 보이지 않았다. 지붕을 때리는 빗소리가 꼭 기관총 소리처럼 들렸다. 그렇지만 왔던 길을 되돌아가는 것쯤은 가능하겠지. 분명히 그렇게 생각했는데 어느샌가 나는 터널에 들어가 어두운 길을 직진했다.

유턴하지 않은 이유는 하나뿐이었다. 뒤에서는 세찬 빗소리가 들려왔지만, 터널 끝, 기나긴 어둠의 끝에 자리한 출구에 맑은 하늘이 보여서였다. 나는 거의 본능적으로 액셀을 밟고 있었다. 갑작스러운 호우와 시간의 흐름이 이상해진 건 수상한 가게가 있는 쪽이 비정상이라 생각했기 때문이었다.

사실 '내가 왔던 길'은 저쪽인 것이다. 분명 착각하는 것뿐이지, 이미 터널을 지나온 것이리라. 터널을 빠져나가면 틀림없이 그 아름다운 해안도로가 보일 것이다.

실제로 터널 끝에는 바다가 펼쳐져 있었다. 하얀 모래사장에 밀려드는 파도, 살짝 거품 낀 해수면, 옅은 녹색에서 짙은 남색으로 변화하는 바닷빛. 하지만 이상했다. 길은 터널이 끝나는 곳에서 끊겼고, 대신 선로가 뻗어 있었다.

잘못된 판단이었음을 깨달은 나는 갓길에 차를 대고 내려서 끊긴 아스팔트 도로 끝에 섰다. 뜬금없이 시작되는 선로, 바닥에 깐 돌 위에 일정한 간격으로 침목이 놓여 있었고, 레일이 그 위로 쭉 뻗어 있었다.

역시 터널로 들어오는 게 아니었다. 후회가 솟아올랐다. 왔던 길을 돌아보자 이제 터널의 모습조차 보이지 않았다. 조용한 바다와 옅은 빛깔의 하늘, 햇살에 반짝이는 짧은 도로가 있을 뿐이었다. 터널을 나오고 나서 오래 달린 것 같지도 않은데, 내 착각이겠지. 하는 수 없다. 원래 목적지 없이 자유롭게 여행할 작정이었으니까.

이 앞으로는 왼쪽에 바다, 오른쪽에 높은 제방이 있기 때문에 차는 더 이상 갈 수 없다. 나는 뒷좌석에서 배낭을 꺼내 멘 뒤, 선로를 걷기 시작했다. 레일이 두 개밖에 없는 단선이니 앞에서 오는 열차밖에 없을 것이다. 열차가 오면 바다 쪽으로 도망치면 된다.

하지만 가도 가도 전철은 오지 않았고, 바람 소리와 새소리 말고는 아무 소리도 나지 않았다. 땀으로 범벅이 되어 맑은 날씨를 원망했다. 기분 좋았던 바닷바람은 피부를 자극했고, 머리카락도 끈적거려서 몇 번이나 돌아갈까 생각했다. 하지만 마음과는 반대로 다리는 멈추지 않고 앞으로 나아갔다.

그때, 오른쪽 제방이 끊어지더니 아래로 내려가는 계단이 나타났다. 드디어! 나는 곧바로 계단을 뛰어 내려갔다. 바다와 인접한 길은 당분간 꼴도 보기 싫다고 생각하며.

계단 끝에는 상점가가 있었다. 터널을 지나기 전에 보았던 관광객 대상의 작은 가게와 달리 멋진 가게들이 나를 환영했다.

이발소, 잡화점, 정육점, 청과물 가게, 술집, 중화요릿집, 술가게,

꽃집. 성인 셋이 나란히 서면 꽉 찰 것 같은 비좁은 길 양쪽으로 다양한 종류의 가게들이 늘어선, 옛 정취가 물씬 풍기는 상점가였다.

하지만 이곳 역시 기묘했다. 사람 소리가 들리지 않았다. 가게 앞에 상품이 한가득 진열되어 있는데도, 윤기 흐르는 빨간 토마토를 사는 사람도, 식욕을 자극하는 냄새를 풍기는 요리를 먹는 사람도 없었다.

"누구 없나요?" 나는 배에 힘을 주고 힘차게 외쳤다. "아무도 없습니까?"

늘어선 건물 안쪽이든 바깥쪽이든, 좌우지간 어딘가에 있을 사람에게 닿기를 빌며 최대한 큰 소리로 외쳤다. 하지만 대답은 돌아오지 않았다. 들리는 건 그저 까마귀 울음소리뿐이었다.

고개를 들자 전선에 앉은 까마귀가 보였다. 불현듯 아까 입에 들어 있던 그 으스스한 쪽지를 떠올렸다.

미후유는 심호흡을 하며 책을 덮었다. 이야기는 아직 끝나지 않았지만 이걸로 충분하리라. 표지를 펼치고 첫 글자를 눈으로 훑자마자 주변에서 소리가 사라졌고, 할머니가 서고 문을 손톱으로 긁어대는 소리도 더 이상 들리지 않았다. 지금도 마찬가지였다. 옆에 있는 건 마시로뿐이었다.

"읽었어?"

"……응."

미후유는 어두운 표정으로 손안의 책으로 시선을 떨궜다. 지금까지 마시로가 준 책을 읽을 때마다 '모두 이상한 세계밖에 없다'고 생각했다. 진주 비를 내리는 남자나, 폭력적인 밤의 세계를 살아가는 고고한 탐정이나, 신비한 물질을 만들어내는 짐승과 증기기관 등, 재미를 느끼기 이전에 너무 비현실적이라 따라갈 수가 없었다. 도둑을 잡기 위해 어쩔 수 없이 읽은 것이나 마찬가지였다.

하지만 이번에는 상황도, 읽는 동안 마음에 겹쳐지는 감정도 지금까지와는 달랐다. '사람을 싫어하는 마을'이라는 제목이 붙은 이 책 주인공의 심정을 미후유는 이해할 수 있었다. 현실에서는 있을 수 없는 일이 일어나고, 당황하고 혼란스러워하며 도망친 곳에서 또다시 기묘한 현상이 기다리고 있다. 게다가 아무도 없는 텅 빈 마을에 있는 공포는 그야말로 지금 미후유가 느끼고 있는 것이었다.

"마시로, 왜 이 책을 골랐어?"

"어?"

"이 책, 지금 내 상황에 너무 잘 들어맞잖아. 지금까지는 책 속에 있는 별세계에 내가 들어가는 느낌이었는데, 이 《사람을 싫어하는 마을》은 마치 책이 나에게 다가온 것 같아."

마시로는 살짝 난처한 표정으로 인상을 찌푸리며 고개를 갸웃했다. "그건 미후유가 '지금 읽어야 할 책의 부름을 받은' 게 아닐까? 우연히."

하지만 미후유는 세차게 고개를 저으며 부정했다. "아니, 우연이 아냐."

"하지만……."

"마시로, 매번 책을 어떻게 고르는 거야?"

"어떻게?"

미후유가 캐묻자 마시로의 표정은 더욱더 난처해졌고, 머리에 난 하얀 강아지 귀도 점점 힘없이 늘어졌다.

"……내가 고르는 게 아니야. 도둑이 책을 훔치면, 히루네가 일어나고 내가 소환돼. 어느샌가 나는 미후유가 읽어야 할 책 앞에 서 있어."

"하지만 늘 마시로가 이미 읽은 책이잖아."

"그건 그런데, 나는 늘 미쿠라관에 있거든. 미후유의 눈에만 안 보일 뿐이지. 밖에 못 나가고 심심해서 책장에 있는 책을 한 권씩 읽고 있을 뿐이야."

이번에는 미후유가 당황할 차례였다.

"늘 미쿠라관에 있다고? 네가?"

"응. 흐릿한 막 속에 있는 느낌이지만. 책장은 분명히 존재하고, 미후유나 다른 사람들의 모습은 두꺼운 불투명 유리 너머로 보는 것처럼 어렴풋하게 보일 뿐이야. 그래서 바깥에서 무슨 일이 일어나는지도 자세히 모르고, 말을 걸어도 목소리는 닿지 않아. 하지만 책 도둑이 나타나면 두꺼운 유리와 현실 사이를 오갈 수 있어. 요컨대 미후유에게 책을 줄 때의 상태 말이야."

"그랬구나."

"그 공간을 나는 '연옥'이라 불러."

"연옥?"

"가톨릭 용어야. 영혼이 깨끗하지 않은 사람이 천국에 가기 전에 정화되는 장소지. 요컨대 천국도 아니고 지옥도 아닌 곳이지."

그러면 마시로는 유령인 걸까? 미후유는 차마 물을 수 없었다. 《은빛 짐승》의 세계에서 짐승에게 잡아먹힌 직후, 태연한 얼굴로 해치도 열지 않고 곤돌라 안으로 들어올 수 있었던 건 원래 유령이었기 때문이냐고 물어볼 용기가 없었다.

아니, 만일 유령이라 해도 상관없었다. 그보다 나는 어떻게 이리도 둔감할 수 있지?

평소 마시로가 어디에 있는지 의문을 느낀 적은 있었지만, 미쿠라관에 있었다는 얘기를 듣자 미후유는 가슴이 아렸다. 마시로는 흐릿하게라도 보고 있었는데, 미후유는 그녀의 존재를 알아채지도 못했기 때문이다.

마시로, 밥은 어떻게 하고 있어? 부모님은? 너 혼자야? 언제부터 여기 있었어? 계속 혼자서 책에 둘러싸여 살아온 거야?

그렇게 묻고 싶었다. 하지만 미후유가 머뭇거리는 동안 마시로는 미후유의 손목을 잡아당기며 서고 밖으로 나가자고 재촉했다.

"자, 밖으로 나가자. 도둑을 붙잡아야지!"

힘차게 걸어가려는 마시로를 보고 미후유는 "앗" 하고 소리쳤다. 맞다, 하루타의 존재를 잊고 있었어.

"잠깐만, 마시로. 도둑은 없어."

서고에서 나가기 전에 미후유는 마시로에게 사정을 설명했다. 《은빛 짐승》의 세계에서 돌아오자 요무나가마을의 사람들이 사라져 있었다는 것. 원래대로라면 정차했어야 할 전철도 통과하고, 요무나가마을 자체가 사람들의 기억에서 잊히고 있을지도 모른다는 것. 요무나가마을에 지금 존재하는 사람은 미후유와 하루타 둘뿐이며, 도저히 방법이 없어서 다시 책의 세계로 들어올 수밖에 없었다는 것.

"……그래서 하루타 씨에게 또 책을 훔쳐달라고 부탁했어. 이쪽 세계로 오는 방법을 몰라서. 그런데 할머니가 되살아나서 화를 내다니 생각도 못 했어."

설명을 하는 동안 마시로는 강아지 귀를 쫑긋 세우고 진지한 표정으로 미후유를 바라보고 있었다. 때문에 더욱더 미후유는 시선을 돌릴 수밖에 없었다. 다마키의 목소리가 금방이라도 들려올 것 같아서였다.

"나, 어릴 적에 동네 언니를 미쿠라관에 데려왔다가 크게 혼난 적이 있어. 할머니는 분명 그래서……."

"괜찮아. 이제 할머니는 없어. 다마키 씨는 '연옥'에만 나타날 수 있으니까. 평소에는 본 적도 없는데 이번에 나타난 건 그런 이유 때문이었구나."

그렇게 말하며 마시로는 미후유의 손을 꼭 잡더니, 서고 문을 열었다. 마시로의 말대로 이제 할머니는 없었다.

정원으로 나가자 하루타가 현관 앞에 앉아서 기다리고 있었다. 커다란 귀와 뾰족한 주둥이, 북슬북슬한 털로 뒤덮인 작은 몸. 완전히 여우로 변해버려서 말을 할 수 없는 상태인지, 미후유가 "하루타 씨" 하고 부르자 꼬리를 흔들어 대답했다.

"미안해요. 역시 여우로 변하면 말할 수 없구나. 《은빛 짐승》에서 내가 여우가 됐을 때는 인간의 말을 할 수 있었는데. 그건 왜였을까."

그래도 무사히 재회해 안도의 한숨을 내쉬는 미후유와 달리, 마시로는《은빛 짐승》에서 생긴 일을 아직 잊지 못했는지, 인상을 팍 쓰며 살짝 거리를 뒀다.

"미후유, 아직 이 세계에 있을 거라면 그 여우를 만지지 마. 도둑을 붙잡은 걸로 인식할 테니까. 책은 어딨어?"

그러자 하루타는 수국꽃 아래로 달려가 가방 끈을 물고 질질 끌어왔다. 까만 코와 엄니를 능숙하게 이용해 책을 꺼냈다. 미후유가 하루타에게 훔치라고 했던《작별을 고할 가치도 없는》이었다.

"어쩌지? 일단 책장에 돌려놓을까. 잃어버리면 큰일이니까."

미후유는 책을 들고 미쿠라관으로 돌아갔다.

책을 제자리에 넣으니 마치 기다리고 있던 것처럼 책과 책 사이에 쏙 수납됐다. 질서정연하게 늘어선 책. 미후유는 증조할아버지와 할머니가 만든 집안의 책장을 올려다보며 한숨을 내쉬었다.

"할머니, 대체 이유가 뭐죠? 왜 남에게 책을 빌려주기 싫어하는 건데요."

가족의 규칙을 어긴 건 미후유였지만, 인연을 끊겠다는 양 호되게 야단쳤던 할머니의 태도는 확실히 과했다.

"책을 좋아하지 않는 내가 말하기도 뭣하지만, 책은 읽으라고 있는 거잖아. 읽혀야 가치가 있는 거잖아. 그런데 왜 그렇게 화를 내는 거지?"

"몇 번이고 도둑맞았으니까."

"응. 그건 할머니한테도 들어서 아는데, 여기 하루타 씨나, 다른 서점 사람들도 책을 도둑맞았지만 영업은 계속하잖아."

"경영이나 수입 문제가……."

"그건 아는데!"

마시로의 대답에 미후유는 머리를 긁적이며 발을 굴렀다. 하고 싶은 말이 많은데 제대로 정리가 안 됐다.

"아, 뭐 됐어. 남을 믿지 못하니까 엄격한 규칙의 저주를 걸다니, 그런 할머니가 훨씬 더 못 미덥거든."

전부터 생겼던 의문이 또렷한 형태로 떠올랐다.

"……사람들이 사라지고 나서부터 계속 마음에 걸린 게 있어. 설마 요무나가마을의 사람들이 사라진 건, 북커스의 폭주나 이상 때문이 아니라, 애초에 그런 시스템이었던 게 아닐까? 그렇다는 생각밖에 안 들어."

지금까지는 북커스에 버그나 오작동 같은 게 생겨서 요무나가마을 사람들이 말려들어 사라진 것이라 생각했다. 하지만 만일 필연이었다면?

"뭔가 이상했어. 도둑이 여우로 바뀌는 건 그래도 이해할 수 있지. 왜 여우인지는 모르겠지만, 인간과 다른 모습을 하고 있어야 발견하기 쉽고, 본인도 달아나기 힘들 테니까. 하지만 왜 시간이 지나면 죄 없는 사람들까지 여우로 변하는 걸까? 지금까지는 사람들이 모두 여우가 되어버리기 전에 도둑을 붙잡았지만, 《은빛 짐승》에서는 완전히 여우가 됐지. 혹시 이게 북커스의 규칙이야? 아무 죄가 없어도 저주 속에서 여우가 되면 현실에서도 사라지는 거야? 그게 할머니가 만든 '엄격한 규칙'이란 거야?"

미후유는 책장을 노려보더니 발소리를 내며 거침없이 현관으로 향했다. 마시로와 하루타도 황급히 뒤따랐다.

분명 할머니는 이 미쿠라관의 어딘가에 있고, 마시로가 늘 그렇듯이, 불투명 유리 너머로 손녀의 행동을 관찰하고 있을 것이다. 미후유는 현관에 벗어둔 신발을 신고 뒤돌아 선 후 서고가 늘어선 복도를 향해 말했다.

"귀신인지 뭔지 모르겠지만, 할머니. 만일 마을 사람들이 사라진 게 우리 집 때문이라면 절대로 용서 안 해."

그러자 미쿠라관 안쪽에서 쾅, 소리가 울려 퍼졌다. 마시로와 하루타는 미후유와 함께 있었고, 히루네는 아직 자고 있을 터였다. 미후유는 마른침을 삼키며 할머니가 다시 나타나기 전에 미쿠라관의 문을 열고 밖으로 뛰쳐나왔다.

미후유의 마음속에는 책의 세계로 들어가면 요무나가마을의 사람들과 다시 만날 수 있을지도 모른다는 기대가 있었다. 하지만 마을에는 아무도 없었다. 하지만《사람을 싫어하는 마을》의 세계로 들어온 건 확실했다.

밤이 모습을 감추고 새파란 하늘이 펼쳐졌고 바다가 보였다. 길가에 늘어서 있던 텅 빈 차들은 사라졌고, 대신 낯선 선로가 어딘가를 향해 뻗어 있었다.

바다는 분명히 보였지만 파도 소리는 들리지 않았다. 마치 시간이 멈춘 듯 고요해서 이명이 들릴 것 같았다. 아무도 없는 어두운 밤도 무섭지만, 밝은 대낮에 인기척이 없는 것도 무척 으스스했다. 미후유는 무심코 옆에 있는 마시로의 손을 잡았다. 마시로의 손은 평소와 다름없었지만, 미후유는 손에 진땀이 배어 서늘했다.

"미후유, 무서워?"

"당연히 무섭지! 왜 바다인데 파도 소리가 안 들리는 거야?"

미후유는 크게 심호흡을 하더니 "좋아" 하고 단호하게 소리 내어 마음을 다잡고 앞으로 나아갔다.

"어디 가?"

"카페."

"뭐?"

마시로는 당황한 눈치였지만 미후유는 대꾸하지 않고 거침없이 걸어갔다. 몸을 움직이지 않으면 자신 역시 멈춰버릴 것 같은 기분이 들어서, 공포를 떨치듯 성큼성큼 길을 걸었다. 손을 잡은 두 소녀 뒤를 여우 모습의 하루타가 뒤따라갔다.

그 카페는 도장과 상점가 사이, 서점 골목 앞의 고즈넉한 골목에 있었다. 옆에는 담배 가게와 펍이 있었지만 모두 한산한 분위기가 감돌았다.

이 건물은 미후유가 태어나기 훨씬 전, 쇼와시대부터 있었는데, 거친 외벽을 하얗게 칠한 페인트는 군데군데 벗겨졌고 그 위를 담쟁이넝쿨이 뒤덮고 있었다. 나무 격자를 끼워놓은 유리문 안쪽은 늘 어두워서, 미후유는 관심조차 가진 적 없는 가게였다. 아버지는 자주 다니는 것 같았지만.

사람은 없을 터인데 오렌지색으로 빛나는 처마 밑 램프가 '아로마카페'라는 간판을 비추고 있었다. 미후유는 가슴이 뛰는 걸 느꼈다. 분명 이곳이다. 하지만 들어갈 용기가 나지 않아서 고풍스러운 디자인의 금속 문손잡이를 내려다본 채 주저하고 있었다.

그런 미후유를 보고 마시로가 의아한 표정으로 물었다. "여기 왜 온 거야?"

"……《사람을 싫어하는 마을》에 카페가 나오잖아."

"터널 직전에 있는 이상한 카페 말이지."

"맞아. 실은 이야기 속 마스터 모습이 낯이 익어서. 이 카페 마스터도 늘 나비넥타이에 빨간 체크무늬 조끼를 입고 있거든. 그리고 '무스타슈'도."

거기까지 말한 뒤 미후유는 헉 숨을 삼켰다. 이 가게의 마스터를 '무스타슈'라 부르던 건 아버지다. 얼이 빠진 미후유의 밑에서 발톱으로 긁는 소리가 났다. 하루타가 빨리 열라는 양 앞발로 문을 긁고 있었다.

"그래. 들어가자."

손잡이를 돌려서 밀자, 딸랑 소리를 내며 문이 열렸다. 창문이 적어서 어스름한 실내는 커피 향으로 가득 차 있었다. 그야말로 방금 전까지 누군가가 이곳에서 커피를 내리고 있었던 것 같지만, 이곳 역시 텅 비어 있었다. 조명은 꺼져 있었고, 안쪽의 둥근 테이블에 놓인 램프가 유일하게 빛나고 있었다.

"책에서 본 대로야."

발소리를 죽이며 둥근 테이블로 다가가는 미후유를 마시로와 하루타가 뒤따랐다. 테이블에 놓인 램프는 원통형의 유리와 액체가 든 반투명한 받침대로 이루어진 알코올램프였다. 어렸을 적에 아버지와 함께 언젠가 이곳에 왔을 때도 이런 램프를 보았던 기억이 있다. 아버지가 주문한 커피를 한 모금 마시고는 너무 쓰고 맛이 없어서 황급히 오렌지주스로 입가심을 했었다.

그런 추억을 떠올리며 문득 램프 옆을 보자, 어느샌가 커피잔이 놓여 있었다. 검은색 액체가 가득 찬 잔은 누군가가 마셔주기를 기다리는 것 같았다. 미후유는 마시로에게 눈짓을 하며 꿀꺽 침을 삼켰다. 《사람을 싫어하는 마을》의 스토리대로 진행하려면 마셔야만 한다.

"마신다."

이얍, 기합을 넣듯 힘차게 찻잔을 쥐고 숨을 참고 액체를 단번에 들이켰다. 맛이 나는지 아닌지도 알 수 없었지만, 적어도 다 마신 뒤에 숨을 다시 쉬어도 커피 향은 나지 않았다.

"……어때?"

자기 얼굴을 들여다보는 마시로의, 진지함과 불안이 뒤섞인 눈동자를 바라보며 미후유는 혀를 굴렸다. 아무것도 없다. 앞니와 어금니를 혀끝으로 더듬었지만 아무것도 없었다. 다시 한번 잔을 보려고 손을 뻗은 그 순간, 미후유는 흠칫 동작을 멈췄다.

불쾌한 감촉. 까끌거리는 작은 뭔가가 입속 왼쪽 어금니 옆에 있었다. 혀끝으로 확인하려는데 점점 커져서, 미후유는 공포로 눈을 부릅뜨며 입을 벌렸다. 종잇조각 하나가 들어 있었다.

《사람을 싫어하는 마을》을 읽지 않아서인지 가장 놀란 건 하루타였다. 꺄인지 꾱인지 알 수 없는 소리를 내며 바닥에 엉덩방아를 찧었다.

미후유는 혀를 내밀어 천천히 종이를 집어서 펼쳤다. 특별할 것 없는 메모지였다.

"뭐라고 적혀 있어?"

"……'마을에 거부당한 자는 신의 거처를 찾으리라.'"

펜으로 휘갈겨 쓴 글씨였다. 미후유는 낯익은 글씨를 바라보았다.

"……아빠."

이것으로 확신했다. 미후유는 종잇조각을 꾹 쥐더니 그대로 청바지 주머니에 넣었다.

"알았어. 《사람을 싫어하는 마을》의 작가는 우리 아빠야. 그 마스터를 '무스타슈'라고 부르기도 했고, 이 글씨는 틀림없이 아빠의 글씨체야. 아니, 《사람을 싫어하는 마을》만이 아냐."

아버지의 수첩. 거기에 적혀 있던 건 가족의 이야기를 그린 자전소설이었다. 아버지에게 글 쓰는 재능이 있을 줄은 생각도 못 했지만, 지금이라면 믿을 수 있었다.

"분명 북커스를 걸기 위한 책은 전부 아빠가 쓴 거야. 그래서 작가의 이름도 적혀 있지 않았고, 서점에서 팔지도 않았지. 《한모마을의 형제》《BLACK BOOK》《은빛 짐승》 모두 아빠가 쓴 거야. 미쿠라관을, 할머니를 위해서."

어떤 시스템인지는 미후유도 모른다. 왜 이 쪽지는 아버지의 필체로 적혀 있는 거지? 아버지가 예전에 여기에 와서 준비한 건가? 아니면 이 세계의 '작가'라서 가능한 일인가?

"아빠는 어떻게 이 쪽지를 준비한 거지? 내 입에는 어떻게 넣은 거고?"

"……이야기의 작가는 이야기 세계의 신이야. 곳곳에 작가의 지문이 묻어 있어."

"그런 거구나."

작가의 지문. 하지만 미후유는 그것만이 아니라는 느낌이 들었다. 이 책은 지금 미후유의 상황에 맞춰 준비된 것 같다는 생각이 들었다. 이야기의 작가와 독자 사이에 있던 두꺼운 벽이 얇은 막으로 바뀌어버린 감각. 아버지는 미후유가 이곳에 도달할 것을, 언젠가 아무도 없는 마을을 경험하리라 예측했던 게 아닐까.

"역시 이렇게 될 예정이었구나."

"무슨 뜻이야?"

"《사람을 싫어하는 마을》을 준비해야 한다는 것을 알고 있었다는 뜻이야. 혹시 이 쪽지에 적힌 '신'이란 작가, 다시 말해 아빠를 말하는 건가?"

그렇게 말한 뒤 미후유는 가방에서 아버지의 수첩을 꺼냈다. 그러자 바닥에 엉덩방아를 찧은 자세로 듣고 있던 하루타가 무슨 일인지 폴짝폴짝 뛰며 난리 법석을 떨었다.

"왜 그러지?"

"도둑 여우한테 벼룩이라도 달라붙은 거 아냐?"

마시로가 퉁명스레 말하자 하루타는 더욱더 흥분해서 뒷발로 일어나 미후유의 손을 가리켰다.

"내 손이 왜?"

하루타는 속이 타는지 고개를 젓더니 벽으로 다가가 뾰족한 발톱으로 긁기 시작했다. 하지만 무얼 하려는 건지 도통 알 수 없었다.

"흥, 저 도둑 여우, 고양이처럼 발톱을 갈기 시작했어."

"……마시로, 너 의외로 뒤끝이 기네."

"도둑은 도둑이야!"

"그건 그런데. 아, 저거 봐. 글자를 쓰고 있어. 도둑이 여우가 되면 역시 말을 못 하는구나. 이유가 뭘까."

악전고투하며 발톱으로 긁은 벽에는 이렇게 적혀 있었다.

수첩을 빌려주세요

"수첩? 아, 아빠 수첩."

아버지의 수첩을 하루타에게 건네자, 그는 열심히 페이지를 넘겼다. 그리고 한 곳에서 동작을 멈추고 미후유에게 쓱 내밀었다. 수첩을 받아 첫 줄부터 읽었다. 왼쪽 페이지는 빼곡하게 차 있었지만, 오른쪽 페이지는 공백이었다. 그 마지막 문장은 이러했다.

이 수기의 존재를 아는 건 히루네뿐이다.

대체 무슨 뜻이지? 다음 페이지를 넘겼지만 나머지는 백지였고, 보아하니 이 문장이 끝인 것 같았다. 미후유는 수첩과 마시로, 하루타를 번갈아 보았다.

“이 말인즉슨, 다마키 할머니는 이 수첩의 존재를 모른다는 건가? 하지만 그 사실이 무슨 의미가 있지?”

미후유의 혼잣말에 하루타는 손짓 발짓하며 대답하려 했지만, 결국 전달하는 데는 실패했다. 실망해 힘없이 고개를 떨구는 하루타를 위로하고 싶어도, 등을 두드리면 ‘도둑을 잡았다’고 인식될지도 몰라서 미후유는 “음, 잠깐 생각해볼게” 하고 말을 건넸지만, 하루타의 어깨는 더욱더 힘없이 처졌다.

하는 수 없지. 읽어볼까. 미후유는 수첩을 팔락팔락 넘겨 제일 첫 페이지를 펼쳤다. 거기서 헉, 숨을 삼켰다. 첫 페이지에 리스트가 적혀 있었다. 그것도 ‘북커스 룰’이라고 적힌 리스트가. 하지만 아까까지는 분명 없었다.

“저, 정말 이런 게 있었어!”

북커스의 세계에 들어온 뒤로 나타난 걸까? 미후유는 떨리는 손으로 한 줄씩 짚어가며 정신없이 읽었다.

미쿠라 집안과 연고가 없는 자, 미쿠라관의 장서를 한 권도 반출하지 말 것. 이 금기가 깨지면 주술, 즉 북커스가 발동된다.

하나, 도둑의 몸은 여우로 변하리라. 이때 탁언을 금지하기 위해 그 혀는 봉한다.

하나, 도둑이 나타나면 미쿠라관과 신사를 제외하고는, 세계는 정해진 책에 기초하여 변한다.

"……이게 뭐지? 무슨 말인지 모르겠는데, 특히 처음에 나오는 탁언이란 게 뭐야?"

고풍스럽고 딱딱한 말들의 나열로 머리가 터질 것 같은 미후유를 보고 마시로가 설명했다.

"한마디로 미쿠라관에서 책을 훔쳐간 도둑은 여우로 변하게 되고, 탁언, 즉 변명이나 애원은 듣지 않을 것이기에 말을 못 하게 한다는 뜻이야."

그래서 여우가 된 하루타는 이야기를 못 하는 건가. 아닌 게 아니라 미후유도 《은빛 짐승》의 세계에서 돌아왔을 때 하루타의 변명을 어느 정도 이해했기 때문에 지금도 함께 행동하고 있다.

"그렇구나. 다음을 읽어볼게."

하나, 정해진 책은 아유무가 쓰고 히루네가 선정해 사용한다.

하나, 아유무 및 히루네가 사망하였을 때는 손녀 미후유 및 마시로에게 맡긴다.

"뭐라고?"

미후유는 황당한 나머지 발을 구르며 머리를 흐트러뜨렸다. 어찌나 짜증스러워하는지 놀란 하루타가 폴짝 의자로 뛰어 몸을 피했을 정도였다.

"나까지 끌어들이려고? 아니, 이미 그렇게 됐지. 알아, 아는데."

"미후유, 진정해."

"진정하고 있거든! 진정 못 했으면 여기 의자며 책상이며 전부 부숴버렸어."

으르렁대듯 쏘아붙인 뒤 미후유는 그 자리를 돌기 시작했다.

"이 '정해진 책은 아유무가 쓰고 히루네가 선정해 사용한다'는 건, 역시 그때의 히루네 고모는."

아까 하루타에게 책을 주고 미쿠라관에서 나가게 한 직후에 잠들어 있던 히루네가 별안간 깨어나 "이 책을 훔치는 자는"이라고 읊은 뒤 다시 잠들었다. 히루네가 어떠한 존재인지는 아직 잘 모르겠지만, 여기 적힌 규칙대로라면, 히루네야말로 북커스의 바탕이 되는 책을 '선정해 사용하는' 자일 것이다. 그리고 마시로가 나타나 미후유에게 책을 건네고 세계는 변화한다.

"마시로와 처음 만났을 때 '거기 있는 사람이 불렀다'고 한 건 바로 이걸 말하는 거였어?"

"응?"

제 이름을 부르자 반색하는 마시로를 보고 미후유는 혀를 내두르며 다음 줄을 읽었다. 알아야 할 사실과 정리해야 할 일들이 너무 많았다.

"일단 전부 일단락되면 미쿠라관을 팔아버릴 거야."

"미, 미후유!"

"그럴 수밖에 없잖아. 이렇게 민폐만 끼치는 곳을 그냥 둬? 할머니는 마시로에게 맡길게. 그보다 마지막 문장이 아직 남아 있네."

미후유는 헛기침을 하고 나서 나머지 문장을 읽었다.

> 이상의 모든 주술은 요무나가신사에 모셔진 제신祭神 혼요미노미코토의 가호로 집행된다.

"무슨 소리야?"

미후유는 수첩을 떨어뜨릴 뻔했다. 다시 집어서 몇 번이나 읽었다. 잘못 읽었거나 북커스가 장난을 친 줄 알았는데, 아무리 읽어도 문장은 달라지지 않았다.

요무나가신사는 미쿠라관의 바로 뒤편에 자리하고 있었는데, 요무나가마을 사람들에게는 익숙한 장소였다. 미후유는 서둘러 주머니에 넣어둔 쪽지를 다시 꺼내 펼쳐봤다. '마을에 거부당한'은 바로 지금 상태를 가리키는 것이리라. 문제는 '신의 거처'였다.

"여기서 말하는 신이란 이야기의 신, 즉 작가인 줄 알았는데, 설마 진짜 신을 말하는 거야?"

생각해보면 분명히 《은빛 짐승》에서 마을은 달라져버렸지만 미쿠라관과 함께 신사도 원래 모습을 보존하고 있었다. 하지만 요무나가신사의 역사는 그리 길지 않았다. 책의 신을 모시게 된 것도 근대에 들어서라는 소문을 들었다. 미후유의 증조할아버지인 가이치가 태어난 건 1900년이다.

뭔가 떠오르는 게 있었다. 어릴 적 신사 경내에서 놀고 있으면, 기모노에 양산을 쓴 할머니가 참배를 하러 찾아왔다. 화단에 자갈을 늘어놓으며 '가게 놀이'를 했을 때도, 술래잡기를 하며 놀고 있을 때도, 쏟아지는 빗속에서 우산을 텐트처럼 놓고 안에서 놀고 있을 때도, 할머니의 모습을 보았다. 늘 이쪽을 쳐다보지도 않고 곧장 신사로 향했다.

"맞아, 할머니는 자주 참배를 왔었어."

신사의 혼요미노미코토 본전 앞에는 어떤 동물의 석상이 세워져 있었다.

"여우."

미후유의 혼잣말에 하루타의 오렌지색 털이 부르르 떨렸다.

카페를 나선 두 소녀와 한 마리 여우는 말없이 냅다 뛰었다. 어느샌가 밤이었다. 혹시 이 대화를 누군가가 듣고 있던 걸까. 미후유는 그런 생각을 했다.

겹겹이 칠한 것처럼 깊은 어둠 속에서 진주 목걸이처럼 점점이 생긴 전등이 미쿠라관으로 이어진 길을 비추었다. 아직 본격적인 여름이 시작되기 전이라 밤바람이 쌀쌀했다. 달릴수록 폐가 아렸다. 하지만 가슴이 답답한 건 몸을 조여오는 강렬한 긴장 때문이었다.

왜 여우일까. 미후유도 이상하다고 생각은 했다. 개, 고양이, 곰이 아니라, 이 세상에 존재하지 않는 가공의 생물도 아니며, 무기물도 아니다. 도둑을 책이나 움직이지 못하는 돌로 바꾸어버리면 찾기도, 붙잡기도 쉬운데 왜 이리저리 도망칠 수 있는 여우일까.

애초에 마을 전체를 책 세계로 바꾸어버리는 마법을 할머니가 어떻게 쓸 수 있었을까. 북커스 같은 주술을 평범한 인간의 힘으로 실행하는 건 불가능하다. 요무나가신사에 그 정도의 힘이 있다고? 미후유는 숨을 헐떡이며 고개를 저었다. 믿을 수 없다. 하지만 달리 어떻게 설명할 수 있을까? 신사는 실제로 눈앞에 있는 이 기묘한 세계를 설명하는, 마지막 한 조각의 퍼즐 같은 것이었다.

여전히 텅 빈 거리에서 색을 바꾸는 신호등을 무시하고 세 개의 작은 그림자가 도로를 횡단했다. 차갑게 빛나는 전등 아래에서 미쿠라관을 지나 요무나가신사로 향했다.

《은빛 짐승》과 마찬가지로 언덕도, 도리이도, 신사도 원래 모습 그대로 남아 있었다. 평소 태양 아래서 볼 때는 초록색 잎이 무성한 녹나무가 따스하고 평화로운 인상을 주던 신사였다. 하지만 지금은 밤하늘보다 짙은 그림자가 마치 거대한 괴물이 두 팔을 펼치고 있는 것처럼 보였다.

바람이 세게 불었다. 녹나무의 가지가 휘며 잎이 바람에 스치는 수많은 술렁거리는 소리가 경내 도리이에서 아래로 밀려왔다. 돌계단에 한 발을 올려놓자 바람은 더욱더 거세졌고, 침입자를 밀어내듯 두 사람과 한 마리 짐승의 앞을 막아섰다. 바람은 신사를 수호하는 거대한 방패와 장벽이 되었다. 거기다 바람에 꺾인 나뭇잎이 칼날처럼 쉬지 않고 미후유 일행을 덮쳤다.

돌계단은 점점 가팔라져 기어가는 자세로 올라가야 할 정도가 되었다. 나무들과 바람의 술렁임은 마치 이 세상 사람이 아닌 자들이 항의하는 목소리처럼 들려서, 귀가 밝은 마시로는 몇 번이고 귀를 막으려 계단에서 손을 뗐다가 아래로 굴러떨어졌다. 몸이 작고 힘이 없는 하루타는 미후유의 가방을 발톱으로 꽉 붙잡고 있었다.

시끄럽게 울려 퍼지는 소리, 앞이 보이지 않을 정도로 거센 바람, 미후유는 참지 못하고 소리쳤다.

"나…… 나는 미쿠라 미후유! 다마키 할머니를 대신해 왔어! 들여보내줘!"

하지만 바람은 멎지 않았다. 미후유는 입술을 깨물며 팔에 힘을 주었다.

"시끄러워, 조용히 해! 할머니와 아빠가 없는 지금은 내가 미쿠라의 주인이야!"

그때 뭔가가 미후유의 뺨을 후려쳤다. 정확히는 바람이 횡으로 불어온 것이지만, 미후유 입장에서는 거세게 얻어맞은 기분이었다. 일격에 당한 미후유는 옆으로 쓰러져 머리를 찧을 뻔했지만, 개로 변신한 마시로가 재빨리 쿠션이 되었다. 하지만 그 충격에 어깨에 멘 가방이 벗겨졌다.

"하루타 씨!"

직전에 미후유는 가방 손잡이를 붙잡았지만, 달라붙어 있던 하루타는 떨어져 나간 뒤였다. 강풍에 날려 도리이 안쪽으로 날아가는 오렌지색의 작은 몸. 마시로가 으르렁거리며 뒷발로 계단을 박차고 날아올라 뒤를 쫓았다.

미후유가 본 것은 거기까지였다. 마시로가 하루타를 구하기 위해 날아오른 순간, 이 세상이 종말을 맞이한 듯 세찬 돌풍이 정면에서 불어닥쳐, 미후유는 그대로 날아갔다. 언젠가 지훈에게 배운 대로 머리에 충격이 가지 않도록 턱을 당기며 낙법을 펼치는 게 고작이었다.

도로에 내동댕이쳐진 미후유는 고통에 얼굴을 찡그리며 신사를 올려다보았다. 미친 듯 날뛰던 바람은 거짓말처럼 멎어 있었다. 가방은 미후유의 손에 있었지만, 하루타와 마시로의 모습은 보이지 않았다.

소리조차 낼 수 없었다.

쑤시는 어깨와 허리를 손으로 누르며 비틀거리는 걸음으로 일어나 오른팔에 느껴지는 찌르는 듯한 통증에 신음했다. 그래도 계단을 올랐다. 가팔랐던 경사가 원래대로 돌아와 완만한 계단이 이어졌다.

계단 끝까지 올라와서 둘러보니 도리이도, 녹나무도 평소와 다름없었다. 방금 전까지의 난리법석은 대체 뭐였나 싶을 정도였다. 하지만 미후유는 그 자리에 얼어붙어 꼼짝도 할 수 없었다.

경내 도리이에서 신사까지의 공간에 수많은 작은 석상들이 빼곡히 늘어서 있었다. 어두운 밤의 검은 구름을 바람이 떠밀자 달이 얼굴을 내밀었다. 달빛을 받아 20센티미터쯤 되는 작은 석상들이 모습을 드러냈다. 뾰족한 귀와 굵은 꼬리가 달린 여우 형태였다. 모두가 같은 방향, 신사 쪽을 향해, 마치 무언가가 현현하기를 기다리는 것 같았다.

바람에 휘말려 도리이 안쪽으로 날아간 하루타의 모습은 보이지 않았다. 하지만 마시로는 있었다. 정확히는 수많은 작은 여우 석상의 행렬 선두, 신사 바로 앞에 조용히 앉아 있었다.

"……마시로."

하지만 돌아오는 대답은 없었고, 소리도 들리지 않았다. 그만큼 술렁거리던 녹나무 잎사귀도 바스락거리는 소리조차 내지 않았다. 미후유의 목소리만 울려 퍼졌다 사라졌다.

마시로는 움직이지 않았다. 멀리서도 마시로가 다른 석상들과 마찬가지로 돌이 되어버린 걸 알 수 있었다.

제5화
진실을 알아버리다

마치 시간이 멈춘 것 같았다.

바람이 잠잠해지고 소리조차 사라진 어둠 속에서, 신사 경내에 있는 모든 것들이 멈춰 있었다. 거대한 녹나무는 조금의 움직임도 없었고, 돌멩이가 굴러가는 희미한 소리조차 나지 않았다.

방금 전까지만 해도 거센 폭풍이 휘몰아쳤다는 걸 믿을 수 없었다. 신사 안쪽에서 불어온 폭풍은 마시로와 하루타를 미후유의 눈앞에서 채간 뒤, 만족한 듯 잠잠해졌다.

홀로 남겨진 미후유는 도리이 아래에 우두커니 서 있었다. 여우 모습의 작고 흰 석상이 도리이에서 본전까지 걸음을 옮길 틈도 없을 정도로 빽빽하게 들어서, 어둠 속에서 차갑게 빛나고 있었다. 미후유의 시선은 그 너머, 발밑을 가득 채운 채 움직이지 않는 여우들 끝에 고정되어 떨어지지 않았다. 본전 앞에 앉아 있는 새하얀 개의 석상, 다른 석상들보다 훨씬 큰 그 석상은 이 기묘한 여우 석상들의 우두머리 같았다.

이 석상의 정체를 미후유는 확신하고 있었다. 미후유를 이야기의 세계로 이끈 사람, 하얀 머리의 충실한 소녀, 강아지 귀가 달린 친구.

"……마시로!"

불러도 대답은 돌아오지 않았다. 가까이 가고 싶어도 바닥을 가득 메운 여우 석상들이 걸림돌이었다. 조급해진 미후유는 석상이 쓰러지든 말든 걷어차서라도 마시로에게 가까이 가려고 했다. 하지만 한 발을 든 순간 주저되어서 결국 다시 발을 내려놓았다. 여우 석상은 대부분 미후유를 등진 채 똑바로 본전을 바라보고 있었지만, 바로 앞에 놓인 한 점만 이쪽을 바라보고 있었다. 호선을 그리는 초승달 같은 가느다란 눈과 눈이 맞아서, 미후유는 움찔했다. 생명이 없는 석상일 텐데, 나무라는 듯한 시선과 숨결이 느껴졌다.

미후유는 쭈그리고 앉아 여우 석상과 마주 보았다. 뾰족한 코끝은 촉촉한 것 같았고, 살짝 벌어진 입속으로 엄니가 보였다.

"뭐, 하고 싶은 말이라도 있니? ……혹시 상점가 사람이야?"

말을 걸며 코를 톡 건드려도 대답은 없었다. 겨울이 지나 초봄에 돋아나는 자그마한 죽순만 한 크기의 석상을 힘껏 들어 올렸다.

"아앗."

석상은 예상보다 무거워서, 손에 힘을 주지 않으면 떨어뜨릴 것 같았기에 일단 무릎에 내려놓았다.

여우 석상은 맨몸이 아니라 옷이 새겨져 있었다. 그 독특한 차림새에 낯이 익어 자세히 보니 귀걸이도 하고 있었다.

"혹시…… 게이코 씨?"

예전에 미후유를 번뇌에 빠지게 했던 여성이다. 하루타를 미쿠라관으로 데려온 인물. 미후유는 게이코를 닮은 여우 석상에 말을 걸며 문지르고 두드려봤지만 돌아오는 대답은 없었다. 아까 숨결을 느낀 건 기분 탓이었을까.

하는 수 없이 제자리에 내려놓고 다른 석상들을 살펴봤다. 허리에 앞치마를 두르고 생선을 옆구리에 끼고 있는 건 생선 가게 주인일 테고, 굽은 등의 석상은 'BOOKS 미스터리'의 주인 영감인 것 같다. 두 손을 앞으로 내밀고 닭꼬치를 쥐고 있는 건 닭고기 전문점의 주인이고, 역무원 모자를 쓴 석상도 있었다.

틀림없다. 이곳에 있는 여우들은 모두 사라진 요무나가마을의 사람들이다. 수백, 수천은 되는 대량의 석상에 일일이 특징을 조각했을 리는 없을 테니, 이 역시 북커스의 영향이겠지.

"다들 여기 있었구나."

말을 걸어도 여전히 대답은 돌아오지 않았고, 여우 석상들은 조용히 제자리를 지키고 있었다. 미후유는 벌떡 일어났다. 일단은 마시로다. 석상을 치우고 안쪽 본전까지 가지 않으면 마시로와 접촉할 수도 없다.

하지만 길을 트려 해도, 석상을 놓을 만한 곳은 도리이 바깥의 계단밖에 없어서, 하나를 옮겨놓고 다시 돌아오고, 다시 하나를 옮겨놓고 돌아와야 했다. 석상의 크기는 제각각이었지만, 모두 몸통이

굵고 묵직해서 힘을 주지 않으면 떨어뜨릴 것 같아 상당히 신경이 쓰이는 작업이었다. 만에 하나 깨지거나 망가지기라도 하면 마을 사람들이 죽을지도 모른다는 생각에 식은땀이 났다.

간신히 본전에 도착해 마시로의 석상 앞까지 왔을 즈음에는 미후유는 기진맥진한 상태였다. 그렇지만 굽어지려는 허리를 두드리며 곁으로 다가가 하얀 돌을 살며시 어루만졌다.

석상은 마시로가 그대로 돌이 되어버린 모습이었다. 강아지 귀, 긴 주둥이, 앞다리와 뒷다리를 가지런히 모으고 앉은 자세에 두툼하고 멋진 꼬리. 가늘게 뜬 눈꺼풀 아래로 눈동자가 보였다. 미후유는 마시로의 눈앞에 손을 내밀며 천천히 흔들었다. 혹시나 눈동자가 움직이지 않을까 기대했지만 아무 일도 일어나지 않았다.

"마시로, 들리니? 왜 돌이 된 거야? 다른 사람들도 다 돌로 변했어. 움직이는 사람은 나밖에 없어."

대답 없는 마시로의 뺨과 머리를 다정하게 쓰다듬자, 신기하게도 표면이 따뜻해서 마치 살아 있는 것 같았다. 역시 이 석상은 마시로다. 코가 찡해지고 시야가 흐려졌다. 요무나가마을에서 주민들이 사라졌지만, 마시로가 있으면 괜찮을 거라고 생각해왔던 것이다.

책의 세계에서 몇 번이나 위험한 상황에 처했다. 하드보일드의 세계에서 총에 맞을 뻔도 하고, 입을 벌리고 달려드는 은빛 짐승에게 쫓기거나 아슬아슬하게 피하기도 했다. 그리고 마시로는 잡아먹혔어도 다시 돌아왔다. 그래서 이번에도 무사할 줄 알았는데.

"앞으로 어쩌면 좋지. 너까지 돌로 변해버리다니, 어떻게 해야 할지 모르겠어."

코를 훌쩍이며 폴로셔츠 소매로 눈을 비볐지만 눈물은 멈추지 않고 흘러내렸다.

"……언제나, 늘, 넌 나를 구해줬어. 참 이상한 애야. 내가 떨어질 것 같으면 제일 먼저 달려오고, 아까도 날 감싸줬잖아."

미후유는 코를 훌쩍거리며 마시로의 뾰족한 귀 사이를 만졌다.

"개라서 그래? 개는 주인에게 충성하잖아. 하지만 난 네 주인이었던 기억이 없는데."

혹시 할머니가 마시로의 주인일까? 그런 거라면 할머니가 손녀딸을 지키라고 명령했을 수도 있다. 하지만 미쿠라관에서 다마키에게 쫓길 때, 마시로는 다마키가 아니라 미후유를 구했다.

줄곧 전부터 마시로를 알고 있었던 것 같은 기분이 들었다. 마시로와 이야기하다 보면, 얼굴도, 이름도 잊어버린 상대가 인파 속에서 자신을 찾아내 재회를 반가워하는 듯한 느낌이었다.

마시로는 나를 안다. 하지만 나는 마시로를 모른다.

정말?

텅 빈 병원에서 아버지의 수첩에 적힌 소설에 대해 하루타와 이야기했을 때, 미후유의 뇌리에 어떤 풍경이 스쳐 지나갔다. 크레파스를 쥐고 스케치북을 내려다보며 그린 건, 머리에 삼각형의 두 귀가 달린 소녀의 그림이었다. 커다란 눈동자, 싱긋 웃는 눈.

하나의 정경이 떠오르자 줄줄이 꼬리를 물고 기억의 단편까지 하나둘 떠올랐다. 미후유가 강아지 귀를 단 소녀의 그림을 그린 건 그

때가 처음이자 마지막이 아니었다. 좋아하는 그림이라 몇 번이고 반복해서 그렸고, 그림을 본 아버지와 고모에게는 "내 친구야"라고까지 말했다. 완성된 그림에 이름을 지어줬던 기억도 떠올랐다.

마시로

그래. 어릴 적 아버지가 들려줬던 그림책에 나오는 하얀 토끼에서 딴 이름이었다. 분명히 처음에는 '마'자를 거꾸로 써서 할머니에게 "아직 글자도 제대로 못 익혔니"라며 핀잔을 들었다.

왜 잊고 있었을까.

"널 그린 건 나였어."

마시로는 종종 애달픈 눈으로 미후유를 보고 있었다. 뭔가 하고 싶은 말이 있는 듯했지만 입밖으로 내지는 않았다. 미후유가 스스로 생각해내기를 기다리고 있었을지도 모른다. 겨우 기억을 떠올린 지금이라면 전할 수 있었겠지만, 돌로 변해버린 귀에 자신의 소리가 닿을 것 같지 않아서 더 눈물이 쏟아졌다. 어머니가 세상을 떠났을 때도 그랬다. 묘비 앞에서 아무리 이야기해도 다시는 어머니가 들을 수 없다. 더 일찍, 살아 있을 때 이야기했어야 한다고 후회했는데.

"잊어버려서 미안해. 미안해……."

굳게 막혔던 마개가 튀어 오르듯 말로는 표현할 수 없는 감정이 솟아올라서, 미후유는 돌로 변한 마시로의 목을 끌어안았다. 바람이 다시 불어와 미후유의 뜨끈한 뺨과 몸을 스치고 지나갔다. 바람이 녹나무 가지를 흔들고, 밤하늘을 덮은 옅은 구름을 걷어내 달이 다시 얼굴을 내밀었다. 하얀 초승달이었다. 마시로의 꼬리처럼 휜 하얀 자태가 하늘을 날 때의 모습을 연상케 했다.

언제부터 '마시로'를 그리지 않게 되었을까. 할머니의 싸늘한 시선을 두려워해서일까. 아니면 상상 속 친구와 놀 나이가 지나, 자연스레 마음속에서 사라진 것일까. 애초에 왜 미후유가 그린 소녀가 실체가 되어 북커스의 안내인으로 나타나게 된 걸까.

미후유는 울음을 그치고 마시로의 석상에서 몸을 뗐다.

가방에 손을 넣었다. 안에서 물건을 찾아 살며시 빼냈다. 손때 묻고 구깃구깃한 가죽 수첩. 아버지는 지금까지 딸에게 들키지 않도록 숨겨왔으면서, 어째서 지금은 눈에 잘 띄는 병상 베갯머리에 수첩을 놓아둔 걸까. 뭔가를 적는 중에 몸이 여우로 변해 미처 숨기지 못한 건지도 모른다. 아무튼 미후유는 수첩을 읽으라는 아버지의 메시지라 생각했다. 아버지는 미쿠라관에 숨겨진 비밀의 당사자이며, 미후유가 이런 상황에 처할 걸 알고 있었으며 결말도 예상하고 있었다.

바람이 조금씩 세졌다. 떨어진 나뭇잎이 여우 석상들을 스치고 지나갔다. 미후유는 크게 숨을 들이마시며 푸르스름한 달빛을 받아 빛나는 수첩을 펼쳤다.

**미쿠라 아유무의 수기**

책에 둘러싸여 살아가는 자는 책에게 사랑받게 되는 걸까.

적어도 내 할아버지 가이치는 그랬던 것 같다. 조부는 내가 여섯 살 때 작고한 까닭에 할아버지의 모습이란, 기억 한구석에 달라붙은 작은 모습과 어머니나 이웃 사람들에게 들은 이야기를 끼워 맞춰 만든 것이었지만. 하지만 보고 들은 이야기만으로도 책을 사랑하고, 책에게 사랑받은 사람이었다는 걸 알 수 있었다.

당시 미쿠라관을 찾은 사람들이 처음 하게 되는 건, 거대한 책장의 비좁은 틈새에서 마른 대나무보다 여위고, 등이 굽은 할아버지를 찾아내는 일이었다고 한다. 할아버지는 뭐든 가리지 않고 읽었다. 할머니가 다과로 내놓은 양갱 설명서부터 수도 요금 청구서, 어깨에 붙이는 파스 주의사항, 과자 상자에 붙은 '여는 곳'이란 오렌지색 스티커까지. 글자라면 뭐든 읽었다. 생일이면 미나즈키축제에 가서 사람들이 쓴 에마를 열심히 읽었다. 알파벳이든, 키릴 문자든, 간자체든, 한글이든, 아라비아 문자든 뭐든, 뭔가가 적힌 말이라면 예외 없이 눈길을 주었다. 커다란 안경 너머로 유심히 바라보다, 바로 사전을 가져와 오물오물 입을 움직여 중얼거리면서 글자의 뜻을 찾았다. 그런 할아버지의 모습을 똑똑히 기억한다.

책과 문자에 대한 할아버지의 사랑이 진심이었다는 건 의심해본 적 없다. 그렇다면 책은 어떨까, 할아버지를 사랑했을까?

책에 의지가 있다고 하면 비웃음을 사겠지만, 나는 그것이 진실임을 안다. 왜냐하면 할아버지가 읽고 싶다고 말하면, 아무리 귀하고 값비싼 책이라도 우연히 들른 고서점에서 한눈에 찾게 되거나, 마치 자석처럼 잡아당기듯 자택이나 미쿠라관으로 날아오고는 했다. 마치 책이 할아버지의 수중에 들어가고 싶다고 바라는 것처럼.

할아버지는 책을 사랑했고, 책 또한 할아버지를 사랑했다. 뿐만 아니라 할아버지는 책과 서로 사랑하는 독서가들을 한 명이라도 더 늘리기 위해 미쿠라관의 서고를 개방했다. 어릴 적 나에게 미쿠라관은 공공 도서관이나 마찬가지였고, 집안의 소유물이라는 생각은 해본 적도 없을 정도로 늘 많은 사람들이 머물며 책을 읽고, 책 이야기를 했다.

어머니는 그 시절부터 마뜩잖게 생각했을 것이다.

애정의 정도로만 따지자면 어머니는 할아버지를 능가했다. 어머니, 다마키는 자신의 책을 잠금장치가 달린 책장에 보관하며 절대로 남이 손대지 못하게 했다. 할머니조차 어머니의 서고에 들어갈 수 없었고, 유일하게 할아버지만 드나들 수 있었다. 당연히 아들인 나도 어머니의 장서를 본 적이 없었다. 그런 결벽의 성격을 상징하듯, 어머니의 장서가 보관된 별관은 창고 형태의 감옥 같았다.

책은 신성한 것, 독자와의 관계는 불가침의 성역이며, 타인과 공유할 수 없는 것이라는 게 어머니의 지론이었다. 이야기를 읽으며 느끼는 경험은 개인의 마음속에만 존재하면 되고, 의견 교환 같은 건 어리석은 행위라 생각했다. 심지어 작품 해석은 자신의 생각만이 옳다고 여기는 것 같기도 했다. 때문에 어머니는 독서를 통해 친구를 사귄 적이 없었고, 결혼도 책에 전혀 관심이 없는 사람과 했다고 한다. 남편은 아내가 아이를 갖자, 딴살림을 차렸고 아버지의 의무는 모두 포기했다. 그래서 나는 아버지의 얼굴도, 성도 모른다. 어머니는 미쿠라관을 이을 후계자만 얻으면 그만이라고 생각했는지 아버지에게 무관심했다.

그런 집안에 태어났으니 영재교육을 받는 게 자연스러운 흐름이었다. 전국에서 책 수집가들과 독서가들이 몰려들 정도의 장서를 소유한 집안에서 자란 자의 숙명이었다.

도망칠 방법은 없었다. 초등학교에 입학할 때까지 살아 계셨던 할머니가 억지로 나를 유도 도장에 보내지 않았다면 더욱 폐쇄적인 생활을 했을 것이다. 만일 내가 책을 싫어하게 됐으면 어땠을지 궁금하기도 하지만, 다행인지 불행인지 나 역시 책을 좋아했다.

아니, 정확히는 책을 쓰는 걸 좋아했다고 해야 할지도 모른다.

철이 들 즈음에는 도화지나 종이에 이야기를 쓰고 있었다. 독서가와 작가는 반드시 일치하지는 않는다. 할아버지도, 어머니도 그만큼 책을 읽었지만 스스로 이야기를 창조하려는 생각은 눈곱만큼도 하지 않는 것 같았다. 하지만 내 경우는 달랐다. 문자가 이끄는 대로 이야기의 길을 걸어가다 보면 다른 이야기로 이어지는 문이 절로 눈에 들어왔다. 어린 나는 그 문을 닥치는 대로 열며 충동이 이끄는 대로 새로운 이야기를 적어 내려갔다.

할아버지는 기뻐했지만 어머니는 당혹스러워하는 눈치였다. 오래된 기억 속에서, 도화지에 적은 소소한 이야기를 어머니에게 보여주자마자, 가면처럼 무표정한 얼굴로 낚아채는 장면이 선명히 남아 있다. 어머니에게 이야기는 이미 완성된 것이며, 눈앞에서 만들어지는 것이 아니었기 때문이다. 그리고 어머니는 세상을 떠날 때까지 나에게 이렇게 말했다. 네가 만든 이야기는 창작이 아니라 기존 이야기의 아류에 불과하다고. 하지만 할아버지가 돌아가시고 나서 20년 뒤에 어머니는 나의 이야기를 이용하게 되었다.

할아버지를 영원히 잃은 미쿠라관은 독서의 즐거움이라는 반짝임도 함께 잃어버렸다. 이때까지만 해도 할아버지의 유언대로 사람들에게 책을 빌려주고는 있었지만, 대출 권수는 한 명당 한 권씩으로 줄여버리는 등 규칙이 엄격해졌다. 미쿠라관도 지금까지는 쾌활하게 웃던 사람이 감정의 변화가 전혀 느껴지지 않는 음침한 사람이 되어버린 것처럼, 답답하고 엄숙한 분위기로 바뀌었다. (내 생각에 '그것'의 싹은 이미 이때 움트기 시작한 게 아닐까.)

할아버지가 돌아가시고 나서 6년이 지난 해의 6월에 그 사건이 일어났다. 어머니가 허리를 다쳐서 한동안 학교가 쉬는 날에는 내가 미쿠라관을 관리했다. 장마철이었고 나는 열두 살이었다. 맡은 책임의 무게를 안다고 가슴을 펴고 말할 수 있는 나이가 아니었다.

미쿠라관의 출입문 앞에 앉아 좋아하는 책을 읽고, 친구가 찾아오면 이야기를 하느라 누가 들어오고 누가 나갔는지 확인을 게을리했다.

그날은 미쿠라관 뒤편에 자리한 신사에서 미나즈키축제가 열리고 있어서, 나는 평소보다 더 주의가 산만했다. 당시 은근히 호감을 가졌던 같은 반 여학생이 밤에 축제에 간다는 이야기를 들어서였다. 이내 문 닫을 시간인 오후 5시가 지나서 이용객들을 내보내기 위해 서고를 순회했다. 그제야 200권쯤 되는 할아버지의 장서

들이 통째로 사라진 걸 알아챘다. 쓰르라미 우는 소리가 유난히 시끄러웠던 기억이 난다.

분노로 날뛰는 어머니에게 호되게 체벌을 당한 건 말할 것도 없었다. 내 엉덩이에는 지금도 대나무 회초리로 맞은 자국이 남아 있다. 하지만 나를 탓한들 달라지는 건 없다는 걸 어머니도 알고 있었다. 일단 경찰에 신고했지만, 이튿날부터 어머니는 "경찰 따위 믿을 수 없다"고 씩씩거리며 갖가지 방법을 동원했다. 마을을 돌아다니며 의심 가는 집 문을 두드리고, 주민이 나오면 멱살을 잡고 추궁하다 오히려 경찰에 신고당한 적도 있었다.

어머니는 날뛰는 폭풍과도 같았다. 책을 도둑맞았다며 안타까움을 표시하는 사람조차 상처 입히는, 아무도 말릴 수 없는 폭풍이었다. 만일 할아버지의 막역한 지기였던 요무나가신사의 간누시신사를 관리하고 의식을 맡는 신관가 나와 함께 마을을 돌며 사죄하지 않았다면, 도둑을 붙잡기는커녕 우리 집안은 요무나가마을에서 쫓겨날 수밖에 없었을 것이다.

영원히 계속될 것 같았던 어머니의 폭풍이 잠잠해지기 시작한 건, 사건으로부터 두 달쯤 지났을 때였다.

아버지의 수첩을 읽던 미후유는 거기서 헉 숨을 삼켰다. 방금 전까지만 해도 주변은 어두컴컴해서 경내를 비추는 전등의 희미한 불빛을 의지해 간신히 글자를 알아볼 수 있었는데, 별안간 한낮처럼 환해졌기 때문이었다.

고개를 들었을 때 깨달았다. '한낮처럼'이 아니다. 주변에서 밤이 사라지고 정말 한낮으로 바뀌어 있었다. 하늘에는 태양이 빛났고, 높이 뜬 하얀 구름이 유유히 흘러갔다. 하지만 그보다 놀라운 건, 신사를 가득 채우고 있던 여우 석상들이 하나도 남김없이 경내에서 사라졌다는 사실이었다. 게다가 분명 옆에 있던 마시로의 석상까지 자취를 감췄다.

미후유는 주변을 두리번거리며 일어났다. 휑한 경내 자갈 위를 붉은 단풍잎이 굴러갔다. 거대한 녹나무는 울긋불긋 물들어 있었고, 어느샌가 초여름에서 가을로 계절이 바뀌어 있었다. 그뿐만이 아니었다. 신사의 금줄이며 새전함도 새것으로 바뀐 것 같았다.

그때 누군가가 계단을 올라오는 소리가 들렸다. 미후유는 황급히 어딘가에 몸을 숨기려 했지만 때는 늦었다.

도리이 아래, 돌계단 끝에서 여성이 쓱 모습을 드러냈다. 검은 머리카락을 단정하게 틀어 올린 머리, 매서운 표정, 연두색 기모노가 차례로 보였고, 마지막으로 하얀 다비에 검은 게다엄지발가락과 둘째 발가락 사이를 끈으로 꿰어 신는 일본의 나막신를 신은 발이 경내로 한 걸음 들어섰다. 미후유는 꼼짝도 할 수 없었다. 흰머리가 없고 얼굴에 주름도 찾아볼 수 없었지만, 눈앞에 나타난 여성은 분명 다마키였다.

"하, 할머니."

머릿속의 자신은 도망치라고 외치고 있었다. 하지만 발이 바닥에 달라붙은 것처럼 꿈쩍도 하지 않았고, 눈도 뗄 수 없었다. 미쿠라관의 '연옥'에서 쫓기던 때의 공포가 되살아나 등골이 오싹해졌다.

하지만 다마키는 미후유에게 눈길조차 주지 않았고, 그 앞을 지나칠 때도 없는 사람처럼 무시했다. 어깨에 잔뜩 힘을 주고 옷자락을 펄럭이며 똑바로 경내를 가로질러 본전으로 갔다. 대체 뭘 하려는 거지?

간신히 몸이 움직일 수 있게 되자 미후유는 다마키를 뒤쫓았다. 옆에 나란히 서도, 눈앞에서 손을 흔들어도 반응이 없었다. 다마키의 눈에는 미후유가 보이지 않는 것이다.

다마키는 새전함에 동전을 넣고 줄을 당겨 거칠게 방울을 울린 뒤 두 손을 마주쳤다. 그리고 두 눈을 똑바로 뜬 채 목구멍에서 쥐어짠 듯한 목소리로 중얼거렸다.

"……신이 있다면 분명히 봤을 터. 이 언덕에서는 미쿠라관이 한눈에 내려다보이지. 누가 훔쳤는지 알고 있지? 아니면 신주에 취해서 못 봤나?"

"훔쳤다고?"

미쿠라관의 문을 걸어 잠근 계기가 된, 그 도난 사건이 미후유의 머릿속에 떠올랐다.

"할머니는 젊어졌고, 신사도 새것 같고…… 설마 지금 '과거'에 있는 건가? ……아얏."

미후유는 갑자기 뒤통수에 뭔가가 부딪히는 감촉에 머리를 문지르며 뒤돌아보고는 눈이 휘둥그레졌다. 그곳에는 문자 그대로 '문자'가 떠 있었다.

"뭐야? 이게 뭐지?"

가로세로 5센티미터쯤 되는 글자로 이루어진 문장이 기둥도, 와이어도 없이 허공에 둥둥 떠 있었다. 서체는 흔히 보는 소설의 글자 같았고 색은 희었다.

**어머니는 어느 날 행선지를 말하지 않고 외출했다. 어머니가 오래전부터 미쿠라관 뒤편에 자리한 신사를 찾아갔다는 걸 알게 된 건 나중 일이었다.**

"……아, 그렇구나."

미후유가 끝까지 읽자 문장은 연기처럼 사라졌고, 대신 다른 문장이 나타났다.

**신앙심 같은 건 가진 적이 없었고, 축제에 참가하거나 새해에 참배를 간 적도 없었으며, 할아버지와 막역한 사이였던 간누시도 반쯤 경멸했던 어머니가 신사를 찾아가다니, 어지간히 급했던 모양이다. 어머니는 간누시를 추궁하며 도난 사건이 일어난 그날, 수상한 인물을 보지 못했느냐고 물었다. 하지만 소용없었다.**

"알았다. 이건 타임 슬립이 아냐. 아빠의 수기 속에 들어와 있는 거구나."

하지만 방금 전까지 《사람을 싫어하는 마을》 세계에 있었을 텐데, 거기서 다른 책의 세계로 들어오다니. 미후유는 고개를 갸웃했지만 잘 이해가 가지 않았다. 애초에 아버지의 수기가 언제 북커스를 발동시킨 걸까. 미후유는 아무것도 훔치지 않았는데.

고개를 갸웃거리며 생각하던 그때였다. 본전 뒤에서 문이 열리는 소리가 났다. 머리가 벗어진 늙수그레한 간누시가 느긋한 걸음으로 사무소에서 나오고 있었다.

허공에 표시된 문장대로 다마키가 간누시에게 다가가 몇 분에 걸쳐 일방적으로 쏘아붙였다. 하지만 역시 소용없었다. 간누시는 자식을 나무라는 아버지처럼 따끔하게 호통을 친 뒤 계단을 내려갔다. 그 등 뒤로 다마키의 노성이 쏟아졌다.

다시 허공의 문장이 사라지고 새로운 글자가 나타났다.

**간누시는 아무것도 보지 못했다. 그럴 법도 한 것이, 그날은 낮부터 미나즈키축제라 신사에는 노점들이 줄줄이 늘어섰고, 사람들로 북적거렸기 때문이다. 아마 도둑도 혼잡한 틈을 타서 대량의 책들을 운반했으리라. 식재료나 가스버너 같은 장사 도구로 위장해 리어카에 실으면, 책 200권쯤이야 한번에 반출할 수 있다. 특히 미쿠라관의 뒤편에서 언덕 위 신사까지 노점이 늘어서는 이날에는 언덕 위에서 내려다볼 수도 없으니, 도둑에게는 둘도 없는 기회였으리라.**

할머니는 신경질적으로 손톱을 물어뜯으며 새전함 앞에서 왔다 갔다 했다. 그 모습을 눈으로 좇으며 미후유는 생각에 잠겼다.

"리어카라…… 음, 하긴 미쿠라관 서고에 사람이 없는 틈을 타서 상자에 넣으면, 들키지 않고 쉽게 운반할 수 있겠네. 아빠가 다른 데 정신이 팔려 있었다면 더욱더."

미후유는 살며시 본전을 벗어나 신사를 에워싼 나무들 곁으로 다가가 목을 빼고 아래를 보았다. 미쿠라관이 훤히 내려다보이기는 했다. 만일 축제 날이 아니었고, 신사 관계자나 참배객 중 누군가가 이 근처에 있었다면, 수상한 자를 보았을지도 모른다. 하지만 그 역시 우연이 도왔을 경우의 이야기였다. 미후유는 할머니 역시 엄한 곳에 화풀이를 하는 것이라 새삼 생각했다.

"아얏."

다시 나타난 문자가 정수리에 부딪혀서, 미후유는 입을 삐죽 내밀며 새로운 문장을 읽었다.

**이곳에서 어머니와 신사의 관계가 끝났다면 차라리 나았을 것이다. 하지만 그렇게 되지는 않았다. 신사에 사는 누군가, 나는 도저히 신이라 부를 수 없는 정체 모를 누군가가 어머니에게 힘을 빌려준 것이다.**

"……이게 뭐야?"

갑자기 돌풍이 불어닥치더니 다음 순간 주변이 어두워졌다. 밤이 된 게 아니라, 마치 창문도, 전등도 없는 폐쇄된 방에 갇힌 듯한 암흑이었다. 또 다른 세계에 떨어졌나 했는데, 다음 문자가 떠올라서 뒷이야기를 보고 있다는 걸 알았다.

**'그것'이 어떻게 접근했는지 어머니는 죽을 때까지 말하지 않았다. '그것'이 어떠한 모습과 어떠한 목소리로 책에 저주를 걸도록 어머니를 유혹했는지 나는 모른다.**

"요컨대 작가인 아빠가 모르는 장면이라 컴컴해진 건가?"

그렇게 소리 내어 말하자, 문자 옆에 흑백 필름이 나타나 덜컹덜컹 소리를 내며 돌아가기 시작했다. 위쪽에 '활동사진'이라는 설명이 달려 있었다.

**하지만 하나 알아낸 게 있다.**

"그래서 영상으로 해설하는 건가. 친절도 하셔라."

필름은 옛 시대를 비추고 있었다. 기와지붕의 작은 집들, 말이 짐차를 끌고, 기모노에 중절모를 쓴 남성과 머리를 틀어 올린 여성, 큰 상자를 짊어진 행상인이 오가고 있었다. 길옆에는 언덕이 있었는데, 붓으로 '요무나가 이나리 신사'라고 쓴 깃발이 서 있었다. 장면이 바뀌며 신사의 에마가 클로즈업되었다. 건강을 기원하거나, 좋은 인연을 만나게 해달라는 등 적힌 소원은 다양했지만 책에 관련된 것은 없었다.

현재 요무나가신사는 책의 마을의 상징적 존재로서 책이나 이야기에 관한 고민이나 소원을 가진 사람들이 많이 찾고 있다. 하지만 예전에는 아니었다. 흔히 볼 수 있는 이나리 신사 중 하나였다. 향토자료관에서 먼지를 뒤집어쓴 낡은 기록을 읽고 알았다. '책의 신'을 표방하게 된 건 할아버지와 간누시의 아이디어였다.

필름이 비추는 '이나리' 깃발이 사라지고 새로이 '혼요미노미코토'라는 깃발이 나타났다.

"……그렇다는 건, 책의 신이라는 건 마을을 부흥시키기 위해 나중에 갖다 붙인 거란 말이야?"

곰곰이 생각해보면 책의 신이라는 게 고대부터 존재할 리 없었다. 인쇄기가 발명되고 서민이 서책을 입수할 수 있게 된 건 근대에 들어서부터였으니까. 하지만 할아버지와 간누시의 천진난만한 계획은 널리 알려져 인기를 얻었고, 옛날부터 이랬던 것처럼 마을에 번졌다. 아마 이것이야말로 '그것'의 인자일 것이다.

"무슨 말인지 잘 모르겠지만, 원인 제공자는 증조할아버지하고 간누시 님인 것 같네."

그러자 어둠 끝에서 작은 빛이 생겨났다. 미후유는 망설이면서도 빛을 향해 걸어갔다. 그동안에도 새로운 문장이 도로 표식처럼 좌우에서 나타났다.

어쨌든 늦은 밤에 귀가한 어머니는 어찌된 일인지 침착한 모습이었다. 책을 훔쳐간 범인을 알아냈나 착각할 정도로 어머니의 표정은 산뜻했다.

사실은 그게 아니었다. 더 일찍 깨달아서 그 시점에서 말렸다면 가족을 이상한 일에 말려들게 하지 않아도 됐을 텐데.

당시에 우리는 매각하기 전, 처음 살던 미쿠라 저택에 살고 있었다. 낡고 넓은 전통 일본식 가옥. 아무도 없는 집에서 홀로 어머니를 기다리는 건 무척 불안했다. 어머니가 곁에 있어도 마음이 편안해지지는 않았지만, 그래도 곁에 있어주었으면 했다. 괘종시계 소리는 어째서 그토록 사람을 불안하게 만드는 걸까.

나는 잠도 자지 않고 늦게까지 돌아오지 않는 어머니를 기다렸다. 현관문이 열리는 묵직한 소리가 나자마자 벌떡 일어나 맨발로 달려나가 맞이했다. 하지만 나는 '오셨어요'라는 말을 끝까지 잇지 못했다. 어머니가 작은 아이를 데리고 온 것이다. 한 살도 안 된 것 같은 아이는 어머니의 품에서 잠들어 있었다.

어머니는 나에게 "오늘부터 이 아이는 네 동생이다"라고 말하더니 씩 웃었다. 어머니가 웃는 모습을 본 건 손에 꼽을 정도였는데, 그날은 그중 하나였다. 어머니는 휘청거리는 걸음으로 집 안으로 들어와 곧장 침실로 들어가 문을 닫고, 이틀 동안이나 나오지 않았다.

그동안, 아니, 그 순간부터 쭉 나는 그 갓난아이를 돌봤다. 하지만 아이는 잠을 한숨도 자지 않았다.

"뭐라고? 고모가 안 잤다고?"

화들짝 놀라 문자에 손을 대려 했지만 순식간에 형태를 바꾸어 다음 문장이 나타났다.

**갓난아이란 자는 게 일이다. 이대로 자지 않으면 죽을지도 모른다. 그래서 나는 잘 자라며 '히루네'라는 이름을 지어주었다. 아이는 커다란 눈동자로 나를 올려다보았고, 그때부터 히루네는 내 동생이 되었다.**

지금과는 전혀 다른 고모의 모습에 놀라며, 미후유는 아버지의 다음 말을 따라갔다.

**히루네는 내 진짜 동생이 아니다. 그 아이는 어머니가 '그것'과 맺은 약속에서 태어난, 말하자면 증서 같은 존재이며 트리거였다.**

눈앞에서 빛이 번뜩였다. 너무 눈부셔서 두 손으로 눈을 가렸다. 그리고 어느샌가 미후유는 자신이 미쿠라관에 있다는 걸 알았다.

이 미쿠라관은 미후유가 아는 지금 상태보다 훨씬 도서관에 가까웠다. 선룸에는 독서용 테이블과 의자가 여러 개 놓여 있었고, 히루네가 평소에 애용하는 긴 의자에는 먼지가 쌓이지 않도록 천이 덮여 있었고, 구석구석 청소도 잘 되어 있었다.

선룸에는 청년 모습의 아버지가 있었다. 검은 교복을 테이블 위에 아무렇게나 놓고 삼각건에 앞치마를 둘렀다. 미후유의 동급생이나 선배라 해도 이상하지 않을 정도로 어렸다.

다마키와 마찬가지로 수기 속 등장인물들의 눈에 미후유는 보이지 않는 것 같았다. 미후유는 잠시 투명인간의 기분을 맛보며 의자에 앉아 자신과 비슷한 또래의 아버지를 빤히 바라보았다. 머리로는 알고 있었지만, '부모에게도 부모의 인생이 있었다'는 사실을 새삼스럽게 깨달은 것 같았다.

아버지는 걸레로 바닥을 닦고 나서 위쪽을 향해 외쳤다. "히루네! 거기 있지?"

그러자 "응"인지 "우웅"인지 모를 대답이 돌아왔다. 흥미가 생긴 미후유는 일어나 목소리가 들린 2층으로 올라갔다. 벽에 줄줄이 늘어선 책장 앞에서 다섯 살쯤 되는 여자아이가 정신없이 책을 읽고 있었다. 그림책이 아니라 성인 독자 대상의 두툼한 책이었다.

"아니, 이런 책은 어른이 읽어도 어렵지 않나?"

인간이 아니라는 걸 알고 나서, 히루네를 고모라 불러도 되는지 망설여졌지만, 이 모습을 보고 놀라움을 넘어 기가 막혔다. 역시 히루네는 히루네였다.

"어릴 적부터 책을 읽었으면 우리 장서도, 별관의 장서도 전부 읽었겠네."

어차피 보이지 않으니 히루네의 옆에 쪼그리고 앉았다. 히루네는 두 눈을 사정없이 굴리며 엄청난 속도로 글자를 좇았다. 미후유도 옆에서 같이 봤지만 몇 줄 읽지 못한 상태에서 히루네가 페이지를 넘겨버렸다.

한숨을 내쉬며 고개를 들자 또다시 허공에 문장이 떠올랐다.

**히루네는 책을 흡수했다. 책장에 있는 책의 처음부터 끝까지, 마치 페이지를 먹어서 피와 살로 삼는 것처럼.**

"히루네! 저녁거리 사러 가자!"

아래층에서 아유무의 소리가 들렸다. 미후유는 히루네가 그 자리에서 움직이지 않을 거라고 생각했다. 하지만 히루네는 곧장 책을 덮고 정중한 손길로 책장에 다시 꽂고 나서 계단을 뛰어 내려가 아유무에게 갔다.

**히루네는 생물이 아니다. 한잠도 자지 않는 생물이 있을까. 하지만 모습은 인간이고, 인간처럼 행동하며, 영혼의 형태도 인간과 같았다. 책을 읽지 않을 때에는 나와 자주 이야기했다. 우리는 사이가 좋았다. 히루네와는 죽이 잘 맞았다. 어머니보다 훨씬.**

청년 아유무와 작은 히루네가 손을 잡고 밖으로 나갔다.

**이렇게 돌이켜보면 나는 분명 동지가 필요했던 것이리라. 할아버지가 수집한 책에 둘러싸여, 어머니에게 영재교육을 받으며 자랐다. 이내 다른 친구와 공유할 수 없는 고독이 내 안에 있다는 걸**

깨달았다. 내가 아는 걸 친구들은 몰랐고, 친구들이 아는 걸 나는 몰랐다. 나는 유럽의 책을 읽을 수 있었지만, TV에서 유행하는 노래는 부르지 못했다. 그러다 특이하고 대화가 안 통하는 녀석으로 인식이 박히게 되었다. 어린애가 감당하기에는 너무 지독한 고독이었다. 그 외로움을 히루네는 함께 나누는 존재였다.

다음 순간, 선룸의 모습이 다시 바뀌었다. 도서관을 연상시키는 테이블과 의자는 사라졌고, 천을 덮어놓았던 긴 의자에는 중학생 정도로 성장한 히루네가 편안한 자세로 앉아 책을 읽고 있었다.

미쿠라관은 도난 사건이 일어난 뒤로 한 번도 열리지 않은 채 줄곧 폐쇄되어 있었다. 이제 미쿠라 집안만을 위한 장서고가 된 셈이었지만, 어머니는 오래전부터 이 상황을 바라온 것이 틀림없었다. 미쿠라관과 히루네를 돌보는 건 내 역할이었고, 그것은 대학을 졸업하고 유도 사범 자격증을 딴 뒤로도 계속됐다.

복도에서 인기척이 났다. 이제 완전히 성인이 된 아유무가 모습을 드러냈다. 지금보다 젊었지만 어리다기보다는 원숙한 느낌이었다. 어깨에 배낭을 메고 히루네를 힐끗 보더니 전기 포트 앞으로 갔다.

커피 향이 피어오르는 머그잔 두 개를 들고 아유무는 히루네 옆의 탁자에 내려놓았다. 또 하나는 본인이 들고 2층으로 올라갔다. 미후유는 아버지의 뒤를 쫓았다.

지금은 없는 책상과 의자가 복도에 놓여 있었다. 아유무는 청바지 주머니에서 열쇠를 꺼내 책상 서랍을 열었다. 서랍에는 워드프로세서가 숨겨져 있었다.

아유무는 의자에 털썩 앉아 워드프로세서의 전원을 켜고 가벼운 손놀림으로 키보드를 두드렸다. 타다닥타다닥, 쉼 없이 이어지는 소리에 이끌려 미후유는 아버지에게 다가갔다.

워드프로세서 옆에는 노트가 펼쳐져 있었는데, 괘선을 따라 빼곡하게 글씨를 적어놓았다. 아버지는 그것을 보며 워드프로세서를 치는 것 같았다. 옆에서 노트를 들여다본 미후유는 "앗" 소리를 냈다. 리키 매클로이라는 이름이 눈에 들어왔다. 아버지가 치고 있는 건《BLACK BOOK》이었다.

**미쿠라관을 관리한다는 명목으로 나는 소설을 쓰고 있었다. 집에서는 어머니의 눈이 있었기에 미쿠라관에서라면 다른 책의 양분을 흡수해 좋은 이야기를 만들 수 있을 것 같다는 생각이 들어서였다. 그렇지만 매처럼 날카로운 어머니의 눈을 속일 수는 없었던 모양이다.**

"아유무!"

날카로운 목소리가 울려 퍼져서 미후유는 흠칫 몸이 굳었다. 다마키가 나타난 것이다. 아유무도 낭패한 기색으로 서랍에 워드프로세서를 숨겼다.

"왜요?"

"빨리 내려오렴. 히루네, 너도 그만 읽고. 그걸로 끝이잖니."

끝이라고? 뭔가가 마음에 걸렸지만 미후유는 서둘러 아버지의 뒤를 쫓았다. 선룸으로 돌아오자 히루네는 지시대로 테이블에 읽던 책을 내려놓고 자세를 바로 한 채 다음에 일어날 일을 기다리는 것 같았다.

다마키는 의아한 표정의 아들과 얌전한 얼굴의 딸을 번갈아 보더니 별안간 씩 웃었다.

"너희 둘 다, 오늘까지 고생 많았다."

갑자기 다정하게 구는 어머니의 모습에 아유무는 당혹스러운 기색을 숨기지 않았지만, 히루네는 물끄러미 한 곳을 바라본 채 꿈쩍도 하지 않았다.

"어머나, 아유무, 표정이 왜 그러니? 너도 미쿠라 집안의 일원이니 축하해줄 줄 알았는데…… 히루네가 미쿠라관의 모든 책을 읽었단다. 이 책이 마지막이야."

긴장한 아유무의 어깨에서 힘이 빠지는 걸 미후유는 분명히 보았다. 하지만 현재의 상태를 아는 미후유는 불길한 예감에 가슴이 뛰었다. 문장이 다시 나타났다.

**뭐야, 고작 그런 일이야? 처음에는 그렇게 생각했다. 히루네는 자지도 않고 불철주야 책만 읽고 있다. 언젠가 미쿠라관의 모든 책을 독파할 것임은 알고 있었고, 어머니는 그 사실을 기꺼워하는**

줄 알았다. 하지만 그런 의미가 아니었다.

입가에 번진 미소와는 달리 다마키는 소름 끼칠 정도로 싸늘한 시선으로 아들을 바라보았다.

"아직도 모르겠니? 그래, 히루네가 너한테 말 안 한 모양이구나. 히루네가 이곳에 있는 모든 책을 읽었다는 건, 모든 책에 '저주'를 걸었다는 뜻이란다. 이 아이는 나와, 그 기괴한 신이 나눈 약속의 증표이자, '저주의 부적'이란다. 서양에서는 북커스라 불리는, 바로 그 자체지."

"뭐라고요? 어머니, 제정신이에요?"

"제정신이냐고? 아주 멀쩡하단다. 넌 이 아이의 정체를 몰랐지. 이 아이는 네가 직접 만들어낸 아이인데."

"……어머니?"

"기억 안 나니? 어릴 때니 기억 못 하는 것도 무리는 아니지. 너는 내가 안 볼 때, 내 수첩 구석에 이 아이의 이야기를 썼단다. 자지 않고 계속해서 책을 읽는 여자아이의 이야기였지."

미후유는 주먹을 꽉 쥐었다. 손톱이 부드러운 손바닥에 박혔지만 아랑곳하지 않고 힘을 주었다.

"그래서 히루네는 너를 잘 따르는 거고, 나도 내버려둔 거란다. 그래야 네가 열심히 소설을 쓸 테니까."

"……무슨 말인지 알아듣게 말해요."

"재촉하지 않아도 알려주마. 북커스는 히루네를 통해 발동된다.

하지만 저주 자체는 별도로 만들 필요가 있지. 그게 네 역할이다, 아유무. 이야기를 만들어낼 수 있는 너 말이다.

도둑이 책을 훔쳐서 미쿠라관에서 한 발짝이라도 나가면 저주가 발동한다. 요무나가마을은 네가 만든 이야기의 세계로 바뀌지. 도둑은 이야기의 우리에 갇히는 거야. 이 마력은 신의 권능으로 실행되지만, 조금 성가신 점이 있어. 공짜로 마력을 주지는 않지. 거래니까 그건 당연하지만, 한마디로 대가가 필요해. 만일 도둑을 붙잡지 못하면, 한마디로 제한 시간이 다 되면, 마을 사람들도 도둑과 함께 신에게 바쳐진다. 그런 구조야."

**신의 제물.**

허공에 글자가 나타나더니 다시 주변이 어두워졌고, 이어서 지면이 가팔라졌다. 마치 한쪽의 지지대가 무너져 거대한 미끄럼틀이 된 듯한 바닥을, 공포로 잔뜩 일그러진 얼굴로 미후유는 비명을 지르며 미끄러져 내렸다.

**어머니는 대체 무슨 짓을 저지른 거지?**

미쿠라관에 있는 모든 것이 미끄러져 내렸다. 소파, 테이블, 책장, 책, 모든 것이 암흑의 밑바닥으로 떨어졌다. 미후유는 비명을 지르고 팔다리를 버둥대며 어떻게든 뭔가를 붙잡으려 했지만 손은 허공을 가를 뿐이었다.

처음에는 끝내 광기에 사로잡힌 어머니가 말도 안 되는 헛소리를 하는 줄 알았다. 하지만 아니었다. 어머니는 다음 날, 예전부터 알고 지내는 고서점 주인의 부인을 데려와 책을 한 권 가져가라고 말했다. 다정한 목소리로. 어차피 아무 일도 일어나지 않을 것이다, 신입네 북커스입네 하는 것들은 모두 망상이라는 걸 어머니가 깨닫기를 바라 마지않았다. 역시 이변은 일어나지 않았고 평소대로 생활하고 있는데 불쑥 히루네가 나를 찾아와 책을 내밀었다. 내가 쓴 이야기였다.

무시무시한 속도로 어둠 속을 추락하던 미후유는 손을 내밀어 허공에 뜬 문장을 붙잡으려 했다. 하지만 문자는 간발의 차로 모양을 바꾸었고, 미후유의 손은 허공을 갈랐다.

책을 읽자 즉시 요무나가마을의 풍경이 바뀌었고, 모든 주민들이 내 이야기를 연기하기 시작했다. 혼란에 빠진 나는 인도하려는 히루네를 뿌리치고 달려갔다. 그리고 여우로 변해버린 그녀를 발견했다. 그제야 나는 어머니의 말이 헛소리가 아니었고, 진정으로 저주를 걸었다는 사실을 깨달았다.

바닥의 경사는 더욱더 기울어서 거의 수직에 가까운 상태로 변했다. 미후유는 몸이 허공에 뜨는 걸 느끼고 황급히 중심을 잡으려 했다. 다음 순간, 위에서 책들이 떨어져 머리에 부딪힐 뻔했지만 가까스로 피했다.

"위험하잖아!"

버럭 소리를 지른 미후유는 펼쳐진 광경에 눈을 부릅떴다. 몇 권 정도가 아니라, 대량의 책들이 하얀 페이지를 펄럭이며 눈사태처럼 떨어져 내리고 있었다.

이대로는 말려들겠어! 미후유는 반사적으로 무릎을 구부려 발로 경사를 박차며 어둠을 향해 도약했다. 그리고 몸을 만 순간, 허공에 새로운 문장이 나타났다.

**가엾은 고서점 주인의 부인은 현실로 돌아와 채 일주일도 지나지 않아 요무나가마을을 떠났다. 그녀는 미쿠라관에서 무슨 일이 일어났는지를 사람들에게 이야기하려 했지만 당연히 아무도 그 말을 믿지 않았다.**

미후유는 마치 방충망에 달려드는 고양이처럼 문자와 문자 사이에 손을 넣고 매달렸다. 그러자 간발의 차로 책들이 쏟아져 내려와 방금 전까지 미후유가 있던 곳을 직격했고, 무수한 종이를 흩날리며 나락으로 추락했다.

"이제 좀 그만하라고…… 우앗."

하지만 목숨줄 같은 문자에 매달린 것도 잠시였다. 문장이 사라지자 미후유는 다시 허공에 내동댕이쳐질 뻔했지만, 곧이어 나타난 새 문장을 붙잡았다.

**어머니는 "가나메 씨 부인한테 무슨 일이 생겼나?" 하고 시치미를 뗐고, 나도 이 일을 절대로 발설해서는 안 된다는 어머니의 명령을 지켰다. 남겨진 고서점 주인은 우리를 의심하며 원망하게 되었다. 당연한 결과였다.**

'다'라는 글자에 매달려 미후유는 큰 소리로 외쳤다.

"그렇구나, 그래서 그 'BOOKS 미스터리'의 영감탱이가 나를 싫어…… 아니, 그게 문제가 아니지! 딸이 이런 꼴을 당하는 걸 아빠는 아는 거냐고! 악!"

다시 문장이 사라졌고 미후유는 그대로 추락했지만, 다행히도 바로 밑에 다음 문장이 나타나서 발을 디딜 수 있었다. 올라갔다가 내려갔다가, 예측 불가능한 움직임에 농락당하며 미후유는 씩씩거리며 숨을 내쉬었다.

**나와 히루네는 미쿠라관에서 벗어나지 못하게 되었다. 어머니가 어떤 저주를 걸었든, 도난만 일어나지 않으면 된다. 그래서 우리는 미쿠라관에 머무르며 아무도 들어오지 못하도록 감시했다. 그렇지만 몇 번인가 도둑이 들어 책을 훔쳤고, 나와 히루네가 붙잡았다. 종종 만화나 영화의 주인공이 된 기분을 느끼며, 악을 물**

리치는 영웅이라는 착각에 빠진 적도 있었다. 히루네는 그런 나를 꾸짖어 정신을 차리게 해줬다.

그즈음, 나는 사랑에 빠졌다. 미쿠라관에 관련된 사람 수를 최대한 늘리고 싶지 않았던 어머니는 반대했지만, 그렇기 때문에 나는 결혼을 택한 것일지도 모른다.

문장 위에 선 미후유는 이리저리 오가거나 한쪽 다리를 들어 발밑의 문장을 읽으며 고개를 갸웃했다.

"결혼. 우리 엄마하고 만났다는 거겠지."

그렇게 중얼거리자마자 문장은 다시 사라졌고, 미후유는 균형을 잃고 떨어졌다. 분명 새로운 문장이 나타나겠지. 하지만 기다려도 문자는 나타나지 않았다. 미후유는 곤두박질치며 암흑의 바닥에서 빛이 반짝이는 걸 보았다.

폭발하듯 무시무시한 기세로 번진 빛은 어둠을 하얗게 물들였고, 미후유는 눈을 질끈 감았다.

분명 높은 곳에서 추락했는데 충격은 느껴지지 않았다. 눈을 감고서도 느껴졌던 눈부심이 사라진 걸 느끼고 조심스레 눈을 뜨자, 미후유는 어느샌가 방 한가운데에 서 있었다. 소박한 공동주택, 미후유가 잘 아는 다다미방이었다.

우리 집이다. 하지만 평소와는 달랐다. 발밑으로 부드러운 다다미의 감촉을 느끼며, 벽 쪽에 있어야 할 수납장이며, 너저분한 컴퓨터 책상이 없는, 깔끔하게 정리된 깨끗한 방을 둘러보았다.

작은 창문에서 쏟아지는 햇살 아래, 기저귀를 찬 통통한 엉덩이를 바닥에 붙인 갓난아이가 공기 중에서 반짝이는 먼지 입자를 신기한 듯 바라보고 있었다. 굳이 문장으로 설명해주지 않아도 안다. 저 아이는 나다. 미후유는 멍하니 갓난아이를 바라보았다.

"미후유, 뭐하니?"

흠칫하며 돌아보자 문가에 젊은 여자가 서 있었다. 선이 고운 얼굴, 베이지색 홈웨어에 카디건, 하나로 묶은 긴 머리가 가냘픈 쇄골 위로 드리워져 있었다.

"어, 엄마."

미후유가 초등학교 2학년 때 세상을 떠난 어머니였다. 걱정스레 미간을 찌푸리며 이쪽으로 다가온다. 충격으로 굳어버린 미후유 앞을 스쳐 지나간 어머니는 바닥에 앉은 어린 미후유를 안았다.

"그래, 해님을 보고 있었니?"

미후유는 입을 멍하니 벌렸다. 죽은 어머니의 품에 안긴 자신의 모습에서 눈을 뗄 수가 없었다.

이게 사실일까? 과거로 타임 슬립한 걸까? 아니면 역시 아버지가 만든 이야기 속에 있는 것뿐일까. 하지만 머릿속에 떠오르는 의문은 비눗방울처럼 차례차례 터져 사라졌다. 어머니가 눈앞에 있다. 다시는 못 만날 줄 알았던 어머니가.

눈시울이 붉어지며 눈물이 솟아올라 뺨을 타고 흘러내렸다. 정신없는 소녀 시절의 한복판에 있는 열다섯의 미후유에게, 8년이라는 시간은 아득할 정도로 긴 세월이었지만, 이렇게 움직이는 어머니의 모습을 보니 함께 보냈던 날들이 어제 일처럼 생생하게 떠올랐다.

코를 훌쩍이며 한 걸음, 한 걸음 조용히 다가가 어머니의 등을 향해 손을 뻗었다. 손끝은 어머니의 카디건을 아무 저항도 없이 통과했다.

그때 머리에 뭔가가 부딪혔다. 다시 문장이 나타났다.

**나는 가즈네와 결혼해 집을 나가기로 했다. 하지만 어머니도 집을 팔고 싶어 했고, 마지막 남은 부동산인 아파트를 신혼집으로 삼았기에, 본채를 떠나 별채로 이동한 것이나 다름없었다. 나는 도장을 열어 스스로 생계를 잇기 시작했지만, 결국 미쿠라관과 히루네를 돌보는 일을 그만둘 수는 없었다. 히루네는 모든 장서를 읽고 북커스가 발동한 뒤로는, 지금까지의 시간을 메우려는 듯 잠에 빠져들게 되었다.**

"……아빠 바보."

미후유는 눈물범벅이 된 뺨과 콧물을 어깨에 쓱 문질러 닦은 뒤, 두 손으로 얼굴을 감싸며 짝 때렸다.

"정신 차려. 이건 홈비디오 같은 거야. 그냥 옛날 영상을 보고 있는 거라고."

그렇게 되뇌며 마음을 진정시켰다. 그렇게라도 하지 않으면 순식간에 기운을 잃은 마음이 납작하게 찌부러져 어딘가로 날아갈 것 같아서였다.

"괜찮아. 지켜보자. 아빠의 회상을."

그러자 마치 미후유의 대답을 기다렸다는 양 새 문장이 나타났다.

가즈네와 미후유에게는 고생만 시켰다. 정말 미안할 뿐이다.

"……아빠?"

가즈네는 미쿠라관과 북커스, 무엇보다 어머니를 견디지 못하고 몇 번이나 이 집을 나가려 했다. 가즈네를 붙잡은 건 나다. 그녀는 젊은 나이에 암에 걸려 세상을 떠났다. 머리로는 피할 수 없는 일이었다는 걸 알지만, 만일 그녀를 놓아주었다면 그런 운명을 맞이하는 일은 없지 않았을까 하고, 지금도 후회한다.

어린 미후유를 안은 어머니의 모습이 마치 수채화에 물을 떨어뜨린 듯 번지더니 점점 흐릿해져 사라졌다. 그리고 부연 풍경에 그림자가 드리우더니 미쿠라관이 모습을 드러냈고 미후유의 눈앞에서 아버지와 어머니가 말다툼을 했다. 어머니의 손에는 캐리어가 들려 있었고, 아버지는 필사적으로 어머니를 붙잡았다.

시선을 느끼고 관을 올려다보자 선룸 창가에 어린 자신과 다마키가 있었다. 할머니와 눈이 맞은 순간 풍경이 반전하며 뒤바뀌더니, 정신을 차려보니 미후유는 미쿠라관에 있었다. 네다섯 살쯤 되는,

파란 점퍼스커트 차림의 어린 자신과 고목나무처럼 여위고 늙은 할머니의 옆에 서 있었다.

다마키는 창문 너머에서 말다툼을 벌이는 아들 부부의 모습에서 시선을 떼더니 허리를 굽혀 어린 미후유의 손에서 낙서장을 가져갔다. 종이에 크레파스로 그린 건 커다란 마시로의 그림이었다.

"……넌 어디에도 못 보낸다. 넌……."

미후유는 이 말을 기억하고 있었다. 아까 잠깐 잠들었을 때 꾸었던 꿈의 흔적. 미후유의 사고와 호응하듯 말들이 눈앞에 나타났다.

**"넌 미쿠라 집안의 아이니까."**

**어머니는 나와 미후유에게 저주의 말을 걸었다.**

그래. 할머니는 어린 미후유에게도 몇 번이나 그렇게 말했다.

어릴 적 미후유의 주변에 여러 권의 그림책이 놓여 있었다. 미후유는 즐겁게 책을 읽었지만, 밖에서 놀려고 하거나, 그림을 그리려고 하면 못 하게 했고 다음 책을 읽으라고 강요했다. 눈앞에 놓인 책들은 순식간에 늘어나 층층이 쌓였다. 울부짖는 어린 미후유는 책에 파묻혀 이내 보이지 않게 되었다.

정신을 차렸을 때에는 말에 주먹을 날리고 있었다. '넌 미쿠라 집안의 아이니까'라는 글자들이 산산이 부서졌다.

"……생각났어. 난 어릴 적에 책을 꽤 좋아했어. 하지만 싫어하게 됐어, 할머니 때문에."

집에 있어도 모르는 세계로 데려가주는 이야기. 탑에 갇힌 공주의 이야기나, 괴물이 들끓는 위험한 길을 가는 용사의 이야기, 작은 곰이 마을 사람들에게 우편물을 전달해주는 이야기, 마녀와 겨울에 지배당하는 이야기. 마음 깊숙한 곳에 숨겨둔 구멍 속에서 사랑했던 이야기들이 되살아났다.

마시로와 함께 이야기 세계를 누비던 때, 미후유는 그 옛날처럼 가슴이 뛰었고, 애정이 솟아오르는 걸 느꼈다. 더 읽고 싶었다. 즐거웠다.

하지만 그것은 '미쿠라 집안의 미후유'이기 때문에 느낄 수 있는 기쁨이 아니다. 미쿠라 집안의 사람이 아니더라도 이야기를 즐길 수 있는데, 다마키는 '미쿠라'의 사람이라는 데 계속해서 집착했다. 누구든 자유롭게 드나들 수 있었던 저택을 걸어 잠그고, 미쿠라 집안 사람만의 공간으로 만들면 미후유도, 어쩌면 그다음 세대의 아이들도, 책에게 사랑받는 아이가 될 거라고 믿었는지도 모른다. 하지만 공기 없이 꽃을 키울 수는 없다.

미후유는 다른 쪽 주먹을 불끈 쥐고 '저주의 말'이라는 글자를 힘껏 후려쳤다. 마른 뼈처럼 무른 글자는 산산조각이 났다.

"좋았어!" 기세를 몰아 외쳤다. "빌어먹을 저주!"

그렇게 외친 순간, 바람이 사납게 불어닥쳤다. 그 무시무시한 기세에 울부짖던 어린 미후유도, 주변을 에워싼 책들도, 할머니도, 아버지와 어머니도 날아가버렸고, 마지막으로 미쿠라관이 조각조각 해체되어 바람을 타고 저 멀리 사라졌다.

홀로 남겨진 미후유는 팔로 얼굴을 감싸며 두 다리에 힘을 주고 버텼지만, 한층 거세진 바람에 비틀거린 순간 몸이 날아갔다. 두 팔을 버둥거리며 뭔가 붙잡을 걸 찾았지만, 그저 허공을 가를 뿐이었고 아버지의 문장이 다시 나타나지도 않았다. 대신 어디선가 떨어지는 가죽 수첩을 황급히 낚아챘다.

"아빠의 수기는 이제 끝인 건가? 우앗!"

어디까지나 솟아오르는 바람을 타고 자신의 몸이 점점 올라가는 걸 느꼈다. 갑자기 환해진 시야에 주변을 둘러보자 풍경이 원래대로 돌아와 있었다. 발밑으로 집들이 펼쳐져 있었고, 지붕은 아침 햇살을 받아 반짝였다. 저 멀리 강이 보였다. 이곳은 요무나가마을의 상공이다.

바람은 불어닥쳤을 때처럼 별안간 멎었다. 두 팔을 펼치고 머리를 아래로 향하고 있던 미후유는 추진력을 잃은 비행기처럼 빙글빙글 돌면서 떨어지는 걸 느끼고 두 눈을 질끈 감았다.

이번에야말로 바닥과 충돌한다! 죽음의 공포로 정신이 아득해지려던 그 순간, 전방에서 구름 한 덩이가 재빨리 흘러와 미후유의 몸을 부드럽게 받아 천천히 지상으로 내려갔다.

"사, 살았다……."

고개를 숙이고 구름을 자세히 살폈다. 가슬가슬한 감촉으로 봐서는 구름이라기보다는 거대한 솜뭉치라 부르는 편이 나을 것 같았다. 이것도 아버지의 수기에서 만들어진 건가? 갸웃거리며 솜뭉치를 찌르기도 하고 늘려보기도 하는데, 밑에서 낮은 신음 소리가 들렸다.

"어? 잠깐, 지금 뭐라고 한 거야?"

하지만 목소리가 잔뜩 쉰 데다 바람 소리가 심해서 잘 들리지 않았다. 미후유는 엎드려 솜뭉치에 귀를 댔다.

"……안."

"뭐라고?"

"미아……."

"저기, 잘 안 들리거든."

"자고…… 너무 자…… 목소리가 쉬어서."

미후유는 눈을 부릅뜨며 몸을 일으켰다.

"설마 히루네 고모야?"

그러자 솜의 일부가 늘어났다 줄어들었다. 미후유는 대꾸 대신 솜을 받아 두통을 진정시키듯 관자놀이를 문질렀다. 자세히 들어보니 귀에 익은 목소리였다. 고모가 하늘을 나는 솜뭉치가 되어 도와주고 있는 것이다. 게다가 지금까지 너무 자서 목소리가 제대로 안 나오는 모양이었다.

아무리 기묘한 일들이 연이어 일어났다지만, 좀처럼 상황에 익숙해질 수가 없었다. 얼굴을 찡그리며 상황을 곱씹어보고 있는데, 히루네가 다시 중얼거렸다.

"노……랐어? 놀랐어……?"

"아, 놀라긴 놀랐지. 고모라고 생각했던 사람이 솜뭉치로 변신해 살려줄 거란 생각은 보통 안 하니까. 하지만 아빠의 수기를 읽고 대충 사정을 파악했어."

히루네와 아버지는 미후유와 마시로의 관계와 흡사했다. 만일 이 솜뭉치가 마시로였다면 분명 이렇게 했을 거라 생각하며, 미후유는 솜뭉치를 살며시 어루만졌다.

"고모, 고생했어. 낮잠만 자는 이상한 고모인 줄 알았는데, 지금까지 할머니의 명령을 지킨 거지? 힘들었지?"

"아니…… 잔 건…… 졸려서……."

"뭐야."

맥이 빠져서 한숨을 내쉬었다. 역시 히루네는 히루네였다. 하지만 고모는 다시 말을 이었다.

"하지만…… 저주에는 필요…… 힘을 많이 쓰……."

미후유는 얼굴을 찡그렸다.

"북커스를 위해 잠을 잘 필요가 있었다는 거야?"

"……그래. 말려들게…… 미안."

"말려들게 해서 미안하다고? 뭐, 그렇긴 하지. 내가 얼마나 피해를 본 줄 알아? 손해배상을 청구해도 될 정도야."

솜뭉치가 된 고모 위에서 미후유는 책상다리를 하고 잘난 척 고개를 끄덕거렸다.

"아니, 그런데 왜 나야? 아빠가 없는 동안만이지?"

"그것도…… 있고. 하지만 언젠가는 미후유가…… 다마키는 미후유를 높게 평가했으니까."

"그래서 나한테 뒤를 이으라는 거야? 그러지 마, 난 미쿠라관을 팔아버릴 생각이니까."

매정하게 말하자 갑자기 솜뭉치가 부들부들 떨리기 시작했다.

"마, 말도 안."

"말이든 방귀든 아무튼! 난 절대로 할머니 말대로 안 할 거야!"

고모는 반응 없이 갑자기 속도를 줄이고 급강하하기 시작했다. 미후유는 떨어지지 않도록 황급히 솜뭉치를 움켜쥐고 아랫배에 힘을 주며 버텼다. 풍압을 견디며 한쪽 눈을 뜨자 언덕과 도리이, 경내가 보였다.

"신사다."

튕기듯 지면에 착지한 솜뭉치는 비명을 지르는 미후유를 내동댕이치듯 내려놓고 사라졌다. 갑자기 튕겨 나갔지만 간신히 나무에 걸린 미후유는 온몸에 붙은 잔가지와 잎을 떼며 비틀비틀 일어났다. 아침 햇살이 비추는 경내에는 여전히 여우와 마시로의 석상이 늘어서 있었다.

"고모, 어디 있어? 사라진 거야?"

솜뭉치는 없었다. 하지만 도리이 옆에 사람이 누워 있는 걸 보고 미후유는 서둘러 달려갔다. 역시 인간의 모습으로 돌아온 히루네였다. 미후유는 히루네를 일으켜 도리이 기둥에 기대게 했다.

"고모, 괜찮아? 정신 차려!"

가냘픈 어깨를 흔들자 히루네는 게슴츠레 눈을 떴다.

"괜찮아…… 그냥 졸려서 그래……."

그렇게 중얼거리더니 다시 잠에 빠져들려는 히루네를 억지로 깨웠다.

"아니, 일어나! 자면 안 돼! 난 앞으로 어떻게 해야 해? 아빠가 준 단서도 끝났고, 다음 힌트도 없잖아! 사람들을 어떻게 되돌려야 해? 내가 어떻게든 해야 하는 거잖아. 고모가 이 북커스의 부적이라면서, 알려줘!"

"……힌트?" 넋이 나간 듯 멍했던 히루네의 눈동자에 희미한 빛이 깃들었다. "……평소와 마찬가지야. 미후유. 붙잡으면 돼."

"붙잡는다고? 누구를? 이번 책을 훔친 하루타 씨는 이미 석상이 됐어!"

"……그쪽이 아니야. 첫 번째 말이야. 기회는 한 번뿐, 절대 틀리면 안 돼."

하지만 미후유가 뭐라 되물을 틈도 없이 히루네는 코를 골며 깊은 잠에 빠져들었다. 아무리 큰 소리로 불러도, 뺨을 때려도 소용없었다.

이럴 때 마시로가 곁에 있었다면. 하지만 그녀는 돌로 변했다. 구할 수 있는 건 자신뿐이다.

포기하고 일어나 미후유는 한숨을 크게 내쉰 뒤 다시 힘껏 들이마셨다. 몸도, 마음도, 머리도 모두 엉망진창이라 차라리 이대로 히루네와 함께 잠들고 싶었지만, 여름풀의 내음이 나는 상쾌한 아침 공기를 맛보자 머리가 핑핑 돌기 시작했다.

미나즈키축제. 책을 도둑맞은 날에 열렸던 축제. 지금도 때마침 미나즈키축제가 시작되려던 참이라, 마을은 축제 준비에 여념이 없었다. 북커스의 발단이 된 사건은 한창 축제가 열리던 중에 일어났다.

"요컨대 첫 번째라는 건 그때의 도둑을 말하는 거구나."

하지만 목격자는 없었다. 축제라 마을 밖에서도 수많은 사람이 찾아와 떠들썩한 분위기였기 때문이다. 당시 경찰도 해결하지 못한 사건을 변변찮은 정보도 없는 일개 고등학생이 해결할 수 있을까.

미후유는 조용히 주변을 둘러보았다. 여우 석상. 마을 사람들이 이곳에 모여 있다. 마치 모두 도둑이라 벌을 받고 있다는 양.

"……할머니, 이게 진짜 목적이었던 거 아니에요? 모두 꼼짝도 못하게 돌로 만들어서 자백시키려던 거죠? 아니면 모두를 의심하고 있었으니 연대책임을 지라는 거예요? 이 마을 모든 사람들이 똑같이 죄인이라고. 정말 짜증 나는 할머니야."

잔뜩 성을 내며 줄줄이 늘어선 여우 석상을 하나씩 살펴보았다. 어느샌가 치워놓았던 석상이 신사를 지키듯 원래 위치로 돌아와 있었다. 아는 사람이라면 의상이나 특징을 통해 누구인지 대략 짐작이 갔다. 상점가 사람들, 사범 대리인 지훈, 하루타와 하루타의 동생, 체육 교사인 산초.

정중하게 하나씩 살펴보던 미후유는 어떤 석상 앞에서 동작을 멈췄다. 구부러진 허리. 고집스럽게 다문 입.

"'BOOKS 미스터리'의 망할 영감탱이네…… 그러고 보니 이 사람이 책을 훔치라고 하루타 씨를 부추긴 건가?"

이 고서점 주인이 미쿠라 집안을 원망하게 된 건, 다마키가 그의 부인을 실험대로 썼기 때문이다. 다마키는 왜 가나메 영감의 부인을 택했을까?

"사이가 좋아서? 어쩌면 고민하지 않고 고를 수 있어서? 하지만 고민 없이 고른다는 건 무슨 뜻일까."

다양한 패턴을 생각해보았다. 자신이 마음을 허락하는 아주 가까운 상대라면 뭔가 부탁하기는 쉬울 테지만 실험대로 쓸 수 있을까? 소중하고 가까운 사이의 사람을 여우로 변하게 했을 리 없다. 어느 정도 싫어하거나, 무관심할 수 있는 상대.

"하지만 할머니는 마을 사람을 모두 싫어했던 것 같던데."

또는 복수. 이미 무슨 짓을 당했다거나? 그 생각을 떠올리고 미후유는 "앗" 하고 중얼거렸다.

"범인! 어쩌면 할머니는 'BOOKS 미스터리'의 영감이 책을 훔쳐 간 범인이라고 생각했던 게 아닐까? 고서점 주인이라면 책을 200권 훔쳐가도 팔 데가 있으니까. 그래서 부인에게 보복을 한 건가."

확신을 가진 표정으로 힘주어 고개를 끄덕인 뒤, 석상을 향해 손을 뻗었다. 도둑맞은 책은 이곳에 없지만, 이 사람이 도둑이라고 선언하면 모두 원래대로 돌아올지도 모른다는 기대를 담아.

—기회는 한 번뿐, 절대 틀리면 안 돼.

방금 전 히루네의 말이 귓가에 되살아났다. 아니, 괜찮아. 괜찮아, 분명. 하지만 가나메 영감의 뾰족한 귀에 손이 닿으려던 순간, 누군가의 목소리가 들린 것 같았다. 신사 쪽에서였다.

"……마시로?"

신사 앞에 있는 석상은 개로 변신한 마시로뿐이다. 미후유는 가나메와 마시로를 번갈아 바라보며 천천히 몸을 일으킨 뒤 "아냐" 하고 중얼거렸다.

"할머니는 가나메 영감을 의심했어…… 분명 경찰도 조사했을 거야. 하지만 체포되지 않았어. 정말 결백했으니까. 애초에 만일 우리 집에서 책을 훔쳐다 팔아도, 워낙 좁은 지역사회라 누군가는 분명 알아챘을 거야. 미쿠라관의 도장도 찍혀 있고 지워지지도 않고. 맞아. 애초에 이렇게 크고 유명한 도서관에서 책을 잔뜩 훔쳐서 무슨 이득을 보겠어?"

그럼 왜?

다시 바람이 불었다. 나뭇잎이 바스락거리며 뭔가가 술렁이듯 속삭이고 있었다. 아버지가 수기에서 '그것'이라 부른 존재를 떠올리고 미후유는 등골이 오싹해졌다.

"누구, 있어요?"

미후유는 신중하게 걸음을 옮겼다. 여우 석상을 밟지 않도록 조심할수록 발을 디딜 곳이 없어서 신사에서 멀어져만 갔다. 여우 석상을 치우고 길을 내려고 하면 어찌된 영문인지 아까보다 더 무거워져서, 못 들 정도까지는 아니었지만 전부를 옮기기는 불가능했다. 온몸의 땀구멍에서 땀이 솟아올랐다.

방해하고 있다. 누군가가 방해하는 것이다.

요무나가신사는 원래 평범한 이나리 신사였고, 책의 신을 모시게 된 건 가이치와 간누시의 아이디어였다. 전통도, 뭣도 없는 '새로 만들어진' 신인 것이다.

지금까지는 그저 경내에 석상이 늘어서 있을 뿐이라고 생각했다.

하지만 혹시 여기에 어떤 꿍꿍이가 있다면? 석상 너머에는 신사가 있다. 그리고 지금도 방해하고 있다.

미후유는 흐르는 땀을 닦으며 씩 웃었다.

"책을 어디 숨겨놨는지 알겠네."

즉시 거센 바람이 불어닥쳤다. 하지만 이미 예상했던 미후유는 지면을 박차고 올라 바람을 타고 날아올랐다. 바람은 미후유를 신사에서 멀리 떨어뜨려놓으려 했지만, 미후유는 녹나무에 매달려 버텼다.

무성한 녹나무 가지 때문에 미후유를 놓쳤는지 바람이 약해졌다. 미후유는 소리 없이 가지를 따라 신사 쪽으로 가까이 가서 각오를 굳히고 손을 놓았다. 당황한 듯 다시 바람이 불었지만 이번에는 아래에서 불어와, 미후유의 몸은 여우들의 머리를 뛰어넘었다. 1밀리미터라도 앞으로 나아가려 팔다리를 뻗었다. 바람이 미후유의 의도를 알아채고 멎었을 때에는, 노림수대로 신사 바로 앞까지 접근한 뒤였다.

새전함 위에 착지한 미후유는 "실례합니다!" 하고 즉시 뛰어내려 그대로 기세를 몰아 얇은 금줄과 시데특수한 방법으로 자르거나 접어 만든 종이로, 신성함을 표한다로 봉인된 장지문으로 돌진했다. 바람은 미후유를 따라잡지 못했다. 먼지와 곰팡내로 가득 찬 공기가 코를 자극해서 장지문 위로 쓰러진 미후유는 연신 재채기를 했다.

"아, 정말! 청소라도 제대로 하라고, 신을 모신 곳이라면서! 있는지 없는지 모르겠지만."

하지만 청소를 제대로 하지 않은 이유는 금방 알 수 있었다. 신사

내부는 무척 어둡고 더웠으며, 이상한 냄새도 났다. 썩은 계란이나 온천에서 나는 것 같은…… 유황 냄새다. 이러면 사람이 가까이 가지 않았겠지. 설령 신사 관계자라도. 참배객들의 눈에 안 보이는 곳이니 더욱더 방치되었으리라.

"……여긴 뭐지? 으스스하네."

미후유는 부딪힌 어깨를 문지르며 조심스레 안쪽으로 들어갔다.

신사 내부는 좁아서 채 열 걸음도 가지 않아 안쪽 벽에 손이 닿았다. 그사이 유황 냄새와 열기는 더욱더 심해져서, 미후유는 한시라도 빨리 이곳에서 나가고 싶었지만, 용기를 쥐어짜내 계속 찾았다.

"200권이나 들어갔으면 상당히 컸을 거야. 하지만 별다른 증언이 나오지 않았다는 건, 평소에는 사람들 눈이 닿지 않는 곳에 있기 때문이겠지. 신사라면 조건에 딱 맞아."

아침 해는 벌써 떴지만, 시야는 흐릿해서 거의 앞이 보이지 않았다. 바닥에 무릎을 꿇고 손으로 벽을 더듬으며 찾는 수밖에 없었다. 먼지 때문에 목이 따끔거려서 몇 번이나 기침을 했다.

"방해하지 마. 애초에 잘못은 그쪽이 했잖아." 미후유는 눈물 어린 눈으로 어둠을 노려보며, 보이지 않는 누군가에게 호통을 쳤다. "이제 그만 포기해. 잘못했다고 생각하면 좀 도우라고!"

그때 바닥을 더듬던 손끝에 걸리는 게 있었다. 바닥 판자 한 장이 몇 밀리미터쯤 들어가 있었다. 판자와 판자 사이에 손끝을 넣고 힘을 주자 판자는 생각보다 쉽게 들렸고, 아래에서 공간이 나타났다.

"아, 맞다. 휴대전화."

미후유는 숄더백에서 휴대전화를 꺼냈다. 전원이 꺼지기 직전까지 줄어든 배터리 잔량을 보고 쯧, 혀를 차며 화면을 손전등 삼아 아래를 비췄다. 등나무를 엮어 만든 커다란 상자가 눈에 들어왔다. 서둘러 옆에 있는 판자를 떼어내고 어깨가 닿도록 구멍에 팔을 쑥 집어넣었다. 다행히 상자는 잠겨 있지 않았고, 뚜껑을 손끝으로 건드리자 쉽게 움직였다.

거친 숨을 내뱉으며 팔을 빼서 휴대전화로 비췄다. 책이 보인다. 한눈에도 습기와 곰팡이로 너덜너덜해진 낡은 책들이 한가득 들어 있었다.

"찾았다……!"

하지만 안도한 것도 잠시, 밖에서 강풍이 불어와 신사를 거세게 흔들었다. 유황 냄새로 메슥거려서 참지 못하고 속을 게워냈다.

"책은 찾았는데 이제 어떻게 하면 되지?"

이곳에 책을 들여온 범인을 모르겠다. 계속해서 미후유의 훼방을 놓는 이 정체 모를 누군가, 아버지의 말을 빌리자면 '그것'이 책을 훔친 걸까? 하지만 북커스의 세계라면 몰라도, 현실에서 책이 허공을 날거나 홀연히 사라지는 일이 가능할까?

계속해서 치밀어 오르는 욕지기를 간신히 참으며 미후유는 조금 더 자세히 보려고 바닥 밑의 상자에 불빛을 비췄다. 책은 증조할아버지가 수집했을 법한 외국 고전 미스터리나 잡지들이었지만, 미쿠라관의 장서에는 없는 특징이 하나 있었다.

빨간 스탬프였다. 작고 둥근 스탬프가 찍힌 조그마한 종이가 눈에 보이는 모든 책들의 표지에 붙어 있었다. 미후유는 다시 구멍에 손을 넣어 간신히 책을 한 권 꺼냈다. 가까이서 보니 스탬프에는 이렇게 적혀 있었다.

기증도서 미쿠라 가이치

“뭐…… 뭐라고?”

온몸에서 힘이 빠졌다.

무슨 뜻인지 이해가 갔다. 학교 교정에 놓인 조각상의 등에 새겨진 표시나, 도서관에 장식된 그림 액자 구석에 적혀 있는 것과 같은 의미다.

이 책들은 도둑맞은 것이 아니다. 증조할아버지가 기증한 것이다.

아버지의 수기에 따르면, 책이 ‘도둑맞은’ 날은 증조할아버지가 세상을 떠난 지 6년이 지났을 때라고 했다. 6년. 모호한 햇수였다.

퍼뜩 떠오른 생각에 미후유는 다시 아버지의 수기를 꺼내 페이지를 넘겨 첫 부분을 읽었다.

생일이면 미나즈키축제에 가서

“할아버지의 생일이 미나즈키축제 날이구나.”

증조할아버지의 막역한 지기였다는 윗대 간누시와의 사이에 어떠한 약속이 되어 있었던 게 아닐까. 그렇다고 해도 사후 6년이라는 조건에 담긴 뜻은 뭘까. 지금에서는 알 도리가 없었다. 하지만 생일이 미나즈키축제 날과 같은 날이라는 사실은 중요했다.

"그날 미나즈키축제, 증조할아버지의 생일에 이 장서를 간누시에게 기증할 약속이 되어 있었어. 그래서 책을 가지고 간 거지. 아빠는 짝사랑하던 여자애 생각으로 정신이 없어서 누가 와서 그렇게 말했는데도 한 귀로 흘렸을지 몰라. 열두 살짜리 어린애였고, 책을 가져간다고 말하지 않은 걸지 모르지. 그리고 간누시도 다마키 할머니한테 얘기하기 귀찮아서 제대로 설명하지 않은 게 아닐까……."

아무도 사정을 제대로 파악한 사람이 없는 상황에서 책은 반출되었고, 장서에 무서울 정도로 집착하는 다마키는 길길이 날뛰었다. 간누시도 분노하는 다마키를 보고 입이 떨어지지 않았을 것이다. 다마키의 분노가 언젠가 자연스레 가라앉기를 기대하며 시치미를 떼기로 했겠지. 하지만 다마키의 집착은 상상을 초월했다.

그리고 할아버지가 기증한 책들은 외부인이 들어오지 못하는 신사 바닥 아래에 처박혔고, 그대로 잊혀, 곰팡이와 벌레로 너덜너덜해졌다.

"너무하네."

누구라도 한마디만 했다면, 남을 믿은 사람이 하나라도 있었다면, 이런 일은 벌어지지 않았을지 모르는데. 뭔가 맥이 빠졌다.

"도둑은 없었던 건가……? 아니지, 잠깐."

미후유는 어둠 너머에 있는 누군가를 똑바로 바라보았다.

"우리 할머니에게 북커스를 건넨 녀석. 저주를 걸라고 꾄 녀석. 너

말이야, 도둑 같은 건 없다는 걸 알고 있었지? 여기 살고 있으니까."

불현듯 신사가 불안함을 드러내듯 다시 덜컹덜컹 흔들리기 시작했다.

"너 말이야, 우리 할머니를 이용한 거 아냐? 그리고 마을 사람들을 여우 석상으로 만들었고. 이유는…… 그렇지, 노예로 만들거나 잡아먹으려고? 친구가 필요했다, 혹시라도 이런 소리는 하지 말고."

정곡을 찔렸는지 바깥에서 부는 바람이 반박하듯이 건물을 흔들었다.

"화를 내면 어쩔 건데? 남을 이용하면 안 되잖아."

하지만 상대는 인간이 아닌 존재니 더 이상 어떻게 할 수도 없었다. 그때 불현듯 떠오른 생각이 있었다. 조금 창피하지만 말해볼 가치는 있을지도 모른다.

만일 이 책을 훔친 자가 있다면…….

미후유는 상자에서 꺼낸 증조할아버지의 기증본을 두 손으로 꼭 잡고 기도하듯 눈을 감았다.

"이 책을 훔치는 자는……."

바람이 새된 소리를 내며 비명을 질렀다.

"요무나가마을에서 사라지고, 마을 사람들을 원래 모습으로 돌려놓으리라!"

큰 소리로 선언한 순간 바람이 멎고, 주변이 고요해지며 유황 냄새도 사라졌다.

아침 햇살이 내리쬐며 실내 전체를 환하게 비췄다. 방금 전까지 느껴지던 불길한 기운도 사라졌다. 지극히 일반적인 나무 제단이 놓인, 평온한 신사의 풍경이 펼쳐져 있을 뿐이었다.

미후유는 조용히 일어나 쓰러뜨린 장지문을 넘어 밖으로 나왔다. 다음 순간 눈이 휘둥그레졌다. 그토록 많던 여우 석상들이 모조리 사라지고 없었고, 신사 경내는 평소처럼 휑했다. 마시로의 석상도 보이지 않았다.

그때, 지면이 한 번 크게 흔들리더니 언덕 밑에서 반투명한 안개 같은 것이 몸집을 불리며 하늘로 올라갔다. 그 기묘한 안개에는 두툼한 꼬리와 뾰족한 귀가 달려 있는 것 같았다.

마을 사람들은 자신들이 여우가 되었다는 사실조차 기억하지 못했다. 여우가 되기 직전에 입고 있던 옷을 입고, 차를 타고, 물건을 사며, 장사를 했다. 실제로는 반나절의 기억이 사라지고 없을 텐데도, 어찌된 영문인지 그들이 깨어났을 때는 지극히 평범한 기억, 지금까지도 그 사람에게 일어났던 평균적인 일상의 사건들을 복제한 것 같은 기억이 공백의 시간을 메우고 있었다. 마치 영화 필름에서 미공개 부분을 잘라내고 다른 필름을 끼워 넣은 뒤 내용이 이어지도록 편집한 것처럼.

일상은 평화롭게 흘러갔다. 전철이 요무나가역을 무정차 통과한 것도 사실이 아니게 되었고, 뉴스에도 나오지 않았으며, 항의 전화가 걸려오는 일도 없었다.

그리고 와카바당을 찾아가보니, 하루타는 미후유와 모험을 했던 기억은 까맣게 잊은 것 같았고, 길거리에서 마주친 게이코는 모르는 사람처럼 미후유의 옆을 스쳐 지나갔다.

요무나가마을에서 북커스를 기억하는 사람은 오로지 미후유뿐이었다.

그날, 신사에서 살던 정체 모를 누군가를 물리친 미후유는 도리이에 기대 잠들었던 히루네가 홀연히 모습을 감춘 걸 깨달았다. 아무리 불러도 나타나지 않았고, 그것은 마시로 역시 마찬가지였다.

미후유는 불안한 마음으로 병원으로 가서, 아유무가 자고 있을 병실로 뛰어 들어갔다. 아버지는 그곳에 있었고, 무슨 일이 있느냐는 양 눈을 휘둥그레 뜨며 딸을 맞이했다. 그 모습이 너무나 아무렇지 않아서, 미후유는 어디서부터 이야기해야 할지 망설이다 "히루네 고모는?" 하고 물었다. 그러자 아유무는 짙은 눈썹을 찡그리며 "히루네?" 하고 고개를 갸우뚱거렸다.

"무슨 소리니, 미후유. 졸려서 그래?"

아유무는 동생의 존재를 완전히 잊어버린 것이다. 미후유는 충격을 받았지만 간신히 둘러대고 적당히 대화하다 미쿠라관으로 돌아왔다.

미쿠라관은 여전히 조용했지만, 지금까지 미후유가 느꼈던 위압감은 온데간데없었다. 항상 미쿠라관에 있던 히루네가 사라지고, 시계만 똑딱똑딱 소리를 내고 있었다. 하지만 쓰레기통을 가득 채운 쓰레기와 음식물의 흔적은 아직 그곳에 있었다. 히루네라는 인물이 존재했던 증거가 모조리 사라진 게 아니라는 걸 알게 된 미후유는 살짝 안도했다. 모습과 기억을 제외하고도, 그 사람이 존재했던 흔적이 남아 있었다.

2층으로 올라가 서고 문을 열고 가지런히 늘어선 책장을 하나씩 살펴봤다. 마시로는 어디로 갔을까. 아유무가 쓴 책은 없었고, 낯익은 책들만 늘어서 있었다.

미후유는 그것에게 이 마을을 떠나라고 명령했고, 실제로 그렇게 되었다. 요컨대 북커스의 마력을 부여하던 자가 사라진 것이다. 하지만 가방에는 아버지의 수기가 있었고, 히루네가 음식을 먹은 흔적도 있었다.

그로부터 미후유는 날마다 학교가 끝나면 미쿠라관에 들러 책장에 꽂힌 책들을 하나씩 꼼꼼히 살펴봤다. 가슴에 남은 석연치 않은 감정을 해소해줄 단서가 어딘가에 있기를 바라면서.

신기하게도 미후유는 마시로가 사라지지 않았을 거라는 확신을 갖고 있었다. 마시로가 '연옥'이라 불렀던 그곳에 아직 있을 거란 막연한 확신이. 책의 저주는 반드시 마력을 통해 발동되는 것은 아니다. 그 이형의, 언제부터인가 요무나가신사에 들러붙은 누군가만 쓸 수 있는 마법이 아닐 것이라 믿었다.

여름이 지나고 가을이 끝나고 겨울이 왔다. 그리고 다시 봄이 찾아왔다. 아유무는 진작 퇴원해 미쿠라관을 어떻게 할지 고민하고 있었다.

"할머니의 집착을 계속 이어갈 수도 없고……." 설거지를 하며 아유무는 미후유의 의견을 물었다. "이대로 장서를 팔아버리면 어떠니? 돈도 조금 들어올 테고, 리모델링 공사를 해서 거기 살아도 되고. 미후유도 넓은 집에 살고 싶지?"

미후유는 의자에 무릎을 세우고 앉아 미닫이문에 걸어놓은 빨래와 너저분한 TV 앞을 바라보았다.

"……넓은 집으로 이사 가면 또 어지르겠지. 어디에 사나 마찬가지야."

"파는 게 싫어? 전에는 맨날 팔자고 하더니."

"그건 그런데."

미후유는 《BLACK BOOK》의 세계에서 마시로와 했던 이야기를 떠올렸다. 외로이 선 가로등 아래에서 친구에게도 못한 이야기를 들어주었던 마시로.

"잃어버린 건 쉽게 돌아오지 않아. 리모델링하면 원래대로 돌아오지 않잖아. 난 가치를 잘 몰랐던 거야. 그러니까……."

"허어, 미후유 입에서 그런 소리가 나오다니 할머니가 기뻐하시겠네."

할머니를 위해서가 아니라고 반박하고 싶었지만, 미후유는 머리카락을 만지작거리며 입을 다물었다.

아유무는 매각하는 대신 미쿠라관을 일반인에게 공개하기로 했다. 주말만이라는 조건이 붙었지만, 미후유가 관리하려면 그 방법밖에 없었다. 미후유는 사람들이 조금씩 찾아와 조심스레 책을 바라보거나 빌려가는 모습을 히루네가 늘 앉아 있던 긴 의자 위에서 관찰했다.

아유무는 이따금 요리를 하거나 미쿠라관의 장서 정리를 하다가 갑자기 움직임을 멈추고 멍한 표정을 지었다. 미후유는 어느 날 아버지 방 앞을 지나가다 조금 열린 문틈으로 앨범을 뚫어져라 확인하는 아버지의 모습을 본 적도 있다. 그밖에도 미후유가 떠보듯이 "낮잠이나 잘까"라고 하면, 아버지는 눈썹을 움찔하고는 했다.

아버지는 고모를 어렴풋이 기억하고 있는 것이리라. 미후유 역시 마시로가 너무 보고 싶었다. 기억이 있는 만큼 그리움이 깊어서 괴로웠다.

사람들에게 공개한 지 1년이 지나, 초여름의 파릇파릇한 기운이 세상을 물들이는 어느 날, 미후유는 다시 미쿠라관을 찾았다. 조금 키가 자랐고, 가방에는 읽던 책이 한 권 들어 있었다. 미쿠라관을 개방한 뒤로 미쿠라 집안에 대해 이러쿵저러쿵하는 말들도 줄어들어서 거부감 없이 책을 읽을 수 있었다. 이제 다마키가 건 미쿠라 집안의 저주에서 벗어난 것 같았다.

그리고 이 허한 마음을 채울 수 있는 건 책뿐이었다. 그때의 모험, 마법이 걸린 세계를 누비던 그때의 경험이 그리웠다. 한 번만 더 그런 경험을 하고 싶다고 진심으로 바라는 자신의 모습을 알아챘을 때, 어째서 아버지가 거부감을 느끼면서도 북커스를 그대로 두었는지 이해할 수 있을 것 같았다.

평일이라 아무도 없는 미쿠라관의 선룸, 예전에는 히루네가 자주 낮잠을 자던 소파에 앉아 책을 읽었다. 글자를 따라가는 동안 모험의 길이 열렸고, 주인공과 함께 손을 맞잡고 작품 세계에 빠져들면 그나마 쓸쓸함을 달랠 수 있었다.

갑자기 책을 읽기 시작해서인지 시력이 나빠져갔지만, 안경을 끼면 지장은 없었고 무엇보다 책을 놓을 수 없었다. 이렇게 이야기에서 이야기로 건너가다 보면 언젠가 마시로를 다시 만날 수 있을 것 같다는 막연한 예감이 들었다.

어느 날, 미후유는 수백 권째 책을 다 읽고 책장에 꽂으려고 2층 서고로 올라갔다. 선룸의 창문 너머를 바라보며 언젠가 불도저를 몰고 이 건물과 함께 송두리째 밀어버리면 속 시원하겠다는 생각을 했다. 언젠가 그러고 싶었다. 꼭 그러고 싶었다.

하지만 그전에 역시 두 사람을 데리고 나올 필요가 있었다. 그 이야기 속 세계에서.

외부와 연결된 2층 복도에 서서, 미후유는 수기 속에서 만난 아버지의 뒷모습을, 환영을 보았다. 그리고 노트와 샤프를 사와 테이블에 펼쳐놓았다. 샤프를 턱에 대고 잠시 생각에 잠겼다가 조심스레 펜을 움직였다.

요무나가마을의 미쿠라 가이치라 하면, 전국적으로 이름을 날린 책 수집가이자 평론가이다. 응애 하고 세상에 태어난 순간부터 툇마루에서 책을 읽던 중에 꼴까닥 저세상으로 갈 때까지 요무나가를 떠나지 않은 마을의 명사였다.

'모르는 게 있으면 미쿠라 씨에게 물어봐라' '찾는 책이 있으면 미쿠라 씨가 바로 찾아줄 거다' '고민이 있으면 의사가 아니라 일단 미쿠라 씨를 찾아가라' 등등, 걸어 다니는 백과사전으로 존경받았던 미쿠라 가이치였지만, 그의 서고에 과연 몇 권의 책이 있었는지 아는 이는 없었다.

요무나가마을은 모서리가 둥근 마름모꼴이었는데, 큰 강이 분기하여 일단 남북으로 나뉜 뒤 다시 만나는 딱 그 사이, 섬처럼 주변과 격리된 지형에 형성된 마을이다.

이 마름모꼴 한가운데 자리한 것이 바로 미쿠라관이다. 바닥과 기둥의 개수보강공사를 반복하여, 가이치가 타계했을 즈음에는 지하 2층에서 지상 2층까지의 거대한 서고가 된 이 미쿠라관은 과거 '요무나가 주민이라면 유치원생부터 100세 노인까지 한 번은 찾은 적이 있다'고 일컬어질 만큼 마을의 명소였다.

1900년에 태어난 미쿠라 가이치가 다이쇼시대부터 조금씩 수집해온 컬렉션은, 아버지처럼 뛰어난 수집가였던 딸 미쿠라 다마키가 물려받아 더욱더 규모가 커졌다. 그리고 책이 있는 곳에는 수집가가 찾아든다. 수집가 중에도 선인과 악인이 있다.

어느 날, 다마키는 미쿠라관이 소장한 희귀본 중에 약 200권이 서가에서 사라진 것을 발견했다. 그전부터 도난 사건은 종종 일어났다. 한번은 아버지의 지기인 고서상을 위협해 고서 거래소를 지켜본 끝에 고가에 팔아치우려는 모리배들을 적발하여 경찰에 신고한 적도 있었다.

하지만 한번에 200권의 희귀본이 사라진 것을 보고 격앙한 다마키는, 끝내 미쿠라관을 폐쇄하기로 결정했다. 인근 주민들은 유명 경비회사에서 파견된 작업자들이 다마키의 감시를 받으며 하루 종일 건물 곳곳에 경보 장치를 설치하는 장면을 목격했다. 그 후로 미쿠라 집안사람 외에는 누구 하나 관내에 들어갈 수도, 책을 대여하지도 못하게 되었다. 설령 아버지의 오랜 지기나 고명한 학자가 요청한다고 해도 모두 완강하게 거부했다.

미쿠라관은 폐쇄되었다. 그 결과 지금까지 도난이 발각될 때마다 울려 퍼지던 다마키의 비명도 다시는 들리지 않았다. 이제 마을이 평화로워지겠군, 미쿠라관의 장서를 읽지 못하게 된 건 유감이지만. 이제 요무나가는 책의 마을로 이름을 날리고 있으니, 어디서나 쉽게 책을 접할 수 있는 환경이지. 마을 사람들은 그렇게 말하며 가슴을 쓸어내렸다.

하지만 다마키가 세상을 떠난 뒤, 믿기 힘든 어떤 소문이 암암리에 퍼지기 시작했다. 그 소문이란 다마키가 설치한 경보 장치는 한 종류가 아니라는 것이었다. 다마키는 사랑하는 책을 지키기 위해, 요무나가마을과 연이 깊은 이나리 신에게 빌어, 책에다 기묘한 마술을 걸어놓았다는 것이다.

이 이야기는 다마키의 자식이자, 현재 미쿠라관의 관리인인 미쿠라 아유무와 히루네 남매 중, 아유무가 입원한 며칠 뒤부터 시작된다. 하지만 주인공은 아유무와 히루네가 아니다. 그 아랫세대, 아유무의 딸 미쿠라 미후유다.

**문체는 아까 읽은 책을 따라했다. 생각보다 훨씬 술술 쓸 수 있어**

서 쾌감마저 느껴졌다. 미후유는 남이 쓴 이야기를 읽을 때보다 몰입해 제 마음에서 태어난 이야기를 이어갔다. 주인공은 나. 매사에 의욕 없고, 평소와 똑같은 일상. 과거의 아버지, 히루네 고모의 추억. 그리고 신기한 일들이 벌어진다.

정체 모를 것을 건드렸다고 생각하며 황급히 부적을 놓은 순간, 어디선가 불어온 바람이 미후유의 온몸에 엉겼다. 대체 어디서 불어온 바람이지? 놀라서 돌아봤지만 선룸의 창문은 꼭 닫혀 있었다. 마치 제 의지를 가진 양 미후유에게서 떨어진 바람은 부적을 허공으로 떠오르게 하더니 빙글빙글 돌리며 복도 벽 책장 앞에 떨어뜨렸다.

그곳에는 사람의 다리가 있었다. 새하얀 운동화와 양말, 미후유와 같은 학교 교복 차림으로 똑바로 서 있었다. 앳된 얼굴의 소녀였다.

미후유는 목청이 찢어져라 비명을 지르며 뒷걸음질 치다 엉덩방아를 찧었다. 유령인 줄 알았다. 그도 그럴 게, 소리도, 기척도 없이 홀연히 나타난 데다 어깨까지 오는 머리카락은 눈처럼 새하얬으니까.

그때 서고 문이 열리는 소리가 나더니 그리운 목소리가 들렸다.

"미후유."

고개를 들어 바라보자 새하얀 머리카락에 강아지 귀를 단 소녀가

서 있었다.

"귀신 아냐, 자세히 봐."

언제였던가, 거대한 짐승에 잡아먹히고 나서 곤돌라로 돌아왔을 때도 똑같은 말을 했다. 눈물로 흐려진 두 눈을 돌리자 못 말리는 잠꾸러기도 어느샌가 그곳에 누워 코를 골며 자고 있었다. 아빠한테 알려야겠다. 그보다 일단…….

미후유는 환하게 웃으며 두 팔을 벌려 친구를 껴안았다. 따뜻하다. 친구의 손이 자신의 등을 감싸 안았다.

이제 영영 헤어지지 않을 거야.

옮긴이의 말

# 북커스가 소환한 각양각색의 책 세계

후카미도리 노와키는 2010년 〈오블랑의 소녀〉로 데뷔한 이래, 《전쟁터의 요리사들》《무죄의 여름》과 같은 역사 미스터리, 공포와 괴이를 테마로 한 《신은 어디에 있는가》처럼 다양한 장르의 작품들을 발표해온 작가다. 그런 다재다능한 작가가 2020년 선보인 《이 책을 훔치는 자는》은 책의 세계를 모험하는 소녀들의 이야기를 그린 판타지 소설이다. 책을 더없이 사랑하는 미쿠라 집안에 태어났지만, 과거의 트라우마로 책을 싫어하게 된 소녀 미후유. 어느 날, 미후유의 증조할아버지가 수집한 책들이 즐비한 '미쿠라관'에서 책이 도난당하는 사건이 일어나게 되고, 책의 저주 '북커스'가 발동해 미후유가 사는 요무나가마을은 책 세계에 침식된다. 그때 미후유 앞에 신비한 소녀 마시로가 나타나 책을 되찾아야 한다며 미후유를 책 속 세계로 데려간다.

대략적인 설정만 보아도 책을 좋아하는 독자를 설레게 하는 이야기다. 한 인터뷰에서 작가는 책을 좋아하는 어머니와 외할머니의 영향을 받았음을 밝히며, 어린 시절 최초의 책으로 미하엘 엔데의《끝없는 이야기》를 들었다. 주인공이 책 속에 들어가는 설정이나 액자형 구성 등에서《끝없는 이야기》의 영향을 받은 것으로 보이지만, 작가는 단순한 오마주에서 그친 것이 아니라, 소녀들을 주인공으로 설정하고 본인만의 오리지널리티를 더해 가슴 설레는 한 편의 판타지를 만들어냈다.

역사소설에 뛰어난 재능을 보인 작가답게, 판타지 요소가 짙은 이 작품에서도 현실 역사적인 설정을 차용했는데, 책을 훔친 자에게 저주를 내리는 '북커스'가 바로 그것이다. 널리 알려진 대로 인쇄기로 대량 인쇄가 가능해지기 이전, 서적 제작이 모두 필사와 같은 수작업으로 이루어지던 중세에 책은 귀중품이었다. 때문에 중세의 서기들은 도난 방지를 위해 책의 마지막 페이지에 도둑에게 끔찍한 재앙이 닥칠 것을 바라는 저주를 써두었다고 한다.

현실적인 효과를 발휘하지는 못하지만 도둑의 공포를 자극하는 심리적 효과를 노린 중세의 '북커스'와 달리, 작중에서 북커스는 현실을 침식해 들어간다. 여기서 북커스가 소환한 각양각색의 책 세계가 무척 매력적인데, '마술적 사실주의' '하드보일드' '스팀펑크' '호러' 장르의 이야기들이 박진감 넘치게 펼쳐진다. 책을 좋아하는 사람이라면, 책 속 세계에 들어가보고 싶다는 생각을 한 번쯤은 해봤을 것이다. 그리고 아직 한 번도 본 적 없는 새롭고 신선한 이야기를 읽고 싶다는 욕망 또한 있을 것이다. 다양한 장르의 책 속에 들어가 모험을 펼치는 미후유와 마시로의 이야기는 독서가들의 이러한 욕망을 대리 충족시켜준다. 작중에 등장하는 다양한 이야기들은 각각의 장르적 문법을 충실히 따르면서도, 결말을 쉬이 짐작할 수 없는 종횡무진 전개를 보인다. 이 이야기들이 모두 작가의 오리지널 창작이라는 게 놀라운데, 책에 대한 작가의 지식과 열정을 엿볼 수 있는 부분이다. 종잡을 수 없는 네 편의 환상적인 이야기들은 이내 하나의 결말을 향해 모여든다. 각각 독립된 것처럼 보였던 네 이야기들에 깔린 복선이 하나로 회수되면서, 미후유가 트라우마에서 벗어나 저주로부터 마을을 구하고 책을 사랑하는 마음을 되찾는 결말은 무척 인상적이다. 하지만 무엇보다 심금을 울린 건 소중한 친구와의 재회이자, 모험을 통해 두 소녀가 쌓아올린 우정과 연대의 이야기 그 자체이다. 미후유와 마시로가 앞으로 어떠한 이야기를 써내려가게 될지, 순수하게 책 읽는 것이 즐거웠던 언젠가의 마음을 일깨워준 두 소녀의 앞날이 그저 기대될 뿐이다.

최고은

**이 책을 훔치는 자는**

**1판 1쇄 인쇄** 2023년 11월 8일
**1판 1쇄 발행** 2023년 11월 15일

**지은이** 후카미도리 노와키 **옮긴이** 최고은
**펴낸이** 고세규
**편집** 정혜경 이승현 **디자인** 박주희
**마케팅** 이헌영 **홍보** 반재서 박상연

**발행처** 김영사
**주소** 경기도 파주시 문발로 197(문발동) 우편번호10881
**등록** 1979년 5월 17일(제406-2003-036호)
**주문 및 문의 전화** 031)955-3100 **팩스** 031)955-3111
**편집부 전화** 02)3668-3290 **팩스** 02)745-4827 **전자우편** literature@gimmyoung.com
**비채 블로그** blog.naver.com/viche_books
**인스타그램** @drviche @viche_editors **트위터** @vichebook
**ISBN** 978-89-349-5439-2 03830 책값은 뒤표지에 있습니다.

비채는 김영사의 문학 브랜드입니다.